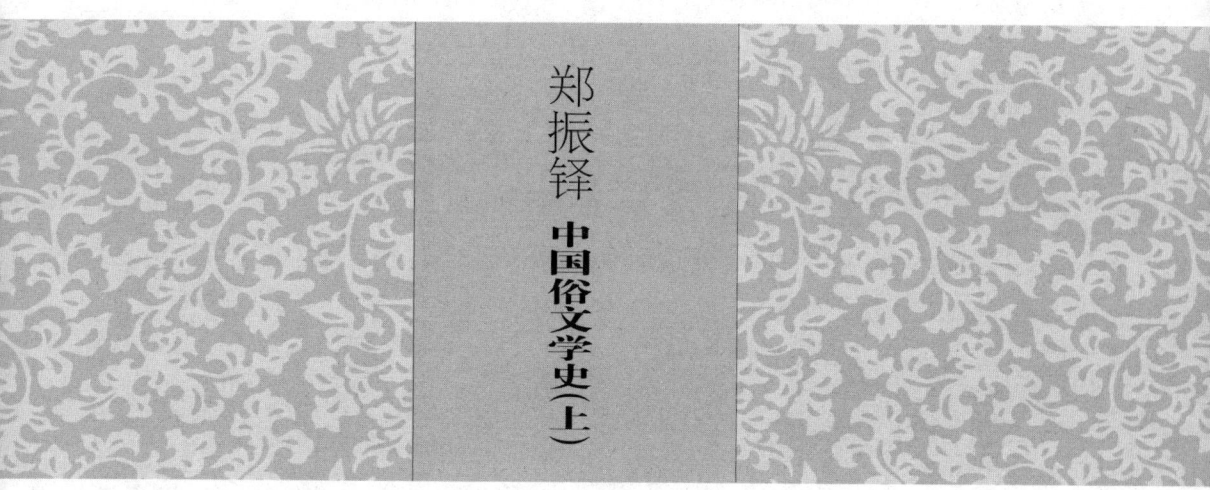

郑振铎 中国俗文学史（上）

吉林人民出版社

图书在版编目(CIP)数据

郑振铎中国俗文学史：全2册 / 郑振铎著.
长春：吉林人民出版社，2012.1（2021.1 重印）
（中国学术文化名著文库）
ISBN 978-7-206-08302-0

Ⅰ.①郑…
Ⅱ.①郑…
Ⅲ.①通俗文学—文学史—中国—古代
Ⅳ.①I209.2

中国版本图书馆CIP数据核字(2011)第266264号

郑振铎中国俗文学史（上、下）

著　　者：郑振铎
责任编辑：郭雪飞
制　　作：吉林人民出版社图文设计印务中心
吉林人民出版社出版　发行（长春市人民大街7548号　邮政编码：130022）
印　　刷：三河市天润建兴印务有限公司
开　　本：710mm×1000mm　　1/16
印　　张：41　　　字　　数：547千字
标准书号：ISBN 978-7-206-08302-0
版　　次：2012年1月第1版　　印　　次：2021年1月第2次印刷
定　　价：119.00元

如发现印装质量问题，影响阅读，请与出版社联系调换。

出版说明

一、中国学术文化名著文库，旨在为读者提供20世纪二三十年代以来的中国学术精品。当时，学问家经历了新文化运动，西学东渐，学术革新；因时应势而现出版高峰，大师名家之作数量激增，质量上乘，对此时及后世的中国学术发展与演进，均产生了巨大的影响。

二、本丛书精选此时大师名家之有关学术文化经典著作，以期对20世纪以来的中国学术文化做一系统整理。

三、丛书所收书目，虽各自早有出版，但零散而不成规模。此次结集，欲为推动中华文化之大发展、大繁荣尽出版人绵薄之力，成一民族文化珍品，为后代留存传之久远的鸿篇巨作。

四、为丛书系列之计，故以史学、国学、文学、一般学术著作之顺序编排。

1. 单种书文字量过少的著作，寻二三种内容相近，或作者为同一名家者，则合成一册，字数以30万字为限；

2. 单种书文字量超过50万字的著作，则分为上、下两册；

3. 单种书文字量超过100万字的著作，则分为上、中、下三册。

五、所收著作，版本不一；流布之中，文字错讹；择其善本，一一折校。现虽为通行横排简体，然尽量保持二三十年代原貌。

1. 人名、地名、异体、通假，仍从原书繁体；

2. 标点符号，从作者习惯，非排版差误者不予改动；

3. "的"，"底"一类文字之分，均从原书；

4. 遇原书字句有疑问者，非有根据不予更改，力求保持原貌。

"中国学术文化名著文库"丛书，工程浩大、环节繁多，编辑、校对、照排、印制人员虽勉力为之然错漏不免，还望方家谅解之余，不吝指正。

《中国学术文化名著文库》编委会

主　编：

　　胡维革（吉林东北亚出版传媒集团总经理

　　　　　东北师范大学历史文化学院教授，博士生导师）

编　委：

　　赵　毅（辽宁师范大学历史系教授，博士生导师）

　　李书源（吉林大学文史学院教授，博士生导师）

　　程舒伟（东北师范大学历史文化学院教授，博士生导师）

　　张昭军（北京师范大学历史系教授，博士生导师）

　　刘信君（吉林省社会科学院历史所研究员，博士生导师）

执行编委：

　　杨九屹（吉林人民出版社　编审）

总序

在几十年学习和研究中国近现代史的过程中,我一直对中国近现代的思想文化学术史颇感兴趣。尤其是在1995年至1996年我和东北师范大学历史系知名教授杜文君老师一起撰著《中国现代文化志》一书时,更是对中国近现代思想文化学术史进行了认真的梳理和研究。由此,我对中国近现代思想文化学术史有了一个大致的了解,尤其是那些文化泰斗、学术大师、扛鼎巨著、思想流派、异说纷争等,更令我铭刻在心,萦绕于怀。直到今天,每每回想起那段英英厉厉、千唱万和的历史,仍然是激动不已。

从1912年中华民国成立到1949年中华人民共和国诞生,是中国历史上由旧民主主义革命转变为新民主主义革命,并逐步取得革命胜利的时期。前后两次历史性的开国,前者结束了延续两千多年的封建帝制,后者标志"中国人民站起来了"。其间38年,是中国社会逐步实现由旧到新的转变时期,与该时期社会经济、政治的变革相适应,中国文化也在古今中西文化的冲突、反思、融合中变革着、发展着:社会文化的结构和内容在更新,西方文化被大量引进,中国传统文化也适应时代变革而被重新阐扬;一些原有学科的内容、体系在变革,许多新的部门文化纷纷兴起;出版了近十万种图书和无以计数的出版物,其中有不少革故鼎新、出类拔萃之作;中等以上学校培养了近五百万名学生,产生了一大批享誉海内外的政治家、思想家、哲学家、文学家、史学家、经济学家、教育家、科学家,等等。这一时期在文化上取得了卓越的成就,尤其是"自从中国人学会了马克思列宁主义以后,中国人在精神上就由被动转入主动。从这时起,近代世界历史上那种看不起中国人,看不起中国文化的时代应当完结了"。

现代中国社会的经济和政治,是现代思想文化的源头。半殖民地半封建社会的基本矛盾是当时中国的根本国情,制约着现代中国文化的主题、结构、性质、内容和特征。"没有资本主义经济,没有资产阶级、小资产阶级和无产阶级,没有这些阶级的政治力量,所谓新的观念形态,所谓新文化,是无从发生的。"但是从思想文化的相对独立性的角度来考察,中国现代文化是从古代的、近代的文化发展演变而来的。中国传统文化基本精神的演变,近代中西文化的冲突与融合,社会文化结构的变化,以及知识分子群体的历史走向等,都对现代中国文化的发生、发展有重要的影响。

纵观20世纪初年至1949年中国文化的发展历史,一般以五四运动为界分为两个不同的历史时期。在"五四"以前,中国文化的基本状况是,由甲午战争后起始的资产阶级文化运动已经开展起来,资产阶级新的文化体系逐渐形成,进化论、天赋人权论和资产阶级共和国思想成为新文化各个领域的指导思想,而新文化领域各部门也都为宣传民主、自由、平等服务。这时,文化战线上主要是资产阶级新文化与封建主义旧文化的斗争,学校与科举之争、新学与旧学之争、西学与中学之争都带有这种性质。资产阶级在领导文化变革中起了非常重要的作用,并为中国培养了一大批能够站在时代前列、代表中华民族"讲话"、"呐喊"的思想家。可是,他们无力战胜帝国主义文化和中国封建文化的反动同盟:中国资产阶级文化革命同其政治革命一样,始终未能彻底完成。"五四"以后,由于国际国内形势的变化,由于马克思主义的广泛传播和中国无产阶级及其政党登上政治舞台,中国文化格局发生了变化,以无产阶级共产主义的文化思想为领导的新民主主义文化,联合资产阶级民主主义文化作为同盟军,向着帝国主义文化和封建主义文化展开了英勇进攻。

其基本态势是:其一,"五四"以后的30年,是中国社会的剧烈变革时期,是新民主主义革命逐步取得胜利的时期,与此相应,这个时期的中国文化仍围绕反帝反封建的历史主题,以传播、应用和发展马克思主义为主潮,以介绍和品评西方文化、重释和阐扬中国传统文化为重要内容,并以文化为武器来推动社会改革、人民革命和民族解放为根本目的。其主要成就,不仅表现在文化各领域、各门学科的变革与发展上,而且表现在马克思主义在中国的广泛传播、应用以及弘扬中国优秀文化传统上。其二,这一时期中国文化界出现了派别林立论战迭起的复杂局面。其中影响较大的论争有:东西文化之争、马克思主义与反马克思主义论争、中国社会性质问题论战和关于中国文化出路的论争等,这是当时多种社会经济与复杂阶级关系、民族矛盾在文化形态上的反映,也是古今中西文化之争与多种思想源流汇集于中国社会的必然表现。其三,就文化的主要类型及其发展趋势看:无产阶级领导的新民主主义文化,代表着中华民族新文化的方向;资产阶级民主主义文化,作为新文化营垒的一员,继续发挥反帝反封建、推进社会前进的作用;帝国主义文化和封建主义文化虽然占据统治地位,但是日薄西山,气息奄奄。中国新民主主义革命的胜利,在思想文化上是马克思列宁主义、毛泽东思想的伟大胜利,也是革命民主主义思想的伟大胜利,是帝国主义奴化思想和封建旧文化在中国的失败和破产。这是一个总的发展趋势,而在不同的历史阶段,中国文化的发展和演变各有其不同的历史特点。

具体到各个学科,几乎每个学科都有一批学术大家在辛勤耕耘,都有一批学术著作相继面世。从某种意义上说,中国具有现代意义的、门类齐全的学科体系正是在这一时期建构起来的。例如在历史学学科,1939年开明书店出版了周谷诚的《中国通史》,1940年开明书店出版了吕思勉的

《中国通史》，1949年三联书店出版了吕振羽的《简明中国通史》，1948年新知识书局出版了侯外庐的《中国古代社会史》，1949年商务印书馆出版了周谷诚的《世界通史》，1936年南京文化印刷社出版了吕振羽的《殷周时代的中国社会》，1947年商务印书馆出版了李源澄的《秦汉史》，1934年商务印书馆出版了王钟麒的《三国史略》，1948年开明书店出版了吕思勉的《两晋南北朝史》，1944年商务印书馆出版了陈寅恪的《隋唐制度渊源略论稿》，1946年商务印馆出版了金毓黻的《宋辽金史》，1947年上海中国文化服务社出版了孟森的《清史讲义》，1947年新华晋绥分店出版了范文澜的《中国近代史》，1937年商务印书馆出版了罗尔纲的《太平天国史纲》，等等。这些学术巨匠和学术巨作，使中国现代意义上的历史学学科正式建立起来了。其他学科如哲学、文学、教育学、民俗学、法学、图书馆学、博物馆学、考古学等，也是如此。学术史是全息的。后来者应该探源开流，继往创新，把我国的学术研究推向一个更高的层次。

大概正是基于上述原因，我组织同仁历时数载，编辑出版了这套《中国学术文化名著文库》，以飨读者。

是为序。

胡继荣

2011年12月15日
于长春百汇街寓所

目 录

第一章　何谓"俗文学" / 001

第二章　古代的歌谣 / 014

第三章　汉代的俗文学 / 034

第四章　六朝的民歌 / 073

第五章　唐代的民间歌赋 / 100

第六章　变文 / 149

第七章　宋金的"杂剧"词 / 224

第八章　鼓子词与诸宫调 / 275

第九章　元代的散曲 / 349

第十章　明代的民歌 / 448

第十一章　宝卷 / 497

第十二章　弹词 / 535

第十三章　鼓词与子弟书 / 566

第十四章　清代的民歌 / 587

第一章　何谓"俗文学"

一

何谓"俗文学"？"俗文学"就是通俗的文学，就是民间的文学，也就是大众的文学。换一句话，所谓俗文学就是不登大雅之堂，不为学士大夫所重视，而流行于民间，成为大众所嗜好，所喜悦的东西。

中国的"俗文学"，包括的范围很广。因为正统的文学的范围太狭小了，于是"俗文学"的地盘便愈显其大。差不多除诗与散文之外，凡重要的文体，像小说、戏曲、变文、弹词之类，都要归到"俗文学"的范围里去。

凡不登大雅之堂，凡为学士大夫所鄙夷，所不屑注意的文体都是"俗文学"。

"俗文学"不仅成了中国文学史主要的成分，且也成了中国文学史的中心。

这话怎样讲呢？

第一，因为正统的文学的范围很狭小，——只限于诗和散文。——所以中国文学史的主要的篇页，便不能不为被目为"俗文学"，被目为"小道"的"俗文学"所占领。哪一国的文学史不是以小说、戏曲和诗歌为中心的呢？而过去的中国文学史的讲述却大部分为散文作家们的生平和其作品所占据。现在对于文学的观念变更了，对于不登大雅之堂的戏曲、小说、变文、弹词等等也有了相当的认识了，故这一部分原为"俗文学"的作品，便不能不引起文学史家的特殊注意了。

第二，因为正统文学的发展和"俗文学"的发展是息息相关的。许多的正统文学的文体原都是由"俗文学"升格而来的。像《诗经》，其中的大部分原来就是民歌。像五言诗原来就是从民间发生的。像汉代的乐府，六朝的新乐府，唐五代的词，元、明的曲，宋、金的诸宫调，哪一个新文体不是从民间发生出来的。

当民间发生了一种新的文体时，学士大夫们其初是完全忽视的，是鄙夷不屑一读的。但渐渐的，有勇气的文人学士们采取这种新鲜的新文体作为自己的创作的形式了，渐渐的这种的新文体得了大多数的文人学士们的支持了。渐渐的这种的新文体升格而成为王家贵族的东西了。至此，而他们渐渐的远离了民间，而成为正统的文学的一体了。

当民间的歌声渐渐的消歇了时候，而这种民间的歌曲却成了文人学士们之所有了。

所以，在许多今日被目为正统文学的作品或文体里，其初有许多原是民间的东西，被升格了的，故我们说，中国文学史的中心是"俗文学"，这话是并不过分的。

二

"俗文学"有好几个特质，但到了成为正统文学的一支的时候，那些特质便都渐渐地消灭了；原是活泼泼的东西，但终于衰老了，僵硬了，而成为躯壳徒存的活尸。

"俗文学"的第一个特质是大众的。她是出生于民间，为民众所写作，且为民众而生存的。她是民众所嗜好，所喜悦的；她是投合了最大多数的民众之口味的。故亦谓之平民文学。其内容，不歌颂皇室，不抒写文人学士们的谈穷诉苦的心绪，不讲论国制朝章，她所讲的是民间的英雄，是民间少男少女的恋情，是民众所喜听的故事，是民间的大多数人的心情所寄托的。

她的第二个特质是无名的集体的创作。我们不知道其作家是什么人。他们是从这一个人传到那一个人；从这一个地方传到那一个地方。有的人加进了一点，有的人润改了一点。我们永远不会知道其真正的创作者与其正确的产生的年月的。也许是流传得很久了；也许是已经经过了无数人的传述与修改了。到了学士大夫们注意到她的时候，大约已经必是流布得很久，很广的了。像小说，便是在庙宇、在瓦子里流传了许久之后，方才被罗贯中、郭勋、吴承恩他们采用了来作为创作的尝试的。

她的第三个特质是口传的。她从这个人的口里，传到那个人的口里，她不曾被写了下来。所以，她是流动性的；随时可以被修正，被改样。到了她被写下来的时候，她便成为有定形的了，便可成为被拟仿的东西了。像《三国志平话》，原是流传了许久，到了元代方才有了定形；到了罗贯中，方才被修改为现在的式样。像许多弹词，其写定下来的时候，离开她开始弹唱的时候都是很久的。所谓某某秘传，某某秘本，都是这一类性质的东西。

她的第四个特质是新鲜的，但是粗鄙的。她未经过学士大夫们的手所触动，所以还保持其鲜妍的色彩，但也因为这所以还是未经雕斲的东西，相当的粗鄙俗气。有的地方写得很深刻，但有的地方便不免粗糙，甚至不堪入目。像《目连救母变文》、《舜子至孝变文》、《伍子胥变文》等等都是这一类。

她的第五个特质是其想像力往往是很奔放的，非一般正统文学所能梦见，其作者的气魄往往是很伟大的，也非一般正统文学的作者所能比肩。

但也有其种种的坏处,许多民间的习惯与传统的观念,往往是极顽强地黏附于其中。任怎样也洗刮不掉。所以,有的时候,比之正统文学更要封建的,更要表示民众的保守性些。又因为是流传于民间的,故其内容,或题材,或故事,往往保存了多量的民间故事或民歌的特性;她往往是辗转抄袭的。有许多故事是互相模拟的。但至少,较之正统文学,其模拟性是减少得多了。她的模拟是无心的,是被融化了的;不像正统文学的模拟是有意的,是章仿句学的。

她的第六个特质是勇于引进新的东西。凡一切外来的歌调,外来的事物,外来的文体,文人学士们不敢正眼儿窥视之的,民间的作者们却往往是最早的便采用了,便容纳了它来。像戏曲的一个体裁,像变文的一种新的组织,像词曲的引用外来的歌曲,都是由民间的作家们先行采纳了来的。甚至,许多新的名辞,民间也最早的知道应用。

以上的几个特质,我们在下文便可以更详尽的明白的知道,这里可以不必多引例证。

我们知道,"俗文学"有她的许多好处,也有许多缺点,更不是像一班人所想像的,"俗文学"是至高无上的东西,无一而非杰作,也不是像另一班人所想像的,"俗文学"是要不得的东西,是一无可取的。

三

中国俗文学的内容,既包罗极广,其分类是颇为重要的。就文体上分别之,约有下列的五大类:

第一类,诗歌。这一类包括民歌、民谣、初期的词曲等等。从《诗经》中的一部分民歌直到清代的《粤风》、《粤讴》、《白雪遗音》等等,都可以算是这一类里的东西。其中,包括了许多的民间的规模颇不少的叙事歌曲,像《孔雀东南飞》以至《季布歌》、《母女斗口》等等。

第二类，小说。所谓"俗文学"里的小说，是专指"话本"，即以白话写成的小说而言的；所有的谈说因果的《幽冥录》，记载琐事的《因话录》等等，所谓"传奇"，所谓"笔记小说"等等，均不包括在内。小说可分为三类：

一是短篇的，即宋代所谓"小说"，一次或在一日之间可以讲说完毕者，《清平山堂话本》、《京本通俗小说》、《古今小说》、《警世通言》、《醒世恒言》以至《拍案惊奇》、《今古奇观》之类均属之。

二是长篇的，即宋代所谓"讲史"，其讲述的时间很长，绝非三五日所能说得尽的。本来只是讲述历史里的故事；像《三国志》、《五代史》里的故事，但后来却扩大而讲到英雄的历险，像《西游记》，像《水浒传》之类了；最后，且到社会里人间的日常生活里去找材料了，像《金瓶梅》、《醒世姻缘传》、《红楼梦》、《儒林外史》等等都是。

三是中篇的；这一类的小说的发展比较的晚。原来像《清平山堂话本》里的《快嘴李翠莲记》等等都是单行刊出的，但篇幅比较的短。中篇小说的篇幅是至少四回或六回，最多可到二十四回的。大约其册数总是中型本的四册或六册，最多不过八册。像《玉娇梨》、《平山冷燕》、《平鬼传》、《吴江雪》等等都是。其盛行的时代为明、清之间。

第三类，戏曲。这一类的作品，比之小说，其产量要多得多了。戏曲本来是比小说更复杂、更难写的一个文体。但很奇怪，在中国，戏曲的出产，竟比小说要多到数十倍。这一类的作品，部门是很复杂的，大别之，可分为三类：

一是戏文，产生得最早，是受了印度戏曲的影响而产生的，最初，有《赵贞女蔡二郎》及《王魁负桂英》等。到了明代中叶，昆山腔产生以后，戏文（那时名为传奇）更大量的出现于世。直到了清末，还有人在写作，这一类的戏曲，篇幅大抵较为冗长。（初期的戏文较短）每本总在二十出以上，篇幅最巨的，有到二百多出的。（像乾隆时代的宫廷戏，如

《劝善金科》、《莲花宝筏》、《鼎峙春秋》等）最普通的篇幅是从三十出到五十出，约为二册。

二是杂剧，是受了戏文流行的影响，把"诸宫调"的歌唱变成了舞台的表演而形成的。其歌唱最为严格，全用北曲来唱，且须主角一人独唱到底。其篇幅因之较短。在初期，总是以四折组成。（有少数是五折的。）如果五折不足以尽其故事，则析之为二本或四本五本。但究竟以一本四折者为最多。到了后期，则所谓杂剧变成了短剧或独幕剧的别称，最多数是一本一折的了。（间有少数多到一本九折。）

三是地方戏，这一类的戏曲，范围广泛极了；竟有浩如烟海之感。戏文原来也是地方戏，被称为永嘉戏文，但后来成为流行全国的东西。近代的地方戏几乎每省均有之。为了交通的不便和各地方言的隔阂，所以地方戏最容易发展。广东戏是很有名的，绍兴戏和四明文戏也盛行于浙省。皮黄戏原来也是由地方戏演变而成的。有所谓徽调、汉调、秦腔等等，都是代表的地方戏，先于皮黄而出现，而为其祖祢的。

第四类，讲唱文学。这个名辞是杜撰的，但实没有其他更适当的名称，可以表现这一类文学的特质。这一类的讲唱文学在中国的俗文学里占了极重要的成分，且也占了极大的势力。一般的民众，未必读小说，未必时时得见戏曲的演唱，但讲演文学却是时时被当作精神上的主要的食粮的。许许多多的旧式的出赁的读物，其中，几全为讲唱文学的作品。这是真正的像水银泻地无孔不入的一种民间的读物，是真正的被妇孺老少所深爱看的作品。

这种讲唱文学的组织是以说白（散文）来讲述故事，而同时又以唱词（韵文）来歌唱之的；讲与唱互相间杂。使听众于享受着音乐和歌唱之外，又格外的能够明了其故事的经过。这种体裁，原来是从印度输入的。最初流行于庙宇里，为僧侣们说法、传道的工具。后来乃渐渐的出了庙宇而入于"瓦子"（游艺场）里。

他们不是戏曲；虽然有说白和歌唱，甚且演唱时有模拟故事中人物的动作的地方，但全部是第三身的讲述，并不表演的。（后来竟有模拟戏曲而在台上表演了，像近来流行的化装滩簧，化装宣卷之类。）

他们也不是叙事诗或史诗；虽然带着极浓厚的叙事诗的性质，但其以散文讲述的部分也占着很重要的地位，决不能成为纯粹的叙事诗。（后来的短篇的唱词，名为"子弟书"的，竟把说白的部分完全的除去了，更近于叙事诗的体裁了。）

他们是另成一体的，他们是另有一种的极大魔力，足以号召听众的。

他们的门类极为复杂，虽然其性质大抵相同。大别之，可分为：

一、"变文"；这是讲唱文学的祖祢，最早出现于世的。其初是讲唱佛教的故事，作为传道、说法的工具的，像《八相成道经变文》、《目连变文》等等；且其讲唱只是限于在庙宇里的。但后来，渐渐的采取中国的历史上的故事和传说中的人物来讲唱了；像《伍子胥变文》、《王昭君变文》、《舜子至孝变文》等等；甚至有采用"时事"来讲唱的，像《西征记变文》。

二、"诸宫调"；当"变文"的讲唱者离开了庙宇而出现于"瓦子"里的时候，其讲唱宗教的故事者成为"宝卷"，而讲唱非宗教的故事的，便成了"诸宫调"。"诸宫调"的歌唱的调子，比之"变文"复杂得多。是采取了当代流行的曲调来组成其歌唱部分的。其性质和体裁却和"变文"无甚分别。在"诸宫调"里，我们有了几部不朽的名著，像董解元的《西厢记诸宫调》，无名氏的《刘知远诸宫调》。

三、"宝卷"；宝卷是"变文"的嫡系子孙，其歌唱方法和体裁，几和"变文"无甚区别；不过在其间，也加入了些当代流行的曲调。其讲唱的故事，也以宗教性质的东西为主体，像《香山宝卷》、《鱼篮观音宝卷》、《刘香女宝卷》等等。到了后来，也有讲唱非宗教的故事的，像《梁山伯宝卷》、《孟姜女宝卷》等等。

四、"弹词";这是讲唱文学里在今日最有势力的一支。弹词是流行于南方的,正像"鼓词"之流行于北方的一样。弹词在福建被称为"评话",在广东被称为"木鱼书",或又作"南词",其实是同一的东西。在弹词里,有一部分是妇女的文学,出于妇女之手,且为妇女而写作的,像《天雨花》、《笔生花》、《再生缘》等等。大部分是用国语文写成的。但也有纯用吴音写作的,这也占着一部分的力量,像《三笑姻缘》、《珍珠塔》、《玉蜻蜓》等等。福建的"评话",以《榴花梦》为最流行,且最浩瀚,约有三百多册。

五、"鼓词";这是今日在北方诸省最占势力的讲唱文学。其篇幅,大部分都极为浩瀚,往往在一百册以上;像《大明兴隆传》、《乱柴沟》、《水浒传》等等都是。其中,也有小型的,但大都以讲唱恋爱的故事为主体的,像《蝴蝶杯》等。在清代,有所谓"子弟书"的,乃是小型的鼓词,却除去道白,专用唱词,且以唱咏最精彩的故事中的一二段为主。子弟书有东调、西调之分。东调唱慷慨激昂的故事;西调则为靡靡之音。

第五类,游戏文章。这是"俗文学"的附庸。原来不是很重要的东西,且其性质也甚为复杂。大体是以散文写作的,但也有作"赋"体的。在民间,也占有相当的势力。从汉代的王褒《僮约》到缪莲仙的《文章游戏》,几乎无代无此种文章。像《燕子赋茶酒论》等是流行于唐代的。像《破棕帽歌》等,则流行于明代。他们却都是以韵文组成的;可归属在民歌的一类里面。

四

以上五类的俗文学,其消长或演变的情势,也有可得而言的。

中国古代的文学,其内容是很简单的,除了诗歌和散文之外。几无第三种文体。那时候,没有小说,没有戏曲,也没有所谓讲唱文学一类的东西。在散文方面,几乎全都是庙堂文学,王家贵族的文学,民间的作品全没有流传下来。但在诗歌方面,民间的作品却被《诗经》保存了不少。在《楚辞》里也保存了一小部分。《诗经》里的民歌,其范围是很广的。除少年男女的恋歌之外,还有牧歌、祭祀歌之类的东西。《楚辞》里的《大招》、《招魂》和《九歌》乃是民间实际应用的歌曲吧。

秦、汉以来,《诗经》的四言体不复流行于世,而楚歌大行于世。刘邦为不甚读书,从草莽出身的人物。故一般的初期的贵族们只会唱楚歌、作楚歌,而不会写什么古典的东西。不久,在民间,渐渐的有另一种的新诗体在抬头了;那便是五言诗。其初,只表现她自己于民歌民谣里。但后来,学士大夫们也渐渐的采用到她了;班固的《咏史》便是很早的可靠的五言的诗篇。建安以后,五言诗始大行于世,成为六朝以来的重要诗体之一。当汉武帝的时候,曾采赵代之讴入乐。在汉乐府里,也有很多的民歌存在着。

汉、魏乐府在六朝成古典的东西,而民歌又有新乐府抬起头来,立刻便为学士大夫们所采用。六朝的新乐府有三种:一是吴声歌曲,像《子夜歌》、《读曲歌》;二是西曲歌,像《莫愁乐》、《襄阳乐》等;三是横吹曲辞,(这是北方的歌曲),像《企喻歌》、《陇头流水歌》等。

到了唐代,佛教的势力更大了,从印度输入的东西也更多了。于是民间的歌曲有了许多不同的体裁。而文人们也往往以俗语入诗;有的通俗诗人们,像王梵志、寒山们,所写作的且全为通俗的教训诗。

在这时,讲唱文学的"变文"被介绍到庙宇里了;成为当时最重要的俗文学。且其势力立刻便很大。

敦煌文库的被打开,使我们有机会得以读到许多从来不知道的唐代的俗文学的重要作品。

"大曲"在这时成为庙堂的音乐,在其间,有许多是胡夷之曲。很可惜,我们得不到其歌辞。

"词"在这时候也从民间抬头了；且这新声也立刻便为文人学士们所采用。在其间，也有许多是胡夷之曲。

在宋代，"变文"的名称消灭了；但其势力却益发的大增了；差不多没有一种新文体不是从"变文"受到若干的影响的。瓦子里讲唱的东西，几乎多多少少都和"变文"有关系。以"讲"为主体而以"唱"为辅的，则有"小说"，有"讲史"；讲唱并重（或更注重在唱的）则有"诸宫调"。

这时，瓦子里所流行的"俗文学"，其种类实在复杂极了，于"小说"等外，又有"唱赚"，有"杂剧词"，有"转踏"等等。（大曲仍流行于世；杂剧词多以大曲组成之。）

印度的戏曲，在这时也被民间所吸引进来了。最初流行于浙江的永嘉，故亦谓之"永嘉杂剧"或戏文。

金、元之际，"杂剧"的一种体裁的戏曲也产生于世；在一百多年间，竟有了许多的伟大的不朽的名著。

南北曲也被文人们所采用。

宝卷、弹词在这时候也都已出现于世。（杨维桢有《四游记》弹词。最早的宝卷《香山宝卷》，相传为南宋时所作。）

明代是小说戏曲最发达的时候。民间的歌曲也更多地被引进到《散曲》里来。鼓词第一次在明代出现。宝卷的写作盛行一时，被视作宣传宗教的一种最有效力的工具。

明代的许多文人们，竟有勇气在搜辑民歌，拟作民歌；像冯梦龙一人便辑着十卷的《山歌》，若干卷（大约也有十卷左右吧）的《挂枝儿》。许多的俗文学都在结集着；像宋以来的短篇话本，便结集而成为"三言"。许多的讲史都被纷纷的翻刻着、修订着。且拟作者也极多。

清代是一个反动的时代。古典文学大为发达。俗文学被重重地压迫着，几乎不能抬起头来。但究竟是不能被压得倒的。小说戏曲还不断的有人在写作。而民歌也有好些人在搜辑，在拟作。宝卷、弹词、鼓词都大量地不断地产生出来。俗文学在暗地里仍是大为活跃。她是永远地健生着，永远地不会被压倒的。

"五四"运动以来，搜辑各地民歌及其他俗文学之风大盛。他们不再被歧视了。我们得到了无数的新的研究的材料。而研究的工作也正在进行着。

五

在这里，如果要把俗文学的一切部门都加以讲述，是很感觉到困难的。恐怕三四倍于现在的篇幅，也不会说得完。故把最重要的两个部门，即小说和戏曲，另成为专书，而这里只讲述到小说、戏曲以外的俗文学。但也已觉得并不是一件容易的事了。

第一，是材料的不易得到。著者在十五六年来，最注意于关于俗文学的资料的收集。在作品一方面，于戏曲、小说之外，复努力于收罗宝卷、弹词、鼓词以及元、明、清的散曲集；对于流行于今日的单刊小册的小唱本、小剧本等等，也曾费了很多的力量去访集。"一二八"的上海战事，几把所有的小唱本、小剧本以及弹词、鼓词等毁失一空。四五年来，在北平复获得了这一类的书籍不少。壮年精力，半殚于此。但究竟还未能臻于丰富之境；不过得十一于千百而已。然同好者渐多。重要的图书馆，也渐已知道注意搜访此类作品。今所讲述的，只能以著者自藏的为主，而问及其他各公私所藏的重要者。故只能窥豹一斑而已。只是研究的开始，而尚不是结束的时代。

第二，尤为困难的是，许多的记述，往往都为第一次所触手的，可依据的资料太少；特别关于作家的，几乎非件件要自己去掘发，去发现不可。而数日辛勤的结果，往往未必有所得。即有所得，也不过寥寥数语而已。惟因评断和讲述多半为第一次的，故往往也有些比较新鲜的刺激和见解。

第三，有一部分的俗文学，久已散佚，其内容未便悬断。便影响到一部分的结论的未易得到。但著者在可能的范围之内，必求其讲述的比较的有系统，尤其注意到各种俗文学的文体的演变与其所受的影响。故有许多地方，往往是下着比较大胆的结论。对于这，著者虽然很谨慎，且多半是久蓄未发之话，但也许仍难免有粗率之点。这只是第一次的讲述，将来是不怕没有人来修正的。

对于各种俗文学的文体的讲述，大体上都注重于其初期的发展，而于其已成为文人学士们的东西的时候，则不复置论。一来是省掉许多篇幅，这些篇幅是应该留给一般的中国文学史的；这里只是讲着俗文学的演变而已；当俗文学变成了正统的文学时，这里便可以不提及了。二来是正统文学的材料，比较的易得。这里对于许多易得的材料都讲述得较少，而对于比较难得的东西，则引例独多。这对于一般读者们，也许更为方便而有用些。

所以，本书对于五言诗只讲到东汉初为止，而建安的一个五言的大时代便不着只字；对于词，只提到敦煌发现的一部分，而于温庭筠以下的《花间》词人和南唐二主，南北宋诸大家，均不说起。对于明、清曲，也只注意到民间歌曲，和那一班模拟或采用着民歌的作者们，而对于许多大作家，像陈大声、王九思等等，均省略了去。——这里，只有一二个例外，就是对于元代的散曲，叙述各家比较详尽。这是因为元曲讲述之者尚罕见，有比较详述的必要。

六

胡适之先生说道："中国文学史上何尝没有代表时代的文学？但我们不应向那'古文传统史'里去寻，应该向那旁行斜出的'不肖'文学里去寻。因为不肖古人，所以能代表当世。"（《白话文学史》引子，第四页）这话是很对的。讲述俗文学史的时候，随时都可以发生同样的见解。"因为不肖古人，所以能代表当世。"有三五篇作品，往往是比之千百部的诗集、文集更足以看出时代的精神和社会的生活来的。他们是比之无量数的诗集、文集，更有生命的。我们读了一部不相干的诗集或文集，往往一无印象，一无所得，在那里是什么也没有，只是白纸印着黑字而已。但许多俗文学的作品，却总可以给我们些东西。他们产生于大众之中，为大众而写作，表现着中国过去最大多数的人民的痛苦和呼吁，欢愉和烦闷，恋爱的享受和别离的愁叹，生活压迫的反响，以及对于政治黑暗的抗争；他们表现着另一个社会，另一种人生，另一方面的中国，和正统文学，贵族文学，为帝王所养活着的许多文人学士们所写作的东西里所表现的不同。只有在这里，才能看出真正的中国人民的发展、生活和情绪。中国妇女们的心情，也只有在这里才能大胆的、称心的、不伪饰的倾吐着。

这促使我更有决心地去完成这个工作。——这工作虽然我在十五六年前已经在开始准备着。

但这部《俗文学史》还只是一个发端，且只是很简略的讲述。更有成效的收获还有待于将来的续作和有同心者的接着努力下去。

我相信，这工作并不浪费。——不仅仅在填补了许多中国文学史的所欠缺的篇页而已。

第二章　古代的歌谣

一

古代的歌谣，最重要的一个总集，自然是《诗经》。《诗经》在很早的时候，便被升格而当做"应用"的格言集或外交辞令的。孔子，相传的一位《诗经》的编订者，便很看重"诗"的应用的价值。

> 诗、可以兴，可以观，可以群，可以怨；迩之事父，远之事君，多识于鸟、兽、草、木之名。

这是孔子的话。他又道：

> 不学诗，无以言。

这可以算是最彻底的"诗"的应用观了。在实际上，当孔子那时候，"诗"恐怕也确是有实用的东西。我们知道在《春秋》的时候，诸侯们、大臣们，乃至史家们，每每的引诗以明志，称诗以断事，或引诗以臧否人物。见于《左传》、《国语》的关于这一类的记载，异常的多。

> 吴侵楚，养由基奔命，子庚以师继之。……大败吴师，获公子党。君子以吴为不吊。《诗》曰：不吊昊天，乱靡有定。
>
> ——《左传》襄十三年
>
> 癸酉，葬襄公。公薨之月，子产相郑伯以如晋。……晋侯见郑伯，有加礼。厚其宴好而归之。乃筑诸侯之馆。叔向曰：辞之不可以已也如是夫！子产有辞，诸侯赖之。若之何其释辞也？《诗》曰：辞之辑矣，民之协矣。辞之绎矣，民之莫矣。其知之矣。
>
> ——《左传》襄三十一年

《诗经》在这时候似乎已被蒙上了一层迷障。她的真实的性质已很难得为人所看得明白。

到了汉代，经学成了仕进之途之一。博士相传，惟以训诂章句为业；对于《诗经》更是茫然的不知其真相的为何。他们以她为"圣经"之一了，再也不敢去研究其内容，更不敢去讨论、去估定其在文学上的价值了。齐、鲁、韩三家以及毛诗的一家，全都是争逐于训诂之末，像猜谜似的在推测，在解说着"诗"意的。齐诗尤可怪，简直是以"诗"为"卜"。

在唐以后，经了朱熹诸人的打破了迷古的训诂的重障，以直觉来说"诗"，方才发现了"诗"的正义的一部了。但还不够胆大，还不敢完全冲破古代的旧解的牢笼。

我们如果以《诗经》和《乐府诗集》、《花间集》、《太平乐府》、《阳春白雪》一类的书等类齐观，我们才能完全明白《诗经》的内容并没有什么奥妙，并没有什么神秘。

在《诗经》里，在那三百篇里，性质是极为复杂的；自庙堂之作以至里巷小民之歌，无所不有。而里巷之作，所占的成分尤多。以孔子的论

"诗"的眼光看来,他是不会编选这部不朽的"古诗总集"的。"诗"的编定也许曾经过不少人的手。孔子也许只是最后的一个订定者而已。我们看,《诗经》以外,古书里所引的"逸诗"之少,便可以知道"三百篇"的这个数目乃是相当古老的相传的内容了。

《诗经》里"里巷之歌",近来的一般人只知道注意到"桑间濮上"的恋歌;这一部分的民间恋歌自然不失其为最晶莹的珠玉。但尤其重要的还是民间的一些农歌,一些社饮、祷神、收获的歌。古代的整个农业社会的生活状态在那里都活泼泼的被表现出来。

我们现在先讲恋歌及其他性质的东西,然后再谈到关于农民生活的歌谣。

二

《诗经》里的恋歌,描写少年儿女的恋态最无忌惮,最为天真,像:

> 彼狡童兮,不与我言兮。维子之故,使我不能餐兮。彼狡童兮,不与我食兮。维子之故,使我不能息兮。(郑)

这一篇歌不是说的男的不理会女的了,而女的是那样的不能餐不能息的在不安着么?《青青子衿》写相思者的悠悠的心念着穿着青衿的人儿,又责备着他:

> 青青子衿,悠悠我心。纵我不往,子宁不嗣音?青青子佩,悠悠我思。纵我不往,子宁不来?挑兮达兮,在城阙兮,一日不见,如三月兮。(郑)

但一到见了他,又是如何的如渴者的赴水。"一日不见,如三月兮!"他们是如何的不能一刻离别!

《将仲子》是一篇写着少女的羞怯的恋情;她不是不怀念着恋着她的人,却又畏着父母、诸兄,畏着人的多言;多方的顾忌着。惟恐因了情人的鲁莽而为人所知:

将仲子兮,无逾我里,无折我树杞。岂敢爱之,畏我父母。仲可怀也,父母之言,亦可畏也。 将仲子兮,无逾我墙,无折我树桑。岂敢爱之,畏我诸兄。仲可怀也,诸兄之言,亦可畏也。 将仲子兮,无逾我园,无折我树檀。岂敢爱之,畏人之多言。仲可怀也,人之多言,亦可畏也。(郑)

《陈风》里的"月出皎兮"写怀人的心境最为尖新隽逸。那首诗的三节,逐渐地说出三个层次的不同的心境。初是"劳心悄兮",继而"劳心慅兮",终而"劳心惨兮"。后来民歌里的《五更转》便是由此种形式蜕化出来的。

月出皎兮,佼人僚兮。舒窈纠兮,劳心悄兮。 月出皓兮,佼人懰兮。舒忧受兮,劳心慅兮。月出照兮,佼人燎兮。舒夭绍兮,劳心惨兮。(陈)

《终风》也是一篇怀人的诗。是那样的思念着,表面上却要装着笑容。虽是有说有笑的,哪里知道心里却是"悼"着,怀念着。

终风且暴,顾我则笑。谑浪笑敖,中心是悼。终风且霾,惠然肯来。莫往莫来,悠悠我思! 终风且曀,不日有曀。寤言不寐，愿言则嚏。　曀曀其阴。虺虺其雷。寤言不寐，愿言则怀。

《晨风》也是怀人之作。到林里山里去，怎么见不到他呢？是把自己忘了吧？这也是三个阶段的心理。终于是"忧心如醉"。

鴥彼晨风，郁彼北林，未见君子，忧心钦钦。如何如何，忘我实多。　山有苞栎，隰有六驳，未见君子，忧心靡乐。如何如何，忘我实多。　山有苞棣，隰有树檖。未见君子，忧心如醉。如何如何，忘我实多。（《秦风·晨风》）

《小雅》里的"白华菅兮"，凡八节，是怀人诗里比较最深刻、最挚切的了。人是远去了，自己独处在室。到处触物，都成了相思的资料。乃至怀疑到"之子无良，二三其德"。

白华菅兮。白茅束兮。之子之远，俾我独兮。　英英白云，露彼菅茅。天步艰难，之子不犹。　滮池北流，浸彼稻田，啸歌伤怀，念彼硕人。　樵彼桑薪，卬烘于煁。维彼硕人，实劳我心。　鼓钟于宫，声闻于外，念子懆懆，视我迈迈。　有鹙在梁，有鹤在林。维彼硕人，实劳我心。　鸳鸯在梁，戢其左翼。之子无良，二三其德。　有扁斯石，履之卑兮。之子之远，俾我疧兮。（《小雅》）

《卫风》里的"氓之蚩蚩"是一篇叙事诗，写着一大段恋爱的经过；从初恋到别离，到结合，到婚后的生活，到三年后的"士贰其行"，到女子的自怨自艾。和《白头吟》很相类。

氓之蚩蚩，抱布贸丝。匪来贸丝，来即我谋。送子涉淇，至于顿丘。匪我愆期，子无良媒。将子无怒，秋以为期。 乘彼垝垣，以望复关。不见复关，泣涕涟涟，既见复关，载笑载言。尔卜尔筮，体无咎言，以尔车来，以我贿迁。桑之未落，其叶沃若。于嗟鸠兮，无食桑葚。于嗟女兮，无与士耽。士之耽兮，犹可说也。女之耽兮，不可说也。桑之落矣，其黄而陨。自我徂尔，三岁食贫，淇水汤汤，渐车帷裳。女也不爽，士贰其行。士也罔极，二三其德。三岁为妇，靡室劳矣。夙兴夜寐，靡有朝矣。言既遂矣，至于暴矣。兄弟不知，咥其笑矣，静言思之，躬自悼矣。及尔偕老，老使我怨。淇则有岸，隰则有泮，总角之宴，言笑晏晏。信誓旦旦，不思其反。反是不思，亦已焉哉！
（卫）

要把《诗经》里的恋歌一首首的都举出来，在这里是不可能的。上面只是举几个比较重要的例子而已。但远古的恋爱生活在这里已可以看出多少来。

三

在古代，很早的便有征"役"的制度。人民个个都有当兵服役的义务，常常为了应兵役而远远的离开了家。杜甫、白居易的诗里对于这事都有很沉痛的描写。在《诗经》里，也有这一类的诗。一个壮丁离别了少妇，执殳而为王的先驱；一个执殳者连夜晚也还不得休息；这情形在"诗"里写得悱怨。

《小星》被解为"夫人无妒忌之行，惠及贱妾，进御于君"是很可笑的。这明明是一个"肃肃宵征，夙夜在公"的行役者的呼吁；所谓"抱衾与裯"是带了行囊去"上直"的意思。

> 嘒彼小星，三五在东。肃肃宵征，夙夜在公，寔命不同。嘒彼小星，维参与昴。肃肃宵征，抱衾与裯，寔命不犹。

"伯兮朅兮"一首，写丈夫执了殳，为王的先驱去了，少妇在闺中天天的思念着他，连膏沐也都不施。丈夫走了，她还为谁而修饰着容颜呢？

> 伯兮朅兮，邦之桀兮。伯也执殳，为王前驱。自伯之东，首如飞蓬。岂无膏沐，谁适为容？其雨其雨，杲杲出日。愿言思伯，甘心首疾。焉得谖草？言树之背。愿言思伯，使我心痗。
> （卫）

《君子于役》也是思妇怀念其应征役而去的丈夫的，写得是那样的深情悱恻：

> 君子于役，不知其期，曷至哉！鸡栖于埘。日之夕矣，羊牛下来。君子于役，如之何勿思！君子于役，不日不月，曷其有佸！鸡栖于桀，日之夕矣，羊牛下括。君子于役，苟无饥渴？
> （王）

"君子于役"去了，不知什么时候才回来。天已经黑下来了，鸡都归了窝，牛羊也都从牧场里赶回来了，"君子"还在服役，怎么能不思念着他呢？也不知道他什么时候才回来？他在"于役"时，饥了么？渴了么？她是那样的关心着他！

在《诗经》里找到了《黄鸟》和《我行其野》二篇是最有趣味的事。

这两篇是同性质的东西。读了《我行其野》便更可以明了《黄鸟》说的是什么事。

　　黄鸟黄鸟，无集于谷，无啄我粟。此邦之人，不我肯谷。言旋言归，复我邦族。　黄鸟黄鸟，无集于桑，无啄我粱。此邦之人，不可与明。言旋言归，复我诸兄。　黄鸟黄鸟，无集于栩，无啄我黍。此邦之人，不可与处。言旋言归，复我诸父。

　　我行其野，蔽芾其樗。昏姻之故，言就尔居。尔不我畜，复我邦家。　我行其野，言采其蓫。昏姻之故，言就尔宿。尔不我畜，言归斯复。　我行其野，言采其葍。不思旧姻，求尔新特。成不以富，亦只以异。

"昏姻之故，言就尔居。"这不明明的说着"入赘"的事么？"尔不我畜，复我邦家"和"此邦之人，不我肯谷。言旋言归，复我邦族"其事实是相同的。赘婿之不为人所重，古今如一。《刘知远诸宫调》写知远入赘李家，受尽李氏兄弟的欺辱。他乃慨叹的说道：

　　劝人家少年诸子弟，愿生生世世休做女婿。

他受不住那苦处，不得不和三娘别离而出走。《黄鸟》和《我行其野》写的还不是这同样的情绪么？

四

　　在《周南》、《召南》里，有几篇民间的结婚乐曲，和后代的"撒帐词"等有些相同。《关雎》里有"琴瑟友之"、"钟鼓乐之"，明是结婚时的歌曲。

  关关雎鸠，在河之洲。窈窕淑女，君子好逑。　参差荇菜，左右流之。窈窕淑女，寤寐求之。　求之不得，寤寐思服。悠哉悠哉，辗转反侧。　参差荇菜，左右采之。窈窕淑女，琴瑟友之。　参差荇菜，左右芼之。窈窕淑女，钟鼓乐之。

《桃夭》一首也全是祝颂的话；那三节完全是同一个意义，只是重叠的歌唱着而已。

  桃之夭夭，灼灼其华。之子于归，宜其室家。　桃之夭夭，有蕡其实。之子于归，宜其家室。　桃之夭夭，其叶蓁蓁。之子于归，宜其家人。

《摽有梅》和《鹊巢》也是同样的乐歌。把结婚时的迎入"新人"喻作鸠居鹊巢，是有趣的。

  摽有梅，其实七兮。求我庶士，迨其吉兮。　摽有梅，其实三兮。求我庶士，迨其今兮。　摽有梅，顷筐塈之，求我庶士，迨其谓之。
  维鹊有巢，维鸠居之。之子于归，百两御之。　维鹊有巢，维鸠方之。之子于归，百两将之。　维鹊有巢，维鸠盈之。之子于归，百两成之。

《秦风》里的《无衣》，可以看出这个秦民族的尚武精神。人们是兄弟似的衣袍相共，"修我戈矛"，为国而共同作战。

岂曰无衣，与子同袍。王于兴师，修我戈矛，与子同仇。
岂曰无衣，与子同泽。王于兴师，修我矛戟，与子偕作。
岂曰无衣，与子同裳。王于兴师，修我甲兵，与子偕行。（秦）

《魏风》里的《伐檀》是《诗经》里很罕见的一篇讽刺诗。这不是凡伯的诗，这不是寺人孟子的诗，这是老百姓们的讥刺着"君子"——贵族们——的诗。那些贵族们不稼不穑，却取着"禾三百廛"；不狩不猎，而看着他们的庭上却悬着貆，悬着特，悬着鹑。这些东西从哪里来的呢？还不是从老百姓那里征来的，夺来的！

坎坎伐檀兮，寘之河之干兮，河水清且涟猗。不稼不穑，胡取禾三百廛兮？不狩不猎。胡瞻尔庭有县貆兮？彼君子兮，不素餐兮！
坎坎伐辐兮，寘之河之侧兮，河水清且直猗。不稼不穑，胡取禾三百亿兮。不狩不猎，胡瞻尔庭有县特兮？彼君子兮，不素食兮！
坎坎伐轮兮，寘之河之漘兮，河水清且沦猗。不稼不穑，胡取禾三百囷兮？不狩不猎，胡瞻尔庭有县鹑兮？彼君子兮，不素飧兮。（魏）

"彼君子兮，不素餐兮！"骂的是如何的蕴蓄而刻毒！

五

在《诗经》里，有许多描写农民生活的歌谣。这些歌谣，最足以使我们注意。他们把古代的农业社会的面目，和农民们的欢愉、愁苦和怨恨全都表白出来，而且表白得那么漂亮，那么深刻，那么生动活泼；仿佛两千数百年前的劳苦的农家的景象就浮现在此刻的我们的面前。这是最可珍贵的史料，同时也是不朽的名作。像《诗经》里的恋歌，在后代还不难找到同类的甚至更美好的作品；但像这一类的诗篇，在后代却几乎绝迹不见了。农民们受到更重更深的压迫和负担，竟连叹息和呼吁的时间或机会都没有。等到他们站在死亡线上，前面只有死路一条的时候，便不能不"揭竿而起"了。而在这早期的农业社会里，他们至少却还能叹息着呼吁着，诉着自己的被剥削、被掠夺的苦闷。

我们看《七月》这一篇诗写农人们的辛勤的生活是如何的详尽而逼真：

> 七月流火，九月授衣。一之日觱发，二之日栗烈，无衣无褐，何以卒岁，三之日于耜，四之日举趾。同我妇子，馌彼南亩，田畯至喜。
> 七月流火，九月授衣。春日载阳。有鸣仓庚。女执懿筐，遵彼微行。爰求柔桑，春日迟迟。采蘩祁祁，女心伤悲，殆及公子同归。 七月流火，八月萑苇，蚕月条桑，取彼斧斨，以伐远扬，猗彼女桑。七月鸣䴗，八月载绩。载玄载黄，我朱孔阳，为公子裳。 四月秀葽，五月鸣蜩。八月其获，十月陨萚。一之日于貉，取彼狐狸，为公子裘，二之日其同，载缵武功，言私其豵，献豜于公。 五月斯螽动股，六月莎鸡振羽，七月在野，八月在宇，九月在户，十月蟋蟀，入我床下，穹窒熏鼠，塞向墐户。嗟我妇子，曰为改岁，入此室处。
> 六月食郁及薁，七月亨葵及菽，八月剥枣，十月获稻。为此春酒，以介眉寿。七月食瓜，八月断壶，九月叔苴，采荼薪樗，

食我农夫。 九月筑场圃，十月纳禾稼。黍稷重穋。禾麻菽麦。嗟我农夫，我稼既同，上入执宫功。昼尔于茅，宵尔索绹，亟其乘屋，其始播百谷。 二之日，凿冰冲冲，三之日，纳于凌阴，四之日其蚤，献羔祭韭。九月肃霜，十月涤场，朋酒斯飨，曰杀羔羊。跻彼公堂，称彼兕觥，万寿无疆。

却也处处流露出不平之鸣。"无衣无褐，何以卒岁？"然而却要采桑绩丝"为公子裳"，却要"取彼狐狸，为公子裘"，却要"献豣于公"。好容易到了十月，农事已毕，方才"朋酒斯飨"，安逸几时。

畟畟良耜，俶载南亩。播厥百谷，实函斯活。或来瞻女，载筐及筥。其饟伊黍，其笠伊纠，其镈斯赵，以薅荼蓼。荼蓼朽止，黍稷茂止。获之挃挃，积之栗栗，其崇如墉，其比如栉。以开百室，百室盈止。妇子宁止，杀时犉牡，有捄其角，以似以续，续古之人。

这一篇《良耜》从播百谷，写到耕耘，写到收获。是那样的丰收，积粟竟至"其崇如墉，其比如栉。以开百室，百室盈止"。于是全家"杀时犉牡"，很欢乐的结束了一岁的辛勤。《大田》所写的和《良耜》相同，而比较的更为详尽。

大田多稼，既种既戒。既备乃事，以我覃耜。俶载南亩，播厥百谷。既庭且硕，曾孙是若。 既方既皂，既坚既好。不稂不莠，去其螟螣，及其蟊贼，无害我田稚。田祖有神，秉畀炎火。 有渰萋萋，兴雨祈祈。雨我公田，遂及我私。彼有不获稚，此有不敛穧。彼有遗秉，此有滞穗，伊寡妇之利。 曾孙来止，以其妇子，馌彼南亩，田畯至喜。来方禋祀，以其骍黑，与其黍稷，以享以祀，以介景福。

所谓"彼有不获稚，此有不敛穧，彼有遗秉，此有滞穗，伊寡妇之利"，是说，在那时，当收获的时候，凡田里有遗下的秉、穗，都归寡妇之所有。《甫田》也是同性质的东西。

倬彼甫田，岁取十千。我取其陈，食我农人。自古有年，今适南亩。或耘或耔，黍稷薿薿。攸介攸止，烝我髦士。以我齐明，与我牺羊。以社以方，我田既臧。农夫之庆，琴瑟击鼓。以御田祖，以祈甘雨。以介我稷黍，以谷我士女。曾孙来止，以其妇子。馌彼南亩，田畯至喜。攘其左右，尝其旨否。禾易长亩，终善且有。曾孙不怒，农夫克敏。　曾孙之稼，如茨如梁。曾孙之庾。如坻如京。乃求千斯仓，乃求万斯箱。黍稷稻粱，农夫之庆。报以介福，万寿无疆。（《小雅》）

《丰年》一篇写得最简单；说的是丰收之后，将余谷来"为酒为醴，烝畀祖妣"。

丰年多黍多稌，亦有高廪，万亿及秭。为酒为醴，烝畀祖妣。以洽百礼，降福孔皆。

《行苇》和《既醉》都是描写宴饮的情形的；或是乡间社饮时所奏的乐歌吧，故多善祷善颂的话。

《行苇》一篇写宴饮的次第，写"既燕而射"的投壶的情形，甚为生动。而《既醉》则不过是祷颂之祝语而已。

敦彼行苇，牛羊勿践履。方苞方体，维叶泥泥。 戚戚兄弟，莫远具尔。或肆之筵，或授之几。 肆筵设席。授几有缉御。或献或酢，洗爵奠斝。 醓醢以荐，或燔或炙。嘉殽脾臄，或歌或咢。 敦弓既坚，四鍭既均。舍矢既均，序宾以贤。 敦弓既句，既挟四鍭。四鍭如树，序宾以不侮。 曾孙维主，酒醴维醹。酌以大斗，以祈黄耇。 黄耇台背，以引以翼。寿考维祺，以介景福。

既醉以酒，既饱以德。君子万年，介尔景福。 既醉以酒，尔殽既将。君子万年，介尔昭明。 昭明有融，高朗令终。令终有俶，公尸嘉告。 其告维何？笾豆静嘉。朋友攸摄，摄以威仪。 威仪孔时，君子有孝子。孝子不匮，永锡尔类。 其类维何？室家之壶。君子万年，永锡祚胤。 其胤维何？天被尔禄。君子万年，景命有仆。 其仆维何？厘尔女士。厘尔女士，从以孙子。

《伐木》也是写"朋酒斯飨"的情形的。"坎坎鼓我，蹲蹲舞我"，农余之暇，宴饮的时候，他们是知道怎样的愉乐自己，以舒一岁的积劳的。

伐木丁丁，鸟鸣嘤嘤。出自幽谷，迁于乔木。嘤其鸣矣，求其友声。 相彼鸟矣，犹求友声。矧伊人矣，不求友生！神之听之，终和且平。

伐木许许，酾酒有藇。既有肥羜，以速诸父。宁适不来？微我弗顾？ 于粲洒埽，陈馈八簋。既有肥牡，以速诸舅。宁适不来？微我有咎？ 伐木于阪，酾酒有衍。笾豆有践，兄弟无远。

民之失德，乾糇以愆。　有酒湑我，无酒酤我。坎坎鼓我，蹲蹲舞我。迨我暇矣，饮此湑矣。(《小雅》)

最后，还要一提《无羊》。《无羊》是一篇最漂亮的牧歌。"尔羊来思，其角濈濈，尔牛来思，其耳湿湿"那活泼生动的形容，在后人的诗里还不曾见到过。"麾之以肱，毕来既升"的一段，正好作"日之夕矣，牛羊下来"的那一句话的形容。

谁谓尔无羊？三百维群。谁谓尔无牛，九十其犉。尔羊来思，其角濈濈，尔牛来思，其耳湿湿。　或降于阿，或饮于池，或寝或讹。尔牧来思，何蓑何笠，或负其餱，三十维物，尔牲则具。　尔牧来思，以薪以蒸，以雌以雄。尔羊来思，矜矜兢兢，不骞不崩。麾之以肱，毕来既升。　牧人乃梦，众维鱼矣，旐维旟矣，大人占之。众维鱼矣，实维丰年。旐维旟矣，室家溱溱。(《小雅》)

六

《楚辞》里也有许多民歌性质的东西。楚人善讴。楚歌在秦、汉间是最流行的一种歌声。不仅项羽，就是刘邦和他的宫廷中人，对于楚歌也是极爱好的。屈原、宋玉之作，其受到民歌的影响是当然的。

在《楚辞》里最可注意的是《九歌》和《大招》、《招魂》。

《九歌》大部分是迎神送神和祝神的乐曲。朱熹说：

昔楚南郢之邑，沅、湘之间，其俗信鬼而好祀。其祀必使巫觋作乐，歌舞以娱神。蛮荆陋俗。词既鄙俚；而其阴阳人鬼之间，又或不能无亵慢淫荒之杂。原既放逐，见而感之，故颇为更定其词，去其泰甚。

是朱氏承认《九歌》原为湘、沅之间祀神的乐歌，屈原仅"更定其词，去其泰甚"而已。

《九歌》凡十一篇；"吉日兮辰良"的《东皇太一》疑是迎神之曲，恰好和《礼魂》的送神曲："成礼兮会鼓之长，无绝兮终古"相终始的。不过屈原改作的成分太多了，已看不出民歌的原来的浑朴的气质。

《招魂》相传为宋玉作。朱熹说："古者人死，则使人以其上服，升屋履危，北面而号曰：皋某复！遂以其衣三招之。乃下以履尸，此礼所谓复也。荆、楚之俗，乃或以是施之生人。故宋玉哀闵屈原无罪放逐，恐其魂魄离散而不复还。遂因国俗，托帝命，假巫语以招之。"我们看《招魂》的语气，确是招生魂之作。其描写的层次，完全具有宗教仪式上的必要的共同的条件。后代的迎亲曲，以至僧徒的"焰口"、放生咒等等，其结构都和此有些相同。故《招魂》之受有民歌极大的影响是无疑的，或竟是改作的"招魂曲"，为民间实际上应用的东西吧。

《大招》不知何人所作。"或曰屈原，或曰景差"。其性质和《招魂》完全相同；也恐是民间实际上应用的"招魂曲"。不过是《招魂》的异本，或流行于另一个地域的"招魂曲"而已。

现在把这两篇"招魂曲"的内容列一表于下：

	招　魂	大　招
序　曲	1."朕幼清以廉洁兮"以下为离去的魂的自白。 2."帝告巫阳曰"以下为帝命巫阳去招魂。	"魂魄归徕，无远遥只。魂乎归徕，无东无西无南无北只"。

	招　魂	大　招
向东方招魂	东方有"长人千仞，惟魂是索"又有"十日代出，流金铄石"。魂其归来，东方是"不可以托"的。	东有大海。"魂乎无东，汤谷寂寥只"。
向南方招魂	南方有吃人的蛮族，有吞人的蝮蛇，封狐。魂其归来，南方"不可以久淫"。	南有炎火千里。蝮蛇虎豹极多。"魂乎无南，蜮伤躬只"。
向西方招魂	西方有流沙千里，五谷不生，又无所得水。魂其归来。	西有流沙，又有豕头纵目之物。"魂乎无西，多害伤只"。
向北方招魂	北方有"增冰峨峨，飞雪千里"，魂其归来，"不可以久"。	北有寒山，代水深不可测。"魂乎无往，盈北极只"。
向天上招魂	天上有害人的虎豹，有豺狼，有九首的人。魂其归来。否则恐危其身。	
向幽都招魂	下方幽都有可怕的吃人的土伯。魂其归来。否则"恐自遗灾"。	
以上叙魂的离去之危苦；下文叙魂的归来之乐。		
反故居之乐1.	衣服之舒暖	饮食之美
反故居之乐2.	宫室之华美，淑女之媚态。	女乐之欢
反故居之乐3.	饮食之美	宫室之丽
反故居之乐4.	女乐之欢	功业之盛
终曲（乱曰）	"魂兮归来哀江南"。	

其内容虽略有不同，而结构却是完全相同的。(《大招》不向天上及幽都招魂，恐亦系地域的信仰关系。)先示之以各方的恐怖，都不可去，继乃力阐归来有无穷之乐。这完全是招生魂的话。故他们当是病危时所应用的巫师的乐曲。朱熹的解说，很是合理。在其间，我们不仅可以明白古代招魂的宗教仪式，且也可以明白秦、汉以前我们南方民族对于东西南北及上下各方的想像的描状；较《山海经》简单而更近于真相些。所谓千仞的长人，九首的人，所谓土伯，所谓豕头纵目之人，都是很有趣的最早的神话的资料。

七

《诗经》以外的古代歌谣，实在没有多少。逸"诗"经后人的辛勤的搜辑，可靠的不过薄薄的一卷而已。(《诗经拾遗》一卷，清郝懿行编，有《郝氏遗书》本)且也无甚重要者。此外，古代各书所引的民间歌谣，大半也都不过是零句片语，不能成篇，且多半是一种谚语或格言，不足重视。

姑引可靠的几部古书里所载的这一类谚语十几则，以见一斑。

孟子所引谚语，像《公孙丑篇》：

> 齐人有言曰：虽有智慧，不如乘势；虽有镃基，不如待时。

又《离娄篇》上

> 沧浪之水清兮，可以濯我缨；沧浪之水浊兮，可以濯我足。

都是格言式的东西。

《左传》里引"谚"最多,这里也只能举其数则。

狐裘龙茸,一国三公,吾谁适从?
——《春秋》左氏僖五年传

辅车相依,唇亡齿寒。

原田每每,舍其旧而新是谋。
——《春秋》左氏僖二十八年传

取我衣冠而褚之,取我田畴而伍之。孰杀子产,吾其与之!
我有子弟,子产诲之,我有田畴,子产殖之。子产而死,谁其嗣之?
——《春秋》左氏襄三十年传

最后这一篇是成片段的民谣了。

此外《荀子》、《吴越春秋》和《家语》里也有可注意的谚语。

《吴越春秋》:

同病相怜,同忧相救。

这也是一种格言。

《家语·辩政篇》:

天将大雨,商羊鼓舞。

又《家语·子路初见篇》:

相马以舆,相士以居。

这种民间的成语，乃是从经验里得来的东西。

《荀子·大略篇》：

欲富乎？忍耻矣，倾绝矣，绝故旧矣，与义分背矣。

这却带些讽刺的骂世的意味了。

参考书目①

一、郑玄笺：《毛诗传笺》三十卷，有《相台五经》本，坊刻本亦多。

二、孔颖达疏：《毛诗正义》四十卷，有阮刻《十三经注疏》本。

三、朱熹：《诗集传》八卷，坊刻本极多。

四、王先谦编：《诗三家义集疏》二十八卷，乙卯虚受堂刊本。

五、王绍兰：《周人经说》八卷（存四卷），有《功顺堂丛书》本。关于《诗经》的，见第四卷。

六、郝懿行：《诗经拾遗》一卷，有《郝氏遗书》本。

七、王逸注：《楚辞章句》，刊本甚多。

八、朱熹注：《楚辞集注》，刊本甚多。

九、杨慎：《古今谚》二卷，有《升庵别集》本，有《函海》本。

十、杨慎：《古今风谣》二卷，有《升庵别集》本，有《函海》本。

十一、冯惟讷：《古诗纪》，有万历刊本。

十二、杜文澜：《古谣谚》一百卷，有原刊本。

---

① 参考书目所列各书版本、刊刻情况均为作者于20世纪30年代撰述此书时的见闻，本版未予改动，以存原貌。各章同。特此说明。——编者注

第三章　汉代的俗文学

一

汉代的文学，并不怎样的发达。为汉代文学之中心的辞赋，上乘的杰作，实在很少。汉赋是古典主义的作品，是全然模拟古人的作风的东西。他们只走着两条路，他们只具有两种的不同的倾向。一种是作者的叹穷诉苦的东西；这是"辞"，这是从《离骚》模拟而来的。贾谊的《吊屈原赋》、《鵩鸟赋》还是有灵魂的文章。但到了东方朔的《答客难》，扬雄的《解嘲》，班固的《答宾戏》，崔骃的《达旨》便成了俳优式的文学了；只是个人主义的充满了利禄观念的作品了。东方朔曾经说道："侏儒饱欲死，臣朔饥欲死！"这话充分的表白出东方朔为什么要写《答客难》的原因。狐狸吃不着葡萄，恨恨地走了开去，说道："这葡萄太酸"，便是这个心理。这种个人主义的著作是并不怎样可重视的。

一种是铺张扬厉、颂德歌功的庙堂之作。这是"赋"，这是从《大招》、《招魂》，从枚乘《七发》模拟而得的东西。篇幅虽然很弘巨，结构却是那样的幼稚。《七发》的结构已是十分的松懈，其结束尤为勉强之至。而所谓《子虚》、《上林》、《两京》、《三都》、《长杨》、《羽猎》诸赋，则更千篇一例，读一知百，除了夸大的描状之外，几乎一无所有。

他们自以为是"讽"谏。其实是"讽一而劝百"！古云："登高能赋，可以为大夫。"他们便是文学侍从之臣的真相；专为皇帝装饰门面。铺张隆治的。这一类的作品较之《答客难》等，尤为没有生命；远远看见是一片的金光，走近来察之，却不过是太阳照射在玻璃窗上所反映的光而已。

所以我尝说，汉代乃是诗思最消歇的一个时代。

被古典的空气的重重压迫之下，民间的文学当然不能很发达。而时代相隔已久，我们也很难得到多量的材料。但即在所得到的材料里面讲来，古典主义究竟压不死活泼泼的民间文学。民间作品在汉代依然能够顽强的生存着。春草自绿，春水自波，决不会受人力的干涉而枯黄，干涸了的。

二

汉高帝刘邦原来是一个无赖子；溺儒冠，乱骂人，"为天下者不顾家"，"幸分我一杯羹"，处处都表现其为一个无教育的人物。所以，他不会欣赏古典的东西的。他喜欢楚歌，爱看楚舞，他自己也会作楚歌。而楚歌，乃是当时流行的民歌，大约是随了楚兵的破秦而大流行于世的。他有《大风歌》和《鸿鹄歌》，都是楚歌。

大 风 歌

《史记》：高祖既定天下，还过沛留，置酒沛宫，悉召故人父老子弟佐酒。发沛中儿。得百二十人。教之歌。酒酣，上击筑自歌曰：

大风起兮云飞扬，威加海内兮归故乡。安得猛士兮守四方？

鸿 鹄 歌

《史记》：高帝欲立戚夫人子赵王如意，后不果。戚夫人涕泣。帝曰：为我楚舞，我为若楚歌。其旨言：太子得四皓为辅，羽翼成就，不可易也。

  鸿鹄高飞，一举千里。羽翼已就，横绝四海。横绝四海，又可奈何！虽有缯缴，将安所施？

刘邦的妾戚夫人，为其妻吕后所囚，剪去她的头发；穿着赭衣，令在承巷里舂米。戚姬一面舂，一面想念着她的儿子赵王如意，唱着楚歌道：

  子为王，母为虏。终日舂薄暮，常与死为伍。相离三千里。当谁使告汝！

赵幽王刘友娶吕氏女而不爱，爱他姬。诸吕谗之于吕后。她大怒，令兵围其邸，竟至饿死。他在被幽禁时，曾作歌道：

  诸吕用事兮刘氏微，迫胁王侯兮强授我妃。我妃既妒兮诬我以恶，谗女乱国兮上曾不寤。我无忠良兮何故弃国，自决中野兮苍天与道！于嗟不可悔兮宁早有财！为王饿死兮谁者怜之？吕氏绝理兮托天报仇！

这不绝像口头的说话么？
  诸吕用事，朱虚侯刘章心里很不平。有一天，宫廷里宴会的时候，吕

后命他监酒。他起来歌舞,作《耕田歌》道:

> 涤耕,概种,立苗欲疏。非其种者,锄而去之。

这也是近乎白话的诗歌。

在汉初,自刘邦以下诸侯王未必都受过古典的教育,但往往能楚歌,故自刘邦、戚姬以下,所作的楚歌,都是浅显如话的。

到了汉武帝刘彻的时候,便有些不同了。这时,古典主义的势力已经渐渐的大了。挟书之禁,早已除去。刘彻他自己是最喜欢文学的。他看重枚乘、司马相如等。他自己所作的楚歌,像《秋风辞》、《落叶哀蝉曲》等便作风有异了。这时的楚歌却变成了逼肖《离骚》、《九章》了,而非复近乎口语的东西。

但像其长子燕刺王刘旦将自杀时的歌:

> 归空城兮,狗不吠,鸡不鸣。横术何广广兮,因知国中之无人。

其第五子广陵厉王刘胥的歌:

> 欲久生兮无终,长不乐兮安穷?奉天期兮不得须臾,千里马兮驻待路。黄泉下兮幽深,人生要死,何为苦心?何用为乐?心所喜,出入无惊。为乐亟。蒿里召兮非门阀,死不得取代,庸身自逝。

都还带着极浓厚的白话的气息的,杨恽的《答孙会宗书》中有一诗云:

田彼南山，芜秽不治。种一顷田，落而为萁。人生行乐耳，须富贵何时！

也是明白浅显的。

张衡的《四愁诗》。也是楚歌，"我所思兮在太山，欲往从之梁甫艰，侧身东望涕沾翰。……"而古典的气息已是相当的浓厚了。

三

五言诗在什么时候代替楚歌而起的呢？起于枚乘或李陵苏武之说是不可靠的。最早的五言诗都是童谣民歌一类的东西。《汉书·五行志》载汉武帝时童谣云：

邪径败良田，谗口乱善人。桂树华不实，黄雀巢其颠。昔为人所羡，今为人所怜。

又《汉书》载承始、元延间（汉成帝时）长安人歌尹赏云：

安所求子死？桓东少年场。生时谅不谨，枯骨后何葬？

可靠的五言诗没有更早于汉成帝（公元前32至前7年）时候的。

后汉的时代，五言诗的主体还是民歌民谣。《后汉书》载光武时，樊晔为天水太守，政严猛。人有犯其禁者，率不生出狱。凉州为之歌道：

游子常苦贫，力子天所富。宁见乳虎穴，不入冀府寺。大笑期必死，忿怒或见置。嗟我樊府君，安可再遭值！

《后汉书》又载童谣歌云：

> 城中好高髻，四方高一尺。城中好广眉，四方且半额。城中好大袖，四方全匹帛。

这些都可见出是民歌、民谣的本来面目。五言诗在这个时候，似还未为学士大夫们所注意。

但班固却很早的便注意到她。固在《汉书》里已引五言，当然会受到影响。

> 三王德弥薄，惟后用肉刑。太仓令有罪，就逮长安城。自恨身无子，困急独茕茕。小女痛父言，死者不可生。上书诣阙下，思古歌鸡鸣。忧心摧折裂，晨风扬激声。圣汉孝文帝，恻然感至情。百男何愦愦，不如一缇萦！

这是咏歌汉文帝时少女缇萦上书救父的事的。虽是"咏史"，却已开了以五言诗体来写"叙事诗"的大路了。

张衡也有《同声歌》："邂逅承际会，得充君后房。情好所交接，恐慄若探汤"，颇富于民歌的趣味。

汉末五言诗始大行于世，但还未尽脱民歌的作风，有许多还是带着很浓厚的口语的成分。

"青青河边草"的一首《饮马长城窟行》，相传为蔡邕作，惟《文选》以此首为无名氏作。但"青青河边草"如非邕作，他实际上也曾作着五言诗的，像《翠鸟》："庭陬有若榴，绿叶含丹荣。翠鸟时来集，振翼修形容。"托物见志，也有民歌的余意。

郦炎的《见志诗》二首诗，也明白如话：

大道修且长，窘路狭且促。修翼无卑栖，远趾不步局。舒吾凌霄羽，奋此千里足。超迈绝尘驱，倏忽谁能逐？贤愚岂常类，禀性在清浊。富贵有人籍，贫贱无天录。通塞苟由己，志士不相卜。陈平敖里社，韩信钓河曲。终居天下宰，食此万钟禄。德音流千载，功名重山岳。

灵芝生河洲，动摇因洪波。兰荣一何晚，严霜瘁其柯。哀哉二方草，不植泰山阿！文质道所贵，遭时用有嘉。绛灌临衡宰，谓谊崇浮华。贤才抑不用，远投荆南沙。抱玉乘龙骥，不逢乐与和。安得孔仲尼，为世陈四科。

赵壹的《疾邪诗》二首，最近于口语；他恃才倨傲，为乡党所摈。后屡抵罪，几至死，友人救得免。"散愤兰蕙，指斥囊钱"（《诗品》语），这是他处困境的呼号：

河清不可俟，人命不可延，顺风激靡草，富贵者称贤。文籍虽满腹，不如一囊钱！伊优北堂上，肮脏倚门边。

势家多所宜，欬唾自成珠，被褐怀金玉，兰蕙化为刍。贤者虽独悟，所困在群愚。且各守尔分，勿复空驰驱！哀哉复哀哉，此是命矣夫！

孔融在汉末，清名令望，著于天下，曹操最忌他。后来，竟令路粹诬奏他，下狱弃市。二子也俱死。他遭着这样不可言说的冤苦，在狱中写有《杂诗》一篇：

远送新行客，岁暮乃来归。入门望爱子，妻妾向人悲；闻子不可见，日已潜光辉。孤坟在西北，常念君来迟。褰裳上墟丘，但见蒿与薇。白骨归黄泉，肌体乘尘飞；生时不识父，死后知我谁？孤魂游穷暮，飘飘安所依！人生图嗣息，尔死我念追。俛仰内伤心，不觉泪沾衣。人生自有命，但恨生日希。

这是披肝沥胆的哀音，和刘友具有同样的情怀的。又临终时，有诗一首，那是更近于口语的；他原是颇敏感的人，对于俗谚方言，故能脱口即出：

临 终 诗

言多令事败，器漏苦不密。河溃蚁孔端，山坏由猿穴。涓涓江汉流，天窗通冥室。谗邪害公正，浮云翳白日，靡辞无忠诚，华繁竟不实。人有两三心，安能合为一。三人成市虎，浸渍解胶漆。生存多所虑，长寝万事毕。

秦嘉为郡上计，其妻徐淑寝疾还家，不获面别，乃作诗三首赠她，这三首诗显然也是受有当时流行的民歌的影响的：

人生譬朝露，居世多屯蹇！忧艰常早至，欢会常苦晚。念当奉时役，去尔日遥远。遣车迎子还，空往复空返。省书情凄怆，临食不能饭。独坐空房中，谁与相劝勉？长夜不能眠，伏枕独展转。忧来如循环，匪席不可卷。

皇灵无私亲，为善荷天禄。伤我与尔身，少小罹茕独。既得结大义，欢乐苦不足。念当远别离，思念叙款曲。河广无舟梁，道近隔丘陆。临路怀惆怅，中驾正踯躅。浮云起高山，悲风激深谷。良马不回鞍，轻车不转毂。针药可屡进，愁思难为数。贞士笃终始，恩义不可促。

　　肃肃仆夫征，锵锵扬和铃。清晨当引迈，束带待鸡鸣。顾看空房中，仿佛想姿形。一别怀万恨，起坐为不宁。何用叙我心，遗思致款诚。宝钗好耀首，明镜可鉴形。芳香去垢秽，素琴有清声。诗人感木瓜，乃欲答瑶琼。愧彼赠我厚，惭此往物轻。虽知未足报，贵用叙我情。

建安诸子所写乐府及五言诗都多少地受有民歌的影响。应场的《斗鸡诗》、《别诗》都很近于白话。应璩的《百一诗》，就今所存者观之，甚为浅显通俗，极似民间流行的格言诗。已为王梵志、寒山、拾得们导其先路，像：

　　细微可不慎！堤溃有蚁穴。腠理早从事，安复劳针石？……
　　子弟可不慎！慎在选师友。师友必长德，中才可进诱。……

史称其"虽颇谐，然多切时要"。

这种模拟民歌之作或受民歌影响的东西，至晋初而未绝，我们且引程晓的《嘲热客》为结束。这虽不是汉诗，但可见五言诗在这时还未完全成为古典的。

　　平生三伏时，道路无行车。闭门避暑卧，出入不相过。今世褦襶子，触热到人家。主人闻客来，颦蹙奈此何！谓当起行去，安坐正咨嗟。所说无一急，喋喋一何多？疲倦向之久，甫问君极那。摇扇髀中疾，流汗正滂沱。莫谓为小事，亦是一大瑕。传戒诸高明，热行宜见呵。

这是一首开玩笑的诗,不仅明白如话,且简直引进了许多方言俗语,像"啥啥一何多","甫问君极那"之类。这是俗文学史里极可珍贵的材料。

四

无名氏的五言古诗,像《古诗十九首》等,作非一人,也非出于一时;必定是经过了许多人的修改、润饰,而最后到了汉末方才写定的。钟嵘说道:"古诗眇邈,人世难详。推其文体,固炎汉之制,非衰周之倡也。"他又道:"其外'去者日以疏'四十五首,虽多哀怨,颇为总杂。旧疑是建安中,曹、王所制。"大约有许多古诗,到了曹、王时候方才有了最后的定本吧。

这些古诗,对于后代的影响颇大;自建安以后,受其影响的诗人们极多。同时,且带着很浓厚的民歌的本色,使我们可以明白汉代的民歌究竟是如何样子的——其实和《子夜》、《读曲》乃至《挂枝儿》、《马头调》都同样的以"哀怨"为主的。

《古诗十九首》以情诗为主,大抵这些情诗都是思妇怀人之作,其内容和辞语有些是不甚相远的;这乃是民歌的特质之一;她是决不迟疑地袭用着他人之辞语的。

> 行行重行行,与君生别离,相去万余里,各在天一涯。道路阻且长,会面安可知?胡马依北风,越鸟巢南枝。相去日已远,衣带日已缓。浮云蔽白日,游子不顾返。思君令人老,岁月忽已晚。弃捐勿复道,努力加餐饭!

这是南北两地相隔而不能相见的情形。还是不用去思念着,而"努力加餐饭"吧。

第八首的"冉冉孤生竹"也是思女望男不至的哀怨之音。"思君令人老,轩车来何迟",和《行行重行行》的"思君令人老,岁月忽已晚"是同样的意义。

冉冉孤生竹,结根泰山阿。与君为新妇,兔丝附女萝;兔丝生有时,夫妇会有宜。千里远结婚,悠悠隔山陂。思君令人老,轩车来何迟!伤彼蕙兰花,含英扬光辉;过时而不采,将随秋草萎。君亮执高节,贱妾亦何为!

《古诗三首》中的《橘柚垂华实》一首,也有同样的"过时不采"之感:

橘柚垂华实,乃在深山侧。闻君好我甘,窃独自雕饰。委身玉盘中,历年冀见食。芳菲不相投,青黄忽改色。人倘欲我知,因君为羽翼。

《十九首》里第二首的《青青河畔草》,乃是春日怀人之作,较之唐人诗的:"忽见陌头杨柳色,悔教夫婿觅封侯",尤为深刻:

青青河畔草,郁郁园中柳。盈盈楼上女,皎皎当窗牖;娥娥红粉妆,纤纤出素手。昔为倡家女,今为荡子妇。荡子行不归,空床难独守。

第十九首《明月何皎皎》写得更为温柔敦厚:

明月何皎皎?照我罗床帏。忧愁不能寐,揽衣起徘徊。客行虽云乐，不如早旋归。出户独彷徨，愁思当告谁？引领还入房，泪下沾裳衣！

第十六首《凛凛岁云暮》和第十七首《孟冬寒气至》也都是怀人之曲；当冬寒岁暮的时候，游子离家不归，思妇独宿在室中，长夜漫漫，其情绪是更为凄楚的：

孟冬寒气至，北风何惨栗？愁多知夜长，仰观众星列。三五明月满，四五蟾兔缺；客从远方来，遗我一书札。上言长相思，下言久离别。置书怀袖中，三岁字不灭。一心抱区区，惧君不识察。

凛凛岁云暮，蝼蛄夕鸣悲。凉风率已厉，游子寒无衣。锦衾遗洛浦，同袍与我违。独宿累长夜，梦想见容辉。良人惟古欢，枉驾惠前绥。愿得长巧笑，携手同车归。既来不须臾，又不处重闱。亮无晨风翼，焉能凌风飞？盼睐以适意。引领遥相睎，徙倚怀感伤，垂涕沾双扉。

第七首的《明月皎夜光》和《孟冬寒气至》和《明月何皎皎》二首的情绪和辞语都有相同处：

明月皎夜光，促织鸣东壁，玉衡指孟冬，众星何历历？白露沾野草，时节忽复易，秋蝉鸣树间，玄鸟逝安适？昔我同门友，高举振六翮。不念携手好，弃我如遗迹！南箕此有斗，牵牛不负轭，良无磐石固，虚名复何益。

第十首《迢迢牵牛星》写得最为清丽可喜：

迢迢牵牛星，皎皎河汉女。纤纤擢素手，札札弄机杼：终日不成章，泣涕零如雨。河汉清且浅，相去复几许。盈盈一水间，脉脉不得语。

相传为苏武诗的《烛烛晨明月》一首，其情绪也是同样的：

烛烛晨明月，馥馥秋兰芳。芬馨良夜发，随风闻我堂；征夫怀远路，游子恋故乡。寒冬十二月，晨起践严霜。俯观江汉流，仰视浮云翔。良友远别离，各在天一方；山海隔中州，相去悠且长。嘉会难再遇，欢乐殊未央。愿君崇令德，随时爱景光！

《十九首》里第五首的《西北有高楼》和第十二首的《东城高且长》，都是以弦歌之声来烘托出思妇之情怀的。"慷慨有余哀"和"音响一何悲"是抱着很相同的哀怨之感的。"四时更变化"一语，写所思不仅在一时一节，而是无时不在想念着的：

西北有高楼，上与浮云齐，交疏结绮窗，阿阁三重阶；上有弦歌声，声响一何悲？谁能为此曲，无乃杞梁妻？清商随风发，中曲正徘徊，一弹再三叹，慷慨有余哀！不惜歌者苦，但伤知音稀。愿为双黄鹄，奋翅起高飞。

东城高且长，逶迤自相属；回风动地起，秋草萋以绿。四时更变化，岁暮一何速？晨风怀苦心，蟋蟀伤局促。荡涤放情志，何为自结束？燕赵多佳人，美者颜如玉。被服罗裳衣，当户理清曲。音响一何悲，弦急知柱促。驰情整巾带，沈吟聊踯躅。思为双飞燕，衔泥巢君屋。

被称为苏武诗的《黄鹄一远别》一首,也是以"弦歌"来写怀的:

黄鹄一远别,千里顾徘徊。胡马失其群,思心常依依;何况双飞龙,羽翼临当乖。幸有弦歌曲,可以喻中怀。请为游子吟;泠泠一何悲,丝竹厉清声,慷慨有馀哀。长歌正激烈,中心怆以摧。欲展清商曲,念子不能归!俯仰内伤心,泪下不可挥。愿为双黄鹄,送子俱远飞。

这一首和《西北有高楼》似是一诗的转变;其间辞语的相同处很可使我们注意。

《十九首》里第六首《涉江采芙蓉》和第九首《庭中有奇树》,其语意是很相同的。

涉江采芙蓉,兰泽多芳草,采之欲遗谁?所思在远道。还顾望旧乡,长路漫浩浩。同心而离居,忧伤以终老!

庭中有奇树,绿叶发华滋。攀条折其荣,将以遗所思。馨香盈怀袖,路远莫致之。此物何足贵,但感别经时。

所谓香草美人之思,正是这一类的诗篇。采了芳草、摘了芙蓉将以送给什么人呢?所思是在那辽远的地方,如何可以"致之"呢?《古诗三首》里的《新树兰蕙葩》,似也是这二诗的异本:

新树兰蕙葩,杂用杜蘅草。终朝采其华,日暮不盈抱。采之欲遗谁?所思在远道。馨香易销歇,繁华会枯槁;怅望何所言,临风送怀抱。

《十九首》里第十八首的《客从远方来》却弹出一个异调了；这是欢愉之音；从情人的遗赠而更坚固其爱情的："以胶投漆中，谁能别离此！"

客从远方来，遗我一端绮。相去万余里，故人心尚尔！文彩双鸳鸯，裁为合欢被，著以长相思，缘以结不解。以胶投漆中，谁能别离此！

五

《古诗十九首》给魏、晋文人的印象最深者，还是其中表现着"人生几何"的直率的哲理诗的六首。这六首的情调大致是相同的。既然"人生寄一世"是"奄忽若飙尘"，那么为什么饮酒作乐呢？为什么不秉烛夜游呢？为什么不追求于刹那的享受之后呢？这种情调是民歌里所常见到的；李白的诗，元人的散曲都浓厚的沉浸在这种情调之中。建安曹、王诸人及其后诸诗人之作，也不时的表现着这种由悲观主义而遁入刹那的享受主义的人生观。

青青陵上柏，磊磊涧中石。人生天地间，忽如远行客。斗酒相娱乐，聊厚不为薄。驱车策驽马，游戏宛与洛。洛中何郁郁？冠带自相索。长衢罗夹巷，王侯多第宅；两宫遥相望，双阙百余尺。极宴娱心意，戚戚何所迫？

今日良宴会，欢乐难具陈，弹筝奋逸响，新声妙入神；令德唱高言，识曲听其真，齐心同所愿，含意俱未伸。人生寄一世，奄忽若飙尘。何不策高足，先据要路津。无为守穷贱，辘轳长苦辛。

回车驾言迈，悠悠涉长道。四顾何茫茫，东风摇百草。所遇无故物，焉得不速老！盛衰各有时，立身苦不早。人生非金石，岂能长寿考。奄忽随物化，荣名以为宝。

驱车上东门，遥望郭北墓。白杨何萧萧，松柏夹广路；下有陈死人，杳杳即长暮。潜寐黄泉下，千载永不寤。浩浩阴阳移，年命如朝露。人生忽如寄，寿无金石固。万岁更相送，贤圣莫能度。服食求神仙，多为药所误。不如饮美酒，被服纨与素。

去者日以疏，来者日以亲。出郭门直视，但见丘与坟；古墓犁为田，松柏摧为薪。白杨多悲风，萧萧愁杀人。思还故里闾，欲归道无因。

生年不满百，常怀千岁忧。昼短苦夜长，何不秉烛游？为乐当及时，何能待来兹！愚者爱惜费，但为后世嗤。仙人王子乔，难可与等期。

六

被称为苏武、李陵作的十几首古诗，几乎没有一首不好。在《古诗十九首》之外，这若干首的古诗最足以为我们注意。在其间，民歌的情趣是浓厚的。除了上文所引的和《古诗十九首》里几首相同的以外，其余的也都可以看出是：他们本来是民间歌曲，至少或是受民歌影响很深的。旧称为苏武《答李陵诗》的《童童孤生柳》：

童童孤生柳，寄根河水泥。连翩游客子，于冬服凉衣。去家千里余，一身常渴饥；寒夜立清庭，仰瞻天汉湄。寒风吹我骨，严霜切我肌。忧心常惨戚，晨风为我悲。瑶光游何速，行愿支荷迟。仰视云间星，忽若割长帷。低头还自怜，盛年行已衰。依依恋明世，怆怆难久怀！

和《十九首》里的《冉冉孤生竹》是颇为相同的。

被称为苏武《别李陵》诗"二凫俱北飞"一首，是深情厚谊的"别诗"，辞意浅近而挚切：

二凫俱北飞，一凫独南翔。子当留斯馆，我当归故乡。一别如秦胡，会见何讵央！怆恨切中怀，不觉泪沾裳。愿子长努力，言笑莫相忘！

所谓苏武诗的《骨肉缘枝叶》和《结发为夫妻》二首，语语都是切近而真挚的。民歌里写别后相思的最多；写别离之顷的情绪而像这二首那么隽美的却极少。

骨肉缘枝叶，结交亦相因。四海皆兄弟，谁为行路人？况我连枝树，与子同一身。昔为鸳与鸯，今为参与辰。昔者长相近，邈若胡与秦。惟念当乖离，恩情日以新；鹿鸣思野草，可以喻嘉宾。我有一尊酒，欲以赠远人。愿子留斟酌，叙此平生亲。

结发为夫妻，恩爱两不疑。欢娱在今夕，燕婉及良时：征夫怀往路，起视夜何其。参辰皆已没，去去从此辞。行役在战场，相见未有期。握手一长叹，泪为生别滋！努力爱春华，莫忘欢乐时，生当复来归，死当长相思。

又有所谓李陵《答苏武诗》的二首：《良时不再至》和《携手上河梁》，也都是写"黯然魂消"的别时情景的。《西厢记》的"眼阁着别离泪"一场写得最好，而这里"屏营衢路侧，执手野踟蹰"，已足以尽之。

良时不再至，离别在须臾。屏营衢路侧，执手野踟蹰。仰视浮云驰，奄忽互相逾。风波一失所，各在天一隅！长当从此别，且复立斯须。欲因晨风发，送子以贱躯。

携手上河梁，游子暮何之？徘徊蹊路侧，悢悢不能辞：行人难久留，各言长相思。安知非日月，弦望自有时；努力崇明德，皓首以为期。

无名氏的古诗，可称的还很多。《步出城东门》一首极为清丽。"前日风雪中，故人从此去"，和《诗经》的"今我来思，雨雪霏霏"，足以并称。"愿为双黄鹄，高飞还故乡"，是古诗里常见之语。在民歌里辞句往往是不嫌蹈袭不避引用习语的：

步出城东门，遥望江南路。前日风雪中，故人从此去。我欲渡河水，河水深无梁。愿为双黄鹄，高飞还故乡。

《古诗四首》里的《悲与亲友别》、《四坐且莫喧》、《穆穆清风至》三首都是很可称道的。《四坐且莫喧》，以炉香为喻，颇有巧思；《穆穆清风至》则辞意清丽："青袍似春草，长条随风舒"，即物起兴，也是民歌里常用的方法：

悲与亲友别，气结不能言；赠子以自爱，道远会见难！人生无几时,颠沛在其间;念子弃我去,新心有所欢。结志青云上,何时复来还?

四坐且莫喧,愿听歌一言。请说铜炉器,崔嵬象南山。上枝以松柏,下根据铜盘,雕文各异类,离娄自相连。谁能为此器?公输与鲁班。朱火然其中,青烟飏其间。从风入君怀,四坐莫不叹。香风难久居,空令蕙草残。

穆穆清风至,吹我罗裳裾。青袍似春草,长条随风舒。朝登津梁山,褰裳望所思。安得抱柱信,皎日以为期!

别有无名氏的《古诗四首》,都只有五言的四句,故《古诗源》乃别称之为《古绝句》。这四首充分的表现着民歌的特色。《稿砧今何在》以隐语藏情意。在汉末,隐语是同时流行于雅士俗人之间的。《菟丝从长风》的写法,也是民歌所常用的:

稿砧今何在?山上复有山。何当大刀头,破镜飞上天。
日暮秋云阴,江水清且深。何用通音信,莲花玳瑁簪。
菟丝从长风,根茎无断绝;无情尚不离,有情安可别!
南山一树桂,上有双鸳鸯;千年长交颈,欢庆不相忘。

在无名氏《古诗四首》里,有《上山采蘼芜》,乃是很短隽的一篇叙事诗。

上山采蘼芜,下山逢故夫。长跪问故夫,新人复何如?新人虽言好,未若故人姝,颜色类相似,手爪不相如。新人从门入,故人从阁去。新人工织缣,故人工织素。织缣日一匹,织素五丈余;将缣来比素,新人不如故。

《古诗三首》里的《十五从军征》，乃是很悲痛的一首社会诗。十五岁当军人去了，到了八十方回，而家中人已经是亡故甚久了。大有丁令威归来之感。这一类的情绪，文人们往往托之以仙佛的奇迹；欧文（W. Irving）的《睡乡记》（*Rip Van Winkle*）也是如此。惟此篇独具人间性，而没有一点神怪的成分。其情绪又是如何的凄楚难忍！

　　十五从军征，八十始得归。道逢乡里人，"家中有阿谁"？"遥望是君家，松柏冢累累"。兔从狗窦入，雉从梁上飞。中庭生旅谷，井上生旅葵。烹谷持作饭，采葵持作羹。羹饭一时熟，不知贻阿谁？出门东向望，泪落沾我衣！

古诗里，叙事之作本来不多。在一般民歌里，也是抒情的作品多而叙事的篇章很少，除了古乐府里所有的好几篇的叙事诗之外，五言古诗里只有《上山采蘼芜》和《十五从军征》二首及蔡邕女琰的悲愤诗而已。

蔡琰在汉末黄巾之乱时为匈奴掳去。在胡中十二年，已生二子。曹操执政时，痛邕无后，乃以金璧赎之归。嫁给董祀。她在离胡归汉的时候，祖国之爱和母子之爱交战于胸中；乃有《悲愤诗》之作。明人陈与郊作《文姬入塞》杂剧，颇能表白出这种交战的情绪。

蔡琰的《悲愤诗》凡二篇，一为五言体，一为楚歌体，又有《胡笳十八拍》一篇，相传皆为她作。为什么她要把这同一的情绪、同一的故事写为三个不同体裁的诗篇呢？这是没有理由可以解释的。这三篇写得都不坏。在古代珍罕的叙事诗里乃是杰作。

这三篇都是以第一身的口气出之。《胡笳十八拍》的结拍云："胡笳本自出胡中，缘琴翻出音律同。十八拍兮曲虽终，响有余兮思无穷。"似未必为蔡琰本人所作，虽然结语有"天与地隔兮子西母东，苦我怨气兮浩于长空，六合虽广兮受之应不容"，大为深悲苦怨，而却似从"还顾之兮破人情，心怛绝兮死复生"翻出的。

五言体的一首《悲愤诗》，一开头便说道："汉季失权柄，董卓乱天常。志欲图篡弒，先害诸贤良。"不像蔡琰的口吻。她的父亲和董卓是好友；卓被杀不久，邕也因卓党遇害。她照理是不应该破口骂董卓的。

如果蔡琰写过《悲愤诗》，则最可靠的一篇，还是楚歌体的；她幼年受过文学的教养很深，这样的诗，她是可以写得出的。这一首楚歌，无支辞，无蔓语，全是抒写自己的生世，自己的遭乱被掳的事，自己的在胡中的生活，自己的别子而归，踟蹰不忍相别的情形。而尤着重于胡中的生活情形，全篇不到三百个字，是三篇里最简短的一篇，却写得最为真挚。

大约当她的《悲愤诗》出来之后，立刻便大为流行于世。当时五言诗正是一个新体，有文人便用之来添枝增叶的改写了一遍。而同时歌唱的人，便也利用着《胡笳十八拍》的乐歌来描写其事。这便是《悲愤诗》为什么会有三篇的原因吧。

这三篇都写得很可爱，现在全录于下，以资读者们的比勘：

（一）楚　　歌

嗟薄祜兮遭世患，宗族殄兮门户单！身执略兮入西关，历险阻兮之羌蛮。山谷眇兮路漫漫，眷东顾兮但悲叹。冥当寝兮不能安，饥当食兮不能餐。常流涕兮眦不干，薄志节兮念死难。虽苟活兮无形颜！惟彼方兮远阳精，阴气凝兮雪夏零。沙漠壅兮尘冥冥，有草木兮春不荣；人似禽兮食臭腥，言兜离兮状窈停。岁聿暮兮时迈征，夜悠长兮禁门扃。不能寐兮起屏营，登胡殿兮临广庭。玄云合兮翳月星，北风厉兮肃泠泠；胡笳动兮边马鸣，孤雁归兮声嘤嘤，乐人兴兮弹琴筝，音相和兮悲且清。心吐思兮胸愤盈,欲舒气兮恐彼惊,含哀咽兮涕沾颈!家既迎兮当归宁,临长路兮捐所生;儿呼母兮啼失声,我掩耳兮不忍听!追持我兮走茕茕,顿复起兮毁颜形。还顾之兮破人情,心怛绝兮死复生!

(二)五言诗

汉季失权柄,董卓乱天常,志欲图篡弑,先害诸贤良。逼迫迁旧邦,拥王以自强,海内兴义师,欲共讨不祥,卓众来东下,金甲耀日光,平土人脆弱,来兵皆胡羌;猎野围城邑,所向悉破亡,斩截无孑遗,尸骸相掌拒;马边悬男头,马后载妇女,长驱西入关,迥路险且阻。还顾邈冥冥,肝脾为烂腐!所略有万计,不得令屯聚;或有骨肉俱,欲言不敢语!失意几微间,"辄言毙降虏,要当以亭刃,我曹不活汝!"岂敢惜性命,不堪其詈骂,或便加棰杖,毒痛参并下。旦则号泣行,夜则悲吟坐,欲死不能得,欲生无一可。彼苍者何辜,乃遭此厄祸?边荒与华异,人俗少义理,处所多霜雪,胡风春夏起。翩翩吹我衣,肃肃入我耳,感时念父母,哀叹无终已!有客从外来,闻之常欢喜,迎问:其消息,辄复非乡里!邂逅徼时愿,骨肉来迎已,己得自解免,当复弃儿子。天属缀人心,念别无会期,存亡永乖隔,不忍与之辞;儿前抱我颈,问:"母欲何之?人言母当去,岂复有还时?阿母常仁恻,今何更不慈?我尚未成人,奈何不顾思?"见此崩五内,恍惚生狂痴,号呼手抚摩,当发复回疑!兼有同时辈,相送告别离。慕我独得归,哀叫声摧裂。马为立踟蹰,车为不转辙,观者皆欷歔,行路亦呜咽;去去割情恋,遄征日遐迈,悠悠三千里,何时复交会?念我出腹子,胸臆为摧败。既至家人尽,又复无中外。城郭为山林,庭宇生荆艾。白骨不知谁,从横莫覆盖；出门无人声，豺狼嗥且吠，茕茕对孤景，怛咤糜肝肺！登高远眺望，魂神忽飞逝，奄若寿命尽，傍人相宽大。为复强视息，虽生何聊赖。托命于新人，竭心自勖励。流离成鄙贱，常恐复捐废。人生几何时，怀忧终年岁。

（三）胡笳十八拍

我生之初尚无为，我生之后汉祚衰。天不仁兮降乱离，地不仁兮使我逢此时。干戈日寻兮道路危，民卒流亡兮共哀悲。烟尘蔽野兮胡虏盛，志意乖兮节义亏。对殊俗兮非我宜，遭恶辱兮当告谁？笳一会兮琴一拍，心愤怨兮无人知！

戎羯逼我兮为室家，将我行兮向天涯。云山万重兮归路遐，疾风千里兮扬尘沙。人多暴猛兮如虺蛇，控弦被甲兮为骄奢。两拍张弦兮弦欲绝，志摧心折兮自悲嗟！

越汉国兮入胡城，亡家失身兮不如无生！毡裘为裳兮骨肉震惊，羯膻为味兮枉遏我情；鼙鼓喧兮从夜达明，胡风浩浩兮暗塞营。伤今感昔兮三拍成，衔悲畜恨兮何时平？

无日无夜兮不思我乡土，禀气含生兮莫过我最苦！天灾国乱兮人无主，唯我薄命兮役我虏；殊俗心异兮身难处，嗜欲不同兮谁可与语？寻思涉历兮多艰阻，四拍成兮益凄楚！

雁南征兮欲寄边声，雁北归兮为得汉音，雁飞高兮邈难寻，空断肠兮思愔愔！攒眉向月兮抚雅琴，五拍泠泠兮意弥深！

冰霜凛凛兮身苦寒，饥对肉酪兮不能餐。夜闻陇水兮声呜咽，朝见长城兮路杳漫；追思往日兮行李难，六拍悲来兮欲罢弹！

日暮风悲兮边声四起，不知愁心兮说向谁是？原野萧条兮烽戍万里，俗贱老弱兮少壮为美。逐有水草兮安家葺垒，牛羊满野兮聚如蜂蚁，草尽水竭兮羊马皆徙。七拍流恨兮恶居于此？

为天有眼兮何不见我独漂流？为神有灵兮何事处我天南海北头？我不负天兮天何配我殊匹？我不负神兮神何殛我越荒州？制兹八拍兮拟俳优，何知曲成兮心转愁！

天无涯兮地无边，我心愁兮亦复然。生悠忽兮如白驹之过隙，然不得欢乐兮当我之盛年！怨兮欲问天，天苍苍兮上无缘，举头仰望兮空云烟，九拍怀情兮谁与传？

城头烽火不曾灭，疆场征战何时歇。杀气朝朝冲塞门，胡风夜夜吹边月。故乡隔兮音尘绝，哭无声兮气将咽！一生辛苦兮缘离别，十拍悲深兮泪成血！

我非贪生而恶死，不能捐身兮心有以生；仍冀得兮归桑梓，死当埋骨兮长已矣。日居月诸兮在戎垒，胡人宠我兮有二子，鞠之育之兮不羞耻，愍之念之兮生长边鄙。十有一拍兮因兹起，哀响缠绵兮彻心髓！

东风应律兮暖气多，知是汉家天子兮布阳和；羌胡蹈舞兮共讴歌，两国交欢兮罢兵戈。忽遇汉使兮称迎诏，遣千金兮赎妾身。喜得生还兮逢圣君，嗟别稚子兮会无因！十有二拍兮哀乐均，去往两情兮难具陈！

不谓残生兮却得旋归，抚抱胡儿兮泣下沾衣。汉使迎我兮四牡骓骓，号失声兮谁得知？与我生死兮逢此时，愁为子兮日无光辉，焉得羽翼兮将汝归？一步一远兮足难移，魂消影绝兮恩爱遗！十有三拍兮弦急调，悲肝肠搅刺兮人莫我知！

身归国兮儿莫知，随心悬悬兮长如饥，四时万物兮有盛衰，唯我愁苦兮不暂移！山高地阔兮见汝无期，更深夜阑兮梦汝来斯！梦中执手兮一喜一悲，觉后痛吾心兮无休歇时。十有四拍兮涕泪交垂,河水东流兮心是思!

十五拍兮节调促,气填胸兮谁识曲?处穹庐兮偶殊俗,愿得归来兮天从欲。再还汉国兮欢心足;心有怀兮愁转深。日月无私兮曾不照临子?母兮离兮意难任。同天隔越兮如商参,生死不相知兮何处寻?

十六拍兮思茫茫,我与儿兮各一方。日东月西兮徒相望,不得相随兮空断肠!对萱草兮忧不忘,弹鸣琴兮情何伤;今别子兮归故乡,旧怨平兮新怨长!泣血仰头兮诉苍苍,胡为生兮独罹此殃?

十七拍兮心鼻酸,关山阻修兮行路难。去时怀土兮心无绪,来时别儿兮思漫漫!塞上黄蒿兮枝枯叶干,沙场白骨兮刀痕箭瘢,风霜凛凛兮春夏寒,人马饥豗兮筋力单。岂知重得兮入长安,叹息欲绝兮泪阑干!

胡笳本自出胡中,缘琴翻出音律同。十八拍兮曲虽终,响有余兮思无穷!是知丝竹微妙兮均造化之功,哀乐各随人心兮有变则通。胡与汉兮异域殊风,天与地隔兮子西母东。苦我怨气兮浩于长空,六合虽广兮受之应不容!

七

汉乐府里有不少的民歌。乐府是王家的乐队所歌唱的东西。但王家未必喜爱文学侍从之臣的歌功颂德之作、深奥难解之文。故王家的乐队往往的很早的便采新声入乐,以娱帝王后妃。我们观于清代升平署所藏曲子的复杂,便可以知道其中的消息。汉代乐府之创始于武帝。刘彻自己虽是一个诗人,其趣味却很广泛。《汉书》(卷二十二)说道:

> （武帝）乃立乐府，采诗夜诵。有赵、代、秦、楚之讴。以李延年为协律都尉。

同书（卷九十二）又道：

> 李延年中山人，身及父母兄弟皆故倡也。延年坐法腐刑，给事狗监中。女弟得幸于上，号李夫人……延年善歌，为新变声。是时上方兴天地诸祠，欲造乐，令司马相如等作颂。延年辄承意弦歌所造诗，为之"新声曲"。

是李延年不但收罗各地乐歌，而且也有造新声了。

到了哀帝的时候，方才把乐府官罢去。但乐府官虽罢去，而民间和贵族们之喜爱郑、卫之音则毫不受这位素朴的皇帝的影响。《汉书》（卷二十二）道："百姓渐渍日久，又不制雅乐有以相变，豪富吏民湛沔自若。"其实，即制雅乐也不会变更了民众的嗜好的。

《唐书》、《乐志》云："平调、清调、瑟调皆周房中曲之遗声，汉世谓之三调。又有楚调，汉房中乐也。与前三调，总谓之相和调。"此外，又有"吟叹曲"，也列于相和调。

《晋书》、《乐志》云："凡乐章古辞，今之存者，并汉世街陌谣讴。《江南可采莲》、《乌生八九子》、《白头吟》之属是也。"这话最为得其真相。今所见的古乐府，几乎都是带着很浓厚的民间歌谣的色彩的。

《江南可采莲》和《乌生八九子》均见于《相和歌辞》的《相和曲》里。《相和曲》是在"平""清""瑟""楚"四调及吟叹曲之外的。

> 江南可采莲，莲叶何田田！鱼戏莲叶间，鱼戏莲叶东，鱼戏莲叶西，鱼戏莲叶北。

这是真正民歌的本色，只是声调铿锵，并没有什么意义。《乌生八九子》也是这样无甚意义（还有《鸡鸣高树巅》也是如此），而只是顺口歌唱着的。

在其间，《公无渡河》（一名《箜篌引》）是写得很好的：

公无渡河！公竟渡河！堕河而死，当奈公何！

《薤露歌》和《蒿里曲》都是实际上应用着的挽歌：

薤上露，何易晞！露晞明朝更复落，人死一去何时归！蒿里谁家地？聚敛魂魄无贤愚。鬼伯一何相催促，人命不得少踟蹰！

在其间，《陌上桑》（一作《日出东南隅行》）是写得极好的一篇叙事歌曲，较之无名氏五言古诗里的《上山采蘼芜》一篇是进步得多了。

日出东南隅，照我秦氏楼，秦氏有好女，自名为罗敷。罗敷善蚕桑，采桑城南隅；青丝为笼系，桂枝为笼钩，头上倭堕髻，耳中明月珠，缃绮为下裙，紫绮为上襦。行者见罗敷，下担捋髭须；少年见罗敷，脱帽著帩头。耕者忘其犁，锄者忘其锄；来归相怨怒，但坐观罗敷。使君从南来，五马立踟蹰。使君遣吏往，问是谁家姝？"秦氏有好女，自名为罗敷。""罗敷年几何？""二十尚不足，十五颇有余。"使君谢罗敷，"宁可共载不？"罗敷前致词："使君一何愚！使君自有妇，罗敷自有夫。东方千余骑，夫婿居上头。何用识夫婿，白马从骊驹，青丝系马尾，黄金络马头，腰中鹿卢剑，可值千万余。十五府小史，二十朝大夫，三十侍中郎，四十专城居。为人洁白晳，鬑鬑颇有须，盈盈公府步，冉冉府中趋，坐中数千人，皆言夫婿殊。"

《平调曲》里的歌辞，今所存者仅《长歌行》、《君子行》、《猛虎行》等三调。《君子行》："君子防未然，不处嫌疑间。"亦见于《曹子建集》。可见在魏、晋间，拟古乐府之风甚盛，其作风之逼肖，竟有令人不能分别之感。《长歌行》的一首，《青青园中葵》：

青青园中葵，朝露待日晞。阳春布德泽，万物生光辉。常恐秋节至，焜黄华叶衰！百川东到海，何时复西归？少壮不努力，老大徒伤悲。

乃是民间的格言歌。《猛虎行》是游子的哀怨之音：

饥不从猛虎食，暮不从野雀栖。野雀安无巢，游子为谁骄？

《清调曲》有《豫章行》、《董逃行》；此二者今存的皆为晋乐所奏，非古辞。又有《相逢行》、《长安有狭斜行》，则为古辞。凡为魏、晋所奏的歌辞，不是变得典雅，无生气，便是增饰得很多，变得臃肿不堪，只有在本辞（即乐府古辞）里，才可看出其本来面目。

相逢行

相逢狭路间，道隘不容车。不知何年少，夹毂问君家？君家诚易知，易知复难忘。黄金为君门，白玉为君堂。堂上置尊酒，作使邯郸倡。中庭生桂树，华灯何煌煌？兄弟两三人，中子为侍郎。五日一来归，道上自生光，黄金络马头，观者盈道傍。入门时左顾，但见双鸳鸯。鸳鸯七十二，罗列自成行；音声何噰噰，鹤鸣东西厢。大妇织绮罗，中妇织流黄，小妇无所为，挟瑟上高堂。丈人且安坐，调丝方未央。

长安有狭斜行

长安有狭斜，狭斜不容辇；适逢两少年。夹毂问君家。君家新市傍，易知复难忘。大子二千石，中子孝廉郎；小子无官职，衣冠仕洛阳。三子俱入室，室中自生光；大妇织绮绔，中妇织流黄，小妇无所为，挟琴上高堂。丈人且徐徐，调弦诇未央。

《瑟调曲》里的好歌最多，像《妇病行》、《孤儿行》都是民间产生的极漂亮的短篇的叙事歌曲，表现着最真切的社会的家庭的凄苦的生活之情景：

妇病行

妇病连年累岁，传呼丈人前一言。当言未及得言，不知泪下一何翩翩！"属累君两三孤子，莫我儿饥且寒。有过慎莫笪笞。""行当折摇，思复念之！"乱曰：抱时无衣，襦复无里，闭门塞牖舍。孤儿到市，道逢亲交泣，坐不能起。从乞求，与孤买饵，对啼泣，泪不可止。我欲不伤悲，不能已。探怀中钱，持授交。入门见孤啼，索其母抱。徘徊空舍中，行复尔耳。弃置勿复道！

孤儿行

孤儿生；孤儿遇生命当独苦。父母在时，乘坚车，驾驷马。父母已去，兄嫂令我行贾。南到九江，东到齐与鲁，腊月来归，不敢自言苦。头多虮虱，面目多尘。大兄言办饭，大嫂言视马。上高堂，行趣殿下堂，孤儿泪下如雨。使我朝行汲，暮得水来归，手为错，足下无菲。怆怆履霜，中多蒺藜；拔断蒺藜肠肉中，怆欲悲。泪下渫渫，清涕累累。冬无复襦，夏无单衣。居生不乐，不如早去，下从地下黄泉。春风动，草萌芽，三月蚕桑，六月收瓜。将是瓜车，来到还家。瓜车反复，助我者少，啖瓜者多。愿还我蒂，独且急归。兄与嫂严，当与较计。乱曰：里中一何譊譊，愿欲寄尺书，将与地下父母，兄嫂难与久居。

像那样深刻而婉曲的描叙，乃是《上山采蘼芜》和《十五从军征》等古诗里所不见的；他们是率直的写着；但在这二篇里作者们已知道怎样的曲曲的描写入微了。这是一个大进步。

在《楚调歌》里，只有《皑如山上雪》和《怨诗行》二篇。《怨诗行》是平常的一首叹生命的短促而欲"游心恣所欲"的诗曲。《皑如山上雪》即是有名的《白头吟》，《晋书乐志》所举的"汉世街陌谣讴"之一。晋乐所奏的此曲，分五解，较本辞约多出一倍。但本辞却是极凄丽的绝妙好辞。

皑如山上雪，皎若云间月。闻君有两意，故来相决绝。今日斗酒会，明旦沟水头。躞蹀御沟上，沟水东西流。凄凄复凄凄，嫁娶不须啼。愿得一心人，白头不相离！竹竿何袅袅，鱼尾何簁筵。男儿重意气，何用钱刀为？

于"相和歌辞"外，乐府古辞又有所谓《舞曲歌辞》及《杂曲歌辞》的。今存的《舞曲歌辞》像"铎舞歌诗"、"巾舞歌诗"均极不易解；其间有许多重复不可解处，当是有声无义的助语；今则很难将其分别出来。

"杂曲歌辞"里的好歌很多。有极轻茜可喜的《伤歌行》、《悲歌》和《古歌》。《伤歌行》大类五言古诗的一篇；也许原是古诗，入乐来唱的。《悲歌》和《古歌》均结之以"心思不能言，肠中车轮转"二语，正和有几篇古诗同以"愿为双黄鹄，高飞归故乡"二语作结的情形一样。我们在这里更可以明白：民间歌曲是并不避忌袭用习见的成语的。

伤 歌 行

昭昭素明月，辉光烛我床。忧人不能寐，耿耿夜何长！微风吹闺闼，罗帷自飘扬。揽衣曳长带，屣履下高堂。东西安所之，徘徊以傍徨。春鸟翻南飞，翩翩独翱翔。悲声命俦匹，哀鸣伤我肠。感物怀所思，泣涕忽沾裳。伫立吐高吟，舒愤诉穹苍。

悲 歌

悲歌可以当泣，远望可以当归。思念故乡，郁郁累累。欲归家无人，欲渡河无船。心思不能言，肠中车轮转。

古 歌

秋风萧萧愁杀人！出亦愁，入亦愁。座中何人，谁不怀忧！

令我白头。胡地多飙风,树木何修修?离家日趋远,衣带日趋缓。心思不能言,肠中车轮转。

也有极富风趣的《枯鱼过河泣》:

枯鱼过河泣

枯鱼过河泣,何时悔复及?作书与鲂鱮:相教慎出入!

更有一首古代最长的叙事诗,《古诗为焦仲卿妻作》:

古诗为焦仲卿妻作

汉末建安中,庐江府小吏焦仲卿妻刘氏,为仲卿母所遣,自誓不嫁,其家逼之,乃投水而死。仲卿闻之,亦自缢于庭树。时人伤之,为诗云尔。

孔雀东南飞,五里一徘徊;"十三能织素,十四学裁衣,十五弹箜篌,十六诵诗书,十七为君妇,心中常苦悲。君既为府吏,守节情不移,贱妾留空房,相见常日稀。鸡鸣入机织,夜夜不得息,三日断五匹,大人故嫌迟。非为织作迟,君家妇难为。妾不堪驱使,徒留无所施。便可白公姥,及时相遣归!"府吏得闻之,堂上启阿母,"儿已薄禄相,幸复得此妇,结发同枕席,黄泉共为友。共事三二年,始尔未为久,女行无偏斜,何意致不厚?"阿母谓府吏,"何乃太区区,此妇无礼节,举动自专由。吾意久怀忿,汝岂得自由?东家有贤女,自名秦罗敷,可怜体无比，阿母为汝求。便可速遣之！遣去慎莫留！"府吏长跪告，伏惟启阿母，"今若遣此妇，终老不复取！"阿母得闻之，椎床便大怒，"小子无所畏，何敢助妇语！吾已失恩义，会不相从许。"府吏默无声，再拜还入户。举言谓新妇，哽咽不能语，"我自不驱卿，逼迫有阿母。卿但暂还家，吾今且报府。不久当归还，还必相迎取，以此下心意，慎勿违我语。"新妇谓府吏，"勿复重纷纭！往昔初阳岁，谢家来贵门。奉事循公姥，进止敢自专。昼夜勤作息，伶俜萦苦辛，谓言无罪过，供养卒大恩。仍更被驱遣，何言复来还？妾有绣腰襦，葳蕤自生光，红罗复斗帐，四角垂香囊。箱帘六七十，绿碧青丝绳，物物各自异，种种在其中，人贱物亦鄙，不足迎后人。留待作遗施，于今无会因，时时为安慰，久久莫相忘！"鸡鸣外欲曙，新妇起严妆，著我绣夹裙，事事四五通。足下蹑丝履，头上玳瑁光；腰若流纨素，耳著明月珰，指如削葱根，口如含珠丹，纤纤作细步，精妙世无双。上堂拜阿母，阿母怒不止。"昔作女儿时，生小出野里，本自无教训，兼愧贵家子。受母钱帛多，不堪母驱使。今日还家去，念母劳家里。"却与小姑别，泪落连珠子，"新妇初来时，小姑始扶床，今日被驱遣，小姑如我长。勤心养公姥，好自相扶将，初七及下九，嬉戏莫相忘。"出门登车去，涕落百余行，府吏马在前，新妇车在后，隐隐何甸甸，俱会大道口。下马入车中，低头共耳语，"誓不相隔卿，且暂还家去。吾今且赴府，不久当还归，誓天不相负！"新妇谓府吏："感君区区怀。君既若见录，不久望君来。君当作磐石，妾当作蒲苇，蒲苇纫如丝，磐石无转移。我有亲父兄，性行暴如雷，恐不任我意，逆以煎我怀。"举手长劳劳，二情同依依。入门上家堂，进退无颜仪。阿母大拊掌，"不图子自归！十三教汝织，十四能裁衣，十五弹箜篌，十六知礼仪，十七遣汝嫁，谓言无誓违。汝今何罪过，不迎而自归？"兰芝惭阿母，"儿实无罪过。"阿母大悲摧。还家十余日，县令遣媒来，云有"第三郎，窈窕世无双，年始十八九，便言多令才"。阿母谓阿女，"汝可去应之！"阿女含泪答："兰芝初还时，府吏见丁宁，结誓不别离，今日违情义，恐此事非奇。自可断来信，徐徐更谓之。"阿母白媒人："贫贱有此女，始适还家门，不堪吏人妇，岂合令郎君！幸可广问讯，不得便自许。"媒人去数日，寻遣丞请还，说有兰家女，承籍有宦官。云有"第五郎，娇逸未有婚，遣丞为媒人，主簿通语言，直说太守家，有此令郎君，既欲结大义，故遣来贵门。"阿母谢媒人，"女子先有誓，老姥岂敢言。"阿兄得闻之，怅然心中烦，举言谓阿妹，"作计何不量？先嫁得府吏，后嫁得郎君，否泰如天地，足以荣汝身！不嫁义郎体，其往欲何云？"兰芝仰头答，"理实如兄言，谢家事夫婿，中道还兄门，处分适兄意，那得自任专？虽与府吏要，渠会永无缘。登即相许和，便可作婚姻。"媒人下床去，诺诺复尔尔，还部白府君。"下官奉使命，言谈大有缘。"府君得闻之，心中大欢喜，视历复开书，便利此月内，六合正相应，良吉三十日，今已二十七，卿可去成婚。交语速装束，络绎如浮云，青雀白鹄舫，四角龙子幡，婀娜随风转，金车玉作轮。踯躅青骢马，流苏金镂鞍，赍钱三百万，皆用青丝穿。杂彩三百匹，交广市鲑珍。从人四五百，郁郁登郡门。阿母谓阿女。"适得府君书，明日来迎汝。何不作衣裳？莫令事不举。"阿女默无声，手巾掩口啼，泪落便如泻。移我琉璃榻，出置前窗下，左手持刀尺，右手执绫罗，朝成绣夹裙，晚成单罗衫，晻晻日欲暝，愁思出门啼。府吏闻此变，因求假暂归。未至二三里，摧藏马悲哀。新妇识马声，蹑履相逢迎，怅然遥相望，知是故人来。举手拍马鞍，嗟叹使心伤，"自君别我后，人事不可量，果不如先愿，又非君所详。我有亲父母，逼迫兼弟兄，以我应他人，君还何所望？"府吏谓新妇，"贺卿得高迁！磐石方且厚，可以卒千年，蒲苇一时纫，便作旦夕间！卿当日胜贵，吾独向黄泉。"新妇谓府吏："何意出此言？同是被逼迫，君尔妾亦然。黄泉下相见，勿违今日言！"执手分道去，各各还家门，生人作死别，恨恨那可论！念与世间辞，千万不复全。府吏还家去，上堂拜阿母，"今日大风寒，寒风摧树木，严霜结庭兰，儿今日冥冥，令母在后单，故作不良计，勿复怨鬼神，命如南山石，四体康且直。"阿母得闻之，零泪应声落，"汝是大家子，仕宦于台阁，慎勿为妇死，贵贱有何薄？东家有贤女，窈窕艳城郭，阿母为汝求，便复在旦夕。"府吏再拜还，长叹空房中，作计乃尔立。转头向户里，渐见愁煎迫。其日牛马嘶，新妇入青庐。奄奄黄昏后，寂寂人定初。我命绝今日，魂去尸长留。揽裙脱丝履，举身赴清池。府吏闻此事，心知长别离，徘徊顾树下，自挂东南枝。两家求合葬，合葬华山傍。东西植松柏，左右种梧桐，枝枝相覆盖，叶叶相交通。中有双飞鸟，自名为鸳鸯，仰头相向鸣，夜夜达五更。行人驻足听，寡妇起彷徨。多谢后世人，戒之慎勿忘。

这一篇叙事歌曲凡一千七百四十五字，较之《上山采蘼芜》、《陌上桑》，乃至《悲愤诗》和《胡笳十八拍》均长得多了。

从《上山采蘼芜》，很快的便进步到《陌上桑》和《妇病行》、《孤儿行》，更很快的便进步到《古诗为焦仲卿妻作》，乃是很自然的趋势。很像滚丸下阪，不到底不止。

汉乐府尚有《鼓吹铙歌十八曲》，这些该是很古典的庙堂之乐了。但实际上仍有民歌在里面。像《战城南》、《有所思》、《上邪》等，都是绝好的民间歌曲。《有所思》和《上邪》，在民间情歌里是极大胆、极热情之作：

战 城 南

战城南，死郭北。野死不葬乌可食。为我谓乌：且为客豪！野死谅不葬，腐肉安能去子逃？水声激激，蒲苇冥冥。枭骑战斗死，驽马徘徊鸣。梁筑室，何以南？何以北？禾黍不获君可食？愿为忠臣安可得！思子良臣，良臣诚可思。朝行出攻，暮不夜归。

有 所 思

有所思，乃在大海南。何用问遗君？双珠玳瑁簪，用玉绍缭之。闻君有他心，拉杂摧烧之。摧烧之，当风扬其灰。从今已往，勿复相思，相思与君绝。鸡鸣狗吠，兄嫂当知之。妃呼豨，秋风肃肃晨风飔，东方须臾高知之。

上 邪

上邪，我欲与君相知，长命无绝衰。山无陵，江水为竭，冬雷震震，夏雨雪，天地合，乃敢与君绝。

八

汉代的俗文学在散文方面却发展得极少。司马迁作《史记》，善于描状人物的神情口吻。最可注意的是，《陈涉世家》里记着，陈涉的故人，

进宫去看见涉为王的享用,便说道:

伙颐!涉之为王沉沉者!

这是如闻其声的描写。

用方言来写人物的对话最足以表现其神情。在小说里用此而成功的有《海上花列传》,《三宝太监下西洋记》和《野叟曝言》反而在对话里大谈其学问,大做其文章,当然要成为十足陈腐的东西了。可惜在《史记》里,像这样的方言还不多。

汉宣帝的时候,有以辞赋起家的王褒(字子渊)却在无意中流传下来一篇很有风趣的俗文学的作品——《僮约》。这篇东西恐怕是汉代留下的唯一的白话的游戏文章了。

《僮约》写:王褒以事到湔,住在寡妇杨惠家;其奴便了,颇为倔强。王褒命其酤酒,不应。乃买之。便了说道:"要做的事,都要写在券上。不写出的事,便了便不能做。"褒乃写了这篇《僮约》。那趣味是很坏的,只是和不幸的人开着玩笑。好在本来是一篇游戏文章;故结之以:便了说道:"早知当尔。为王大夫酤酒,真不敢作恶!"原是有韵的,其实是一篇"赋"。

蜀郡王子渊以事到湔,止寡妇杨惠舍。惠有夫时奴,名便了。子渊倩奴行酤酒。便了拽大杖上夫冢巅曰:"大夫买便了时,但要守家,不要为他人男子酤酒。"子渊大怒曰:"奴宁欲卖耶?"惠曰:"奴大忤人,无欲者。"子渊即决买券云云。奴复曰:"欲使皆上券,不上券,便了不能为也。"子渊曰:"诺。"

这是《僮约》的序。下面是《僮约》的本文,即是王褒同便了订的买奴的条件。

　　"神酌三年，（西历前五九）正月十五日，资中男子王子渊从成都安志里女子杨惠买亡夫时户下髯奴便了，决贾万五千。奴当从而役使，不得有二言：晨起早扫，食了洗涤；居当穿白缚帚。裁衣凿斗，……织履作粗，黏雀张乌，结网捕鱼，缴雁弹凫，登山射鹿，入水捕龟。……舍中有客，提壶行酤，汲水作铺，涤杯整案；园中拔蒜，断苏切脯。……已而盖藏关门塞窦；喂猪纵犬，勿与邻里争斗。奴但常饭豆饮水，不得嗜酒，欲饮美酒，唯得染唇渍口，不复倾盂覆斗。不得辰出夜入，交关伴偶。舍后有树，当裁作船，上至江州下至湔；……往来都洛，当为妇女求脂泽，贩于小市，归都担枲，转出旁蹉，牵犬贩鹅，武都买茶，杨氏担荷（杨氏，池名，出荷）。……持斧入山断辂裁辕。若有余残，当作俎几木屐瓯盘。"……日暮欲归，当送干薪两三束。……奴老力索，种莞织席；事讫休息，当舂一石。夜半无事，浣衣当白。……奴不得有奸私，事事当关白。奴不听教，当笞一百。"

　　读券文适讫，词穷诈索，仡仡叩头，两手自搏，目泪下落，鼻涕长一尺。"审如王大夫言，不如早归黄土陌，丘蚓缭额。早知当尔，为王大夫酤酒，真不敢作恶！"

参考书目

一、郭茂倩编：《乐府诗集》，有《四部丛刊》本。

二、冯惟讷编：《古诗纪》，有万历间刊本。

三、沈德潜编：《古诗源》，坊刊本甚多。

四、丁福保编：《全汉魏六朝诗》，有医学书局铅印本。

五、胡适：《白话文学史》上卷，商务印书馆出版，可看其第二章至第六章。

六、郑振铎：《插图本中国文学史》，北平朴社出版（再版本为商务印书馆出版），可看第一册第六章及第八章。

七、陆侃如、冯沅君：《中国诗史》，开明书店出版。

八、罗根泽：《乐府文学史》。

九、郑宾于：《中国文学流变史》，北新书局出版。

第四章　六朝的民歌

一

六朝的民歌，有其特殊的地位。其地位较之明、清的民歌都重要得多。她像唐代的词、元的散曲，立刻便得到许多文人学士们的拥护，立刻便被许多文人学士们所采纳，立刻这种新声便有了广大而普遍的影响。

有人说，六朝文学是"儿女情长，风云气短"。又说是，"连篇累牍，不出月露之形，积案盈箱，唯是风云之状"。为什么六朝文学会成为这样的一种风格呢？其主要的原因便是受民歌的影响。

六朝的民歌，从晋代的东迁开始，便在文坛上发生了很大的作用。

这些民歌大多数都是长江流域的产品。中原的人迁到了江南，初时还有些故乡的思念，故有新亭之泣，有起舞、击楫之志。但到了后来，便安之乐之了。"暮春三月，江南草长。杂花生树，群莺乱飞。""风烟俱净，天山共色。从流飘荡，任意东西。自富阳至桐庐一百许里，奇山异水，天下独绝。水皆漂碧，千丈见底，游鱼细石，直视无碍。"在这样的好风光、好乡地里，所产生的情绪自然而然的会轻茜秀丽了。好女如花，柔情似水，能不沉醉于"相忆莫相忘"、"中夜忆欢时，抱被空中啼"、"春风复多情，吹我罗裳开"的歌声里么？

二

六朝的民歌，总名为"新乐府"，和汉、魏传下来的乐府不同。因为不复承汉、魏乐府的旧贯，而是从民间升格的，故别以新乐府称之。在郭茂倩的《乐府诗集》和冯惟讷的《古诗纪》里都把新乐府列入"清商曲辞"里，和汉、魏乐府之列于"相和曲辞"等类里的不同。

为什么称之为"清商曲辞"呢？

清商乐一曰清乐。关于"清乐"的解释颇多牵强者。但我以为清乐便是"徒歌"之意，换一句话，也就是不带音乐的歌曲之意。

凡民歌，其初都是"行歌互答"，未必伴以乐器的。

更有一个很重要的证据，可以证明这些清商曲辞是徒歌。

《大子夜歌》云：

歌谣数百种，《子夜》最可怜。慷慨吐清音，明转出天然。

又云：

丝竹发歌响，假器扬清音。不知歌谣妙，声势由口心。

这是说，"歌谣"是不假丝竹，而出心脱口自然成妙音的。《大子夜歌》只有二首，似即为《子夜》诸歌的总引子。未必是民歌的本来面目，大约是当时文士们写来颂赞《子夜》诸歌的。其赞语的可靠性，是无可怀疑的。

在"清商曲辞"里，有"吴声歌曲"及"西曲歌"之分。

"吴声歌曲"者，为吴地的歌谣，即太湖流域的歌谣；其中充满了曼丽宛曲的情调，清辞俊语，连翩不绝，令人"情灵摇荡"。（至今吴地山歌还为很动人的东西。）

"西曲歌"，即荆、楚西声，也即长江上流及中流的歌谣；其中往往具着旅游的匆促的情怀。

我尝有一种感觉，觉得吴声歌曲富于家庭趣味，而西曲歌则富于贾人思妇的情趣。

这大约是因为，太湖流域的人，多恋家而罕远游；且太湖里港汊虽多，而多朝发可以夕至的地方。故其生活安定而少流动性。

长江中流荆、楚各地，为码头所在。贾客过往极多。往往一别经年，相见不易。思妇情怀，自然要和吴地不同。

"清商曲辞"的时代，恰和六朝相终始。冯惟讷谓："清商曲古辞杂出各代"而始于晋。这是不错的。大约在东晋南渡之后，这些新声方才为文人学士们所注意、所拟仿的。

三

"吴声歌曲"以《子夜歌》为最重要。《唐书乐志》谓："晋有女子名子夜，造此声。声过哀苦。"《乐府解题》谓："后人乃更为四时行乐之词，谓之《子夜四时歌》。又有《大子夜歌》、《子夜警歌》、《子夜变歌》，皆曲之变也。"今所见《子夜歌》和《子夜四时歌》等，情趣极为相同。"声过哀苦"之语，实不可靠。《子夜歌》凡四十二首，几乎没有一首不好！

子夜歌

落日出前门，瞻瞩见子度。冶容从姿鬓，芳香已盈路。

芳是香所为，冶容不敢当。天不夺人愿，故使侬见郎。
宿昔不梳头，丝发被两肩。婉伸郎膝下，何处不可怜！
自从别欢来，奁器了不开。头乱不敢理，粉拂生黄衣。
崎岖相怨慕，始获风云通。玉林语石阙，悲思两心同。
见娘善容媚，愿得结金兰。空织无经纬，求匹理自难。
始欲识郎时，两心望如一。理丝入残机，何悟不成匹！
前丝断缠绵，意欲结交情。春蚕易感化，丝子已复生。
今日已欢别，合会在何时？明灯照空局，悠然未有期。
自从别郎来，何日不咨嗟！黄檗郁成林，当奈苦心多！
高山种芙蓉，复经黄檗坞。果得一莲时，流离婴辛苦。
朝思出前门，暮思还后渚。语笑向谁道？腹中阴忆汝。
揽枕北窗卧，郎来就侬嬉。小喜多唐突，相怜能几时？
驻箸不能食，蹇蹇步帏里。投琼著局上，终日走博子。
郎为傍人取，负侬非一事。摊门不安横，无复相关意。
年少当及时，蹉跎日就老。若不信侬语，但看霜下草。
绿揽迮题锦，双裙今复开。已许腰中带，谁共解罗衣？
常虑有贰意，欢今果不齐。枯鱼就浊水，长与清流乖。
欢愁侬亦惨，郎笑我便喜。不见连理树，异根同条起？
感欢初殷勤，叹子后辽落。打金侧玳瑁，外艳里怀薄。
别后涕流连，相思情悲满。忆子腹糜烂，肝肠尺寸断。
道近不得数，遂致盛寒违。不见东流水，何时复西归？
谁能思不歌？谁能饥不食？日冥当户倚，惆怅底不忆？
揽裙未结带，约眉出前窗。罗裳易飘飏，小开骂春风。
举酒待相劝，酒还杯亦空。愿因微觞会，心感色亦同。
夜觉百思缠，忧叹涕流襟。徒怀倾筐情，郎谁明侬心！
侬年不及时，其干作乖离。素不知浮萍，转动春风移。

夜长不得眠，转侧听更鼓。无故欢相逢，使侬肝肠苦。
欢从何处来，端然有忧色？三唤不一应，有何比松柏？
念爱情慊慊，倾倒无所惜。重帘持自鄣，谁知许厚薄！
气清明月朗，夜与君共嬉。郎歌妙意曲，侬亦吐芳词。
惊风急素柯，白日渐微濛。郎怀幽闺性，侬亦恃春容。
夜长不得眠，明月何灼灼！想闻散唤声，虚应空中诺。
人各既畴匹，我志独乖违。风吹冬帘起，许时寒薄飞。
我念欢的的，子行由豫情。雾露隐芙蓉，见莲不分明。
侬作北辰星，千年无转移。欢行白日心，朝东暮还西。
怜欢好情怀，移居作乡里。桐树生门前，出入见梧子。
遣信欢不来，自往复不出。金桐作芙蓉，莲子何能实！
初时非不密，其后日不如。回头批栉脱，转觉薄志疏。
寝食不相忘，同坐复俱起。玉藕金芙蓉，无称我莲子。
恃爱如欲进，含羞未肯前。朱口发艳歌，玉指弄娇弦。
朝日照绮钱，光风动纨素。巧笑茜两犀，美目扬双蛾。

　　这些民歌都是很可信的出于民间的。在山明水秀的江南，产生着这样漂亮的情歌并不足惊奇。所可惊奇的是，他们的想像有的地方，较之近代的《挂枝儿》、《山歌》以及《马头调》，更为宛曲而奔放；其措辞造语，较之《诗经》里的情诗，尤为温柔敦厚；只有深情绮腻，而没有一点粗犷之气；只有绮思柔语，而绝无一句下流卑污的话。不像《山歌》、《挂枝儿》等，有的地方甚且在赤裸裸地描写性欲。这里是只有温柔而没有挑拨，只有羞却与怀念而没有过分大胆的沉醉。故她们和后来的许多民歌不同，她们是绮靡而不淫荡的。她们是少女而不是荡妇。

　　又有《子夜四时歌》，凡七十五首，也是没有一首不圆莹若明珠的。《四时歌》分春、夏、秋、冬，比较地写得没有《子夜歌》的天然流丽了。其中有一部分当是文人们的拟作。故论者归之于晋、宋、齐三代，而不全属之于晋。

在那七十五首的《子夜四时歌》里，像《冬歌》的"果欲结金兰，但看松柏林。经霜不堕地，岁寒无异心"一首，原为梁武帝作，则其中也尽有梁代之作在内了。

子夜四时歌

春歌二十首

春风动春心，流目瞩山林。山林多奇采，阳鸟吐清音。
绿荑带长路，丹椒重紫荆。流吹出郊外，共欢弄春英。
光风流月初，新林锦花舒。情人戏春月，窈窕曳罗裙。
妖冶颜荡骀，景色复多媚。温风入南牖，织妇怀春意。
碧楼冥初月，罗绮垂新风。含春未及歌，桂酒发清容。
杜鹃竹里鸣，梅花落满道。燕女游春月，罗裳曳芳草。
朱光照绿苑，丹华粲罗星。那能闺中绣，独无怀春情？
鲜云媚朱景，芳风散林花。佳人步春苑，绣带飞纷葩。
罗裳迮红袖，玉钗明月珰。冶游步春露，艳觅同心郎。
春林花多媚，春鸟意多哀。春风复多情，吹我罗裳开。
新燕弄初调，杜鹃竞晨鸣。画眉忘注口，游步散春情。
梅花落已尽，柳花随风散。叹我当春年，无人相要唤。
昔别雁集渚，今还燕巢梁。敢辞岁月久，但使逢春阳。
春园花就黄，阳池水方渌。酌酒初满杯，调弦始成曲。
娉婷扬袖舞，阿那曲身轻。照灼兰光在，容冶春风生。
阿那曜姿舞，逶迤唱新歌。翠衣发华洛，回情一见过。
明月照桂林，初花锦绣色。谁能不想思，独在机中织？

崎岖与时竞，不复自顾虑。春风振荣林，常恐华落去。
思见春花月，含笑当道路。逢侬多欲摘，可怜持自误。
自从别欢后，叹惜不绝响。黄檗向春生，苦心随日长。

夏歌二十首

高堂不作壁，招取四面风。吹欢罗裳开，动侬含笑容。
反覆华簟上，屏帐了不施。郎君未可前，待我整容仪。
开春初无欢，秋冬更增凄。共戏炎暑月，还觉两情谐。
春别犹眷恋，夏还情更久。罗帐为谁褰？双枕何时有？
叠扇放床上，企想远风来。轻袖拂华妆，窈窕登高台。
含桃已中食，郎赠合欢扇。深感同心意，兰室期相见。
田蚕事已毕，思妇犹苦身。当暑理绤服，持寄与行人。
朝登凉台上，夕宿兰池里。乘风采芙蓉，夜夜得莲子。
暑盛静无风，夏云薄暮起。携手密叶下，浮瓜沉朱李。
郁蒸仲暑月，长啸北湖边。芙蓉始结叶，抛艳未成莲。
适见载青幡，三春已复倾。林鹊改初调，林中夏蝉鸣。
春桃初发红，惜色恐侬摘。朱夏花落去，谁复相寻觅？
昔别春风起，今还夏云浮。路遥日月促，非是我淹留。
青荷盖渌水，芙蓉葩红鲜。郎见欲采我，我心欲怀莲。
四周芙蓉池，朱堂敞无壁。珍簟镂玉床，缱绻任怀适。
赫赫盛阳月，无侬不握扇。窈窕瑶台女，冶游戏凉殿。
春倾桑叶尽，夏开蚕务毕。昼夜理机丝，知欲早成匹。
情知三夏热，今日偏独甚。香巾拂玉席，共郎登楼寝。
轻衣不重彩，飙风故不凉。三伏何时过？许侬红粉妆。
盛暑非游节，百虑相缠绵。泛舟芙蓉湖，散思莲子间。

秋歌十八首

风清觉时凉，明月天色高。佳人理寒服，万结砧杵劳。

清露凝如玉，凉风中夜发。情人不还卧，冶游步明月。
鸿雁骞南去，乳燕指北飞。征人难为思，愿逐秋风归。
开窗秋月光，灭烛解罗裳。含笑帷幌里，举体兰蕙香。
适忆三阳初，今已九秋暮。追逐泰始乐，不觉华年度。
飘飘初秋夕，明月耀秋辉。握腕同游戏，庭含媚素归。
秋夜凉风起，天高星月明。兰房竞妆饰，绮帐待双情。
凉风开窗寝，斜月垂光照。中宵无人语，罗幌有双笑。
金风扇素节，玉露凝成霜。登高去来雁，惆怅客心伤。
草木不常荣，憔悴为秋霜。今遇泰始世，年逢九春阳。
自从别欢来，何日不相思！常恐秋叶零，无复连条时。
掘作九州池，尽是大宅里。处处种芙蓉，婉转得莲子。
初寒八九月，独缠自络丝。寒衣尚未了，郎唤侬底为？
秋爱两两雁，春感双双燕。兰鹰接野鸡，雉落谁当见？
仰头看桐树，桐花特可怜。愿天无霜雪，梧子解千年。
白露朝夕生，秋风凄长夜。忆郎须寒服，乘月捣白素。
秋风入窗里，罗帐起飘飏。仰头看明月，寄情千里光。
别在三阳初，望还九秋暮。恶见东流水，终年不西顾。

冬歌十七首

渊冰厚三尺，素雪覆千里。我心如松柏，君情复何似？
涂涩无人行，冒寒往相觅。若不信侬时，但看雪上迹。
寒鸟依高树，枯林鸣悲风。为欢憔悴尽，那得好颜容！
夜半冒霜来，见我辄怨唱。怀冰暗中倚，已寒不蒙亮。
蹑履步荒林，萧索悲人情。一唱泰始乐，枯草衔花生。
昔别春草绿，今还墀雪盈。谁知相思老，玄鬓白发生？
寒云浮天凝，积雪冰川波。连山结玉岩，修庭振琼柯。
炭垆却夜寒，重袍坐叠褥。与郎对华榻，弦歌秉兰烛。

天寒岁欲暮，朔风舞飞雪。怀人重衾寝，故有三夏热。
　　冬林叶落尽，逢春已复曜。葵藿生谷底，倾心不蒙照。
　　朔风洒霰雨，绿池莲水结。愿欢攘皓腕，共弄初落雪。
　　严霜白草木，寒风昼夜起。感时为欢叹，霜鬓不可视。
　　何处结同心？西陵柏树下。晃荡无四壁，严霜冻杀我。
　　白雪停阴冈，丹华耀阳林。何必丝与竹，山水有清音。
　　未尝经辛苦，无故强相矜。欲知千里寒，但看井水冰。
　　果欲结金兰，但看松柏林。经霜不堕地，岁寒无异心。
　　适见三阳日，寒蝉已复鸣。感时为欢叹，白发绿鬓生。

　　尚有《大子夜歌》二首（见前），《子夜警歌》二首，《子夜变歌》三首。但《子夜警歌》里的一首"恃爱如欲进，含羞未肯前"，已见于上文引的《子夜歌》里。在以《子夜》为名的一百二十四首（实际上只有一百二十三首）民歌里，其情调是很单纯的，不过是恋爱的歌颂而已。但超出于一般中国民歌的恶习之外，她们是肉的成分少，而灵的成分多。连陶渊明的《闲情赋》也还写得那么质实而富肉的感觉，想不到在六朝民歌里，反有像"寄情千里光"、"无人相要唤"、"虚应空中诺"、"悲思两同心"一类的情思绵远的东西！

　　《子夜变歌》的三首，也没有一首写得不漂亮的：

　　人传欢负情，我自未尝见。三更开门去，始知子夜变！
　　岁月如流迈，春尽秋已至。茭茭条上花，零落何乃驶？
　　岁月如流迈，行已及素秋。蟋蟀吟堂前，惆怅使侬愁。

　　《子夜歌》外，存曲最多者，又有《读曲歌》，凡存八十九首。《宋书乐志》曰："《读曲歌》者，民间为彭城王义康所作也。其歌云：'死罪刘领军,误杀刘第四'是也。"《古今乐录》曰:"《读曲歌》者,元嘉十七年袁后崩,百官不敢作声歌。或因酒宴,只窃声读曲细吟而已。"这些话都不大可靠。那八十九首的《读曲歌》,其题材和情调和四十二首的《子夜歌》没有两样,都是很漂亮的民间歌谣,根本上和什么刘义康或袁后不相干。

读曲歌 八十九首

花钗芙蓉髻,双鬟如浮云。春风不知著,好来动罗裙。
念子情难有,已恶动罗裙。听侬入怀不?
红蓝与芙蓉,我色与欢敌。莫案石榴花,历乱听侬摘。
千叶红芙蓉,照灼绿水边。余花任郎摘,慎莫摆侬莲。
思欢久,不爱独枝莲,只惜同心藕。
打坏木栖床,谁能坐相思?三更书石阙,忆子夜啼碑。
奈何不可言!朝看莫牛迹,知是宿蹄痕。
娑拖何处归?道逢播搭郎。口朱脱去尽,花钗复低昂。
所欢子,莲从胸上度,刺忆庭欲死。
揽裳渡,跣把丝织履,故交白足露。
上知所,所欢不见怜,憎状从前度。
思难忍,络騝语犹壶,倒写侬顿尽。
上树摘桐花,何悟枝枯燥!迢迢空中落,遂为梧子道。
桐花特可怜,愿天无霜雪,梧子解千年。
柳树得春风,一低复一昂。谁能空相忆,独眠度三阳?
折杨柳,百鸟园林啼,道欢不离口。
縠衫两袖裂,花钗鬓边低。何处分别归?西上古余啼。
所欢子,不与他人别,啼是忆郎耳。

披被树明灯，独思谁能忍？欲知长寒夜，兰灯倾壶尽。
坐起叹汝好，愿他甘丛香，倾筐入怀抱。
通发不可料，憔悴为谁睹？欲知相忆时，但看裙带缓几许。
忆欢不能食，徘徊三路间，因风觅消息。
朝日光景开，从君良燕游。愿如卜者策，长与千岁龟。
所欢子，问春花可怜，摘插裲裆里。
芳萱初生时，知是无忧草。双眉画未成，那能就郎抱！
百花鲜。谁能怀春日，独入罗帐眠？
闻欢得新侬，四支懊如垂。鸟散放行路，井中百翅不能飞。
怜欢敢唤名，念欢不呼字。连唤欢复欢，两誓不相弃。
奈何许，石阙生口中，衔碑不得语！
白门前，乌帽白帽来。白帽郎是侬，不知乌帽郎是谁？
初阳正二月，草木郁青青。蹑履步前园，时物感人情。
青幡起御路，绿柳荫驰道。欢赠玉树筝，侬送千金宝。
桃花落已尽，愁思犹未央。春风难期信，托情明月光。
计约黄昏后，人断犹未来。闻欢开方局，已复将谁期？
自从别郎后，卧宿头不举。飞龙落药店，骨出只为汝。
日光没已尽，宿鸟纵横飞。徙倚望行云，蹊蹀待郎归。
百度不一回，千书信不归。春风吹杨柳，华艳空徘徊。
音信阔弦朔，方悟千里遥。朝霜语白日，知我为欢消。
合冥过藩来，向晓开门去。欢取身上好，不为侬作虑。
五鼓起开门，正见欢子度。何处宿行还，衣被有霜露？
本自无此意，谁交郎举前？视侬转迈迈，不复来时言。
自我别欢后，欢音不绝响。茱萸持捻泥，冤有杀子像。
家贫近店肆，出入引长事。郎君不浮华，谁能呈实意？
念日行不遇，道逢播措郎。查灭衣服坏，白肉亦黯疮。

歔欷暗中啼，斜日照帐里。无油何所苦？但使天明尔。
黄丝呷素琴，泛弹弦不断。百弄任郎作，唯莫广陵散。
思欢不得来，抱被空中语。月没星不亮，持底明侬绪？
诈我不出门，冥就他侬宿。鹿转方相头，丁倒欺人目。
欢但且还去，遗信相参伺。契儿向高店，须臾侬自来。
欲行一过心，谁我道相怜？摘菊持饮酒，浮华著口边。
语我不游行，常常走巷路。败桥语方相，欺侬那得度？
阔面行负情，诈我言端的。画背作天图，子将负星历。
君行负怜事，那得厚相于？麻纸语三葛，我薄汝粗疏。
黄天不灭解，甲夜曙星出。漏刻无心肠，复令五更毕。
打杀长鸣鸡，弹去乌白鸟。愿得连冥不复曙，一年都一晓。
空中人，住在高墙深阁里。书信了不通，故使风往尔。
侬心常慊慊，欢行由豫情。雾露隐芙蓉，见莲讵分明。
非欢独慊慊，侬意亦驱驱。双灯俱时尽，奈许两无由！
谁交强缠绵？常持罢作虑。作生隐藕叶，莲侬在何处？
相怜两乐事，黄作无趣怒。合散无黄连，此事复何苦！
谁交强缠绵，常持罢作意。走马织悬帘，薄情奈当驶。
执手与欢别，合会在何时？明灯照空局，悠然未有期。
百忆却欲噫，两眼常不燥。蕃师五鼓行，离侬何太早！
含笑来向侬，一抱不能置。领后千里带，那顿谁多媚？
欢相怜，今去何时来？裲裆别去年，不忍见分题。
欢相怜，题心共饮血。流头入黄泉，分作两死计。
娇笑来向侬，一抱不能已。湖燥芙蓉萎，莲汝藕欲死。
欢心不相怜，慊苦竟何已！芙蓉腹里萎，莲汝从心起。
下帷掩灯烛，明月照帐中。无油何所苦？但使天明侬。
执手与欢别，欲去情不忍。余光照已藩，坐见离目尽。

种莲长江边，藕生黄蘖浦。必得莲子时，流离经辛苦。
人传我不虚，实情明把纳。芙蓉万层生，莲子信重沓。
闻乖事难怀，况复临别离。伏龟语石板，方作千岁碑。
铃荡与时竞，不得寻倾虑。春风扇芳条，常念花落去。
坐倚无精魂，使我生百虑。方局十七道，期会是何处？
暂出白门前，杨柳可藏乌。欢作沉水香，侬作博山炉。
十期九不果，常抱怀恨生。然灯不下炷，有油那得明？
自从近日来，了不相寻博。竹帘裲裆题，知子心情薄。
下帷灯火尽，朗月照怀里。无油何所苦，但令天明尔。
近日莲违期，不复寻博子。六筹翻双鱼，都成罢去已。
一夕就郎宿，通夜语不息。黄蘖万里路，道苦真无极。
登店卖三葛，郎来买丈余。合匹与郎去，谁解断粗疏！
侬亦粗经风，罢顿葛帐里，败许粗疏中。
紫草生湖边，误落芙蓉里。色分都未获，空中染莲子。
闺阁断信使，的的两相忆。譬如水上影，分明不可得！
逍遥待晓分，转侧听更鼓。明月不应停，特为相思苦！
罢去四五年，相见论故情。杀荷不断藕，莲心已复生。
辛苦一朝欢，须臾情易厌。行膝点芙蓉，深莲非骨念。
慊苦忆侬欢，书作后非是。五果林中度，见花多忆子。

《读曲歌》的形式很凌乱，多数是五言的四句；这和《子夜歌》相同；但也有五言的三句组成的；也有以一句三言，两句或三句的五言组成的；甚至杂有一二句的七言的。我很怀疑这八十九首的《读曲歌》原来不是一个曲调。《读曲歌》或者便是一种"徒歌"的总称；故其中曲调不是一律相同的。

此外，尚有《上声歌》八首，《欢闻歌》一首，《欢闻变歌》六首，

《前溪歌》七首，《阿子歌》三首，《团扇郎》七首，《七日夜女郎歌》九首，《长史变歌》三首，《黄生曲》三首，《黄鹄曲》四首，《桃叶歌》四首，《长乐佳》八首，《欢好曲》三首，《懊侬歌》十四首，《黄竹子歌》一首，《江陵女歌》一首，《神弦歌》十一首（按《神弦歌》为总名，实共十一调，十八首），《碧玉歌》六首，《华山畿》二十五首；这些都是属于"吴声歌曲"的。

其中惟《懊侬歌》及《华山畿》最为重要。《懊侬歌》十四首，《古今乐录》云："晋石崇绿珠所作，唯'丝布涩难缝'一曲而已。后皆隆安初民间讹谣之曲。"今读"丝布涩难缝"一曲：

丝布涩难缝，令侬十指穿。黄牛细犊车，游戏出孟津。

仍是民谣，不会是石崇、绿珠所作的。其他十三首，也没有一首不是很好的民间情歌：

江中白布帆，乌布礼中帷。潭如陌上鼓，许是侬欢归。
江陵去扬州，三千三百里。已行一千三，所有二千在。
寡妇哭城颓，此情非虚假。相乐不相得，抱恨黄泉下。
内心百际起，外形空殷勤。既就颓城感，敢言浮花言。
我与欢相怜，约誓底言者。常叹负情人，郎今果成诈。
我有一所欢，安在深阁里。桐树不结花，何有得梧子。
长樯铁鹿子，布帆阿那起。诧侬安在间，一去三千里。
暂薄牛渚矶，欢不下延板。水深沾侬衣，白黑何在浣。
爱子好情怀，倾家料理乱。揽裳未结带，落托行人断。
月落天欲曙，能得几时眠？凄凄下床去，侬病不能言。
发乱谁料理？托侬言相思。还君华艳去，催送实情来。

山头草，欢少四面风，趋使侬颠倒。

懊恼奈何许！夜闻家中论，不得侬与汝。

《华山畿》凡二十五首。《古今乐录》云："《华山畿》者，宋少帝时懊恼一曲，亦变曲也。少帝时，南徐一士子从华山畿往云阳。见客舍有女子年十八九。悦之，无因。遂感心疾。母问其故。具以启母。母为至华山寻访，见女具说。女闻，感之。因脱蔽膝令母密置其席下，卧之当已。少日，果差。忽举席，见蔽膝而抱持。遂吞食而死。气欲绝，谓母曰：葬时，车载从华山度。母从其意。比至女门，牛不肯前，打拍不动。女曰：且待须臾。妆点沐浴，既而出歌曰：华山畿，君既为侬死，独活为谁施？欢若见怜时，棺木为侬开。棺应声开，女遂入棺。家人叩打，无如之何。乃合葬，呼曰"神女冢"。这当然是一段神话，显然是从韩朋妻的故事演化而来的。

华山畿 二十五首

华山畿，君既为侬死，独活为谁施？欢若见怜时，棺木为侬开。

闻欢大养蚕，定得几许丝。所得何足言，奈何黑瘦为！

夜相思，投壶不得箭，忆欢作娇时。

开门枕水渚，三刀治一鱼，历乱伤杀汝。

未敢便相许，夜闻侬家论，不持侬与汝。

懊恼不堪止，上床解要绳，自经屏风里。

啼著曙，泪落枕将浮，身沉被流去。

将懊恼，石阙昼夜题，碑泪常不燥。

别后常相思，顿书千文阙，题碑无罢时。

奈何许！所欢不在间，娇笑向谁绪？
隔津欢，牵牛语织女，离泪溢河汉。
啼相忆，泪如漏刻水，昼夜流不息。
著处多遇罗，的的往年少，艳情何能多？
无故相然我，路绝行人断，夜夜故望汝。
一坐复一起，黄昏人定后，许时不来已。
摩可浓，巷巷相罗截，终当不置汝。
不能久长离，中夜忆欢时，抱被空中啼。
腹中如汤灌，肝肠寸寸断，教侬底聊赖。
相送劳劳渚，长江不应满，是侬泪成许。
奈何许！天下人何限，慊慊只为汝！
郎情难可道，欢行豆挟心，见获多欲绕。
松上萝，愿君如行云，时时见经过。
夜相思，风吹窗帘动，言是所欢来。
长鸣鸡，谁知侬念汝？独向空中啼！
腹中如乱丝，愦愦适得去，愁毒已复来。

这二十五首的民歌，只有头一篇是有关"华山畿"的故事的，其余都是《子夜》、《读曲》的同俦；而有的歌像"腹中如汤灌，肝肠寸寸断"，较《子夜》、《读曲》尤为泼辣深切。

在吴声歌曲里还有《碧玉歌》数首，写得也很可爱。

碧 玉 歌

碧玉破瓜时，郎为情颠倒。芙蓉陵霜荣，秋容故尚好。
碧玉小家女，不敢攀贵德。感郎千金意，惭无倾城色。

碧玉小家女，不敢贵德攀。感郎意气重，遂得结金兰。

同前二首

碧玉破瓜时，相为情颠倒。感郎不羞郎，回身就郎抱。
杏梁日始照，蕙席欢未极。碧玉奉金杯，渌酒助花色。

同　　前

碧玉上宫妓，出入千花林。珠被玳瑁床，感郎情意深。

四

"西曲歌"为"荆、楚西声"。其句法的结构和吴声歌曲大致相同。其中重要的歌调，有《三洲歌》、《采桑度》、《青阳度》、《孟珠》、《石城乐》、《莫愁乐》、《乌夜啼》、《襄阳乐》等。其题材也是以恋爱为主，其情调也是充满了别离相思之感，其作风也是绮靡秀丽的。惟像"布帆百余幅，环环在江津"那样的情景，却是在吴声歌曲里找不到的。

如果再仔细的把西曲歌多读一下，便可以发现，因了地理环境的不同，他们和吴声歌曲之间显然是有了很不同的区别的。

三　洲　歌

送欢板桥湾，相待三山头。遥见千幅帆，知是逐风流。
风流不暂停，三山隐行舟。愿作比目鱼，随欢千里游。

> 湘东酾酿酒,广州龙头铛。玉樽金镂碗,与郎双杯行。

像这样的广泛的阔大的趣味,在吴声歌曲里是没有的。

又像《采桑度》的七首:

> 蚕生春三月,春桑正含绿。女儿采春桑,歌吹当春曲。
> 冶游采桑女,尽有芳春色。姿容应春媚,粉黛不加饰。
> 系条采春桑,采叶何纷纷!采桑不装钩,牵坏紫罗裙。
> 语欢稍养蚕,一头养百塸。奈当黑瘦尽,桑叶常不周。
> 春月采桑时,林下与欢俱。养蚕不满百,那得罗绣襦!
> 采桑盛阳月,绿叶何翩翩。攀条上树表,牵坏紫罗裙。
> 伪蚕化作茧,烂熳不成丝。徒劳无所获,养蚕特底为?

其作风便比较的直捷了;那些情绪已不是"恋爱""相思"所能范围得住;那些话已变成了采桑女的呼吁之声;所描写的已是蚕家的生活而不是相恋的情绪了。

青 阳 度

> 隐机倚不织,寻得烂熳丝。成匹郎莫断,忆侬经绞时。
> 碧玉捣衣砧,七宝金莲杵,高举徐徐下,轻捣只为汝。
> 青荷盖绿水,芙蓉披红鲜。下有并根藕,上生并头莲。

这几首却是《子夜》的同类。

像《安东平》和《女儿子》,其句子的结构却变化得很多了。

安 东 平

凄凄烈烈，北风为雪。船道不通，步道断绝。
吴中细布，阔幅长度。我有一端，与郎作袴。
微物虽轻，拙手所作。余有三丈，为郎别厝。
制为轻巾，以奉故人。不持作好，与郎拭尘。
东平刘生，复感人情，与郎相知，当解千龄。

女 儿 子

巴东三峡猿鸣悲，夜鸣三声泪沾衣。
我欲上蜀蜀水难，蹋蹀珂头腰环环。

这些是四言和七言的，在《西曲歌》里也很罕见。最多的还是五言的。底下的几个曲调差不多全都是五言的。

那 呵 滩

我去只如还，终不在道边。我若在道边，良信寄书还。
沿江引百丈，一濡多一艇。上水郎担篙，何时至江陵？
江陵三千三，何足特作远？书疏数知闻，莫令信使断。
闻欢下扬州，相送江津湾。愿得篙橹折，交郎到头还。
篙折当更觅，橹折当更安。各自是官人，那得到头还！
百思缠中心，憔悴为所欢。与子结终始，折约在金兰。

这几首也是充满了贾客的别离之感，充满了水乡的情绪的。

孟珠里的第二、第六、第八的几首写得漂亮极了：

孟　珠

人言孟珠富，信实金满堂。龙头衔九花，玉钗明月珰。
阳春二三月，草与水同色。攀条摘香花，言是欢气息。
人言春复著，我言未渠央。暂出后湖看，蒲菰如许长。
扬州石榴花，摘插双襟中。葳蕤当忆我，莫持艳他侬！
阳春二三月，草与水同色。道逢游冶郎，恨不早相识！
望欢四五年，实情将懊恼。愿得无人处，回身与郎抱。
阳春二三月，正是养蚕时。那得不相怨，其再许侬来！
将欢期三更，合冥欢如何？走马放苍鹰，飞驰赴郎期。
适闻梅作花，花落已成子。杜鹃绕林啼，思从心上起。
可怜景阳山，茗茗百尺楼。上有明天子，麟凤戏中州。

《石城乐》和《莫愁乐》二曲都是石城（在竟陵）那个地方的民歌。《莫愁乐》的第二首"江水断不流"写得异常的大胆。

石　城　乐

生长石城下，开窗对城楼。城中诸少年，出入见侬投。
阳春百花生，摘插环髻前。捥指蹋忘愁，相与及盛年。
布帆百余幅，环环在江津。执手双泪落，何时见欢还？
大艑载三千，渐水丈五余。水高不得渡，与欢合生居。
闻欢远行去，相送方山亭。风吹黄蘖藩，恶闻苦蓠声。

莫愁乐

莫愁在何处？莫愁石城西。艇子打两桨，催送莫愁来。
闻欢下扬州，相送楚山头。探手抱腰看，江水断不流。

《乌夜啼》凡八曲。相传《乌夜啼》为宋临川王刘义庆（一作彭城王义康）所作。但审这八曲的口气却全是民歌，和义庆的故事毫不相涉。

乌夜啼

歌舞诸少年，娉婷无种迹。菖蒲花可怜，闻名不曾识。
长樯铁鹿子，布帆阿那起。诧侬安在间，一去数千里。
辞家远行去，侬欢独离居。此日无啼音，裂帛作还书。
可怜乌白乌，强言知天曙。无故三更啼，欢子冒暗去。
乌生如欲飞，飞飞各自去。生离无安心，夜啼至天曙。
笼窗窗不开，荡户户不动。欢下葳蕤龠，交侬那得往。
远望千里烟，隐当在欢家。欲飞无两翅，当奈独思何！
巴陵三江口，芦荻齐如麻。执手与欢别，痛切当奈何。

《襄阳乐》虽然相传是宋、随王诞所作，但也完全是民歌的风度，是《子夜》、《读曲》的流亚，不会是个人的创作。

襄阳乐

朝发襄阳城，暮至大堤宿。大堤诸女儿，花艳惊郎目。
上水郎担篙，下水摇双橹，四角龙子幡，环环江当柱。

江陵三千三，西塞陌中央。但问相随否，何计道里长。
　　人言襄阳乐，乐作非侬处。乘星冒风流，还侬扬州去。
　　烂熳女萝草，结曲绕长松。三春虽同色，岁寒非处侬。
　　黄鹄参天飞，中道郁徘徊。腹中车轮转，欢今定怜谁？
　　扬州蒲锻环，百钱两三丛。不能买将还，空手揽抱侬。
　　女萝自微薄，寄托长松表。何惜负霜死，贵得相缠绕。
　　恶见多情欢，罢侬不相语。莫作乌集林，忽如提侬去。

《寿阳乐》的句法，较为变动。其第三、第六及第八首，都是绝妙好辞。

寿阳乐

　　可怜八公山，在寿阳，别后莫相忘。
　　东台百余尺，凌风云，别后不忘君。
　　梁长曲水流，明如镜，双林与郎照。
　　辞家远行去，空为君，明知岁月驶。
　　笼窗取凉风，弹素琴，一叹复一吟。
　　夜相思，望不来。人乐我独愁！
　　长淮何烂熳，路悠悠，得当乐忘忧。
　　上我长濑桥，望归路，秋风停欲度。
　　衔泪出伤门，寿阳去，必还当几载。

《西乌夜飞》相传为宋沈攸之举兵发荆州东下，未败之前，思归京师所作。这话也是毫无根据的。

西乌夜飞

日从东方出,团团鸡子黄。夫妇恩情重,怜欢故在傍。
暂请半日给,徙倚娘店前。目作宴瑱饱,腹作宛恼饥。
我昨忆欢时,揽刀持自刺。自刺分应死,刀作杂楼僻。
阳春二三月,诸花尽芳盛。持底唤欢来,花笑莺歌咏。
感郎崎岖情,不复自顾虑。臂绳双入结,遂成同心去。

其中第二首"暂请半日给"所写的情景,是六朝乐府里所未有同俦的。

五

又有《梁鼓角横吹曲》,那是受了胡曲影响之作,和吴声歌曲及西曲歌完全异其情趣。《晋书·乐志》:"横吹有鼓角,又有胡角,即胡乐也。"其来源,据相传的话,可追溯到汉武帝时代。但我以为这些胡曲的输入时代,最可靠的还是五胡乱华的那个时期。至于有歌辞可见的则惟在梁代。

在《梁鼓角横吹曲》里,以《企喻歌》、《紫骝马歌辞》、《陇头流水歌》、《隔谷歌》、《折杨柳歌辞》、《幽州马客吟歌辞》等为最可注意。其中不尽是思妇怀人之曲了;不尽是绮靡之音了;即有恋歌,其作风也和《子夜》、《读曲》、《三洲》等歌曲大殊。他们是充满了北地的景色和风趣的。

《企喻歌》凡四曲,都是诉说北方健儿的心意的:

男儿欲作健,结伴不须多。鹞子经天飞,群雀两向波。
放马大泽中,草好马著膘。牌子铁裲裆,钜铧鹬尾条。

前行看后行，齐著铁裲裆。前头看后头，齐着铁钚锋。
男儿可怜虫，出门怀死忧。尸丧狭谷中，白骨无人收。

《紫骝马歌辞》有一部分是汉辞。但像：

烧火烧野田，野鸭飞上天。童男娶寡妇，壮女笑杀人。
高高山头树，风吹叶落去。一去数千里，何当还故处？

却是具有特殊的情趣的。

《陇头流水歌》写飘零道路之苦，极为深刻，那是南方旅人所未曾经历过的。

陇头流水，流离西下。念吾一身飘旷野。
西上陇阪，羊肠九回。山高谷深，不觉脚酸。

《陇头歌辞》恐便是《流水歌》的同调或变调：

陇头流水，流离山下。念吾一身，飘然旷野。
朝发欣城，暮宿陇头。寒不能语，卷舌入喉。
陇头流水，鸣声幽咽。遥望秦川，心肠断绝。

《隔谷歌》只有两首，却都是乱离时代最逼真的写照：

兄在城中弟在外。弓无弦，箭无栝，食粮乏尽。若为活，救我来，救我来。
兄为俘虏受困辱，骨露力疲食不足。弟为官吏马食粟，何惜钱力来我赎。

《折杨柳歌》里的恋曲，像：

> 肠中愁不乐，愿作郎马鞭。出入擐郎臂，蹀座郎膝边。
> 门前一株枣，岁岁不知老。阿婆不嫁女，那得孙儿抱。

立刻便可以辨得出那情趣和《子夜》、《读曲》的如何相殊。

> 遥看孟津河，杨柳郁婆娑。我是虏家儿，不解汉儿歌。

那也是很真切的画出汉夷杂处的一个情景来的。

《幽州马客吟歌辞》里出的一个曲子：

> 快马常苦瘦，剿儿常苦贫。黄禾起羸马，有钱始作人。

和《高阳乐人歌》里的：

> 可怜白鼻䮏，相将入酒家。无钱但共饮，画地作交赊。

写流浪人的心境同样的凄壮。

《幽州马客吟》里也有恋歌几首，那歌声是直捷的，粗率的，不似吴、楚歌的宛曲曼绮：

> 荧荧帐中烛，烛灭不久停。盛时不作乐，春花不重生。
> 南山自言高，只与北山齐。女儿自言好，故入郎君怀。

郎著紫袴褶，女著彩夹裙。男女共燕游，黄花生后园。

《捉搦歌》四曲，最有趣，都是咏过时待嫁的女儿们的心理的，却和"荧荧条上花，零落何乃驶"的隐露的哀怨不同了；他们是那样的直率不讳：

粟谷难春付石臼，敝衣难护付巧妇。男儿千凶饱人手，老女不嫁只生口。
谁家女子能行步，反著夹禅后裙露。天生男女共一处，愿得两个成翁姬。
华阴山头百丈井，下有流水彻骨冷。可怜女子能照影，不见其余见斜领。
黄桑柘屐蒲子履，中央有丝两头系。小时怜母大怜婿，何不早嫁论家计？

《地驱乐歌》里的"驱羊入谷，白羊在前。老女不嫁，蹋地唤天"，也具着同样的情调，其"侧侧力力，念君无极。枕郎左臂，随郎转侧"，却又是那样的赤裸裸的北人的热情的披露。

月明光光星欲堕，欲来不来早〔语〕我。

这一曲《地驱乐歌》却是很蕴藉含蓄的。
《琅琊王歌辞》里的：

新买五尺刀，悬著中梁柱。一日三摩娑，剧于十五女。
东山看西水，水流盘石间。公死姥更嫁，孤儿甚可怜。

> 客行依主人，愿得主人强。猛虎依深山，愿得松柏长。

其也是富有北地的情趣的。

参考书目

一、（题）吴兢：《乐府古题要解》二卷，有《津逮秘书》、《学津讨源》及《历代诗话续编》本。

二、郭茂倩编：《乐府诗集》一百卷，有汲古阁刊本，湖北书局刊本，《四部丛刊》本。

三、左克明编：《古乐府》十卷，有明刊本。

四、冯惟讷编：《古诗纪》一百五十六卷，有明刊本。

五、丁福保编：《全汉魏六朝诗》，有医学书局印本。

六、郑振铎：《插图本中国文学史》，商务印书馆印本。本章可参考此书第一册第十六章。

第五章　唐代的民间歌赋

一

　　唐代的通俗诗歌甚为发展。六朝的"杨五伴侣",我们已经见不到,但在唐代却还有王梵志、顾况、罗隐、杜荀鹤诸人的作品存在。白居易的诗,虽号称妇孺皆解,但实在不是通俗诗;他们还不够通俗,还不敢专为民众而写,还不敢引用方言俗语入诗,还不敢抓住民众的心意和情绪来写。像王梵志他们的诗才是真正的通俗诗,才是真正的民众所能懂,所能享用的通俗诗。

　　王梵志诗在宋以后便不为人所知。黄庭坚很恭维他的东西。不知怎么样,后来便失了传。沉埋了千余年之后,到最近方才在敦煌石室里发现了几卷。梵志的生年,约在隋、唐之间。《太平广记》里(卷八十二)有一则关于他的故事,很怪,说他是生于树瘿之中的。他的诗多出世之意;像:

　　　　城外土馒头,馅草在城里。一人吃一个,莫嫌没滋味。

便很有悲观厌世的观念,就像他最好的诗篇:

> 吾有十亩田，种在南山坡。青松四五树，绿豆两三窠。热即池中浴，凉便岸上歌。遨游自取足，谁能奈何我！

也全是"自了汉"的话。他的诗，几全是哲理诗、教训诗或格言诗。这种通俗诗流行于民间，根深柢固，便造成了我们这个民族的"各人自扫门前雪，莫管他人瓦上霜"的自了汉的心理了。那影响是极坏的。

唐代的和尚诗人们，像寒山、拾得、丰干都是受他的影响的。拾得有诗道："世间亿万人，面孔不相似。……但自修己身，不要言他己。"更是梵志精神上的肖子。

寒山有诗道："有人笑我诗，我诗合典雅！不烦郑氏笺，岂用毛公解。忽遇明眼人，即自流天下。"这是通俗诗人们的对于古典作家们的解嘲之作。

顾况诗在通俗诗里独弹出一种别调。他是一个大诗人，不是一个梵志式的哲理诗人。他并不厌世。他只是敢于引用方言俗语入诗中。他的诗，所写的方面很广。虽然也偶有梵志式的诗，像《长安道》：

> 长安道，人无衣，马无草。何不归来山中老？

但像《田家》那样的社会诗，便是梵志们所未曾梦见的了。

> 带水摘禾穗，夜捣具晨炊。县帖取社长，嗔怪见官迟。

又像《上古之什补亡训传十三章》里的《囝》一章，写的是那末沉痛：

> 囝生闽方，闽吏得之，乃绝其阳。为臧为获，致金满屋。为

> 髡为钳，如视草木。天道无知，我罹其毒，神道无知，彼受其福，"郎罢"别囝，吾悔生汝。及汝既生，人劝不举。不从人言，果获是苦。囝别"郎罢"，心摧血下。隔地绝天，及至黄泉，不得在郎罢前。（原注：囝音蹇。闽俗呼子为囝，父为郎罢。）

这种掠奴的风俗，我们在况这诗里方才详细的知道。

唐末，通俗诗忽盛行于世。胡曾的《咏诗史》一百首，写得很驽下，却为了写得浅，能投合民众的口味，至今还为俗人所传诵。罗隐、杜荀鹤、李山甫们的诗也有许多至今还为民众的口头禅，虽然他们不知道作者是谁。可见其潜伏的势力之大。

在罗隐诗里，像"今宵有酒今宵醉，明日愁来明日愁"；像"时来天地皆同力，运去英雄不自由"；像"采得百花成蜜后，不知辛苦为谁甜"；像"只知事遂眼前去，不觉老从头上来"，都已成了民间的成语谚语。

杜荀鹤的诗，像"举世尽从愁里老，谁人肯向死前休"；像"逢人不说人间事，便是人间无事人"；像"易落好花三个月，难留浮世百年身"，也都是最为人所传诵的诗句。

李山甫的诗，像"南朝天子爱风流，尽守江山不到头"；像"劝君不用夸头角，梦里输赢总未真"等，也都是同一情调的东西。

在唐末的乱离时代，作家们自然会有这种冷笑的厌世的谦退之作的。但流行于民间，却养成了我们的整个民族的不长进的怕事的风尚。这是要不得的！也许，正因为他们是这个怕事的民族的代言人，故遂成为通俗诗人吧。

但更有许多的通俗诗，其情趣是比较的广瞩的，特别的在叙事诗方面，在唐代有了很高的成就。

二

敦煌石室的发现，使我们对于唐代的通俗文学研究有了极重要的收获。"变文"的发现，固然是最重要的消息，使我们对于宋、元的通俗文学的发展的讨论上，有了肯定的结论，而同时，许多民间歌曲的被掘出，也使我们得到不少的好作品，同时并明白了后来的许多通俗作品的产生的线索与原因。

关于敦煌石室发现的经过与其重要性，我在别的地方已经说起过，这里不必多谈。只是这所被埋没了近一千多年的石室宝库的重被打开，却出于一个匈牙利人史坦因之手。因此重要的完整些的材料多已被搬运到伦敦博物院去。而继之而来的，又是一位法国人伯希和；他席卷了史坦因剩下的一部分重要的材料和宝物，运到巴黎国家图书馆。等到第三次由中国政府搜括"余沥"时，所余的也实在只是糟粕了。又是沿途的被截留，被偷盗，散失了不少东西。所以现在收藏在北平图书馆里的八千余卷的敦煌抄本，好东西已是有限，特别关于通俗文学的材料，更是没有什么重要的。我们所要获得的材料，却非远到伦敦和巴黎去找不可。

我们应该感谢刘半农先生，他为我们抄回了，并传布了不少罕见的通俗作品。但可惜只限于巴黎的一部分，也还不能说是完全。关于伦敦的一部分，简直还没有什么人去触动过它们，利用过它们。著者曾经自己去抄录过一部分，所得究竟寥寥有数。伦敦藏的敦煌写本目录，至今还不曾编好，我们简直没有法子知道其中究竟藏有多少珍宝。将来那部目录出来的时候，我们也许更要添入不少的材料。这种添加或修正却是我们所最为盼望着的。但现在却只能就著者所获得的材料而加以叙述。

三

我们第一要讨论到的是"词"。那民间的"词",和温庭筠及韦庄、和凝他们所作的究竟有些不同。但在民间文学里,其气韵已是够典雅的了。所以"词"在唐的末年,恐怕已是被执持在文士们的手里,而不尽是民间的通俗歌曲了。

今日所知的敦煌的"词",有《云谣集杂曲子》一种,这已是文士们所编集的东西了,故多半文从字顺,相当雅致,和一般粗鄙的小曲的气息不同;但也还能看得出其初期的素朴的作风。

伦敦博物院所藏的一本《云谣集杂曲子》原注"共三十首",但实只有十八首,阙其十二首。巴黎国家图书馆所藏的也只有十四首。二本合之,除其重复,恰好足三十首之数。朱祖谋曾加以整理,刊于《疆村丛书》;其第二次整理的全稿,则刊于《疆村遗书》。著者也曾加以整理,编入《世界文库》第一卷第六册。这个集子的整理工作,相当的可以告一个结束。

凤归云遍

征夫数载萍寄他邦,去便无消息,累换星霜。月下愁听砧杵拟;塞雁行。孤眠鸾帐里,往劳魂梦,夜夜飞飏。想君薄行更不思量,谁为传书与,表妾衷肠?倚槛无言垂血泪,暗祝三光。万般无奈处,一炉香尽,又更添香。

又

怨绿窗独坐,修得为君书。征衣裁缝了,远寄边虞。想得为君贪苦战,不惮驰驱。中朝沙碛里山,凭三尺勇战奸愚。岂知红粉泪的如珠!往把金钗,卜卦卦皆虚。魂梦天涯无暂歇,枕上长嘘。待卿回故日,容颜憔悴,彼此何如!

像这样的作风,放在《花间集》里是很显得粗俗的,但在民间歌曲里已算是很文雅的了。但像下面所举的二例,民间的风趣却是更为浓厚的。

内 家 娇

两眼如刀,浑身似玉,风流第一佳人。及时衣着,梳头京样,素娴艳孃情春。善别宫商,能调丝竹,歌令尖新。任从说洛浦阳台,谩将比并无因。半含娇态,逶迤换步出闺帏。搔头重慵憽不插,只把同心千遍捻弄。来往中庭,应是降王母仙宫,凡间略现容真。

拜 新 月

荡子他州去,已经新岁未还归。堪恨情如水,到处辄狂迷,不思家国。花下遥指祝神明,直至于今,抛妾独守空闺。上有穹苍在,三光也合遥知。倚屏帏坐,泪流点的金粟罗衣,自嗟薄命缘业至于思。乞求待见面,誓不辜伊。

若"两眼如刀"、"及时衣着,梳头京样"、"三光也合遥知"一类的语句在《花间》、《尊前》里是绝对找不到的。

《敦煌零拾》六,载有小曲三种,凡七首,民间的作风,便保存得更多了。

《鱼歌子》一首,下注"上王次郎",也还是《云谣集》里的东西:

鱼 歌 子　上王次郎

春雨微,香风少,帘外莺啼声声好。伴孤屏,微语笑,寂对前庭悄悄。当初去向郎道,莫保青娥花容貌。恨惶交,不归早,教妾□在烦恼。

但《长相思》三首,其作风便完全不同了;这三首是皆衔接的,似更邻近于"五更转"一类的民歌:

长 相 思

侣客在江西,富贵世间稀。终日红楼上,□□舞著棋。频频满酌醉如泥,轻轻更换金卮。尽日贪欢逐乐,此是富不归。

哀客在江西,寂寞自家知。尘土满面上,终日被人欺。朝朝立在市门西,风吹泪□双垂。遥望家乡长短,此是贫不归。

作客在江西,得病卧毫厘。还往观消息,看看似别离。村人曳在道傍西,耶娘父母不知。□上剺排书字,此是死不归。

写得最好的《雀踏枝》的第一首:

雀 踏 枝

叵耐灵鹊多满语,送喜何曾有凭据。几度飞来活捉取,锁上金笼休共语。比拟好心来送喜,谁知锁我在金笼里。欲他征夫早归来，腾身却放我向青云里。

这是写闺中思妇和"灵鹊"的对话。思妇见"灵鹊"常常来"送喜"，她丈夫却还是不归来，便把它来关在金笼里。但"灵鹊"却答她道："原是好心来送喜的，却反把囚在金笼里了。你如果要征夫早早的归来，还是放掉我飞到青云里去的好。"这样有趣的"词"，我们在唐、宋人作品里是很少遇见的。

第二首《雀踏枝》却是很平常的作品：

> 独坐更深人寂寂，分离路远关山隔。寒雁飞来无消息，□□牵断心肠忆。仰告三光垂泪滴，□□耶娘甚处传书觅。自叹凤缘作他邦客，辜负尊亲虚劳力。

这七首东西，《敦煌零拾》的编者罗振玉并不说明原藏何处。他在后面跋道：此小曲三种，《鱼歌子》写小纸上，《长相思》及《雀踏枝》写《心经》纸背，讹字甚多，未敢臆改，姑仍其旧。看样子，大约是他自己所藏的东西。

《敦煌掇琐》里又载有《奖美人》一首，题作"同前奖美人"，不知前面是何词调。刘半农先生以为"当是《虞美人》，但词调与今所传《虞美人》不同"。原本未写完。但也不是什么上好的作品。不过却可见出是《云谣》与《花间》之间的作品：

> 翠栁（疑当作柳）眉间绿，桃花脸上红，薄罗衫子掩酥胸。一段风流难比像，白莲出水……

尚有若干零星的作品，见于《掇琐》或他处的，作风大致不殊，都不在此提及了。

但民间小曲，其地位却更为重要，其作品也更多的保存着民间的素朴与粗鄙。

四

《敦煌零拾》五载"俚曲三种"，"上虞、罗氏藏"。这是最早刊布唐代俚曲的勇敢的举动。在那时候，像"俚曲"这样的东西，士大夫们是根本看不起的。

俚曲三种，凡三首，计《叹五更》一首、《十二时》二首：

叹 五 更

一更初，自恨长养枉生躯，耶娘小来不教授，如今争识文与书。

二更深，《孝经》一卷不曾寻，之乎者也都不识，如今嗟叹始悲吟。

三更半，到处被他笔头算，纵然身达得官职，公事文书争处断。

四更长，昼夜常如面向墙，男儿到此屈折地，悔不《孝经》读一行。

五更晓，作人已来都未了，东西南北被驱使，恰如盲人不见道。

天下传孝十二时

平旦寅，叉手堂前咨二亲，耶娘约束须领受，检校好要莫生嗔。

日出卯，情知耶娘渐觉老，子父恩深没多时，递户相劝须行李。
食时辰，尊重耶娘生而身，未曾孝养归泉路，来报生中不可论。
起中巳，耶娘渐觉无牙齿，隅坐力弱须人扶，饮食吃得些些子。
正南午，董永卖身葬父母，天下流传孝顺名，感得织女来相助。
日昳未，入门莫取外婿意，六亲破却不须论，兄弟惜他断却义。
哺时申，孝养父母莫生嗔，第一温言不可得，处分小语过于珍。
日入酉，父母在堂少饮酒，阿阇世王不是人，杀父害母生禽兽。
黄昏戌，五擿之人何处出，空里唤向百街头，恶业牵将不拣足。
人定亥，世间父子相怜爱，怜爱亦得没多时，不保明朝阿谁在。
夜半子，独坐思维一段事，纵然妻子三五房，无常到来不免死。
鸡鸣丑，败坏之身应不久，纵然子孙满山河，但是恩爱非前后。

禅门十二时

夜半子，监睡还须去，端坐政观心，济却无朋彼。
鸡鸣丑，擿木看窗牖，明来暗自知，佛性心中有。
平旦寅，发意断贪嗔，莫令心散乱，虚度一生身。
日出卯，取镜当心照，情知内外空，更莫生烦恼。
食时辰，努力早出尘，莫念时时苦，早取涅槃因。
隅中巳，火宅难归□，恒在败坏身，漂流生死海。
正南午，四大无梁柱，须知寡合身，万佛皆为主。
日昳未，造罪相连累，无常念念至，徒劳漫破费。
哺时申，修见未来因，念身不救住，终归一微尘。
日入酉，观身知不救，念念不离心，数珠恒在手。
黄昏戌，归依须暗室，罪垢亦未知，何时见慧日。

人定亥，吾今早欲断，驱驱不暂停，万物皆失坏。

这三首后有"时丁亥岁次天成二年七月十日"等字一行。按天成二年为公历纪元927年，离今已是一千多年了。我们得见到一千多年前的"五更转"一类的俚曲，这不是可欣幸的事么？

《叹五更》和《十二时》的结构，都是相同的，不过一为以"五更"为次，一以"十二时"为次，故前者只有五段，后者便成为十二段了——每段都是以一句的三言，三句的七言组织起来的。

《叹五更》和今日的《五更转》形式上是不同的，然其结构却仍相似。像这样的结构幼稚的歌曲，在民间当会是保存得很久的。不过"十二时"的一体，却是失传了。

《敦煌掇琐》里载有"五更转"四篇。《太子五更转》的结构和《叹五更》完全相同：

太子五更转

一更初，太子欲发坐心思，须知耶娘防守到，何时度得雪山水。

二更深，五百个力士睡昏沉。遮取黄羊及车匿，朱鬃白马同一心。

三更满，太子腾空无人见，宫里传声悉达无，耶娘肠肝寸寸断。

四更长，太子苦行万里香，一乐菩提修佛道，不藉你世上作公王。

五更晓，大地下众生行道了，忽见城头白马骏，则知太子成佛了。

但《南宗赞》和《太子入山修道赞》的结构便不大相同了；其句法，首句也是三言，其后便杂着三言、五言及七言的了；而杂言的一部分也变得冗长多了。

南宗赞一本

一更长，如来智惠化中藏。不知自身本是佛，无明漳蔽自荒忙。了五蕴，体皆亡，灭六识，不相当。行住坐卧常注意，则知四大是佛堂。

一更长，二更长，有□□往尽无常。世间造作应不及，无为法会听皆亡。入圣使，坐金刚，诣佛国，迈十方。但诸世界愿贯一，决定得入于佛行。

二更长，三更严，坐禅执定甚能甜。不宣诸天甘露蜜，愿君眷属出来看。诸佛教，实福田，持斋戒，得生天。生天天中归，还堕落，努回心，趣涅槃。

三更严，四更阑，法身体性本来禅。凡天不念生分别，轮回六趣心不安。求佛性，向里看，了佛意，不觉寒。广大劫来常不悟，今生作意断悭贪。

四更阑，五更□，菩提种子坐红莲。烦恼泥中常不染，恒□净土共金颜。佛在世，八十年，般若意，不在言。朝朝恒念经，当初求觅一年川。

这赞，便有点像后来的宝卷。三言的夹入更多了。也许是原用梵歌唱出的，故不得不用这样的体裁。这可见"五更转"这个调子，原来只是指"结构"的五段而言，有意地将事迹或情绪分作了由浅入深，或一段一段地分述着的"五则"的。至于每一段里的句法和长短，或其歌唱的方法，却是不拘的。

《太子入山修道赞》也是如此；其句法是三、五、七言互用的，和《叹五更》及《太子五更转》比较起来，显然是进步的。《修道赞》第五更的一段，特别的冗长；这是很可怪的一种别体。

太子入山修道赞

一更夜，月良东宫见道场，幡花伞盖日争光。烧宝香，共走天仙乐，畈资用宫伤。美人无拿，手头忙，声绕梁。太子无心恋，闭目不形相。将身不作转轮王，只是怕无常。

二更夜，月明音乐堪人听。美人纤手弄秦争，儿监溪。姨毋专承事，耶输相逐行。太子无心恋，色声岂能听。轮回三恶道，六趣在死生。从来改却既般名，只是换身形。

三更夜，亦停须肥睡不醒。美人梦里作音声，往往迎。出家时欲至，天王号作瓶。宫中闻唤太子声，甚丁宁。我是四天主，故来远自迎。珠琮便蹑紫云斋，夜逾城。

四更夜，亦偏乘云到雪山。端身正坐向欲前，坐禅迓。寻思父王忆，每常孀每邻。耶输忆向我门看，眼应穿。便即唤车匿，分付与衣冠。将吾白马却归还，传我言。

五更夜，亦交帝释度金刀。毁形落发绀青毫，鹊顶巢。牧牛女献乳，长者奉香苇，誓当作佛苦海艄，眉间放白毫。日食一麻麦，六载受勤劳。因中果满自消遥，三界超。金色三十二，八十相，好圆誓。于苦海，作舟舡，运载得生天。十二部，诸经赞，流在阎浮间。明人速悟转读看，尽得出三关，正向阎浮化波旬，请涅槃。口中发愿不为言，卧在跃提边。慈母双林灭魔强，转更圆。众生苦海入本源，谁是救你俦。佛则归圆寂，何日遇法山！犹如孩子没耶娘，邻宿在苦海边。悟则归常乐，注在法王家。一乘深法没难遮，乐者请除耶。七祖运遭溪，传法破遇迷暗传。心地证菩提，愚者没泥黎。明灯照里燃，说者便升千。修行洁净果周圆，必定往西天。时当第五百，耶法现人间。众生命，尽信耶言，不解学参禅。

《思妇五更转》（题拟）写得最好：

　　一更初，夜坐调琴，欲秦相思伤妾心。每恨狂夫薄行迹，一过挽人年月深。君白去来经几春，不传书信绝知闻。愿妾变作天边雁，万里悲鸟寻访君。二更孤，怅理秦筝，若个弦中无怨声。忽忆征夫镇沙漠，遣妾烦怨双泪盈。当本只言今载归，谁知一别音信稀。贱妾杖自恒娥月，一片贞心。独守空闲寂，索取箜篌叹征余。为君王，效中节，都缘名刎觅侯。愿君早登丞相位，妾亦能孤守百秋。四更袤竹弄弓商，厍忬贤夫在鱼阳。池中比目鱼，抒戏海鸥……

很可惜的是，四更的一段只剩了一半，五更的一段，却完全地缺失了。"二更"的一段，未注明，当是从"贱妾杖自恒娥月"一句开始的。这歌里的错字别字实在太多了。像很美丽的"愿妾变作天边雁，万里悲鸟寻访君"一句里，那"鸟"字，一定是"鸣"字之讹。

关于"十二时"，《敦煌掇琐》里只有《太子十二时》（题拟）一篇，和《太子五更转》相同，也是叙述释迦成道故事的：

　　夜半子，摩耶夫人诞太子，步步足下生莲花，九龙齐吐温和水。鸡鸣丑，昔日诸亲本自有，黄羊车匿圈东西，不那千人自有心。平旦寅，太人因中是佛身。本有三十二相好，神通智惠异诸人。日出卯，出门忽逢病死老。即知此戒正堪修，便是回心求佛道。食时辰，本性持戒料贪瞋。不羡世间为国主，唯求涅槃成佛因。隅中巳，库藏金银尽布施。怜贫恤老及慈悲，每有苦哉今日是。正南午，太子修行实辛苦。每日持斋一麻麦，舍却悭贪及父母。日昳未，太子神通实智惠。眉间放光照十方，救拔众生及五趣。甫时申，太子广开妙法门。降得魔王及外道，莎罗林里见世尊。日入酉，阎浮提众生难化诱。愿求世尊陀罗尼，若有人闻诵持受。黄昏戌，佛闻双林无有失。阿难合掌白佛言，文殊来问维磨诘。人定亥，十代弟子来忏悔。佛说西方净土国，见闻自消一切罪。

《敦煌掇琐》里，又有《女人百岁篇》，其结构也和"五更转"、"十二时"极为相同，从壹拾年到百年，歌咏"女人"的一生。这可见在当时，这样幼稚的结构，在民间里是很流行的。其中充满了悲感的气氛，却不是什么宗教的劝道歌。

女人百岁篇，从壹拾至百年。

壹拾花枝两斯兼，优柔课郁复娶娶。父娘恰似携壹月，寻常不许出珠帘。贰拾笄年花蕊春，父娘矜许事功勋。香车暮逐随夫烛，如同萧史晓从云。叁拾珠颊美小年，纱窗揽镜□花钿。牡丹时节邀歌谣，拨棹乘船采璧连。肆拾当家主计深，三男五女恼人心。秦筝不理贪机织，只恐阳乌昏复沉。伍拾连夫怕被嫌，强相迎接事娶孅。寻思二八多轻薄，不愁嫂姑阿嫁严。陆拾面皱发如丝，行步趌蹱少语词。愁如未得温新妇，优女随夫别与居。柒拾衰赢争郍何，纵饶闻法岂能多。明风若有微风至，筋骨相连似打罗。捌拾眼暗耳偏聋，出门唤北却来东。梦中长见亲情鬼，劝妾归来逐逝风。玖拾雷光似电流，人间万事一时休。寂然卧枕高床上，残叶雕零待暮秋。百岁山崖风似颓，如今身化作尘埃。四时祭拜儿孙绝，明月长年照土堆。

五

长篇的叙事歌曲，在敦煌文库里，我们也发现了《太子赞》、《董永行孝》（题拟）及《大汉三年季布骂阵词文》三种。《太子赞》以五七言相间成篇，全是宗教的宣传品。疑其也用梵音唱出。内容无可注意处。

《董永行孝》的全本，藏于伦敦博物院（史坦因目录S.2204），是首尾完全的一篇，内容却也不怎样高明。

董永事，见刘向《孝子传》（有《黄氏逸书考》辑本），后人曾列入"二十四孝"里，故为广传的故事之一。句道兴的《搜神记》（《敦煌零拾》本）亦引之。

昔刘向《孝子图》曰：有董永者，千乘人也。小失其母，独养老父。家贫困苦。至于农月与辘车推父于田头树荫下，与人客作，供养不阙。其父亡殁，无物葬送。遂从主人家典田，贷钱十万文，语主人曰："后无钱还主人时，求与殁身主人为奴，一世常力。"葬父已了，欲向主人家去。在路逢一女，愿与永为妻。永曰："孤穷如此，身复与他人为奴，恐屈娘子。"女曰："不嫌君贫，心相愿矣，不为耻也。"永遂共到主人家。主人曰："本期一人，今二人来何也？"主人问曰："女有何技能？"女曰:"我解织。"主人曰:"与我织绢三百匹,放汝夫妻归家。"女织经一旬,得绢三百匹。主人惊怪。遂放夫妻归还。行至本相见之处,女辞永曰:"我是天女。见君行孝,天遣我借君偿债。今既偿了,不得久住。"语讫,遂飞上天;前汉人也。

这故事本来是"鹅女郎型"的故事之一,和《罗汉格林》(*Lolgengren*)故事,也是同一型的。不过罗汉格林是男的天使帮助了一个女郎,而董永的事,则是天女帮助了一个孝子而已。到了《董永行孝》,则其故事又变了,加入了一个董永的儿子董仲。董仲觅母事,尤近于"鹅女郎"的故事。首一节说董永丧了父母,将身卖与长者为奴。葬事已了,他要去做奴,半途却遇了一位天女,要嫁与他为妻。

人生在世审思量,暂□吵闹有何方。大众志心须净听,先须孝顺阿耶娘。好事恶事皆抄录,善恶童子每抄将。孝感先贤说董永,年登十五二亲亡。自叹福薄无兄弟,眼中流泪数千行。为缘多生无姊妹,亦无知识及亲房。家里贫穷无钱物,所买当身殡耶娘。便有牙人来勾引,所发善愿便商量。长者还钱八十贯,董永只要百千强。领得钱物将归舍,拣择好日殡耶娘。父母骨肉在堂内,又领攀发出于堂。见此骨肉齐哽咽,号咷大哭是寻常。六亲今日来相送,随东直至墓边傍。一切掩埋总以毕,董永哭泣阿耶娘。直至三日后墓了,拜罢父母几田常。父母见儿拜辞次。愿儿身健早归乡。又辞东邻及西舍,便进前呈数里强。路逢女人来安问:"此个郎君住何方?何姓?何名?衣实说,从头表白说一场。""娘子记言再三问,一一具说莫分张。家缘本住眠山下,知姓称名董永郎。忽然慈母身得患,不经数日早身亡。慈耶得患先身故,后乃便至阿娘亡。殡葬之日无钱物,所卖当身殡耶娘"。"世上庄田仍不卖，惊身却入贱人行？所有庄田不将货，弃货今辰事阿郎。""娘子有询是好事，董永为报阿耶娘。""郎君如今行孝仪，见君行孝感天堂。数内一人归下界，暂到浊恶至他乡。帝释宫中亲处分，便遣汝等共田常。不弃人微同千载，便与相逐事阿郎"。

这中间恐怕是阙失了一段，没有说明董永答应娶她为妻，和她同到主人家的事，而底下紧接着便叙说董永到了主人家里，拜见着他：

董永向前便跪拜："少丧父母大恓惶。""所卖一身商量了，是何女人立于傍？"董永对言衣实说："女人住在阴山乡。""女人身上解何艺？""明机妙解织文章。"便与将丝分付了，都来只要两间房。阿郎把数都计算，计算钱物千匹强。经丝一切总剧了，明机妙解织文章。从前且织一束绵，梭齐动地乐花香。日日都来总不织，夜夜调机告吉祥。锦上含仪对对有，两两鸳鸯对凤凰。织得锦成便截下，采将下来便入箱。阿郎见此箱中物，念此女人织文章。女人不见凡间有，生长多应住天堂。但织绫罗数已毕，却放二人归本乡。二人辞了须好去，不用将心恐阿郎。二人辞了便进路，更行十里到永庄。却到来时相逢处，"辞君却至本天堂"。娘子便即乘云去，临别分付小儿郎。但言好看小孩子！董永相别泪千行。董仲长年到七岁，街头由喜道边傍。小儿行留被毁骂，尽道董仲没阿娘。遂走家中报慈父，"汝等因何没阿娘？""当时卖身葬父母，感得天女共田常。"如今便即思忆母，眼中流泪数千行。董永放儿觅父（？），往行直至孙宾傍。夫子将身来誓挂，"此人多应觅阿娘。"

底下恐怕又少了几句；应该叙述孙宾怎样教导董仲去觅娘的。董仲依了他的指示，便藏到阿耨池边的树下。

> 阿耨池边澡浴来，先于树下隐潜藏。三个女人同作伴，奔波直至水边傍。脱却天衣便入水，中心抱取紫衣裳。此者便是董仲母，此时纵见小儿郎。"我儿幽小争知处？孙宾必有好阴阳！"阿娘拟收孩儿养，"我儿不仪住此方。"

这里也似阙失了几句。底下应该叙述天女抱了董仲到天上去，但又放了他下凡，给他一个金瓶。

> 将取金瓶归下界，捻取金瓶孙宾傍。天火忽然前头现，先生央却走忙忙。
> 将为当时总烧却，检寻却得六十张。此因不知天上事，总为董□觅阿娘。

这结束非常的有趣，人间的不知天上事，原是为了董仲觅母，而把孙宾的天书烧掉之故。

句道兴的《搜神记》，有一篇较长的田昆仑娶得天女的故事，写：田昆仑见三个天女在池中洗浴，抱得了一个天女的衣服。她不得乘空而去，只得嫁了他。但后来得到了衣服，便又飞去。这和董仲事颇相类。

最好的一篇叙事歌曲，乃是《季布骂阵词文》，这篇弘伟的诗篇，著者用了四种不同的本子，互相校勘，勉强整理出一本比较可读的东西来。那不同的四本，都是零落的残文，经了整理之后，却可连接成为一篇了；但可惜仍有残缺，不能完全恢复旧观。

季布事，见《史记》卷一百（《季布栾布列传》）。

季布者，楚人也。为气任侠，有名于楚。项籍使将兵，数窘汉王。及项羽灭，高祖购求布千金。敢有舍匿，罪及三族。季布匿濮阳周氏。周氏曰："汉购将军急，迹且至臣家。将军能听臣，臣敢献计。即不能，愿先自到。"季布许之。乃髡钳季布，衣褐衣，置广柳车中，并与其家僮数十人，之鲁朱家所卖之。朱家心知是季布，乃买而置之田。诫其子曰："田事听此奴，女与同食。"朱家乃乘轺车之洛阳，见汝阴侯滕公。……滕公待间，果言如朱家指。上乃赦季布。

这里没有叙及季布骂阵事，只是说他"数窘汉王"，《汉书》布传（卷三十七）也是这样说。但《骂阵词文》却把季布骂阵事很夸张地描写着，而于后半季布被赦的经过，写得也很生动。

此歌首部已缺，但缺失的恐怕并不很多。今存的最先的一部分，乃是巴黎国家图书馆所藏的一卷。（P. 2747）

这一卷，从楚、汉相争，季布向项王献计说："虎斗龙争必损人，臣骂汉王三五口，不施弓弩遣收军"，项王遂准其所奏，许他骂汉王事开始，而中止于汉王平定天下后，出敕于天下，搜求季布，"捉得赏金官万户，藏隐封刀砍一门"，季布遂不得不狼狈奔逃的事。

　　□□□□□□□，各忧胜败在竣□。□□□□□□□，官为御史大夫身。遂奏霸王夸辩捷，□□□□□□□。"臣见两军排阵讧，虎斗龙争必损人。臣骂汉王三五口，不施弓弩遣收军。"霸王闻奏如斯语，"据卿所奏大忠臣！戈戟相冲犹不退，如何闻骂肯收军？卿既舌端怀辩捷，不得妖言误寮人。"季布既蒙王许骂，意似秤龙拟作云。遂唤上将钟离末，各将轻骑后随身。出阵抛骑强百步，驻马攒蹄不动尘。腰下狼牙椊西羽，臂上乌号挂六匀。顺风高绰低牟炽，迸箭长隧锁甲裙。遥望汉王招手骂，发言可以动乾坤。高声直唉呼季布："公是徐州丰县人，毋解缉麻居村里。父能收放住乡村。公曾泗水为亭长，□□阛阓受饥贫。因接秦家离乱后，自无为主假乱真。□□如何披凤翼，鼋龟争敢挂龙鳞？百战百输天下佑，□□□□析五分。何不草绳而自缚，归降我王乞宽恩？□君执迷夸斗敌，活捉生擒放没因。"击鼓未旗未播，□□□言高一一闻。汉王被骂牵宗祖，羞盲左右耻君臣。□□寒鸦嫌树闹，龙怕凡鱼避水昏。拔马挥鞭而便走，阵似山崩遍野尘。走到下坡而憩歇，重敕戈牟问大臣："昨日两家排阵战，忽闻二将语芬芸。阵前立马摇鞭者，□□高声是甚人？"问讫萧何而奏曰："昨朝二将骋顽嚣，□□□王臣等辱，骂触龙威天地嗔。骏马雕鞍穿锁甲，旗下依依认得真。只是季布、中离末，终诸更不是余人。"汉王闻语深怀怒，拍案频眉叵耐嗔！不能助汉余柱寔，□政逗君獸寡人。寡人若也无天分，公然万事不言论。若得片云遮项上，楚将投来总安存。唯有季布、中离末，火炙油煎未是迁！卿与寡人同记着，抄录姓名莫因循。忽期南面称尊目，活捉粉骨细飏尘。后至五年冬三月，会垓灭楚静烟尘。项羽乌江而自刎，当时四塞绝芬芸。楚家败将来投汉，汉王与赏尽垂恩。唯有季布、中离末，始知口是祸之门。不敢显名于圣代，分头逃难自藏身。是时汉帝兴王业，洛阳登极独称尊。四人乐业三边静，八表来苏万姓忻。圣德巍巍而偃武，皇恩荡荡尽修文。心念未能诛季布，常是龙颜眉不分。遂令出敕于天下，遣捉艰凶搜逆臣。捉得赏金官万户，藏隐封刀砍一门。旬日敕文天下遍，不论州县配乡村。季布得知皇帝恨，惊狂莫不丧神魂。唯嗟世上无藏处，天宽地窄大愁人。遂入历山嵚谷内，偷生避死隐藏身。夜则村里偷餐馔，晓入林中伴兽群。嫌日月，爱星辰，昼潜暮出怕逢人。大丈夫儿遭此难，都缘不识圣明君。如斯旦夕愁危难，时时自叹气如云。"一自汉王登九五，黎庶朝苏万姓欣。惟我罪浓忧性命，究竟如何向□□？"自刻他诛应有日，冲天入地若无因。忍饥□□□□，□□义旧恩情。

这底下大约缺失了几行。巴黎国家图书馆别藏有一残卷，（P. 2648）恰好接了下去。刘半农先生说："两号原本纸色笔意并排列行款均甚相似。疑一本断而为二；中间复有缺损。"这推测是很对的。

以下写的是，他到处奔逃，无法潜身，只好逃到周氏家里去。这是和《史记》的记载相合的。

初更乍黑人行少，走□直入马坊门。更深潜至堂阶下，花药园中影树身。周氏夫妻餐馔次，须更敢得动精神。罢饮停餐惊耳热，捻箸横起怪眼瞤。忽然起立望门间："阶下于当是鬼神？若是生人须早语，忽然是鬼莽丘坟。问着不言惊动仆，利剑钢刀必损君！"季布暗中轻报曰："可想阶前无鬼神。只是旧时亲分义，夜送千金与来君。"周谥按声而问曰："凡是千金须在恩。记道远来酬分义，此语应虚莫再论。更深越墙来入宅，夜静无人但说真。"季布低声而对曰："切语莫高动四邻！不问未能咨说得，暨蒙垂问即申陈。夜深不必盘名姓，仆是去年骂阵人。"周氏便知是季布，下阶迎接叙寒温。乃问："大夫自隔阔，寒暑频移度数春。自从有敕交寻促，何处藏身更不闻？"季布闻言而啼泣，"自佳艰危切莫论！一从骂破高皇阵，潜山伏草受艰辛。似鸟在罗忧翅羽，如鱼问鼎惜岐鳞。特将残命投仁弟，如何垂分乞安存？"周氏见言心恳切，"大夫请不下心神。一身结交如管鲍，宿素情深旧拔尘。今受困危天地窄，更问何边投莽人。九族潘遭为敕罪，死生相为莫忧身。"执手上当相对坐，素饭同餐酒数巡。周氏向妻甲子细，还道情浓旧故人。"今遭国难来投仆，辄莫谈扬闻四邻。"季布遂藏覆壁内，鬼神难知人莫闻。周氏身名缘在县，每朝巾情入公门。处分交妻送盘饣，礼同翁伯好供愍。争那高皇酬恨切，扇开帘倦问大臣："朕遣诸州寻季布，如何累月音不闻？应是官寮心怠慢，至今逆贼未藏身。"遂遣使司重出敕，改条换格转精勤。白土拂墙交画影，丹青画影更邈真。所在两家圌一保，察有知无且状申。先拆重棚除覆壁，后交播土更飏尘。寻山逐水薰岩入，踏草搜林塞墓门。察儿期名擒捉得，赏金赐王拜官新。藏隐一餐停一宿，灭族诛家阵六亲。仍差朱解为齐使，面别天阶出国门。骤马摇鞭旬日到，望捉奸凶贵子孙。来到濮阳公馆下，具述天心宣敕文。州官县宰皆忧惧，捕捉惟愁失帝恩。其时周氏闻宣敕，由如大石陌心珍。自隐时多藏在宅，骨寒毛竖失精神。归到壁前看季布，面如土色结眉频。良久沉吟无别语，唯言祸事在逡巡！季布不知新使至，却着言词怪主人。

　　这里所谓朱解，便是《史记》里所说的朱家。大约《骂阵词文》的作者把朱家、郭解混作一人了。

　　巴黎本"季布不知新使至，却着言词怪主人"之下，阙了一大段。（刘氏云：此处原本缺一段。）但这一大段，恰好伦敦有一个残本，（见《敦煌零拾》三，作《季布歌》）足以补入。但有十三句（从"且述天心宣敕文"到"却着言词怪主人"）却是和巴黎本重复的，我们把它们删去了。底下接着便叙述周氏无计可施，季布却教他一计，将自己髡钳为奴，设法卖给了朱解，随他"归朝阙"。其间写季布"便索剪刀临欲剪"的心理是极为动人的。

"院长不须相恐吓,仆且常闻俗谚云。古来久住令人贱。从前又说水频昏。君嫌叨渎相轻弃,别处难安有罪身。结交语断人情薄,仆应自杀在今晨。"周氏低声而对曰:"兄且听言不用嗔。皇帝恨兄心紧切,专使新来宣敕文。黄牒分明□在市,垂赏堆金条格新。先拆重棚除复壁,后交播土更飏尘。如斯严迅交寻捉,兄身弟命人难存。兄且以曾为御史,德重官高艺绝伦。氏且一家甘鼎镬,可惜兄身变微尘!"季布惊忧而问曰:"只今天使是谁人?"周氏报言:"官御史,名姓朱解受皇恩。"其时季布闻朱解,点头微笑两眉分。"若是别人忧性命,朱解之徒何足论。见论无能虚受福,心粗阙武又亏文。直饶堕却千金赏,遮莫高堆万挺银。皇威刺牒虽严迅,飏尘播土也无因。既交朱解来寻捉,有计隈依出得身。"周氏闻言心大怪,"出语如风弄国君。本来发使交寻捉,兄且如何出得身?"季布乃言:"今日计,弟但看仆出这身。九发鬏头披短褐,假作家生一贱人。但道兖州庄上汉,随君出入往来频。待伊朱解回归日,扣马行头卖仆身。朱家忽然来买口,商量莫共苦争论。忽然买仆身将去,擎鞭执帽不辞辛。天饶得见皇高恨,犹如病鹤再凌云。"便索剪刀临欲剪,改形移貌痛伤神。解发捻刀临拟剪,气填胸臆泪纷纷。自嗟告其周院长,"仆恨从前心眼昏!枉读诗书虚学剑,徒知气候别风云。辅佐江东无道主,毁骂咸阳有道君。致使发肤惜不得,羞看日月耻星辰。本来事主夸忠赤,变为不孝辱家门。"言讫捻刀和泪剪,占项遮眉长短匀。浣染为疮烟肉色,吞炭移音语不真。出门入户随周氏,邻家信道典仓身。朱解东齐为御史,歇息因行入市门。见一贱人长六尺,遍身肉色似烟熏。神迷勿惑生心买,持将逞似洛阳人。问此贱人谁是主?"仆拟商量几贯文。"周氏马前来唱喏,"一依钱数且咨闻。氏买典仓缘欠阙,百金即买救家贫。大夫若要商量取,一依处分不争论。"朱解问其周氏曰:"有何能得直千金?"周氏便夸身上艺,虽为下贱且超群。小来父母心怜惜,缘是家生抚育恩。偏切按摩能柔软,好衣彩摄著烟熏。送语传言磨识字,会交伴恋入庠门。若说乘骑能结缠,曾向庄头牧马群。莫惜百金促买取,商量驱使莫顽嚚。朱解见夸如此艺,遂交书契验虚真。典仓牒缔而捐笔,便呈字势似崩云。题姓署名似凤舞,书年著月若乌存。上下撒花波对当,行间铺锦草和真。朱解低头亲看札,口呿目瞪忘收唇。良久摇鞭相叹羡,看他书札置功勋。非但百金为上价,千金于口合交分。遂给价钱而买得,当时便遣涉风尘。季布得他相接引,攀鞭执帽不辞辛。朱解相貌何所似?犹如烟影岭头云。不经旬月归朝阙,具奏东齐无此人。

却不料季布已随在他身边了。这和《史记》所叙朱家明知其为季布而买了下来的话又不大相同。下面叙季布把本来面目对朱解揭开了,吓得朱解"惊狂辗转丧神魂"。但季布却要求朱解请众大臣宴会,由他出来亲自乞命。朱解只好答应了他。第二天侯婴、萧何们便都来了。这和《史记》叙朱家自去恳求滕公的话也不同。这里只有侯婴、萧何却没有滕公这重要的人物出现。

皇帝既闻无季布,"劳卿虚去涉风尘。放卿歇息归私邸,是朕宽肠未合分。"朱解殿前闻帝语,怀忧拜舞出金门。归宅亲故来软脚,开筵列馔广铺陈。买得典仓缘利智,厅堂夸向往来宾。闲来每共论今古,闷即堂前语典坟。从此朱解心怜惜,时时夸说向夫人。"虽然买得愚庸使,实是多知而广闻。天罚带钳披短褐，似山藏玉蛤含珍，是意存心解相向，仆应抬举别安存。"商量乞与朱家姓，脱钳除褐换衣新。今既收他为骨肉，令交内外报诸亲。莫唤典仓称下贱，总交唤作大郎君。试教骑马捻球仗，忽然击拂便过人。马上盘枪兼弄剑，弯弓倍射胜陵君。勒辔邀鞍双走马，跷身独立似生神。挥鞭再骋堂堂貌，敲镫重夸擅擅身。南北盘旋如掣电，东西怀协似风云。朱解当时心大怪，愕然直得失精神。心粗买得庸愚使，看他意气胜将军。名曰典仓应是假，终知必是楚家臣。笑向厅前而问曰："濮阳之日为因循，用却百金为买得，不曾子细问根由。看君去就非庸贱，何姓何名甚处人？"季布既蒙子细问，心口思维要说真。击分声嘶而对曰："说著来由愁杀人！不问且言为贱士，既问须知非下人。楚王辩士英雄将，汉帝怨家季布身。"三台八座甚忙纷，又奏逆臣星出现。早疑恐在百寮门，不期自己遭狼狈。将此情□何处申？解诛斩身甘受死，一门骨肉尽遭迍，季布得知心里怕。甜言美语却安存。"不用惊狂心草草，大夫定意在安身。见令天下搜寻仆，捉得封官金百斤。君促送仆朝门下，必得加官品位新。"朱解心粗无远见，拟呼左右送他身。季布出言而便吓，"大夫便似醉昏昏！顺命受恩无酌度，合见高皇严敕文。捉仆之人官万户，藏仆之家斩六亲。况在君家藏一月，送仆先忧自灭门。"朱解被其如此说，惊狂展转丧神魂。"藏著君来忧性命，送君又道灭一门。世路尽言君是计，今且如何免祸迍？"季布乃言："今有计，必应我在君亦存。明日厅堂排酒馔，朝下总呼诸大臣。座中促说东齐事。道仆愆尤罪过频。仆即出头亲乞命，脱祸除殃必有门。"屈得鄾侯萧相至，登筵赴会让卑尊。朱解自缘心里怯，东齐季布便言论。侯婴当得心惊怪，遂与萧何相顾频。（下阙）

伦敦本至此而毕，下文皆阙。但巴黎和它相衔接处，似仍缺了几句。这几句大约说的是，萧何答应了救季布。巴黎本下面便说及萧何嘱侯婴去奏皇帝，季布不可得，人民被扰过甚，不如休寻捉他吧。皇帝答应了他。他很高兴地去和季布说，布却叫他再去奏，说怕他投戎狄，"结集狂兵侵汉土，"要皇帝以千金招取他出来做官。侯婴又去奏。皇帝也答应了，遂以千金召布来。布上表谢恩，并来朝见皇帝。

据君良计大尖新，要其舍罪□呈敕，半由天子半由□。今日与君应面奏，后世徒知人为人。萧何便嘱侯婴奏，面对天阶见至尊。且奏："东齐人失业，望金徒费罢耕耘。陛下舍慭休寻捉，兑其金玉感梨艮。"皇帝既闻无季布，失声忆得尚书云：民惟邦本倾资惠，本同宁在养人恩。"朕闻旧酬荒土国，苲苒交他四海贫。依卿所定休寻捉，解究释罢言论。"侯婴拜舞辞金殿，来看季布助欢忻。"皇帝舍慭收敕了，君作无忧散惮身。"季布闻言心更大！"仆恨多时受苦辛，虽然奏彻休寻捉，且应潜伏守灰尘。君非有敕千金诏，乍可遭诛徒现身。"侯婴闻语怀嗔怒，"争肯将金诏逆臣！"季布鞠躬重启曰："再奏应闻尧、舜恩。但言季布心顽硬，不惭圣听得皇恩。自知罪浓忧鼎镬，怕投戎狄越江津。结集狂兵侵汉土，边方未免动烟尘。一似再生东项羽，二忧重去定西秦。陛下千金招召取，必能廷佐作忠臣。"侯婴闻说如斯语，"据君可以拨星辰。仆便为君重奏去，将表呈时潘帝嗔。乞待早期而入内，具表前言奏帝闻。""昨奉圣慈舍季布，国泰人安喜气新。臣忧季布多顽逆，不惭圣泽皆皇恩。陛下登朝休寻捉，怕投戎狄越江津。结集狂兵侵汉土，边方未逸动烟尘。一似再生东项羽，二如重去定西秦。臣闻季布能多计，巧会机谋善用军。权锋状似霜凋叶，破阵由如风卷云。但立千金招召取，必有忠贞报国恩。"皇帝闻言情大悦，"劳卿忠谏奏来频。朕缘争位遭伤中，变体油疮是箭痕。梦见楚家由战酌，况忧季布动乾坤。依卿所奏千金召，山河为誓典功勋。"季布既蒙赏排石，顿改愁肠修表文。

表曰：

"臣作天尤合粉身，臣住东齐多朴真。生居陋巷长蓬门，不知阶下怀龙分。辅佐东江狼虎君，狂谋骂阵牵亲祖。自致煎熬鼎镬迁，陛下登朝宽圣代，大开舜日布尧云，罪臣不煞将金诏，感恩激切卒难申！乞臣残命将农业，生死荣华九族忻。"当时随来于朝阙，所司引对入金门。皇帝卷帘看季布，思量骂阵忽然嗔！遂令……

这一卷至此而止。这是最危急的一个关头。刘邦见了季布，忽然生了气，又要想杀他。我们且看季布怎样地替他自己逃脱此险。

巴黎国家图书馆藏有第三本的《骂阵词文》。恰好结束了这一首长歌。（P. 3386）

"以胜煎熬不用存，临至投到萧墙外。"季布高声殿上闻，"圣明天子堪匡佐！谩语君王何处论！分明出敕千金诏，赚到朝门却煞臣。臣罪授诛虽本分，陛下争堪后世闻！"皇帝登时闻此语，回嗔作喜却交存。"怜卿计策多谋掠，旧恶些些总莫论。赐卿锦帛并珍玉，兼拜齐州为太君。放卿意锦归乡井，光荣禄重贵宗亲。"季布得官如谢敕，拜舞天街喜气新。密报先谢朱解得，明明答谢濮阳恩。敲镫临歌归本去，摇鞭喜得脱风尘。若论骂阵身登首，万古千秋只一人。具说《汉书》修制制，莫道辞人唱不嗔。

此卷末有"大汉三年季布骂阵词文一卷"一行，当即此长歌的本名。

在一般的通俗文学里，此歌算是很重要的一篇；在描写上看来，实不失为杰作。其层层深入、处处吃紧的布局，实是无懈可击的。当是《董西厢诸宫调》一类的弘伟的作品的先声吧。在当时必能吸引住许多的听众的，在她被歌唱出来时。

六

赋在这时被利用作为游戏文章的一体了；在民间似颇为流行着。原来《大言》、《小言》诸赋，已含有机警的对答。在这一条线上发展下来，便成为幽默和机警的小品赋了。敦煌文库里《晏子赋》一首便是此类赋里的一篇出色之作。那些有趣的小机警，当会为民间所传诵不衰的。但那些小机警的对话，其来历却是很复杂的，不全从一个来源汲取而得。其间也偶有不可解与错误处。像"山言见大，何益？"一句，疑"山"字误，且其上必尚有数字，像"王曰"一类的文字。最后道："出语不穷，是名晏子。"也是"赋"的一个常例。对于这样的作品，我们是很珍惜的，后世也有之，其气韵却常常恶劣得多，远没有写得这样轻巧超脱，这样机警可喜的：

晏子赋　一首

昔者齐晏子使于梁国为使。梁王问左右，对（对字疑衍）曰：其人形容何似？左右对曰："使者晏子，极其丑陋，面目青黑,且唇不附齿,发不附耳,腰不附踝,既儿观占,不成人也。"梁王见晏子,遂唤从小门而入。梁王问曰:"卿是何人,从吾狗门而入?"晏子对王曰:"王若置造作人家之门,即从人门而入,君是狗家,即从狗门而入,有何耻乎?"梁王曰:"齐国无人,遣卿来。"晏子对曰:"齐国大臣七十二相,并是聪明志惠,故使向智梁之国去。臣最无志,遣使无志国来。"梁王曰:"不道卿无智,何以短小?"晏子对王曰:"梧桐树须大,里空虚;井水须深,里无鱼。五尺大蛇却蜘蛛,三寸车辖制车轮。得长何益,得短何嫌!"梁王曰:"不道卿短小,何以黑色?"晏子对王曰:"黑者天地□性也,黑羊之肉岂可不食,黑牛驾车岂可无力;黑狗趁兔岂可不得,黑鸡长鸣,岂可无则;鸿鹤虽白,长在野田。芭车虽白,恒载死人;漆虽黑,向在前,墨梃虽黑,在王边。采桑椹,黑者先尝之。""山言见大,何益?"晏子对王曰:"剑虽尺三,能定四方;麒麟虽小,圣君瑞应。箭虽小,煞猛虎,小锤能鸣大鼓,方之此言,见大何意!"梁王问曰:"不道卿黑色,卿先祖是谁?"晏子对王曰:"体有于芭生于事,粳粮稻米,出于粪土,健儿论切,伫儿说苦。今臣共其王言,何劳问其先祖。"王乃问晏子曰:"汝知天地之纲纪,阴阳之本性,何者为公,何者为母,何者为左,何者为右,何者为夫,何者为妇,何者为表,何者为里,风从何处出,雨从何处来,霜从何处下,露从何处生,天地相去几千万里,何者是小人,何者是君子?"晏子对王曰:"九九八十一,天地之纲纪;八九七十二,阴阳之性。天为公,地为母;日为夫,月为妇;南为表,北为里,东为左,西为右;风出高山,雨出江海;雾出青天,露出百草,天地相去,万万九千九百九十九里;富贵是君子,贫者是小人。"出语不穷,是名晏子。

《韩朋赋》恰好和《晏子赋》相反，却是很沉痛的一篇叙事诗，虽然其中也包含些机警的隐语——这些隐语是民间作品里所常常见得到的，一般人对它一定有很高的兴趣。在宋代，"商谜"曾成了一个专门的职业；元代的文士们写作的隐语集也不少；其群众都是民间的，而非上层阶级的。

明人传奇有《韩朋十义记》，但所叙与《韩朋赋》非同一之事。赋中的韩朋原应作韩凭。大约抄写者因"凭"字不好写，而音又相同，故遂改作"朋"。

韩凭妻的故事，在古代流传甚广；也是孟姜女型的故事之一。这故事的流行，可见出一般人对于荒淫之君王的愤怒的呼号。这故事的大概，是如此：

> 宋、韩凭，战国时为宋康王舍人。妻何氏美。王欲之。捕舍人筑青陵台。何氏作《乌鹊歌》以见志云："南山有乌，北山张罗。乌自高飞，罗当奈何！"又云："乌鹊双飞，不乐凤凰。妾是庶人，不乐宋王。"又作歌答其夫云："其雨淫淫，河大水深，日出当心。"康王得书，以问苏贺。贺曰："雨淫淫，愁且思也；河水深，不得往来也；日当心，有死志也。"俄而凭自杀。妻乃阴腐其衣。王与登台，遂自投台下。左右揽之，衣不中手。遗书于带曰："王利其生，不利其死。愿以尸骨赐凭而合葬。"王怒，弗听。使里人埋之，冢相望也。宿昔，有交梓木生于二冢之端。旬日而大合抱，屈曲体相就，根交于下。又有鸳鸯雌雄各一，恒栖树上，交颈悲鸣。宋人哀之，号其木曰相思树。
> （汪廷讷《人镜阳秋》卷十六）

《韩朋赋》把这悲惨的故事发展得更深挚、更动人些,成了一篇崇高的悲剧;在文辞上,也少粗鄙的语句。大约是抄写的人之过吧,别字错字还是不少。

《韩朋赋》第一节写朋意欲远仕,而虑母独居,故遂娶妇贞夫。(赋里不说是何氏)。贞夫美而贤。入门三日,二人的情感如鱼如水,相誓各不相负。在这里,"赋"的描写与叙述,显然是把简朴的故事变为繁琐些了。

  昔有贤士,姓韩名朋,少小孤单,遭丧遂失父,独养老母。谨身行孝,用身为主。意远仕,忆母独注。贤妻成功,素女始年十七,名曰贞夫。已贤至圣,明显绝华,形容窈窕,天下更无。虽是女人身,明解经书。凡所造作,皆今天符。入门三日,意合同居。共君作誓,各守其躯。君不须再娶妇,如鱼如水。意亦不再嫁,死事一夫。

第二节写韩朋出游,仕于宋国,六年不归。朋妻寄书给他。朋得书,意感心悲。那封书显然是廓大了《乌鹊歌》的第一首的,却更为深刻。"欲寄书"与"人",与"鸟",与"风"一段,乃是这赋里最好的抒写之一则。

  韩朋出游,仕于宋国。期去三年,六秋不皈。朋母忆之,心烦总。其妻寄书与人,恐人多言焉;欲寄书与鸟,鸟恒高飞;意欲寄书与风,风在空虚;书君有感,直到朋前。韩朋得书,解读其言。书曰:浩浩白水,回波如流,皎皎明月,浮云映之,青青之水,各忧其时,失时不种,和亘不兹。万物吐化,不为天时。久不相见,心中在思。百年相守,竟一好时。君不忆亲,老母心

> 悲；妻独单弱，夜常孤栖。常怀大忧。盖闻百鸟失伴。其声哀哀，日暮独宿，夜长栖栖。太山初生，高下崔嵬，上有双鸟，下有神龟。昼夜游戏，恒则同皈。妾今何罪，独无光明。海水荡荡，无风自波。成人者少，破人者多。南山有鸟，北山张罗。鸟自高飞，罗当奈何！君但平安，妾亦无化。韩朋得书，意感心悲。不食三日，亦不觉饥。

但不幸，这封书却为宋王所拾得。王遂欲得朋妻。梁伯奉命，用诈术去迎接了她来。这一节是原来的故事里所没有的；写得是那样的婉曲而层层深入。这里的梁伯，当便是故事里的苏贺了。

> 韩朋意欲还家，事无因缘。怀书不谨，遗失殿前。宋王得之，甚爱其言。即召群臣，并及太吏；谁能取得韩朋妻者，赐金千金，封邑万户。梁伯启言王曰：臣能取之。宋王大忆。即出八轮之车，爪骝之马，便三千余人，从发道路，疾如风雨。三日三夜，往到朋家，使者下车，打门而唤。朋母出看，心中惊怕。供问唤者，是谁使者。使者答曰：我从国之使来，共朋同友。朋为公曹，我为主簿。朋友秋书，来寄新妇。阿婆回语新妇，如客此言，朋今事官，且得胜途。贞夫曰：新妇昨夜梦恶，文文莫莫，见一黄蛇，咬妾床脚，三鸟并飞，两鸟相搏，一鸟头破齿落，毛下纷纷，血流洛洛，马蹄踏踏，诸臣赫赫。上下不见邻里之人，何况千里之客！客从远来，终不可信。巧言利语，诈作朋书。言在外。新妇出看，阿婆报客。但道：新妇病卧在床，不胜医药。承言谢客，劳苦远来。使者对曰："妇闻夫书，何古不憘！必有他情，在于邻里。朋母年老，能察意。新妇闻客此言。面目变青变黄。如客此语，道有他情，即欲结意，返失其里，遣妾看客，

失母贤子。姑,从今已后,亦夫妇,妇亦姑,道下机谢其玉被。千秋万岁,不伤识汝。井水淇淇,何时取汝!釜灶匡匡,何时久汝。床席闺房,何时卧汝,庭前荡荡,何时扫汝,菌菜青青,何时拾汝!出入悲啼,邻里酸楚。低头却行,泪下如雨。上雨拜客,使者扶誉贞夫上车,疾如风雨。朋母于后,呼天唤地大哭。邻里惊聚,贞夫曰:呼天何益,唤地何免,驷马一去,何归返!

"下机谢其玉被"一段,充盈了惜别的深情厚意,其动人,在我们的文学里还不曾有过第二篇,恰好和印度剧圣卡里台莎(Kalidaso)的不朽之作《梭孔特妲》(Sakantola)所写的梭孔特妲别了森林之居而去寻夫时的情景相同;其美丽的想像也不相上下。然而我们的《韩朋赋》,却被埋没了一千年!

第四节写贞夫被骗入宫,憔悴不乐,病卧不起。这里,仍很巧妙的运用了《乌鹊歌》的第二首进去。

梁伯信连日日渐远,初至宋国九千余里,光照宫中。宋王怪之,即召群臣,并及太吏,开书卜问,怪其所以。悟土答曰:今日甲子,明日乙丑,诸西聚集,王得好妇。言语未讫,贞夫即至。面如凝脂,腰如束素,有好文理。宫中美女,无有及以。宋王见之,甚大欢喜。三日三夜,乐可可尽。即拜贞夫以为皇吉。前后事从,入其官里。贞夫入宫,憔悴不乐,病卧不起。宋王曰:卿是庶人之妻,今为一日之母,有何不乐!衣即绫罗,食即咨口,黄门侍郎,恒在左右。有何不乐,亦不欢憘?贞夫答曰:辞家别亲,出事韩朋,生死有处,贵贱有殊。芦苇有地,荆棘有囊,豺狼有伴,雉笔有双,鱼鳖百水,不乐高堂,燕若群飞,不乐凤凰,妾庶人之妻,不归宋王之妇。

这以下似乎阙失了几句，上下语便不大能衔接。大约宋王又来问群臣以如何可以释贞夫之忧的方法。但梁伯却又有一个坏主意了！

"人愁思，谁能谏？"梁伯对曰：臣能谏之。朋年三十未满，廿有余，姿容窈窕，里发素失，齿如轲珮，耳如悬珠，是以念之，情意不乐。唯须疾害身朋，以为困徒。宋王遂取其言，遂打韩朋二扳齿，并着故破之衣，常使作清凌之台。

第五节写贞夫和韩朋相见于青凌台。贞夫作书系于箭上，射给朋。朋得之，便自杀。

贞夫闻之，痛切軒肠，情中烦怨，无时不思。贞夫咨宋王：既筑清凌台讫，乞愿暨往看下。宋王许之。赐八轮之车，爪骝之马，前后事从三千余人，往到台下。乃见韩朋，刬草饲马。见妾耻，扞草遮面。贞夫见之，泪下如雨。贞夫曰："宋王有衣，妾亦不着；王若吃食，妾亦不尝，妾念思君，如渴思浆。见君苦痛，割妾心肠。形容憔悴，决报宋王。何足着耻！避妾隐藏！"韩朋答曰：南山有树，名曰荆棘，一枝两形，苇小心平。形容憔悴，无有心情。盖闻东流之水，西海之鱼，去贱就贵，于意如何？贞夫闻语，低头却行，泪下如雨。即裂群前三寸之帛，卓齿取血，且作台书，系着箭上，射于韩朋。朋得此，便即自死。宋王闻之，心中惊愕。即子诸臣："若为自死，为人所煞？"梁伯对曰：韩朋死时，有伤损之处，唯有三寸素书，在朋头下。宋王即读之，贞书曰："天雨霖，鱼游池中，大鼓无声，小鼓无音。"王曰：谁能辨之？梁伯对曰："臣能辨之。天雨霖霖，是其泪；鱼游池中，是其意；大鼓无声，是其气；小鼓无音，是其思。"天下事此是。卿其言义大矣哉！

第六节写贞夫见韩朋死，便求王以礼葬之。葬时，贞夫自腐其衣，投于墓中，左右揽之不得。和故事所说的自投青凌台下，略有不同。"左揽右揽，随手而无"上下，疑略有缺失，故文意不甚明白。

贞夫曰：韩朋以死，何更再言！唯愿大王有恩，以礼葬之，可不得我后。宋王即遣人城东轾百文之旷，三公葬之。贞夫乞往观看，不取久高。宋王许之。令乘弃车，前后事从三千余人，往到墓所。贞夫下车，绕墓三匝，噪啼悲哭，声入云中。唤君君亦不闻，回头辞百官，天能报恩。盖闻一马不被二安，一女不事二夫。言语未此，遂即至室。苦酒侵衣，遂胜如慈。左揽右揽，随手而无。百官忙怕，皆悉椎胸，即遣使者报宋王。

最后一节便写宋王救贞夫不得，而在墓中得二石。他弃此二石于道之东西，即生二树，枝枝相当，叶叶相笼。宋王又伐之。而"二札落水"，变成双鸳鸯飞去。鸳鸯落下了一根羽毛，宋王拾得之，却起火焚烧了他的身体；这样的报复了韩朋夫妇的仇。

王闻此语，甚大嗔怒。床头取剑，煞臣四五，飞轮来走，百官集聚。天下大雨，水流旷中，难可得取。梁百谏王曰：只有万死，无有一生。宋王即遣舍之。不见贞夫，唯得两石。一青一白。宋王睹之，青（石）舍游道东，白石舍于道西。道西生于桂树，道东生于梧桐。枝枝相当，叶叶相笼。根下相连，下有流泉，绝道不通。宋王出游见之。此是何树？对曰：此是韩朋之树。谁能解之？梁百对曰：臣能解之。枝枝相当，是其意；叶叶相笼，是其恩，根下相连，是其气；下有流泉，是其泪。宋王即遣诛罚之。三日三夜，血流汪汪。二札落水，变成双鸳鸯，举翅高飞，还我本乡。唯有一毛，甚相好端政。宋王得之，即磨芬其身。

复仇的一段，乃是"故事"所没有的。"故事"里只说墓上生二树，树上栖有双鸳鸯。这里却说，墓中拾得二石，石弃于道旁，生了二树，树被斫去，乃生双鸳鸯，双鸳鸯飞去，落下一羽毛，为他们复了仇。这样的变异，正合一般民间故事的方式；辛特里娅型（Cindellela）的故事便是这样的。还有两篇《燕子赋》，也是绝妙的好辞。我们如果喜欢伊索的寓言，喜欢《列那狐的故事》，我们便会同样地喜欢这两篇《燕子赋》。这两篇性质是相同的，故事也相同，描写的方法，却完全两样了；一篇写得很机警，写得神采奕奕，另一篇却是颇为驽下之作。但我们读着他们，一边却不禁的会浮现出《列那狐的故事》的若干幕的图画来。《燕子赋》产生的背景，和《列那狐》有些相同，其讽刺的意味当然也相同。对于黑暗的中世纪的社会，在这里，我们可以略略得到些消息。人们不敢公然地对帝王、对卿相、对地方官吏、对土豪劣绅，报仇或指责，便只好隐隐约约地在寓言里咒骂着了。

《燕子赋》写的是燕雀争巢事。燕巢被雀所占，向它理会，反被殴伤，于是向凤凰处去起诉。

第一篇《燕子赋》，对于争巢的经过，已失去了，只从燕子被殴，诉之凤凰开始。

燕 子 赋

缘没横罗□□□□□□□□□□□□□□□□□□云："明

敕招客标□□□□□□□□□□□□□错，是我表丈人，鹁鸠是我家，百州□□□□□□□□离我门，前少时终须吃捆。"燕子不分，以理从索。遂被撮头拖曳，捉衣扯擘。辽乱尊拳，交横秃刷，父子数人，共相敲击，燕子被打，伤毛堕翮，起上不能，命垂朝夕。伏乞检验，见有青赤。不胜冤屈，请王科责。凤凰云："燕子下牒，辞理恳切，雀儿豪横，不可称说。终须两家，对面分雪。但知撼否，然可断决。"专差鹁鸠往捉。

鹁鸠捉雀儿的一段，写得极有风趣。雀儿在巢里私语，"约束男女，必莫开门。有人觅我，道向东村"那些话，读之不禁失笑。还不和列那狐同样的狡猾么？但雀儿究竟没有列那狐的智计，只好被鹁鸠捕去。

鹁鸠奉命，不敢久庭，半走牛驯，疾如奔星。行至门外，良久立听。正闻雀儿窟里语，闻声云：昨夜梦恶，今朝眼䁑，若不私斗，克被官嗔。比来徭役，征已应频；多是燕子，下牒申论。约束男女，必莫开门。有人觅我，道向东村。鹁鸠隔门遥唤："阿你莫漫辄藏，向来闻你所说，急出共我平章。何谓夺他宅舍，仍更打他损伤！奉府命遣我追捉，手足还是身当。入孔亦不得脱，任你百种思量。"雀儿怕怖，悚惧恐惶，浑家大小，亦总惊忙。遂出跪拜鹁鸠，唤作大郎，二郎，使人远来充热，且向窟里逐凉。卒客无卒主人，暂坐撩里家常。鹁鸠曰："者汉大痴，好不自知。恰见宽纵，苟徒过时。饭食朗道，我亦不饥。火急须去，恐王怪迟。雀儿已愁，贵在淹流，千返不去，□得脱头。"千言强语，千祈万求。通容放致，明日还有些束羞。鹁鸠恶发，把腰即搞。雀儿烦恼，两眉不邹。捺瞻喋去，须曳到州。

雀儿虽替自己辩解，却湮灭不了具在的事实。凤凰乃判决他决五百，枷项禁身，下于狱中。

奉王帖追，匍匐奔走，不敢来迟。燕子文牒，并是虚辞。眕目上下，请王对推。凤凰云："者贼无赖，眼恼蠹害，何由可奈！骨是捉我支配！将出脊背，拔出左腿，揭去脑盖。"雀儿被吓担碎。号唯称死罪，请唤燕子来对。燕子忽礃出头，躬曲分疏。雀儿夺宅，今见安居；所被伤损，亦不加诸；目验取实虚。雀儿自隐欺负面孔，缝是攒沅，请乞设誓，口舌多端。若实夺燕子宅舍，即愿一代贫寒。朝逢鹰隼，暮逢痴竿，行即着网，坐即被弹。经营不进，居处不安。日埋一□，浑家不残。咒虽万种作了，凤凰要自难漫。燕子曰：人急烧香，狗急蓦墙，只如钉疮病癞。埋却尸腔。总是雀儿（转开作）徒拟，诳惑大王。凤凰大嗔，状后即判雀儿之罪。不得称竿，推问根由，仍生拒捍。责情且决五百，枷项禁身推断。

对于这样的判决，燕子自然是称快。雀儿的昆季鹖鸰却大为不平，骂了他一顿。添了这个波折，便添了风趣不少。

燕子唱快，熹慰不以。夺我宅舍，捉我巴毁，将作你吉达到头；何期天还报你！如今及阿莽次，第五下乃是调子。鹖鸰在傍，乃是雀儿昆季，颇有急难之情，不离左右看侍。既见燕子唱快，便即向前填置。家兄触快明公，下走实增厚鬼。切闻狐死兔悲，恶伤其类，四海尽为兄弟，何况更同臭味。今日自能论竟，任他官府处理。死鸟就上更弹，何须逐后骂詈。

下面写雀妇去狱中探望雀儿；那情景还不是唐代监狱的描素么？

> 妇闻雀儿被杖，不觉精神沮丧。但知捶胸拍臆，垂头忆想阿莽。两步并作一步，走向狱中看去。正见雀儿卧地，面色恰似勃土。脊上缝个服子，仿佛亦高尺五。既见雀儿困顿，眼中泪下如雨。口里便灌小便，疮上还贴故纸。当时骸骸劝谏，拗戾不相用语。无事破啰啾唧，果见论官理府。更披枷禁不休，于身有阿没好处。乃是自招祸恤，不得怨他电祖。雀儿打硬，犹自满漫语；男儿丈夫，事有错误，脊被揎破，更何怕惧！生不一回，死不两度！俗语云：宁值十狼九虎，莫逢痴儿一怒。如今会遭夜莽赤椎，揔是者黑姬儿作祖。吾今在狱，宁死不辱。汝可早去，唤取鹍鸽。他家头尖，凭伊觅曲，咬啮势要，教向凤凰边遮嘱。但知免更吃杖，与他祁摩一束。

雀儿在狱，总想设法脱枷及免罪。像他这样的一个强梁的东西，到此地步，也只好"口中念佛，心中发愿：若得官事解散，险（缮）写《多心经》一卷"了。这讽刺得多末可笑！

> 雀儿被禁数日，求守狱子脱枷。狱子再三不肯，雀儿姜语咀啾：官不容针私容车，叩头与脱到晚衙。不相苦死相邀勒，送饭人来定有钗。狱子曰：泟今未得清雪，所已留在黄沙。我且忝为主吏，岂受资贿相遮。万一王耳目，碎即恰似油麻。乍可从君懊恼，不得遣我著查。雀儿叹曰：古者三公厄于狱卒，吾乃今朝自见。惟须口中念佛，心中发愿：若得官事解散，险写多心经一卷。遂乃嗢囵本典，日徒沙门，辨曹司上下，说公白健。今日之下，些些方便。还有纸笔当直，莫言空手冷面。本典曰：你亦放

钝，为当退颈。夺他宅舍，不解卑喋，却事凶粗，打他见困。你是王法罪人，凤凰命我责问。明日早起过案，必是更着一顿。杖十已上开天，去死不过半寸。但辨脊背□□，何用密箄相骸。

雀儿对案时的情景，写得有风趣极了！我们看它是怎样地替它辨护的？

雀儿被额，更额气愤，把得问头，特地更闷。问：燕子造舍，拟自存活，何得粗豪，辄敢强夺！仰答：但雀儿之名瞠子，交被老鸟趁急，走不择险，逢孔即入，暂投燕舍，勉被拘执。实缘避难，事有急疾，亦非强夺，愿王体悉。又问：既称避难，何得恐赫，仍更蹴朾，使令坠翩。国有常形，舍答决一百。有何别理，以此明白？仰答：但雀儿只缘腊子避难，暂时留燕舍，既见空闲，暂歇解卸。燕子到来，望风恶骂。父子团头。牵及上下。怂不思难，便即相打。燕子既称坠翩，雀儿今亦跛跨。两家损处，彼此相亚。若欲确论坐宅，请乞酬其宅价。今欲据法科绳，实即不敢咋呀。见有请上柱国勋，请与收其赎罪。

他想到了要以"上柱国勋"来赎罪。

又问："夺宅恐赫，罪不可容。既有高勋，究于何处立功？"仰答："但雀儿去贞十九年大将军征计辽东，雀儿□充傔，当时被入先锋，身不□，手不弯弓，口衔□火，送着上风，高丽逐灭，因此立功。一例蒙上柱国，见有勋告数通。必期欲得磨勘，请检《山海经》中。"凤凰判云："雀儿剔秃，强夺燕屋，推问根由，元无臣伏。既有上柱国勋收赎，不可久留在狱。宜即适放，勿烦案牍。"

"必期欲得磨勘，请检《山海经》中。"作者是那么警敏地在开着玩笑！

雀儿既被释，遂和燕子和解了。有一多事鸿鹤，却骂了他们一顿。这和后来的《蔬果争奇》、《梅雪争奇》、《童婉争奇》一类的东西，以及《茶酒论》是结构相同的。但未免却落了套。不过最后的燕雀同词而对的一首诗，却救她出于"平庸"。

> 雀儿得出，憙不自胜。遂唤燕子，且饮二升。比来触误，请公哀矜。从今已后，别解□□。人前并地，更莫呦呦。燕雀既和，行至怜并，乃有一多事鸿鹤，借问：比来谏竟雀儿不退，静开眼尿床，违他格令，赖值凤凰恩择，放你一生草命。可中鹞子搦得，百年当铺了竟。遂骂燕子：你甚顽嚣！些些小事，何得纷红！直欲危他性命，作得如许不仁！两个都无所识，宜悟不与同群！燕雀同词而对曰：何其凤凰不嗔，乃被鸿鹤责所！你亦未能断事，到头没多词句！必其倚有高才，请乞立题诗赋。鸿鹤好心，却被讥刺。乃与一诗，以程二子。鸿鹤宿心有远志，燕雀由来故不知。一朝自到青云上，三岁飞鸣当此时。燕雀同词而对曰：大鹏信徒南，鹪鹩巢一枚。逍遥各自得，何在二虫知！

《燕子赋》的作者，一定是很有修养的文士。"逍遥各自得，何在二虫知？"那样的思想，是陶潜、庄周他们所抱有着的。

另一篇《燕子赋》，首尾完全，但内容却平凡得多了。姑附录于后，以资对读。

> 此歌身自合，天下更无过。雀儿和燕子，合作《开元歌》。
> 燕子实难及，能语复喽罗；一生心快健，禽里更无过。居在

堂梁上，衔泥来作窠。追朋伴亲侣，滥鸟不相过。秋冬石窟隐，春夏在人间。二月来梭蓁，八月却皈。口衔长命草，余事且闲闲。经冬若不死，今岁重回还。游荡云中戏，宛转在空飞。还来归旧室，冬自本巢依。蓁中逢一鸟，称名自雀儿。摇头俓野说，语里事哆哦。

雀儿实㘈唸，变弄别浮沉。知他窠窟好，乃即横来很。问燕何山鸟？掇地作音声。徒劳来索窠，放你且放心。燕子语雀儿：好得辄行非，问君向者语，元本未相知。一冬来住居，温暖养妻儿。计你合惭愧，却被怨辩之。雀儿语燕子：恩泽莫大言，高声定无理。不假嘴头喧，官司有道理。正敕见明宣，空闲石得坐。雀儿起自专。燕子语雀儿：好得合头痴，向吾宅里坐，却捉主人欺。如今见我索，荒语说官司。养虾蟆得疢病；报你定无疑。雀儿语燕子：不由君事嘴头。问君行坐处。元本住何州？宅家今括客，特敕捉浮逃。黠儿别设诮，转急且抽头。燕闻拍手笑，不由君事。落荒大宅居山所，此乃是吾庄，本贯属京兆，生缘在帝乡。但知还他窟，野语不相当。纵使无籍贯，终是不关君。我得永年福，到处即安身。此言并是实，天下亦知闻。是君不信语，乞问读书人。

雀儿语燕子：何用苦分疏！因何得永年福，言词总是虚。精神目验在，活时解自如。功夫何处得？野语谆乡间。头似独春鸟，身如七蘥形。缘身豆汁染，脚手似针钉。恒常事夸大，俚欲漫胡瓶。抚国知何道，闰我永年名。

昔本吾王殿，燕子作巢窟，宫人夜游戏，因便捉窠烧。当时无住处，堂梁寄一霄。其王见怜愍，愍念亦优饶。莫欺身幼小，意气极英雄。堂梁一百所，游飏在云中。水上吞浮蟻，空里接飞虫。真城无比较，曾娉海龙宫。海龙王第三女，发长七尺强。衔来腹底卧，燕岂在称扬。请读论语验，问取公冶长。当时在缧绁，缘燕免无常。

雀儿语燕子：侧耳用心听。如欲还君窟，且定嘴头声。赤雀由称瑞，兄弟在天庭。公王共执手，朝野悉知名。一种居天地，受某不相当。麦孰我先食，禾孰在前尝。寒来及暑往，何曾别帝乡。子孙满天下，父叔遍村坊。自从能识别，慈母实心平，恒思十善业，觉悟欲无常。饥恒餐五谷，不煞一众生。怜君是远客，为此不相争。

燕子自咨嗟，不向雀儿夸，饥恒食九酝，渴即饮丹砂，不能别四海，心里恋洪牙。莫怪经冬隐，只为乐山家。久住人增贱，希来见喜欢。为此经冬隐，不是怕饥寒。幽岩实快乐，山野打盘珊。本拟将身看，却被看人看。

一獝虽然猛，不如众狗强。窠被夺将去，吓我作官方。空争并无益，无过见凤凰。雀既被燕撮，直见鸟中王。凤凰台上坐，百鸟四边围。俳佪四顾望，见燕口衔词。横被强夺窟，投名诉雀儿。抱屈来谏祈，启奏大王知。雀儿及燕子，皆总立王前。凤凰亲处分，有理当头宣。燕子于先语，臣作一言，依实说事状，发本述因缘。被侵宅舍苦，理屈岂感言。不分黄头雀，朋博结豪强。燕有宅一所，横被强夺将，理屈难缄嘿，伏乞愿商量。日月虽耀赫，无明照覆盆。空辞元无力，谁肯入王门。凤凰嗔雀儿，何为搃他斯！彼此有窠窟，忽尔辄行非。雀儿向前启凤凰：王今㱇不知，穷研细诸问，岂得信虚辞。

雀儿但为鸟，各自住村坊。彼此无宅舍，到处自安身。见一空闲窟，破坏故非新。久访元无主，随便即安身。成功不了毁，不能移改张。随便里许坐，爱护得劳藏。

燕子启大王：雀儿漫洛荒。亦是穷奇鸟，构探足词章。街泥来作窟，口里见疮生。王今不信语，乞问主人郎。凤凰当处分：二鸟近前头。不言我早悉，事状见喽喽。薄媚黄头雀，便漫说缘由。急手还他窟，不得更勾留。雀儿启凤凰：吩付亦甘从。王遣还他窟。乞请再通容。雀儿是课户，岂共外人同。

燕子时来往，从坐不经冬。凤凰语雀儿：急还燕子窟。我今已判定，雀儿不合过。暖是百鸟主，法令不阿磨。理引合如此，不可有偏颇。

燕子理得舍，欢喜复欢忻。雀儿终欲死，无处可安身。

燕子不求人，雀儿莫生嗔。昔问古人语：三斗始成亲。往者尧王圣，写位二十年；郑裔事四海，对面即为婚。元百在家患，臣乡千埋期。燕王怨，怨秦国，位马变为骊，并粮坐守死，万代得称传。百挑忆朝廷，哽咽泪交连。断马有王义，由自不能分。午子骨罚楚，二邑亦无言。不能攀古得，二人并鸟身。缘争破坏窟，徒特费精神。钱财如粪土，人义重于山。燕今实罪过，雀儿莫生嗔。

雀儿语燕子：别后不须论。室是君家室，合理不虚然。一冬来修理，沰落悉皆然。计你合惭愧，却攥我见王身。凤凰住化法，不拟煞伤人。忽然责情打，几许愧金身。

燕子语雀儿：此言亦非嗔。缘君修理屋，不索价房钱。一年十二月，月别伍伯文。可中论房课，定是卖君身。

《茶酒论》一篇，可附于本章叙述之；这也是"赋"之一体。这篇题作"乡贡进士王敷撰"，其生平未能考知。像这样的游戏文章，唐人并不忌讳去写。韩愈也作了《毛颖传》。"争奇"一类的写作，本来也是从《大言》、《小言赋》发展出来的。明人邓志谟却把这幼稚的文体廓大而成为二册三册的一种"争奇"的专书了。

茶和酒在争论着："两个谁有功勋？"茶先说其可贵，酒乃继而自夸其力；反覆辨难，终乃各举其"过"。"两个政争人我，不知水在旁边。"水乃出来和解道：茶酒要不得水，将成什么形容呢？水对于万物，功绩最大，但他并不言功。茶酒又何必争功呢？"从今已后，切须和同。酒店发富，茶坊不穷。长为兄弟，须得始终。"

大规模的《三都》、《两京赋》，其结构和作用也都是这样的幼稚的。

"若人读之一本，永世不害酒颠茶风。"这二句话恐怕是受了印度作品的影响。像这样的自赞自颂的结束方法，在我们文学作品里是很少见到的。

为了读者的方便，把《茶酒论》也附录于下。关于《茶酒论》，日本的盐谷温教授曾有过一篇考释。

《茶酒论》一卷并序，乡贡进士王敷撰

窃见神农，曾尝百草，五谷从此得分。轩辕制其衣服，流传教示后人。苍颉致其文字，孔丘阐化儒因。不可从头细说，撮其枢要之陈。暨问茶之与酒，两个谁有功勋？阿谁即合卑小，阿谁即合称尊？今日各须立理，强者先饰一门。茶乃出来言曰："诸人莫闹，听说蕊蕊；百草之首，万木之花，贵之取蕊，重之撷芽，呼之名草，号之作茶。贡五侯宅，奉帝王家。时时献入，一世荣华。自然尊贵，何用论夸！"酒乃出来："可笑词说，自古之今，茶贱酒贵。单醪投河，三军告醉。君王饮之，叫呼万岁。群臣饮之，赐卿无畏。和死定生，神明歆气。酒食问人，终无恶意。有酒有令，仁义礼智。自合称尊，何劳比类？"茶谓酒曰："阿，你不闻道：浮梁歙州，万国来求；蜀川流顶，其山蓦岭；舒城太胡，买婢买奴，越群余坑，金帛为囊。素紫天子，人间亦少。商客来求，舡车塞绍。据此踪由，阿谁合少！"酒谓茶曰：

"阿,你不闻道:剂酒乾和,博锦博罗,蒲桃九酝,于身有润;玉酒琼浆,仙人杯酌;菊花竹叶,中山赵母;甘甜美苦,一醉三年。流传令古,礼让乡侣。调和军府,阿你头恼,不须乾努。"茶谓酒曰:"我之茗草,万木之心,或白如玉,或似黄金,明僧大德,幽隐禅林,饮之语话,能去昏沉。供养弥勒,奉献观音。千劫万劫,诸佛相钦。酒能破家散宅,广作邪媱,打却三盏以后,令人只是罪深。"酒谓茶曰:"三文一瓨,何年得富,酒通贵人,公卿所慕。曾道赵王弹琴,秦王击缶,不可把茶请歌,不可为茶交舞。茶吃只是腰痛,多吃令人患肚。一日打却十杯,肠胀又同衙鼓。若也服之三年,养虾蟆得水病报。"茶谓酒曰:"我三十成名,束带巾栉,蓦海其江,来朝今室。将到市郦,安排未毕。人来买之,钱财盈溢。言下便得富饶,不在明朝后日。阿你酒能昏乱,吃了多饶啾唧。街中罗织平人,脊上少须十七。"酒谓茶曰:"岂不见古人才子,吟诗尽道渴来,一盏能生养命,又道酒是消愁药,又道酒能养贤。古人糠粕,今乃流传。茶贱三文五碗,酒贱中半七文。致酒谢坐,礼让周旋。国家音乐,本为酒泉。终朝吃你茶水,敢动些些管弦。"茶谓酒曰:"阿你不见道:男儿十四五,莫与酒家亲。君不见生生鸟为酒丧其身。阿你即道茶吃发病,酒吃养贤。即见道有酒黄酒病,不见道有茶疯茶颠。阿阇世王为酒报父害母,刘伶为酒一死三年。吃了张眉竖眼,怒斗宣拳。状上只言粗豪酒醉,不曾有茶醉。相言不免求首,杖子本典索钱。大枷檐顶,背上椷柝。便即烧香断酒,念佛求天,终身不吃,望逸迤遭。"两个政争人我,不知水在旁边。水谓茶酒曰:"阿你两个,何用忿忿!阿谁许你,各拟论功。言词相毁,道西说东。人生四大,地水火风。茶不得水,作何相儿!酒不得水,作何形容!米麴干吃,损人肠胃,茶行干吃,只粝破喉咙。万物须水，五谷之宗；上应乾象，下顺吉凶；江河淮济，有我即通；亦能漂荡天地；亦能涸煞鱼龙，尧时九年灾迹，只缘我在其中。感得天下钦奉，万姓依从，由自不说能圣；两个用争功！从今已后，切须和同。酒店发富，茶坊不穷，长为兄弟，须得始终。"若人读之一本，永世不害酒颠茶风。

最后，有一篇《牙蛆新妇文》，也应该一提。这是后来流行甚广的《快嘴李翠莲记》（见《清平山堂话本》）的故事之最早的一个本子。虽然写得并不怎样好，但在民间是发生了相当的作用的。在那里，反映着民间婚姻制度的不合理，与由此制度所产生的种种痛苦。

牙蛆新妇文　一本[①]

夫牙龃新妇者，本自天生，斗唇阁舌，务在喧争。欺觊踏婿，骂詈高声，翁婆共语，殊总不听。入厨恶发，翻粥扑羹（甲本作便）。轰盆打瓯雹釜打铛。嗔似水牛料斗（乙本作斝），笑似辘轳作声。若说轩裙拨（乙本作簸）尾直，是世间无比。斗乱亲情，欺邻逐里。阿婆嗔着，终不合嘴。将头自（甲本作白）檻，竹天竹地。莫着卧床，佯病不起。见婿入来，满眼流泪。夫问来由，有何事意，没可分梳（乙本作疏），口（乙本作只）称是事（乙本作是是），翁婆骂我作奴作婢之相，只是担（甲本作擔）服夜睡，莫与饭（乙本作饤），吃饿（乙本作我）自起。阿婆问（乙本作向）儿言说（乙本作曰），索（乙本作色）得个屈期。丑物

[①] 刘复农曰：此文有二五六四号、二六三三号两本，今以二五六四号为甲本，二六三三号为乙本，互校其差异附注本文之下。

入来，与（甲本作已）我作底。新妇闻之，从床忽起。当初缘甚不嫌，便即下财下礼。色我将来，道我是底。未许之时，求神拜鬼，及至入（乙本作将）来，说我如此。新妇乃索离书废我，别嫁可曾夫婿。翁婆闻道色离书（自废我至离书十五字乙本有甲本无），忻忻喜喜。且（乙本作是）与缘（乙本作沿）房衣物，更别造一床毡被，乞求趁却，愿更莫逢相值。新妇道辞便去，口里咄咄骂詈。不徒钱财产业，且离怨（甲本作恐）家老鬼。新妇惯唤（唤字乙本无），向村中自由自在。礼宜（乙本无宜字）不学女翁不爱，只是手提竹笼，恰似（恰似二字乙本无）傍田拾菜。如此之流须为监解。看是名家之流，不交自解。本性牙齘打煞也不改。已后与儿索妇，大须稳（甲本作隐）审趁逐，莫取媒人之配。阿家诗曰：牙齘新妇甚典砚，直得亲（乙本作新）情不许见。千约万束不取语，恼得老人肠肚烂。新妇诗曰：本性牙齘处处知，阿婆何用事悲悲（乙本作卑卑）！若觅下官（乙本作棺）行妇礼，更须换却百重皮。

参考书目

一、郑振铎：《中国文学史·中世卷》，商务印书馆印行，已绝版。

二、郑振铎：《插图本中国文学史》第二册，北平朴社出版，新版由商务印书馆出版。

三、郑振铎编：《敦煌俗文学参考资料》，燕京大学、暨南大学油印本。

四、罗振玉编：《敦煌零拾》，自印本。

五、刘复编：《敦煌掇琐》第三辑，中央研究院出版。

六、朱祖谋编：《彊村丛书》，自印本。

七、龙沐勋编：《彊村遗书》，自印本。

八、郑振铎编：《世界文库》第一卷第六册，生活书店出版。

第六章　变文

一

在敦煌所发现的许多重要的中国文书里，最重要的要算是"变文"了。在"变文"没有发现以前，我们简直不知道"平话"怎么会突然在宋代产生出来？"诸宫调"的来历是怎样的？盛行于明、清二代的宝卷、弹词及鼓词，到底是近代的产物呢？还是"古已有之"的？许多文学史上的重要问题，都成为疑案而难于有确定的回答。但自从三十年前史坦因把敦煌宝库打开了而发现了变文的一种文体之后，一切的疑问，我们才渐渐的可以得到解决了。我们才在古代文学与近代文学之间得到了一个连锁。我们才知道宋、元话本和六朝小说及唐代传奇之间并没有什么因果关系。我们才明白许多千余年来支配着民间思想的宝卷、鼓词、弹词一类的读物，其来历原来是这样的。这个发现使我们对于中国文学史的探讨，面目为之一新。这关系是异常的重大。假如在敦煌文库里，只发现了韦庄的《秦妇吟》，王梵志的诗集，许多古书的抄本，许多佛道经，许多民间小曲和叙事歌曲，许多游戏文章，像《燕子赋》和《茶酒论》之类，那不过是为我们的文学史添加些新的资料而已。但"变文"的发现，却不仅是发现了许多伟大的名著，同时，也替近代文学史解决了许多难以解决的问题。这便是近十余年来，我们为什么那样的重视"变文"的发现的原因。本书以专章来研究"变文"，其原因也即在此。如果不把"变文"这一个重要的已失传的文体弄明白，则对于后来的通俗文学的作品简直有无从下手之感。

在敦煌的许多重要作品里，"变文"是最后为我们所注意的。

史坦因和伯希和获得了敦煌文库里的许多文卷之时，他们并不注意到有这样的一种特殊的"文体"。许多人抄录着、影印着敦煌文卷之时，他们也没有注意到这样重要的一种发现。

最早将这个重要的文体"变文"发表了出来的，是罗振玉。他在《敦煌零拾》里，翻印着《佛曲三种》。（《敦煌零拾》四）这是罗氏他自己所藏的东西。这三种都是首尾残阙的，所以罗氏找不到原名，只好称之为"佛曲"。但在他的跋里，他已经知道，这样的"佛曲"和宋代的"说话人"的著作有关系了：

佛曲三种，皆中唐以后写本。其第二种演《维摩诘经》，他二种不知何经。考《古杭梦游录》，载说话有四家。一曰小说，谓之银字儿。如烟粉、灵怪、传奇、公案，皆是搏拳提刀赶棒，及发迹恋态之事。说经谓演说佛书，说参谓参禅，说史，谓说前代兴废战争之事。《武林旧事》载诸技艺，亦有说经。今观此残卷，是此风肇于唐而盛于宋两京。元、明以后，始不复见矣。甲子三月，取付手民。卷中讹字甚多，无从是正，一仍其旧。

罗氏把"佛曲"作为宋代"说经"的先驱，这是很对的。可惜他并没有发现其他"非说经"的"变文"，所以，不知道"变文"并也是"小说"和"说史"的先驱。

这《佛曲三种》，今已知其原名者为：

（一）《降魔变文》

（二）《维摩诘经变文》

其他一种，演有相夫人升天事，不知其原名为何。陈寅恪先生名之为"有相夫人升天曲"。但实非"曲"也。

后来日本的几位学者对于"变文"也有一番研究，却均不能得其真相所在。

刘半农先生在巴黎国家图书馆抄得了不少的敦煌卷子，曾刊为《敦煌掇琐》三辑。其中收"变文"不少。但独遗漏了最重要的若干卷的《维摩诘经变文》，实可遗憾！大约他为了这是演佛经故事的，故忽视了它。北平书肆曾出现了一卷完全的《降魔变文》，到了刘先生手里，他也未收。幸为胡适之先生所得，不至流落国外。

胡适之先生在《伦敦读书记》里，独能注意到《维摩诘经变文》的重要，这是很可佩服的。可惜他的《白话文学史》没有续写下去，这一部分的材料，他便也不能有整理和发表有系统的研究的机会。

我在《中国文学史》中世卷上册里，曾比较详细地讨论到"变文"的问题。但那个时候，所见材料甚少：《敦煌掇琐》也还不曾出版。将那些零零落落的资料作为研究的资料，实在有些嫌不够。我在那里，把"变文"分为"俗文"和"变文"两种，以演述佛经者为"俗文"，以演述"非佛教"的故事者为"变文"，这也是错误的。总缘所见太少，便不能没有臆测之处。（那时，北平图书馆目录上，是有"俗文"的这个名称的，故我便沿其误了。）

在我的《插图本中国文学史》（第二册）里，对于"变文"的叙述便比较地近于真确，我现在的见解，还不曾变动。但所得的材料，比那个时候却又多了不少。

二

在没有找到"变文"这个正确的名称之前，我们对于这个"文体"是有了种种的臆测的称谓的。

我们知道它们是被歌唱的，且所唱的又大致都是关于故事，故有的学者便直称之曰："佛曲"。

但这和唐代流行的"佛曲"有了很可混淆的机会。有少数的人，竟把"变文"和唐代"佛曲"混作一谈。但这实在是很不对的。他们之间有着极大的区别。"佛曲"是梵歌，是宗教的赞曲，但"变文"却是一种崭新的不同的成就更为伟大的文体。

把"变文"称为"佛曲"是毫无根据的。

我们又知道它们是大部分演述佛经的故事的；甚至，像《维摩诘经变文》之类，它们是先引一段"经文"，然后再加以阐发和描状的。所以，有的人便称之曰："俗文"。

所谓"俗文"之称，大约是指其将"佛经"通俗化了的意思。

但这也是毫无根据的，今所见到的"变文"，没有一卷是写作"俗文"的，除了从前北平图书馆的目录上如此云云地记录着。

亦有称之曰："唱文"。

在巴黎所藏的《维摩诘经变文》，凡五卷，目录（《伯希和目录》）上均作：《维摩唱文》残卷（这五卷，号码是一个P. 2873）。同时，伯希和目录上，又有《法华经唱文》一卷（P. 2305），不知原名是否如此？伦敦博物院所藏，有：《维摩唱文纲领》一卷（S. 3113），或者"变文"在当时说不定也被称为"唱文"。

或有称之曰："讲唱文"。

这个名称，只见一例，即伦敦博物院所藏的一卷：《温室经讲唱押座文》。恐怕，所谓"讲唱押座文"，只是当时写者或作者随手拈来的一个名称吧。

其他，尚有人称之曰："押座文"，或称之曰："缘起"的。称"押座文"的颇多，像：《维摩押座文》（P. 1441）、《降魔变押座文》

（P. 2187）、《破魔变押座文》（P. 2187）上举的《温室经讲唱押座文》也是其一。但我们要注意的，在"押座文"之上，还有一个"变"字。（"变文"或简称为"变"）。所谓"押座文"实在并不是"变文"的本身的别一名称；所谓"押座文"，大约便是"变文"的引端或"入话"之意。

"缘起"也许也便是"入话"之类的东西吧。但也许竟是"变文"的别一称谓。以"缘起"为名的变文凡三见：

一、《丑女缘起》（P. 3248）

二、《大目录缘起》（P. 2193）

三、《善财入法界缘起抄卷四》（P.？）

在这三卷里，只有第一卷我们是读到的。中有"上来所谓丑变"之语，可见其名称仍当是"丑女变文"。在这里，把"缘起"作为"变文"的别名，当不会十分的错误。

但就今日所发现的文卷来看，以"变文"为名的，实在是最多，例如：

一、《降魔变文》（胡适之藏）

二、《舜子至孝变文》（P. 2721）

三、《大目乾连冥间救母变文》（P. 1319，又 S.？）

四、《八相成道变》（北平图书馆藏）

凡有新发现，大抵皆足证明"变文"之称为最普遍。

且也还有别的旁证，足为我们的这个讨论的根据。

《太平广记》（卷二百五十一）里，记载着张祜和白居易的一段故事：

"祜亦尝记得舍人《目连变》。"白曰："何也？"曰："'上穷碧落下黄泉，两处茫茫皆不见'"非《目连变》何邪？"（出王定保《摭言》）。

张祜所谓"目连变",也许指的便是我们所知道的《目连变文》吧?

在唐代,有所谓"变相"的,即将佛经的故事绘在佛舍壁上的东西。张彦远《历代名画记》记之甚详。吴道子便是一位最善绘"地狱变"("变相"也简称为"变")的大画家。

像没有一个寺院的壁上没有"变相"一样,大约在唐代,许多寺院里也都在讲唱着"变文"吧。

唐赵璘《因话录》(卷四)有一段描写寺庙里说故事的记载,最值得我们的注意:

> 有文淑僧者,公为聚众谭说,假托经论。所言无非淫秽鄙亵之事。不逞之徒,转相鼓扇扶树。愚夫冶妇,乐闻其说,听者填咽寺舍。瞻礼崇拜,呼为和尚教坊。效其声调,以为歌曲。其氓庶易诱。释徒苟知真理,及文义稍精,亦甚嗤鄙之。近日庸僧,以名系功道使,不惧台省。府县以士流好窥其所为,视衣冠过于仇雠。而淑僧最甚。前后杖背,流在边地数矣。

赵璘根本上看不惯这种"聚众谭说,假托经论"之事;也极"嗤鄙"其文辞。

《卢氏杂说》(《太平广记》卷二百四引)云:

> 文宗善吹小管。时法师文溆为入内大德。一日,得罪,流之。弟子入内收拾院中籍入家具籍,犹作法师讲声。上采其声为曲子,号《文溆子》。

这一段话,和《因话录》的一段,对读起来,可知文溆即文淑。《乐府杂录》云：

> 长庆中，俗讲僧文叙，善吟经，其声宛畅，感动里人。

所谓"俗讲僧"，当即是讲唱"变文"的和尚吧。为了变文中唱的成分颇多，故被文宗（或愚夫冶妇，如《因话录》所说）"采入其声为曲子"。（或效其声调，以为歌曲。）

像"变相"一样，所谓"变文"之"变"，当是指"变更"了佛经的本文而成为"俗讲"之意。（变相是变"佛经"为图相之意。）后来"变文"成了一个"专称"，便不限定是敷演佛经之故事了。（或简称为"变"。）

三

"变文"是"讲唱"的。讲的部分用散文；唱的部分用韵文。这样的文体，在中国是崭新的，未之前有的。故能够号召一时的听众，而使之"转相鼓扇扶树。愚夫冶妇乐闻其说。听者填咽寺舍。"这是一种新的刺激，新的尝试！

在古代，散文里偶然也杂些韵文，那也"引诗以明志"的举动，和"变文"之散韵交互使用者绝非"同科"。刘向《列女传》之"赞"和班固《汉书》的"赞"，虽用的韵文散文不用，其作用则一也。《韩诗外传》所用的"诗"，也不外是以故事来释"诗"，都非"变文"的祖祢。

"变文"的来源，绝对不能在本土的文籍里来找到。

我们知道，印度的文籍，很早地便已使用到韵文散文合组的文体。最著名的马鸣的《本生鬘论》也曾照原样地介绍到中国来过。一部分的受印度佛教的陶冶的僧侣，大约曾经竭力地在讲经的时候，模拟过这种新的文体，以吸引听众的注意。得了大成功的文淑或文溆便是其中的一人。

从唐以后，中国的新兴的许多文体，便永远地烙印上了这种韵文散文合组的格局。

讲唱"变文"的僧侣们，在传播这种新的文体结构上，是最有功绩的。

"变文"的韵式，至今还为宝卷、弹词、鼓词所保存。真可谓为源微而流长了！

考"变文"所用的韵式，（就今日所见到的许多"变文"归纳起来说）最普通的是七言；像《维摩诘经变文》（第二十卷）：

佛言童子汝须听，勿为维摩病苦萦，四体有同临岸树，双眸无异井中星。

心中忆问何曾罢，丈室思吾更不停，斟酌光严能问活，吾今对众遣君行。

丁宁金口赞当才，切莫依前也让退，汝见维摩情款曲，维摩见汝喜徘徊。

不于年腊人中选，直向聪明众里差，必是分忧能问病，莫须排当唱将来。

像《降魔变文》：

长者既蒙圣加护，一切迷信顿开悟，舍利弗相随建道场，拟请如来开四句。

巡城三面不堪居，长者怨烦心犹预，乘象思村向前行，忽见一园花果茂。

须达舍利乘白象，往向城南而顾望，忽见宝树数千株，花开异色无般当。

祥云瑞盖满虚空，白凤青鸾空里飏，须达嗟叹甚希奇，瞻仰尊颜问和尚。

舍利回头报须达，此园妙好希难遇，圣钟应现树林间，空里天仙持供具。

过去诸佛先安居，广度众生无亿数，明知圣力不思议，此是如来说法处。

须达闻说甚惊疑，观此园亭国内希，未知本主谁人是，百计如何买得之。

世上好物人皆爱，不卖之人甚难期，良久沉吟情不悦。心里回惶便怉怩。

唤得园人来借问，园主当今是阿谁，我今事物须相见，火急具说莫迟违。

园人叉手具分披，园主富贵不随宜，现是东宫皇太子，每日来往自看之。

不向园来三数日，倍加修饰胜常时。长者欲识其园主，乃是波斯国王儿。

像《八相变文》：

无忧树下暂攀花，右胁生来释氏家，五百夫人随太子，三千宫女棒摩耶。

堂前再政鸳鸯彼，彼象危休登举车，产后孩童多瑞福，明君闻奏喜无涯。

也有于"七言"之中夹杂着"三言"的。这"三言"的韵语，使用着的时

候,大都是两句合在一处的。仍似是由"七言"语句变化或节省而来。像《维摩诘经变文》(第二十卷):

智惠圆　福德备,佛杲将成出生死,牟尼这日发慈言,交往毗耶问居士。
载天冠　服宝帔,相好端严注王子,牟尼这日发慈言,交往毗耶问居士。
越三贤　超十地,福德周圆入佛位,牟尼这日发慈言,交往毗耶问居士。
足词才　多智惠,生语总瑞无相里,牟尼这日发慈言,交往毗耶问居士。
果报圆　已受记,末世成佛号慈氏,牟尼这日发慈言,交往毗耶问居士。
难测度　难思议,不了二门自他利。牟尼这日发慈言,交往毗耶问居士。

后来的许多宝卷、弹词、鼓词的、三七言夹杂使用着的韵式便是直接从"变文"这个韵式流演下来的。

也有使用六言的,像《八相变文》:

当日金团太子,攒身来下人间,福报合生何处,遍看十六大国。
从门皆道不堪,唯有迦毗罗城,天子闻多第一,社稷万年国主。
祖宗千代轮王,我观逼去世尊,示现皆生佛国,看了却归天界。

> 随于菩萨下生，时昔七月中旬，托阴摩耶腹内，百千天子排空下。
>
> 同向迦毗罗国生。

但那是极罕见到的式子。也间有使用到五言的，像《八相变文》：

> 老人道：
> 拔剑平四海，横戈敌万夫。一朝床枕上，起卧要人扶。

那也是极不多见的韵式。

就一般的说来，"变文"的韵式，全以七言为主而间杂以三言；仅有极少数的例子，是杂以五言或六言的。即杂五言或六言的"变文"，其全体仍是以"七言"组织之的。

关于散文部分，"变文"的作者们大体使用着比较生硬而幼稚的白话文，像《八相变文》：

> 太子作偈已了，即便归宫，颜色忙祥，愁忧不止。大王闻太子还宫，遣宫人遂唤太子，"吾从养汝，只是怀愁。昨日游观西门，见于何物？"太子奏大王曰，"昨日游玩，不见别物，见一病儿，形骸羸瘦。遂遣车匿，去问病者只是一人？他道世间病患之时，不论贵贱。闻此言语，实积忧愁。谨咨大王，何必怪责。"大王遂遣太子，来日却往巡游，至于北门。忽见一人，归于逝路四支全具，九孔□□。卧在荒郊，膖胀坏烂。六亲号叫，九族哀啼，散发披头，浑堲自扑。遂遣车匿往问。问云"此是何人？"丧主具说实言道："此是死事。""即公一个死？世间亦复如然？"丧主道，"王侯凡庶，一般死相，亦无二种。"

像《伍子胥变文》：

楚王太子长大，未有妻房，王问百官，"谁有女堪为妃后？朕闻国无东宫半国旷，地无东海流泉溢，树无枝半树死。太子为半国之尊，未有妻房，卿等如何？"大夫魏陵启言王曰："臣闻秦穆公之女，年登二八，美丽过人，眉如尽月，颊似凝光，眼似流星，面如花色，发长七尺，鼻直颜方，耳似档珠，手垂过膝，拾指纤长。愿王出敕，与太子平章。倘如得称圣情，万国和光善事。"遂遣魏陵召募秦公之女。楚王唤其魏陵曰："劳卿远路，冒陟风霜。"其王见女姿容丽质，忽生狼虎之心。魏陵曲取王情："愿陛下自纳为妃后。东宫太子，别与外求。美女无穷，岂妨大道。"王闻魏陵之语，喜不自升，即纳秦女为妃，在内不朝三日。伍奢闻之忿怒，不惧雷霆之威，披发直至殿前，触圣情而直谏。王即惊惧，问曰："有何不祥之事？"伍奢启曰："臣今见王无道，虑恐失国丧邦。忽若国乱臣逃，岂不由秦公之女！与子娶妇，自纳为妃。共子争妻，可不惭于天地！此乃混沌法律，颠倒礼仪。臣欲谏交，恐社稷难存。"王乃面惭失色，羞见群臣。"国相，可不闻道：成谋不说，覆水难收。事以斯，勿复重谏。"伍奢见王无道，自纳秦女为妃，不惧雷霆之威，触圣情而直谏。"陛下是万人之主，统领诸邦，何得信受魏陵之言！"

但也有作者是使用着当时流行的骈偶文的。像《维摩诘经变文》的作者便是一位最善于驱遣骈偶文来描状人情、形容物态的。想不到骈偶文的使用会有了这一方面的发展。（唐代是把骈偶文当作应用文的时代。有了陆宣公的奏议，又有"变文"的创作，其发展可谓为已达到了最高的与最有弹性的阶段。唐末以来，骈文的格律更为严格而偏狭，变成了"四六文"，那便是僵化的时代了。）

三万二千菩萨，八千余数声闻，尽总颗颗合掌，无非楚楚敛容。宣命者如抱惭惶，怕羞者尽怀忧惧。会中悄悄，饮气吞声。天花落一枝两枝，甘露洒十点五点。世尊乃重开金口，别选一人。传牟尼安慰之词，问居士缠绵之相。有一童子，名号光严，相圆明而特异众人，心朗曜而迥然高士。修行曩劫，磨练多生。烦拙之海欲枯，智惠之山将干。随缘化物，爱处及尘。如莲不染于淤泥，似桂无侵于霜雪。诸佛秘藏，说之而义若涌泉，菩萨法门，入之而去同流水。身三口四，喻日月之分明；言直心真，现婴童之纯礼。不居净土，也往娑婆。浑俗尘宁显姓名，为道者全亡人事。此日听佛说法；亦在庵菌，贮谦谨于情怀，处卑微之座位。佛于大众，乃命光严：汝须从尘起来，听我今朝敕命。光严被唤，便整容仪，纤手举而淡泞风光，玉步移而威仪庠序，踪虔恭迹之礼，仰示慈尊。宝冠亚而风飒符枝，璎珞瑶而霞飞锦柱。天人齐看，凡圣皆欢。卓然立在于佛前，侧耳专听于敕命。世尊告曰：汝且须知，吾有一大事因缘，藉汝佛与吾弘传至教。内外维摩居士，是我们徒作俗中引道之师，为世上照人之镜。忽尔于摄治，今有病生，缠绵于丈室枕床，妨碍于大城游履。尘首尘尾，药满鸡窗。有心凭机以呻吟，无力杖梨而救化。我今慜念，欲拟女存。聊伸法乳之情，贵表师资之义。我寻乎小圣，五百声闻，分疏之皆曰不任，尽总乃苦遭骂辱。我也委知难去，不是阶齐。如荧火之光明，敲夫阳之赫奕。必知菩萨，问得维摩。三空之理既同，七辩之词不异。未上先呴弥勒，令入毗耶成佛。虽在龙华为使，不任诣彼。谁知弥勒也有瑕疵。对知足天人之前，曾被维摩问难。适来汝兄弥勒，若问推词——问疾佛使——不可暂停。居士便长时悬望。我今知汝家教聪明，无瑕玼似童子一般，有行解与维摩无异。汝于今日更莫推词，共为苦海之舟航，同作人天之眼目。莫藏智钊，勿怪囊锥，事须为我分忧，问疾略过方丈。

《降魔变文》的作者，对于骈偶文的使用更为圆熟纯练，已臻流丽生动的至境。

六师既两度不如，神情渐加羞恶。强将顽皮之面，众里化出水池。四岸七宝庄严，内有金沙布池。浮萍茭草，遍缘水而竟生，弱柳芙蓉，甲灵沼而氛氲。舍利弗见池奇妙，亦不惊嗟。化出百象之王，身躯广润，眼如日月，口有六牙。每牙吐七枚莲花，花上有七天女，手搏弦管，口奏弦歌。声雅妙而清新，姿逶迤而姝丽。象乃徐徐动步，直入池中，蹴踏东西，回旋南北。已鼻吸水，水便干枯。岸倒尘飞，变成旱地。于时六师失色，四众惊嗟，合国官僚，齐声叹异。

最妙的是，《维摩诘经变文》的"持世菩萨"卷，作者颇能于对偶之中，显露其华艳绝代的才华。

是时也波旬设计，多排婇女嫔妃，欲恼圣人剩烈。奢化艳质希奇魔女一万二千，最异珍珠千般，结果出尘菩萨不易恼他，持世上人如何得退。莫不剩装美貌，元非多着婵娟。若见时交坅出言词，税调着必生退败。其魔女者，一个个如花菡萏，一人人似玉无殊。身柔软兮新下巫山，貌娉婷兮才离仙洞。尽带桃花之脸,皆分柳叶之眉。徐行时若风飒芙蓉,缓步处似水摇莲亚。朱唇旖旎,能赤能红;雪齿齐平,能白能净。轻罗拭体,吐异种之馨香;薄纐挂身,曳殊常之翠彩。排于坐右,立在宫中。青天之五色云舒,碧沼之千般花发。罕有罕有,奇哉奇哉。空将魔女娆他,纟恐不能惊动。更请分为数队,各逞逶迤。擎鲜花者殷勤献上,焚异香者倍切虔心。合玉指而礼拜重重,出巧语而诈言切切。或擎乐器,或即或哦;或施窈窕,或即唱歌。休夸越女,莫说曹娥。任伊持世坚心,见了也须退败。大好大好,希哉希哉。如此丽质婵娟,争不忘生动念。自家见了,尚自魂迷;他人睹之,定当乱意。任伊修行紧切,税调着必见回头;任伊铁作心肝,见了也须粉碎。魔王道:"我只伇去,定是菩萨识我。不如作帝释队仗,问许伊时菩萨。"于是魔王大作奢花,欲出宫城,从天降下。周回捧拥,百迎千连,乐韵弦歌,分为二十四队。步步出天门之界,遥遥别本住宫中。波旬自乃前行,魔女一时从后。擎乐器者宣宣奏曲,向聒清霄;爇香火者洒洒烟飞,氤氲碧落。竟作奢华美貌,各申窈窕仪容。擎鲜花者共花色无殊,捧珠珍者共珠珍不异。琵琶弦上,韵合春莺;箫管中,声吟鸣凤。杖敲揭鼓,如抛碎玉柃盘中;手弄奏筝,似排雁行柃弦上。轻轻丝竹,太常之美韵莫偕;浩浩唱歌,胡部之岂能比对。妖容转盛,艳质更丰。一群群若四色花敷,一队队似五云秀丽。盘旋碧落,菀转清霄。远看时意散心惊,近睹者魂飞目断。从天降下,若天花乱雨于乾坤;初出魔宫,似仙娥芬霏于宇宙。天女成生喜跃,魔王自己欣欢。此时计较得成,持世修行必退。容貌恰如帝释,威仪一似梵王。圣人必定无疑,持世多应不怪。天女各施于六律,人人调弄五音。唱歌者者诈作道心,供养者假为虔敬。莫遣圣人省悟,莫交菩萨觉知。发言时直要停藤,税调处直须稳审。

各请擎鲜花于掌内,为吾烧沉麝于炉中。呈珠艳而剩逞妖容,展玉貌而更添艳丽。浩浩箫韶前引,喧喧乐韵齐声。一时皆下于云中,尽入修禅之室内。

这样夸奢斗艳的写法,在印度是"司空见惯"的,但在中国便成了奇珍异宝了。虽以汉赋的恣意形容,多方夸饰,也不足以与之比肩。我很疑心,后来小说里的四六言的对偶文学来形容宫殿、美人、战士、风景以及其他事物,其来源恐怕便是从"变文"这个方面的成就承受而来的。

四

但"变文"的作者们是怎样地将韵文部分和散文部分组合起来呢?这是有种种不同的方式的。但大别之不外两类。第一类是将散文部分仅作为讲述之用,而以韵文部分重复地来歌唱散文部分之所述的。这样重叠的叙述,其作用,恐怕是作者们怕韵文歌唱起来,听众不容易了解,故先用散文将事实来叙述一遍,其重要还在歌唱的韵文部分。像《维摩诘经变文》"持世菩萨"卷:

(白)当日持世菩萨告言帝释曰,天宫寿福有期,莫将富贵奢花,便作长时久远。起坐有自然音乐,顺意笙歌。所以多异种香花,随心自在。天男天女,捧拥无休;宝树宝林,巡游未歇。随心到处,便是楼台;逐意行时,自成宝香。花开便为白日,花合即是黄昏。思衣即罗绮千重,要饭即珍羞百味。如斯富贵,实即奢花。皆为未久之因缘,尽是不坚之福力。帝释、帝释、要知、要知。休于五欲留心,莫向天宫恣意。虽即寿年长远,还无究竟之多;虽然富贵骄奢,岂有坚牢之处。寿夭力尽,终归地狱三途；福德才无，却入轮回之路。如火然盛，木尽而变作尘埃；似箭射空，势尽而终归堕地。未逃生死，不出无常。速指内外之珍财，证取无为之妙果。憼于仙法，悟取真如。少恋荣华，了知是患。深劳帝释，将谢道从。与君略出，甚深悟取，超于生死。

（古吟上下）天宫未免得无常，福德才微却堕落。富贵骄奢终不久，笙歌恣意未为坚。

任夸玉女貌婵娟，任逞月娥多艳态，任你奢花多自在，终归不免却无常；

任夸锦绣几千里，任你珍羞餐百味，任是所须皆总蒍，终归难免却无常；

任教福德相严身，任你眷属长围绕，任你随情多快乐，终归难免却无常；

任教清乐奏弦歌，任使楼台随处有，任遗嫔妃随后拥，终归难免也无常：

任伊美貌最希奇，任使天宫多富贵，任有花开香满路，终归难免却无常。

莫于上界恣身心，莫向天中五欲深？莫把骄奢为究竟，莫耽富贵不修行！

还知彼处有倾摧，如箭射空随志地。多命财中能之了，修行他不出无常。

索将劳帝释下天来，深谢弦歌鼓乐排。玉女尽皆觉悟取，婵娟各要出尘埃。

天宫富贵何时了？地狱煎熬几万回。身命财中能悟解，使能久远出三灾。

须记取，倾心怀，上界天宫却请回。五欲业山随日灭，耽迷障岳逐时摧。

身终使得坚牢藏，心上还除染患胎。帝释敢师兄说法力，着何酬答唱将来：

那韵文部分还不是散文部分的放大的重述么？

但比较的更合理（？）的"变文"的结构，乃是第二类的以散文部分作为"引起"，而以韵文部分来详细叙状。在这里，散文、韵文便成了互相的被运用，互相的帮助着，而没有重床叠屋之嫌了。这种式样，像《大目乾连冥间救母变文》：

"和尚却归，为传消息，交令造福，以救亡人。除佛一人，无由救得。愿和尚捕提涅槃，寻常不没，运载一切众生智惠，钮勤磨不烦恼林而诛威行，普心于世界，而诸佛之大愿，倘若出离泥犁，是和尚慈亲普降。"目连问以，更往前行。时向中间，即至五道将军坐所，问阿娘消息处：

五道将军性令恶，金甲明晶，剑光交错，左右百万余人，总是接长手脚。叫诼似雷惊振动，怒目得电光耀鹤，或有劈腹开心，或有面皮生剥。

目连虽是圣人，煞得魂惊胆落。目连啼哭念慈亲，神通急速若风云。

若闻冥途刑要处，无过此个大将军。左右攒枪当大道，东西立杖万余人。

纵然举目西南望，正见俄俄五道神。守此路来经几劫，千军万众定刑名。

从头自各寻缘业，贫道慈母傍行檀。魂魄飘流冥路间，若问三涂何处苦，

咸言五道鬼门关。畜生恶道人遍绕，好道天堂朝暮间。一切

罪人于此过，

　　伏愿将军为检看。将军合掌启阇梨，不须啼哭损容仪，寻常此路恒沙众，

　　卒问青提知是谁。太山都要多名部，察会天曹并地府。文牒知司各有名，

　　符吊下来过此处。今朝弟子是名官，暂与阇梨检寻看。百中果报逢名字，放觅纵由亦不难。

　　将军问左右曰："见一青提夫人以否？"左边有一都官启言："将三年已前，有一青提夫人，被阿鼻地狱牒上索将，见在阿鼻地狱受苦。"目连闻语，启言将军。报言："和尚，一切罪人，皆从王边断决，然始下来。"

像《伍子胥变文》，其韵文部分和散文部分更是互相联锁着，分析不开，无接痕可寻，无裂缝可得了。

　　女子答曰："儿闻古人之语，盖不虚言，情去意难实留，断弦由可续。君之行李，足亦可知。见君盼后看前面带愁容，而步涉江山，迢遘冒染风尘。今乃不弃卑微，敢欲邀君一食。"儿家本住南阳县，二八容光如皎练。泊沙潭下照红妆，水上荷花不如面。客行由同海泛舟，薄暮畋巢畏日晚。倘若不弃是卑微，愿君努力当餐饭。子胥即欲前行，再三苦被留连。人情实亦难通，水畔存身即坐。吃饭三口，便即停餐。愧贺女人，即欲进发。更蒙女子劝谏，尽足食之。惭愧弥深，乃论心事。子胥答曰："下官身是伍子胥，避楚逝游入南吴。虑恐平王相捕逐，为此星夜涉穷途。蒙赐一餐甚充饱，未审将何得相报？身轻体健目精明，即欲取别登长路。仆是弃背帝卿宾，今被平王见寻讨。恩泽不用语人

知，幸愿娘子知怀抱。"子胥语已向前行，女子号咷发声哭。哀客茕茕实可念，以死匍匐乃贪生。食我一餐由未足，妇人不惬丈夫情。君虽贵重相辞谢，儿意惭君亦不轻。语已含啼而拭泪，君子容仪顿憔悴。倘若在后被追收，必道女子相带累。世不若与丈夫言，与母同居住邻里。娇爱容光在目前，烈女忠贞良虚弃。唤言件相勿怀疑，遂即抱石投河死。子胥回头聊长望，念念女子怀惆怅。遥见抱石透河亡。不觉失声称冤枉。无端颍水灭人踪，落泪悲嗟倍凄怆。倘若在后得高迁，唯赠百金相殡葬。

其他关于"变文"的结构，尚有可注意的几端。

"变文"原来是演经的。他们讲唱佛经的故事，其根据自在佛经里。大约为了"征信"或其他理由，讲唱"变文"者，在初期的时候，必定是先引"经文"，然后才随加敷演的。像《维摩诘经变文》，每段之首，必引"经"文一小段，然后尽情地加以演说与夸饰，将之化成光彩焖烂的锦绣文字。还有《阿弥陀经变文》，也是如此的。不过其结构更为幼稚。（或许是最初期之作吧。）其散文部分，便是"经文"，其下即直接着歌唱的韵文。

〔前缺〕复次，舍利弗，彼国有种种奇妙杂色之鸟。此鸟韵□分五，一总标羽唉，二别显会名，三转和雅音，四诠论妙法，五闻声动念。

西方佛净土，从来九异禽。偏翻呈瑞气，寥亮演清音。

每见祛尘网，时闻益道心。弥陀亲所化，方悟愿缘深。

青黄赤白数多般，端政珍奇颜色别。不是鸟身受业报，并是弥陀化出来。

白野鹤郦州进□轻毛坫雪翅开霜，红嘴能深练尾长。

但大多数的"变文",像《大目乾连冥间救母变文》,像《八相变文》,像《降魔变文》等,都是不引用经文的。他们直捷了当地讲唱故事,并不说明那故事的出处,更不注意到原来的经文是如何的说法。至于一般的不说唱佛经的故事的变文,自然更无须乎要"引经据典"的了。

一部分"变文",讲唱佛教故事的,往往于说唱之间,夹杂入"宣扬佛号"的"合唱"。这个习惯,现在唱宝卷的人们还保持着没有失去。

在应该"宣扬佛号"的地方,作者便注明"佛子"二字。像《八相变文》:

> 虽是泥人,一步一倒,直至大王马前,礼拜乞罪。(佛子)

记得胡适之先生曾解释"佛子"二字为"看官们"之意,说是对听众说的话,其实是错的。在有的地方,"变文"的作者便直捷地写出"佛号"来。这难道也是对听众的称呼么?

此外,尚有"吟"、"断"、"平"这一类的特用辞语,(像《维摩诘经变文》用的这一类的辞语便最多)大约也不外乎是"诗曰"、"偈曰"之意;故其间用处相同而用辞不同的地方很多,即作者们自己似也是混用着的。

五

"变文"的分类很简单。大别之,可分为:

(一)关于佛经的故事的;

(二)非佛经的故事的。

讲唱佛经的故事的变文,又可分为:

（一）严格的"说"经的；

（二）离开经文而自由叙状的。

第一类的变文，上文已经举出过，是《维摩诘经变文》及《阿弥陀经变文》等。

《维摩诘经变文》是为今所知的"变文"里的最弘伟的著作。巴黎国家图书馆所藏的《维摩诘经变文》第二十卷，才讲到要持世上人去问疾的事。但《持世菩萨问疾》卷，今所见的已是第二卷了，还只唱到持世见到魔王波旬所送的天女，狼狈不堪，而"天女当时不肯去，阿谁与解救"呢？恐怕其后还有三两卷，而《文殊问疾》，今所见到的，也只有第一卷，才讲唱到文殊允去问疾，到维摩诘居士去的事。而底下恐还不止两三卷。这样，则这部伟大的变文，恐怕总有三十卷以上的篇幅了。这可算是唐代最伟大的一部名著了，也可以是往古未有的一部伟大弘丽的叙事诗了。可惜今日所能见到，只有：（一）《维摩诘经变文》第二十卷（巴黎国家图书馆藏）、（二）《维摩诘经变文持世菩萨》第二卷（《敦煌零拾》本）、（三）《维摩诘经变文文殊问疾》第一卷（北平图书馆藏）这三卷而已。其实我们所知，今存的实不止此数，在巴黎国家图书馆里的，至少尚有下列的几卷：（一）《维摩唱文残卷》、（二）《维摩唱文残卷》、（三）《维摩唱文残卷》、（四）《维摩唱文残卷》、（五）《维摩唱文残卷》。伯希和将以上五卷合编为一号（P. 2873），但目录上既分列为五项，当是五卷，必非一卷也。又胡适之先生从巴黎国家图书馆所抄来的一卷，是首尾完全的（P. 2293），其目录却又另列一处，可见其中也许尚不止有此六卷。

伦敦博物院所藏《维摩诘经变文》也有五卷：（一）《维摩变文残卷》、（二）《维摩变文残卷》、（三）《维摩变文残卷》、（四）《维摩变文残卷》、（五）《维摩变文残卷》。以上五卷也合编为一号（S. 4571）。但既分为五卷，恐也必非"一卷"了。此外，又有（六）《维摩唱文纲领》（S.3113）、（七）《维摩押座文》（S.1441）等有关系的文字二卷。今日所有的这部"变文"大约总在十五卷以上的。（其中当然有一部分是残阙不全的。）很可惜的是，我们读到的只是其中五之一。但就这五之一读到的而论，我们已为其弘伟的体制，描状的活跃，辞彩的骏丽，想像的丰富所震撼了。印度经典素以描状烦琐著称，但我们的作者却从《维摩诘经》上更引申、更廓大、更加渲染而成为这部《维摩诘经变文》，较原文增大了至少三十倍以上。这不能不说是自印度文学输入以来的一个最大的奇迹了。

《维摩诘经》本来是一部最富于文学趣味的著作。很早的时候，（在三国的时候）吴支谦，一位最早的佛典翻译家，便介绍了这部经典给我们。

佛说《维摩诘经》二卷　吴、支谦译（《大藏经》本。）

到了姚秦的时候，最大的佛经翻译家鸠摩罗什又重译了一次。

《维摩诘所说经三卷》　姚秦、鸠摩罗什译（《大藏经》本。）

后人为《维摩诘所说经》作注作疏者也不止三五家：

《维摩诘所说经注》十卷　姚秦、僧肇注（弘教书院印《大藏经》本。）

《维摩经文疏》二十八卷　隋、智顗撰（《读藏经》本。）

《维摩经玄疏》六卷　隋、智顗撰（《大藏经》本。）

《维摩经义记》八卷　隋、慧远撰（《续藏经》本。）

《维摩经义疏》六卷　隋、吉藏撰（《大藏经》本。）

《维摩经疏记》三卷　唐、湛然述（《续藏经》本。）

《维摩经评注》十四卷　明、杨起元评注（《续藏经》本。）

明末湖州闵刻的朱墨本文学名著里也有《维摩诘经》三卷。这可见这部经典是如何的为各时代的学者和文人们所重视。《维摩诘经变文》的作者把握住了这样的一部不朽的大著而作为他自己创作的根据，逞其才华，逞其想像力的奔驰，也便成就了一部不朽的大著。在文学的成就上看来，我们本土的创作,受佛经的影响的许多创作,恐将以这部"变文"为最伟大的了。

我们想像到:当时开讲这部《维摩诘经变文》的时候,听众们的情形,是如何的热烈赞叹。这"变文",讲述的时间,恐怕是延长到一年半载的。《维摩诘经变文》第二十卷,末有题记云:

> 广正十年八月九日在西川静真禅院写此第二十卷
> 文书恰遇抵黑书了,不知如何得到乡地去。
> 年至四十八岁于州中悫明寺开讲极是温热。

广正十年是后汉刘知远的天福十二年(公历纪元947年),离现在已有一千年了。所谓"开讲"时的"极是温热"的空气,我们到今日还有些感觉到吧。

但这位写作《维摩诘经变文》的伟大作家是谁呢?这是无人能够回答的。胡适之先生为方便计,即以"广正十年八月九日在西川静真禅寺写此第二十卷"的僧徒为这部"变文"的作者。这是一位四十八岁的能够"开讲"变文的僧人,心里是充满了乡愁的,故有"不知如何得到乡地去"的云云。但根据"八月九日"这一天,"写此第二十卷文书,恰遇抵黑书了"的话,恐怕这位开讲《维摩诘经变文》的僧徒,未见得便是这部伟大变文的作者。因为这"第二十卷"全部字数在一万字左右,用一天的功夫,从早上到天黑便写作完毕,是很难得使我们置信的事;特别的,像"变文"的这样一种韵散合组的文体,绝难在一天之内便可完成近一万字的一卷。我猜想,这位僧徒,恐怕只是一位抄手,故能在一天之内抄写完一卷。这也有一个很好的旁证:即这部抄本,(当是这位僧徒的原来手迹吧)破体字和别字甚多。以《维摩诘经变文》的那位伟大作家,似乎绝不会这样地草率写就的。

这位抄手的姓名，大约是靖通。在这"第二十卷"的开首，他有一个短笺：

> 普贤院主比丘　靖通
> 　　右靖通谨只候
> 　　起居陈
> 　　贺
> 　　院主大德谨状
> 　　　　　　　　　　　正月　日普贤院主比丘靖通状

这短笺，写于"正月"。恐怕是写而未用的，故便将余纸来抄写这部《维摩诘经变文》第二十卷了。

《维摩诘经变文》是全依《维摩诘经》为起讫的。在每卷每节的讲述之前，必先引经文一则。然后根据这则经文加以横染，加以描写。往往是，十几个字或二三十个字的经文，会被作者敷衍成三五千字的长篇大幅。像《维摩诘经变文》第二十卷的首节：

> 经云　佛告弥勒菩萨，汝行诣维摩诘问疾。
> 世尊见诸声闻五百，并总不堪。此菩萨位超十地，果满三只，十号将圆，一生成道。证不可说之实际，解不可说之法门，神通能动于十方，智惠广弘于沙界，随无量之欲性，现无量之身形，入慈不舍于四弘，观察唯除于六道，其相貌也，面如满月，目若青莲，白毫之光彩晞晖，紫磨之身形隐约，诸根寂静，手指纤长，载七宝之天冠，着六殊之妙眼。说法则清音广大，辩才乃洪注流波。外道怖雷吼而心降，小圣蒙密言而意解。是以诸佛卤记，众圣保持，成佛向未来世中，度脱于龙花会里，现居兜率，

来到庵菌。世尊遣问维摩,便于众中唤出。弥勒承于圣旨,忙忙从座起来,动天冠而花宝玲珑,整妙眼而珠璎沥落,礼仪有度,感德无伦,仰瞻三界之师,旋绕七珍之座,合十指掌,跄两足尊,立在佛前,专斋处方。世尊乃告弥勒,此时有事商量,维摩卧疾于毗耶,今日与吾问去。吾之弟子,十大声闻,寻常尽觅于名够,诚使多般而辞退,舍利弗林间晏座,瞰被轻呵,目健连里巷谈经,尽遭摧挫,大迦叶求贫舍富,平等之道里全乖,须菩提求富舍贫,解空之声名虚忝,富楼那迦旃遮之辈,总因说法遭呵,阿那律优波离之徒,尽是目逢自风被辱,罗喉说出家有利,不知无利无为,阿难乞乳忧疾,不了牟尼可现,总推智短,尽说才微,皆言怕惧维摩,不敢过他方丈。况汝位超十地,果满三只,障尽习除,福圆惠满,将成佛果,看座花台,无私若杲日当天,不染似白莲出水,上间天上,此界他方,置赖汝提携,六道一家君赦度,汝已竭爱增海,汝已消倾慴魔,汝已代爱稠林,汝已割贪罗绸,已度无边众,已绝有漏因,已到湿盘城,已上金刚座,佛法中龙象,贤圣内凤鳞,在会若鹊处鸡群,出众似鹏游霄汉,智惠威德,众所赞扬。居士丈室染疾,使汝毗野传语,速须排比,不要推延。若与维摩相见时,慰问所疾痊可否。诗云:

小乘昔日总遭嗔,若往分疏各说因,知汝神通超小圣,想君词辩越声闻。

不唯早证三身位,兼亦曾修万德门。今为维摩身染疾,事须勿传语莫因循。

世尊唤命其弥勒,弥勒忿忿从座起。合十指爪设卑仪,问千花座听尊旨。

六钵衣袱衬金霞,七宝簪冠动朱翠,立在师前候圣言,仁无见者生欢喜。

第六章　变文　｜　175

　　辩才无得众降伏，威德难传佛赞景，牟尼这日发慈言，交往毗耶问居士。
　　智惠圆　福德备，佛杲将成出生死，牟尼这日发慈言，交往毗耶问居士。
　　戴天冠　服宝帔，相好端严法王子，牟尼这日发慈言，交往毗耶问居士。
　　越三贤　超十地，福德周圆入佛位，牟尼这日发慈言，交往毗耶问居士。
　　足词才　多智惠，出语总㗖无相里，牟尼这日发慈言，交往毗耶问居士。
　　果报圆　已受记，来世成佛号慈氏，牟尼这日发慈言，交往毗耶问居士。
　　难测度　难思议，不了二门自他利，牟尼这日发慈言，交问毗耶问居士。
　　牟尼这日发慈言，处分他家语再三，十大声闻多恐失，一生菩萨计应堪。
　　靖词辩海人难及，妙智如泉众共设，若见维摩传慰问，好生只对莫羞惭。
　　吾今对众苦求哀，请汝依言莫逆怀，小圣从头遭挫辱，大权次第合推排。
　　随时行李看将出，奔鲁排比不久回，更莫分疏说理路，便须与去唱将来。

　　"经文"只有十四个字，但我们的作者却把它烘染到散文六百十三字，韵语六十五句。这魄力还不够伟大么？这想像力还不够惊人么？
　　最奇怪的是，经文的重复或相类似的叙述，我们的作者却能完全免避了重复,以全然不同的手法和辞藻来描状那相同的情形。我们看了在经文里,释迦遣诸门徒去问维摩居士疾时,每一段的开首,都是大致相同的。

（一）佛告弥勒菩萨,汝行诣维摩诘问疾；

（二）佛告光严童子,汝行诣维摩诘问疾；

（三）佛告文殊师利,汝行诣维摩诘问疾。

但我们的作者对于这样同样的场地和情形,却有了极不雷同的描写的手法。第一例第二例,上文均已引起,现在再举第三例：

> 经云：佛告文殊师利,汝行诣维摩诘问疾。
>
> 言佛告者,是佛相命之词。缘佛于会上,告尽圣贤五百,声闻八千菩萨,从头遣问,尽曰不任,皆被责呵,无人敢去。酌量才辩,须是文殊。其他小小之徒,实且故非难往,失来妙德,亦是不堪。今仗文殊,便专问去。于是有语告文殊曰：
>
> 三千界内总闻名,皆道文殊艺解精。体似莲花敷一朵,心如明镜照漂清。
>
> 常宣妙法邪山碎,解演真乘障海倾。今日筵中须授敕,与吾为使广严城。
>
> 于是庵园会上,敕唤文殊："劳君暂起于花台,听我今朝敕命。吾为维摩大士,染疾毗耶,金粟上人,见眠方丈。会中有八千菩萨,筵中见五百个闻声,从头而告,尽遍差至佛,而无人敢去。舍利子聪明弟一,陈情而若不堪任；迦叶是德行最尊,推辞而为年老迈,十人告尽,咸称怕见维摩。一会遍差,差着者怕于居士。吾又见告于弥勒,兼及持世上人,光严则辞退千般,善德乃求哀万种。堪为使命,须是文殊。敌论维摩,难偕妙德。汝今与吾为使,亲往毗耶,诘病本之因由,陈金仙之恳意。汝看吾之面,勿更推辞。领师主之言,便须受敕。况乃汝久成证觉,果满

三只，为七佛之祖师，作四生之慈父。来辞妙喜，助我化缘。下降娑婆，尔现于菩萨之相，你且身严璎珞，光明而似月舒空，顶覆金冠，清净而如莲映水。一名超于法会，众望难偕，词辩迥播于筵中，五天赞说。慈悲之行，广布该三途六道之中，救苦之心，遍施散三千界之刹内。当生之日，瑞相十般，表菩萨之最尊，彰大士之无比。而又眉弯春柳，舒扬而宛转芬芳，面若秋蟾，皎洁而光明晃曜。有如斯之德行，好对维摩，且尔许多威名，堪过丈室。况以居士见染缠疴，久语而上算，不任对论，多应亏汝。勿生辞退，便仰前行。倾大众而速别庵园，逞威仪而早过方丈。龙神尽教引路，一伴同行，人天总去相随，两边围绕。到彼见于居士，申达慈父之言。道吾忧念情深，故遣我来相问。"

佛有偈告赞文殊：

牟尼会上称宣陈，问疾毗耶要显真。受敕且希离法会，依言勿得有辞辛。

维摩丈室思吾切，卧病呻吟已半旬。望汝今朝知我意，权时作个慰安人。

又有偈告文殊曰：

八千菩萨众难偕，尽道文殊足辩才。身作大仙师主久，名标三世号如来。

神通解灭邪山碎，智慧能销障海摧。为使与吾过丈室，便须速去别花台。　平侧

世尊会上告文殊，为使今朝过丈室。传吾意旨维摩处，申问殷勤勿得迟。

前来会里众声闻，个个推辞言不去。皆陈大士维摩诘，尽道毗耶我不任。

众中弥勒又推辞，筵内光严申恳款。八千大士无人去，五百

声闻没一个。

汝今便请速排谐，万一与吾为使去。威仪一队相随逐，衔敕
毗耶问净名。

菩萨身为七佛师，久证功圆三世佛。亲辞净土来凡世，助我
宣扬转法轮。

巍巍身若一金山，荡荡众中无比对。眉分皎洁三秋月，脸写
芬芳九夏莲。

堪为丈室慰安人，堪共维摩相对论。堪将大众庵园去，堪作
毗耶一使人。

便依吾敕赴前程，便请如今别法会。若逢大士维摩诘，问取
根由病所因。

文殊德行十方闻，妙德神通百亿悦。能摧外道皆归正，能遣
魔军尽隐藏。

依吾告命速前行，依我指踪过丈室，殷勤慰问维摩去，巧着
言词问净名。　经

是时圣主振春雷，万亿龙神四面排，见道文殊亲问病，人天
会上喜哈哈。

此时便起当筵立，合掌颙然近宝台。由赞净名名称煞，如何
白佛也唱将来。

这十四个字的经文，我们的作者又将它廓大到五百七十字的散文，七十二句的韵语。我们看作者是怎样地在竭力地以不同的场面，不同的人物，不同的辞语来烘染同一的情景的；我们不能不惊骇于作者写法的高明了。

对于弥勒和光严童子的不愿意去的心理，他们的辞谢的最后答语，原都是相同的，而我们的作者也都把他们写成很不雷同的局面。这样高超的描写手法，我们在中国文学上是很少见到的。在每则不同的情景的描写，

我们的作者也均尽其想像力之所及，各加以详尽的叙描和烘染。难怪当时听众们听讲时是"极其温热"。

今日，千年后的今日，突然发现了这样的一部伟大的名著，除开了别种理由之外，已足够使我们兴奋，使我们赞颂喜欢之不已了。

像《维摩诘经变文》同样的引经据典的变文，还有一部《阿弥陀经变文》（S. 2955），那一卷东西，残阙已甚，我们自然不能就这戋戋的残文来批评其全部。但在描写方面，我们觉得也是很不坏的。这一部变文，如上文所已说的，恐怕是比较初期的著作。故散文部分，即以"经文"充之，而作者只是以韵语来烘染、来阐扬其故事。

六

以佛教经典为依据，而并不"引经据典"，句句牢守经典本文的变文，今日所见的甚多。这一阶段，恐怕是从"引经"的一个阶段发展而来的。他们只是拿了佛经里的一个故事、一个传说，而由作者们自己很自由地去抒写、去阐扬、去烘染的。故在写作上，比较地容易挥遣得多。可惜除了《降魔变文》之外，其余的都是"零缣断绢"，很少高明的东西。且别字和缺漏之处，连篇累牍，不易整理。恐怕是出于真正的通俗的民间的僧侣作家们之手吧。

这一部分的变文，又可分为两类，一类是仅演述经文而不叙写故事的，像《地狱变文》、《父母恩重经变文》等。在后来的宝卷里，这一类性质的东西也很不少。这些，只是"说经"、"唱经"的一流，完全是宗教性的东西，故不能有很高明的成就。

《地狱变文》今藏于北平图书馆（依字五十三号），向达先生的《敦煌丛钞》（《北平图书馆馆刊》）曾刊其全文只是一个残卷，并没有什么重要的价值。

既将铁棒，直至墓所，觅得死尸，且乱打一千铁棒。呵责道：恨你在生之日，悭贪疾妒，日夜只是算人，无一念饶益之心，只是万般损害，头头增罪，种种造殃，死值三涂。号菩萨佛子。

　　在生恨你极无量，贪爱之心日夜忙。老去和头全换却，少年眼也拟碗将。

　　百般放圣谩依着，千种为难为口粮。在生忧他总恰好，业排眷属不分张。

　　缘男为女添新业，忧家忧计走忙忙。尽头呵责死尸了，铁棒高台打一场。

《父母恩重经变文》今亦藏于北平图书馆。（何字第十二号）内容也是训人劝善的；残阙极多，毫不足观。这一类的变文，向来编目，皆和经典混在一处，不易分别，如果我们仔细地在巴黎、伦敦二地去搜寻，一定还可以得到不少的。

第二类是叙写佛经的故事的。其中又可分为二类：一为叙写佛及菩萨之生平及行事的；一为叙写佛经里的故事的。

第一类所写者。以关于释迦牟尼的生平及行事的为最多，不仅写到他的"成道"的故事（《佛本行集经》），也写到他的过去"无量生"（《佛本生经》）的故事。

关于释迦佛的"成道"的故事的变文有：

（一）八相成道变残卷（北平图书馆藏、云字二十四号。）

（二）八相成道变残卷（北平图书馆藏、乃字九十一号。）

（三）八相成道变残卷（北平图书馆藏、丽字四号。）

在这三卷里，第一卷和第二卷文字悉同，惟第一卷较完善，第二卷缺阙极

多。第三卷也相差不远。这卷变文,作者也不可考知。从释迦过去诸生说起:

> 尔时释迦如来,于过去无量世时,百千万劫,多生波罗奈国。广发四弘誓愿,直求无上薘。不惜身命,常以己身及一切万物,给施众生。慈力王时,见五夜叉,为啖人血肉,饥火所逼,其王哀愍,与身布施,馁五夜叉。歌利王时,割截身体,节节支解。尸毗王时,割股救其鸠鸽。月光王时,一夕树下,施头千遍,求其智慧。宝灯王时,剜身千疮,供养十方诸佛,身上燃灯千盏。萨埵王子时,舍身数度,济其饿虎。悉达太子时,广开大藏,布施一切饥饿贫乏之人,令得饱满。兼所有国城妻子象马七珍等,施与一切众生。或时为王,或时太子,于波罗奈国五天之境,舍身舍命,不作为难。非只一生如是,百千万亿劫精练身心,发其大愿。种种苦行,无不修断,令其心愿满足。故于三无数劫中,积修善行。以为功究果满,方成佛位。佛者何语,佛者觉也。觉悟身中真如之性,觉心内烦恼之怨。出生死之劣劳,践薘之闻城。六通具足,五眼无明。为三界大师,作四生慈父。从清净土,著蔽垢衣,出现娑婆,化诸弟子。
>
> 三大僧只愿力坚,六波罗蜜行周旋。百千功德身将满,八十随形相欲全。
>
> 未向此间来救度,且于何处大基缘?当时不在诸余国,示现权居兜率天。
>
> 未审兜率陀者,是梵语,秦言"知足"天。兜名少欲,率是知足,此是欲界第四天也。况说欲界,有其六天:第一四天王天;第二忉利天;第三须夜摩天;第四兜率陀天;第五乐变化天;第六他化自在天。如是六天之内,近上则玄极太寂;近下则

闹动烦喧，中者兜率陀天，不寂不闹。所以前佛后佛，总补在依此宫。今我如来世尊，亦当是处。

然后讲到他，"观见阎浮众生，业障深重，苦海难离，欲拟下界劳笼，拔超生死。"于是先遣金团天子下凡去寻觅一个地方，堪供"世尊托质"的。金团天子寻到了迦毗罗城的王家。于是世尊便"托荫"于摩耶腹内。他于摩耶右胁诞出。

太子既生之下，感得九龙吐水，沐浴一身。举左手而指天，垂右［手］而于地，东西徐步，起足莲花。凡人观此皆殊祥，遇者顾瞻之异端。当尔之时，道何言语：

九龙吐水浴身胎，八部神光曜殿台。希期瑞相头中现，菡萏莲花足下开。

又道：

指天天上我为尊，指地地中最胜仁。我生胎兮今朝尽，是降菩萨最后身。

但大臣们却以为他是妖精鬼魅，要国王杀了太子，否则，"必定破家灭国。"文殊菩萨恐世尊被残害，遂化作一臣，谏国王道："此是异圣奇仁，不同凡类。"并叫他去请教阿斯陀仙。阿斯陀仙见了太子，流泪满目，呼嗟伤叹，说道：

"太子是出世之尊。不是凡人之数，大王今若不信，城南有一泥神，置世以来，人皆视验。王疑太子魑魅，但出亲验神前。

的是鬼类妖精，其神化为凝血，若不是精奸之类，只合不动不变。"于尔之时，有何言语：

　　城南有一摩醯神，见说寻常多操嘆。世上或行诈伪事，就前定验现其真。

　　大王但将此太子，才见必令始知闻。若是祯祥于本主，的定妖邪化为尘。

不料泥神却离庙而出，一步一倒，直至太子马前，礼拜乞罪。于是国王才知太子是异人，不复加害。

但太子年登十九，恋着五欲。天帝释欲感悟他，乃各化一身，于此四门，乘太子巡历四门之时，欲令太子，"悟其生死"。太子周历了四门之后，便感到"生老病死"的苦痛，而决意欲弃去一切而到雪山修道。

这里写太子历见生老病死之苦的情形，当然要比《太子赞》一类的叙事歌曲写得详细，写得高明。

太子在雪山修道时，"日食一麻或一麦，鹊散巢窠顶上安。"

　　太子一从守道，行满六年。当腊月八日之时下山，于熙连河沐浴。为久专恳行，身力全无，唯残骨筋，体尤困顿。河中洗濯，浣腻洁清，既欲出来，不能攀岸。感文殊而垂手，接臂虚空，承我佛于河滩，达于彼岸。遂逢吉祥长者，铺香草以殷勤，紫磨严身，金黄备体。云云：

　　六年苦行志殷勤，四智俱圆感觉身。下向熙连河沐浴，上登草座劝黎民。

　　紫金满覆于其体，白毫光相素如银。文殊长者设愿厚，供养如来大世尊。

　　我如来既登草座，观心未圆，忽逢姊妹二人，一时迎前拜礼，口称名号。是阿难陀田中牧牛，常游野陌，每将乳粥，供养树神。偶见世尊，回特献俸。又感四天王掌钵，来奉于前，并四钵纳一盂中，可集三斗六升。三斗者降其毒，六升者则六波罗蜜因是也。既备功圆，便能至圣。遂往金刚座上，独称三界之尊，鹫岭峰前，化诱十方情识。降天魔而战摄，伏外道以魂惊。显正摧邪，归从释教。云云：

  自登草座睹难陀，回将乳粥献释迦。四王掌钵除三毒，功圆净行六波罗。

  金刚座中严灵相，鹫岭峰前定天魔。八十随形皆愿备，三十二相现娑婆。

  况说如来八相，三秋未尽根原，略以标名，开题示目。今具日光西下，座久迎时。盈场并是英奇仁，阛郡皆怀云雅操。众中俊哲，艺晓千端，忽滞淹藏，后无一出。伏望府主允从，则是光扬佛日。恩矣恩矣。

作者以"颂圣"之语为结束，可见这一部"变文"，原是极崇敬的宗教经卷，讲唱的时候是以极虔敬的态度出之的。

（四）《佛本行集经变文》（北平图书馆藏，潜字八十号。）

这一卷残阙过甚；所叙的事，和《八相成道变》大致相同，但也略有殊异之处，像泥神礼拜之事，在这里便没有叙到。

关于释迦佛的过去"生"的故事，即所谓"佛本生经"的故事的变文，今所知的并不多。但想来一定是不会很少的。有许多的佛教故事，大半是和释迦过去"生"的生活有关系的。今日最完全的"佛本生"的故事（Jataka），凡有五百数十则之多。今姑举所知的：身喂饿虎经变文（残卷）为例：这一卷是我在北平所获得的。就写本的纸色和字体看来，乃是中唐的一个写本。这是叙述释迦的本生故事之一。释迦在过去的一"生"

里,为一个王子。有一天和好几个兄弟,一同经过一山。路上遇见一只饿虎,病不能觅食。诸兄弟皆不顾而去。释迦却舍身走近虎边,要给他吃去。但这饿虎连开口的精力都没有。释迦于是以竹枝自刺其身,将血滴入虎口。那只虎方才渐渐地有生气起来,把这舍身的圣人吃了去。虽然是残卷,但大部分是保存着的。

关于第二类的释迦以外的"佛""菩萨"的故事,今所见者有:

(一)《降魔变文》(胡适之先生藏。)

这和《维摩诘经变文》是唐代变文里的双璧。惟篇幅较短。但乳虎虽小,气足吞牛。罗氏《敦煌零拾》里的佛曲三种,其第一种便是《降魔变文》的残文,所存者十不及一。但已使我们震撼于其文辞的晶光耀目,想像力的丰富奔放。一旦获得了其全文,自然是欣慰不置的。

这部"变文"的作者,今也不可考知。惟知其为唐玄宗天宝(公元742—755年)时代的人物。其著作的时期,当约略地和《身喂饿虎经变文》同时。

这部"变文"的开头,有一篇序。这是极重要的一个文献。

赞善哉(……阙……)晶晖四果,咸遣我人三宝……人、正牙……ヲリ……骨兴六空类有情,成归灭度。初キイ之布施,下是为多;尽十方之虚空,巨知其量。诸相非想,见如来之法身,生等死生,得真妄之平等。然则,穷大千之七宝,化四句而全轻;后五浊之众生,一闻而超胜境。然后法尚应舍,恋筏却被沉沦。浑彼我于空空,泯是非于妙有,不染六尘之境,契会菩提,即于六识推求,万像皆会于般若三世诸仙,从此经生,最妙菩提,从此经出。加以括囊群教,诸为众经之要目,传译中夏,年余数百。虽则讽诵流布,章疏芬然,犹恐义未合于圣心,理或乖于中道。伏惟我大唐汉朝圣主,开元天宝圣文神武应道皇帝陛下，化越千古，声超百王，文该五典之精微，武析九夷之肝胆。八表总无为之化，四方歌尧舜之风。加以化洽之余，每弘扬于三教。或以探寻儒道，尽性穷原，注解释宗，句深相远。圣恩与海泉俱深，天开誉日齐明，道教由是重兴，佛日因兹重曜。宝林之上，喜见叶而争开，总持园中，泒法云而广润。然今题首《金刚般若波罗蜜经》者，金刚以坚锐为喻，般若以智慧为称，波罗彼岸到，弘名蜜多，经则贯穿为义，善政之仪，故号《金刚般若波罗蜜经》。大觉世尊，于舍卫国、《只树洽孤之园》，宣说此经，开我蜜藏，四众围绕，群仙护持，天雨四花，云廊八境。盖如来之妙力，难可名言者哉！须达为人慈善，好给济于孤贫。是以因行立名。给孤布金买地，修建伽蓝，请佛延僧，是以列名经内。只陀睹其重法，施树同营，缘以君重臣轻，标名有其先后。委被事状，述在下文。

在这篇序文里，说得很明白，这篇"变文"是叙述须达布金买地，修建伽蓝所引起的许多故事的。本于《金刚经》；却全然成了迷人的东西，不朽的杰作，我们简直忘记了其为"劝善书"了。"下文"所叙的"事状"，是这样的：

"昔南天竺有一大国，号舍卫城。其王威振九重，风扬八表。"他有一个贤相，名须达多，"邪见居怀，未崇三宝。"他有小子未婚妻室，遣使到外国求之。使者到了一个地方，遇佛僧阿难乞食。一小女奔走出于门外，五轮投地，瞻礼阿难。这小女仪貌绝伦，"西施不足比神姿，洛浦讵齐其艳彩。"他访问了邻人，才知道是当地首相护弥之女。后须达多自去求亲，又遇见了佛僧。他感知佛的威力，倍增敬仰之心，思念如来，吟嗟叹息。

"须达叹之既了,如来天耳遥闻,他心即知,万里殊无障隔,又放神光照耀,城门忽然自开。须达既见门开,寻光直至佛所,旋绕数十余匝,竭专精之心,注目瞻仰尊颜,悲喜交集,处若为陈。须达佛心开悟,眼中泪落数千行。弟子生居邪见地,终朝积罪仕魔王。〇伏愿天师受我请,〇降神合作桥梁。佛知善根成熟,堪化异调。遂即应命依从,受他启请。唤言长者:吾为上界之主;最胜最尊。进心安详,天龙侍卫,梵王在左,帝释引前,天仙□□虚空,四众云奔衢路。事须广殿造塔,多违堂房。吾今门第众多,住心无令退小。汝亦久师外道,不识轨仪。将我舍利弗相随,一一问他法或"。

于是须达便和舍利弗同归。他们到了舍卫城,四处找不到一个适当的地方来建造伽蓝。有一天,他们到了城南,去城不近不远,忽见一园,景象异常,堪作伽蓝。但这园乃是东宫太子所有。须达便到了东宫,要求太子卖这园给他。他对太子说了一个谎,道:昨天经过太子园所,见妖灾并起,怪鸟群鸣,池亭枯涸,花果凋疏。太子问他如何厌禳。须达说:"物若作怪,必须转卖与人。"于是太子书榜四门,道园出卖。买者必须平地遍布黄金,树枝银钱皆满。但揭榜来买这园的人却便是须达。于是太子大怒,要须达和他同见国王。须达为法违情,不惧亡躯丧命。但首陀天王空里闻语,化身作一老人,来谏阻太子。说:要须达将黄金布满平地,银钱遍满树枝方可卖给他,谅他也没有这能力。省得太子失信。太子许之。于是须达便开库藏搬出紫磨黄金,选牡象百头,驮舁至园铺地。太子为他所感,问他买地何用。须达乃宣扬佛道,说明要建立伽蓝之意。太子亦便生信仰心,树上银钱,由他施舍出来。

须达和太子由园归来,途遇"六师外道"。他见他们骑从不过十骑,颇以为怪。乃问其由。太子说:须达买园,要请如来来说法。六师闻言笑不已。出言谤佛。

> 六师闻请佛来住，心生忽怒。类怅撕高，双眉外竖，仞齿冲牙，非常惨醋，乍可决命一回，不能虚生两度。门徒尽被诙将，遣我不存生路。到处即被欺凌，终日被他作袒。帝王尚自降地，况复凡流下庶。吾今怨屈何申，须向王边披诉！鹿行大步，奔走龙庭，击其怨鼓。王遣所司问其根绪。六师哽噎声嘶；良久沉吟不语。启言大王：臣闻开辟天地，即有君臣，日月贞明，赖圣主之感化。即今八方叹恳，四海来宾。唯有逆子贼臣，欲谋王之国政，怀邪杞让，不谨风谣，叨居相国之荣，虚食万钟之禄。臣闻佞臣破六国，佞妇辟六亲。须达只陀，于今即是。岂有禾闻天琜，外国钩引胡神，幻惑平人，自称是佛，不孝父母，恒乖色养之恩，不敬君王，违背人臣之礼，不勤产业，逢人即与剃头，妄说地狱天堂，根寻无人的见。若来至此，只恐损国丧家。臣今露胆披肝，伏望圣恩照察。

国王遂命人去擒了：太子和须达来。王问其故。须达乃对王力赞佛道，宣传教义。王问："卿之所师，敌得和尚（即六师）已否？"须达道："千钧之弩，不为鼷鼠发机，百尺炎炉，不为毫毛爇炳。不假我大圣天师，最小弟子，亦能抵敌。"乃决定以舍利弗和六师斗法。须达道："六师若胜，臣当万斩，家口没官。"

描写舍利弗和六师斗法的一大段文字，乃是全篇最活跃的地方。写斗法的小说，像《西游记》之写孙悟空、二郎神的斗法，以及《封神传》和三宝太监《西洋记》的许多次的斗法，似都没有这一段文字写得有趣，写得活泼而高超。

波斯匿王见舍利弗,即敕群嫽,各须在意。佛家东边,六师西畔,朕在北面,官应南边。胜负二途,各须明记。和尚得胜,击金鼓而下金筹。公家若强,扣金钟而点尚字。各处本位,即任施张。舍利弗徐步安详,升师子之座,劳度叉身居宝帐,择拥四边。舍利弗即升宝座,如师子之王,出雅妙之声,告四众言曰:然我佛法之内,不立人我之心。显政摧邪,假为施设。劳度叉有何变现,既任施张。六师闻语,忽然化出宝山,高数由旬,钦岑碧玉,崔嵬白银,顶侵天汉,蕖竹芳薪。东西日月,南北参晨。亦有松树参天,藤萝万段,顶上隐士安居,更有诸仙游观,驾鹤乘龙,佛歌聊乱。四众谁不惊嗟,见者咸皆称叹。舍利弗虽见此山,心里都无畏难。须臾之顷,忽然化出金刚。其金刚乃作何形状?其金刚乃头圆像天,天圆只堪为盖;足方六里,大地才足为钻。眉欝莘如青山之两崇,口吒嘅犹江海之广阔。手执宝杵,杵上火焰冲天,一拟邪山,登时粉粹,山花萎悴飘零,竹木莫如所在。百嫽齐叹希奇,四众一时唱快!故云:金刚智杵破邪山处。若为:

六师忿怒情难止,化出宝山难可比。崭岩可有数由旬,紫葛金藤而覆地。

山花欝莘锦文成,金石崔嵬碧云起。上有王乔、丁令威,香水浮流宝山里。

飞佛往往散名华,大王遥见生欢喜。舍利弗见山来入会,安详不动居三昧。

应时化出大金刚,眉高额阔身躯礌。手持金杵火冲天,一拟邪山便粉碎。

于时帝王惊愕,四众忻忻。此度不如他,未知更何神变。其时须达长者,遂击鸿钟,手执金牌,奏王索其尚字。六师见宝山摧倒,愤气冲天。更发瞋心,重奏王曰:然我神通变现,无有尽期。一般虽则不如,再现保知取胜。劳度叉忽于众里,化出一头水牛,其牛乃莹角惊天,小蹄似龙泉之剑,垂斛曳地,双眸犹日月之明。喊吼一声,雷惊电吼。四众嗟叹,咸言外道得强。舍利弗虽见此牛,神情宛然不动。忽然化出师子,勇锐难当。其师子乃口似谿壑,身类雪山,眼似流星,牙如霜剑,奋迅哮吼,直入场中。水牛见之,亡魂跪地。师子乃先憋项骨,后拗脊跟。未容咀嚼,形骸粉碎。帝主惊叹,官庶怔然。六师乃悚惧恐惶。太子乃不胜庆快处。若为:

六师忿怒在王前,化出水牛甚可怜。直入场中惊四众,磨角握地喊连天。

外道齐声皆唱好,我法乃违国人传。舍利座上不惊怔,都缘智惠甚难量。

整里衣服女心意,化出威棱师子王。哮吼两眼如星电,纤牙迅抓利如霜。

意气英雄而振尾,向前直拟水牛伤。两度佛家皆得胜,外道意极计无方。

下写六师化出七宝池,却为舍利弗所化出的大象,将池水吸干的一段,已引见上文。此下却写六师化出毒龙事。

六师频频输失,心里加懊恼。今朝怪不如他,昨夜梦相颠倒。面色粗赤粗黄,唇口异常干燥。腹热状似汤煎,肠痛犹如刀搅。瞿昙虽是恶狼,不禁群狗众咬。舍利弗小智拙谋,曾斑前头出巧,者回忽若得强,打破承前并滔。不忿欺屈,忽然化出毒龙。口吐烟云,昏天翳日,揭眉眴目,震地雷鸣,闪电乍暗乍明，祥云或舒或卷。惊惶四众，恐动平人。举国见之，怪其灵异。舍利弗安详宝座，珠无怖惧之心。化出金翅鸟王，奇毛异骨，鼓腾双翅，掩敝日月之明，抓距纤长，不异丰城之剑。从空直下，若天上之流星。遥见毒龙，数回博接。虽然不饱我一顿，且□噎饥。其鸟乃先啄眼睛，后嚼四竖，两回动嘴，兼骨不残。六师战惧惊嗟；心神恍惚。

舍利既见毒龙到，便现奇毛金翅鸟，头尾惧坐剉不将难，下口其时先晖脑。

筋骨粉碎作微尘，六师莫知何所道。三宝威神难测量，魔王战悚生烦脑。

王曰：和尚猥地夸谈，千般伎术，人前对验，一事无能。更有何神，速须变现。六师强打精神，奏其王曰：我法之内，灵变卒无尽期。忽于众中，化出二鬼，形容丑恶，躯貌扬荟，面北填而更青，目类朱而复赤，口中出火，鼻里生烟，行如奔电，骤似飞旋，扬眉瞬目，恐动四边。见者寒毛卓竖。舍利弗独自安然。舍利弗踟蹰思忖，毗沙门踊现王前。威神赫奕，甲杖光鲜，地神捧足，宝剑腰悬，二鬼一见，乞命连绵处。若为：

六师自道无般比，化出两个黄头鬼。头脑异种丑尸骇，惊恐四边今怖畏。

舍利弗举念暂思惟，毗沙天王而自至。天主回顾震睛看，二鬼迷闷而擗地。

外道是日破魔军，六师瞻惶尽亡魂。赖活慈悲舍利弗，通容忍耐尽威神。

驴骡负重登长路，方知可活比龙鳞。只为心迷邪小径，化遣归依大法门。

六师虽五度输失，尚不归降。更试一回看，看后功将补前过。忽然差驰更失，甘心启首归他。思惟既了，忽于众中，化出大树，婆娑枝叶，敝日干云，耸干芳条，高盈万仞。祥禽瑞鸟，遍枝叶而和鸣，藜叶芳花，周数里而升暗。于时见者，莫不惊差。舍利弗忽于众里，化出风神，叉手向前，启言和尚。三千大千世界，须臾吹却不难。况此小树纤毫，敢能当我风道。出言已讫，解袋即吹。于时地卷如绵，石如尘碎，枝条迸散他方，茎干莫知何在。外道无地容身，四众一时喝快处。若为：

　　六师频输五度，更向王前化出树。高下可有数由旬，枝条蓊蔚而滋茂。

　　舍利弗道力不思议，神通变现甚希奇。群佛故来降外道，次第总遣火风吹。

　　神王叫声如电吼，长蛇擒树不残枝。瞬息中间消散尽，外道飘摇无所依。

　　六师被吹脚距地，香炉宝子逐风飞。宝座顷危而欲倒，外道怕急扶之。

　　两两平章六师弱，芥子可得类须弥！

　　时王启言和尚，朕比日已来，虚加敬金，广施玉帛，枉费国储，故知真金滥鍮，目验分拆，龙蛇浑杂，方办其能。和尚力尽势穷，事事皆弱，总须低心屈节，摧伏归他。更莫虚长我人，论天说地。六师闻语，唯诺依从，面带羞惭，容身无地。舍利弗见邪徒折伏，悦畅心神，非是我身健力能，皆是如来加被！遂腾身直上，勇在虚空，高七多罗树，头上出火，足下出水，或现大身，恻寒虚空，或现小身，犹如芥子。神通变化，现十八般。合国人民，咸皆瞻仰处，若为：

　　舍利弗倏忽现神通，通身直上在虚空。或现大身遍法界，小身藏形芥子中。

劳度叉愕然合掌五,我法活岂与他同。共汝舍邪归政路,相
将惭谢尽卑恭。

　　斗圣已来极下劣,回心岂敢不依从。各拟悔谢归三宝,更亦
无心事火龙。

　　累历岁月枉气力,终日从空复至空。各自抽身奉仕佛,免被
当来铁碓舂。

《降魔变文》到了这里便告结束了。是"劝善"的教训歌,却写的是如此的不平常,令人读之,不忍释手,惟恐其尽。作者描写的伎俩,确是极为高超的。

惟抄手未必是在作者的同时,故抄的时候,讹误处甚多。大约是一位西陲的粗识文字者吧——"变文"及敦煌文卷的许多抄手大都是这一流人物——他自己很谦虚地在卷末写着道:

　　或见不是处,有人读者,即与政着。

但在今日,有的地方,改正起来便觉得很困难了。

巴黎国家图书馆藏有《降魔变押座文》(P. 2187)一卷,又《破魔变押座文》(同上号)一卷,不知与这部《降魔变文》有什么不同处。或是另一个抄本吧?而"破魔变",不知和"降魔变"又有什么不同。惜今日未读到原文,尚不能为定论。

《大目乾连冥间救母变文》(巴黎国家图书馆藏,P. 1319)一作《大目犍连变文》(伦敦不列颠博物院藏),叙述佛弟子目连救母出地狱事。这故事曾成了无数的图画及戏曲的题材。唐人画"目连变"者不止一家。明郑之珍有《目连救母行孝戏文》三卷(一百出),为元、明最弘伟的传奇之一。清人又廓大之,成为十本的《劝善金科》。其他,尚有"宝卷"

唱本等等。至今，目连救母乃为民间妇孺周知的故事。各省乡间尚有在中元节连演"目连戏"至十余日的，成为实际上的宗教戏。最有名的"尼姑思凡"与"和尚下山"的"插曲"，即出于《行孝戏文》。(《缀白裘》题作《孽海记》，实无此名目。) 唐人的《大目犍连变文》在其间，虽显得幼稚、粗野，而其气魄的伟弘，却无多大的逊色。在戏曲、宝卷里，这一部"变文"乃是今所知的最早的著作。目连的故事，见于佛经者，有《经律异相》，《撰集百缘经》及《杂譬喻经》中者不止一端。关于目连的经典有：佛说目连所问一卷宋、法天译（《大藏经》本），佛说目连五百问经略解二卷明、性只述（《续藏经》本），佛说目连五百问戒律中轻重事经释二卷明、永海述（《续藏经》本）。其他，《大庄严论经》里，有《目连教二弟子缘》（卷七），《阿毗达磨识身足论》亦有《目乾连蕴》（卷一）。他在佛经里是一位常见的人物。目连救母故事的缘起，在于《经律异相》。

今所见的《目连变文》不止一本，除伦敦、巴黎所藏的二本外，巴黎国家图书馆又有《大目连缘起》一卷（P.2193）惜未得见。北平图书馆所藏，又有三卷：（一）《大目犍连变文》（霜字八十九号），（二）《大目犍连变文》（丽字八十五号），（三）《大目连变文》（成字九十六号）。第三种似是另一作者所写，其故事与描写，较上列各本俱不甚同。第一及第二种则全同伦敦及巴黎本。在其间，伦敦本最为首尾完全。余游伦敦时，曾手录一卷归。但北平本则分为二卷，不知何故。

伦敦本首有序，说明七月十五日"天堂启户，地狱门开"，盂兰会的缘起。末有：

> 贞明七年辛巳岁（按即公元921年）四月十六日净土寺学郎薛安俊写。

又有

张保达文书。

数字。当是薛安俊为张保达写的一卷。作者不详。或者便是张祜所谓："上穷碧落下黄泉"的《目连变》吧。那么，其著作的年代，至迟当在公元820年左右了。离此写本的抄录时代，已有一百年了。

这变文叙写的是，佛弟子目连，出家为僧，以善果得证明罗汉果。借了佛力，他到了天堂，见到父亲。但当他寻觅他的母亲时，却不在天堂里。她到底在什么所在呢？他便很凄惶地去问佛。佛说，"她在地狱里呢。"目连便借了佛力，遍历地狱，访求其母。

目连到了几个地方，都回说没有他的母亲青提夫人在。

目连言讫，更向前行。须臾之间，至一地狱。目连启言狱主："此个地狱中，有青提夫人已否？是贫道阿娘，故来认觅。"狱主报言："和尚，此狱中总是男子，并无女人。向前问有刀山地狱之中，问必应得见。"目连前行，至地狱，左名刀山，右名剑树。地狱之中，锋剑相向，涓涓血流，见狱主驱无量罪人，入此地狱。目连问曰："此个名何地狱？"罗察答言："此是刀山剑树地狱。"目连问曰："狱中罪人，作何罪业，当堕此地狱。"狱主报言："狱中罪人，生存在日，侵损常住游泥伽蓝，好用常住水果，盗常注柴薪，今日交伊手攀剑树，支支节节，皆零落处"：

刀山白骨乱纵横，剑树人头千万颗。欲得不攀刀山者，无过寺家填好土。栽接果木入伽蓝，布施种子倍常住。阿你个罪人不可说，累劫受罪度恒沙。从佛涅槃仍未出。此狱东西数百里，罪人乱走肩相椓；业风吹火向前烧，狱卒把权从后押。身手应是如瓦碎，手足当时如粉沫。沸铁腾光向口浇，著者左穿如右穴。铜箭傍飞射眼睛，剑轮直下空中割。为言千载不为人，铁把楼聚还交活。

目连闻语啼哭咨嗟，向前问言："狱主，此个地狱中，有一青提夫人已否？"狱主启言："和尚是，何亲眷？"目连启言："是贫道慈母。"狱主报言："和尚，此个狱中无青提夫人。向前地狱之中，总是女人，应得相见。"目连闻以，更往前行。至一地狱，高下有一由旬，黑烟蓬勃，鬼气勋天。见一马头罗刹，手把铁钗意而立。目连问曰："此个名何地狱？"罗刹答言："此是铜柱铁床地狱。"目连问曰："狱中罪人，生存在日，有何罪业，当堕此狱。"狱主答言："在生之日，女将男子，男将女人，行淫欲于父母之床，弟子于师长之床，奴婢于曹主之床，当堕此狱之中。东西不可笮，男子女人相和一半。"

女卧铁床钉钉身，男抱铜柱凶怀烂，铁钻长交利锋剑，馋牙快似如锥钻。肠空即以铁丸充，唱渴还将铁汁灌。蒺藜入腹如刀臂，空中剑戟跳星乱，刀剁骨肉仟仟破，剑割肝肠寸寸断，不可言地狱天堂相对匹，天堂晓夜乐轰轰。地狱无人相求出。父母见存为造福，七分之中而获一；纵令东海变桑田，受罪之人仍未出。

目连言讫，更往前行。须臾之间，至一地狱。启言狱主："此个狱中，有一青提夫人已否？"狱主报言："青提夫人是和尚阿娘？"目连启言："是慈母。"狱主报和尚曰："三年已前，有一青提夫人，亦到此间狱中，被阿鼻地狱牒上索将。今见在阿鼻地狱中。"目连闷绝，僻良久气通，渐渐前行，即逢守道罗刹问处：

但守道罗刹告诉他说，阿鼻地狱是极可怕的所在。"灌铁为城铜作壁，叶风雷振一时吹，到者身骸似狼寂"，和尚是绝对的走不进的。还不如早些回来，去见如来，不必在这里捶胸懊恼了。目连只好回到婆罗林，绕佛三匝，却坐，向如来诉苦。如来道："且莫悲哀泣。火急将吾锡杖与，能除八难及三灾。促知勤念吾名字，地狱应为如□开。"

目连丞佛威力，腾身向下，急如风箭，须臾之间，即至阿鼻地狱，空中见五十个牛头马脑，罗刹夜叉，牙如剑树，口似血盆，声如雷鸣，眼如掣电，向天曹当直。逢著目连，遥报言："和尚莫来！此间不是好道！此是地狱之路。西边黑烟之中，总是狱中毒气，吸着和尚，化为灰尘处"：

和尚不闻道阿鼻地狱，铁石过之皆得殃。地狱为言何处在？西边怒那黑烟中。目连念佛若恒沙，地狱原来是我家。拭泪空中摇锡杖，鬼神当即倒如麻。白汗交流如雨湿，昏迷不觉自嚧嗟。手中放却三榜棒，臂上遥椴六舌叉。如来遣我看慈母，阿鼻地狱救波吒。

目连不住腾身过，狱主相看不敢遮。

目连行前至一地狱，相去一百余步，被火气吃着，而欲仰倒。其阿鼻地狱，且铁城高峻，莽荡连云，剑戟森林，刀枪重叠，剑树千寻，以劳拨针剡相楷，刀山万仞横连，逸乱岩倒，猛犬掣涽，似震吼咷跟，满天剑轮，禳禳似星明。灰尘模地，铁蛇吐火，四面张鳞；铜狗吸烟，三边振吠。蒺藜空中乱下，穿其男子之腰；锥钻天上旁飞，剡剡女人背。铁杷踔眼，赤血西流，铜叉剡腰，白膏东引。于是刀山入炉灰，髑髅碎，骨肉烂，筋皮折，丰胆断，碎肉迸溅于四门之外，凝血滂沛于狱炉之畔，声号叫天，岌岌汗汗。雷地，隐隐岸岸。向上云烟，散散漫漫，向下铁锵，缭缭乱乱；箭毛鬼嘹，嘹嘹窜窜；铜嘴鸟，咤咤叫叫；唤狱卒数万余人，总是牛头马面；饶君铁石为心，急得亡魂胆战处：

目连执锡向前听，为念阿鼻意转盈。一切狱中皆有息，此个阿鼻不见停。恒沙之众同时入，共变其身作一刑。忽若无人独自入，其身急满铁围城。案案难难桭铁，吸炭云空□□□。轰轰锵锵栝地雄，长蛇皎皎三曾黑。大鸟崖柴两翅青，万道红炉扇广炭。千重赤炎迸流星，东西铁钻谗凶筋。左右骨铰石眼精，金锵乱下如风雨。铁针空中似灌倾，哀哉苦哉难可忍！更交腹背下长钉，目连见以唱其哉。专心念佛几千回，风吹毒气遥呼吸。看著身为一聚灰，一桭黑城关锁落。再桭明门两扇开，目连那边伋未唤。狱卒擎叉便出来，和尚欲觅阿谁消息？其城广阔万由旬，卒仓没人关闭得。

目连依仗佛力，开了阿鼻地狱的门。狱主问他来此何事，目连说，来找阿娘青提夫人。狱主闻言，却入狱中高楼之上"超自幡，打铁鼓。"他问第一隔中有青提夫人否？第一隔中无。直问到第六隔中，均无青提夫人在内。但第七隔中，实有青提夫人。问到时，她却不敢答应。这里写青提夫人的心理，却写得很好：

狱卒行至第七隔中，迢碧幡，打铁鼓。第七隔中有青提夫人已否？其时青提第七隔中，身上下二十九道长钉，鼎在铁床之上，不敢应。狱主更问："第七隔中有青提夫人已否？""若看觅青提夫人者，罪身即是。""早个缘甚不应？""恐畏狱主更将别处受苦，所以不敢应。"狱主报言：门外有一三宝剃除髭发，身披法服，称言是儿。故来访看，青提夫人闻语，良久思惟，报言狱主："我无儿子出家，不是莫错？"狱主闻语，却回行至高楼，报言和尚："缘有何事，诈认狱中罪人是阿娘？缘没事谩语。"目连闻语悲泣，两泪启言："狱主，贫道解应传语错。贫道小时自罗卜父母亡没已后，投佛出家，剃除髭发，号曰大目乾连。狱主莫嗔，更问一回去。"狱主闻语，却回至第七隔中，报言："罪入门外三宝，小时字罗卜。父母终没已后，投佛出家。剃除髭发，号曰大目乾连。"青提夫人闻语，门外三宝，若小时字罗卜，是也罪身一寸肠娇子。狱主闻语，扶起青提夫人。毋瘦却二十九道长钉铁锁，腰生杖围绕，驱出门外，母子相见处：

作者写目连母子相见的情形是那样的凄惨！

生杖鱼鳞似雪集，千年之罪未可知。七孔之中流血汁，猛火从娘口中出。蓣蒿步从空入，由如五百乘破车声。腰肾岂能于管舍，狱卒擎叉左右遮。牛头把锁东西立，一步一倒向前来。目连抱母号咷泣，哭曰由如不孝顺，殃及慈母落三涂。积善之家有余庆，皇天只没煞无辜！阿娘昔日胜潘安，如今憔悴频摧溅。曾闻地狱多辛苦，今日方知行路难。一从遭祸取娘死，每日坟陵常祭祀。娘娘得食吃已否，一过容颜总憔悴。阿娘既得目连言，呜呼怕枭泪交连！昨与吾儿生死隔，谁知今日重团圆。阿娘生时不修福，十恶之愆皆具足。当时不用我儿言，受此阿鼻大地狱。阿娘昔日极芬荣，出入罗帏锦帐行。那勘受此泥梨苦，变作千年饿鬼行。口里千回拔出舌，凶前百过铁犁耕。骨节筋皮随处断，不劳刀钏自凋零。一向须臾千过死，于时唱道却回生。入此狱中同受苦，一论贵贱与公卿。汝向家中勤祭祀，只得乡间孝顺明。纵向坟中浇沥酒，不如抄写一行经。目连哽噎啼如雨，便即回头谘狱主。贫道须是出家儿，力小那能救慈母！五服之中相容隐，此即古来贤圣语。惟愿狱主放却娘，我身替娘长受苦。狱主为人情性刚，嗔心默默色苍苍。弟子虽然为狱主，断决皆由平等王。阿娘有罪阿娘受，阿师受罪阿师当。金牌士谏无揩洗，卒然无人辄改张。受罪只金时以至，须将刑殿上刀枪。和尚欲得阿娘出，不如归家烧宝幡。目连慈母语声哀，狱卒擎叉两畔催。欲至狱前而欲到，便即长悲好住来。青提夫人一个手，托着狱门回顾盼。言好住来罪身，一寸长肠娇子。娘娘昔日行悭始，不具来生业报恩。言作天堂没地狱，广煞猪羊祭鬼神。促悦其身眼下乐，宁知冥路拷亡魂。如今既受泥犁苦，方知及悟悔自家身。悔时海然知何道，覆水难收大俗云。何时出离波咤苦，岂敢承圣重作人。阿师如来佛弟子，足解知之父母恩。忽若一朝登圣觉，莫望娘娘地狱受艰辛。目连既见娘娘别，恨不将身而自灭。举身自扑太山崩，七孔之中皆洒血。启言娘娘且莫入，回头更听儿一言。母子之情天生也，乳哺之恩是自然。儿与娘娘今日别，定知相见在何年？那堪闻此波咤苦，其心楚痛镇悬悬。地狱不容相替代，唯知号叫大称冤。隔是不能相救济，儿急随娘娘身死狱门前。

目连却以身代母受罪而不可得，眼睁睁地望着阿娘回到地狱里去；他切骨伤心，举身投地，七孔之中，皆流进鲜血，晕绝死去，良久方苏。乃两手按地起来，整顿衣裳，又腾空往世尊处而来。他告诉如来见的经过。如来闻言惨然，双眉紧敛，说道："汝母生前多造罪孽，非我自去救她不可。"于是如来领八部龙天，到了地狱。放光动地，救地狱苦。地狱全为破坏。"饿丸化作摩尼宝，刀山化作琉璃地，铜汁变作功德水。"一切罪人，皆得生于天上。唯有目连阿娘却因罪根深结，仍难免"地狱之酸，堕入饿鬼之道。"累日经年，受饥饿之苦。"远见清源冷水，近着投作脓河；纵得美食香餐，便即化为猛火。"目连也无法救她。便辞了她，到王舍城中次第乞饭。他得了饭食，回到母亲那里，"手捉金匙而自哺。"但青提夫人到了这时，悭贪之念，犹未除去。见儿将得饭钵来，复生悭惜，生怕别人抢了她的饭去。但"食来入口，变为猛火。"目连痛哭不已。青提夫人要喝水，目连到恒河取水。但夫人近口，便又成了脓河猛火。目连捶胸痛哭，又到如来那里去求救。如来道：

> "目连，汝阿娘如今未得吃饭，无过周匝一年，七月十五日，广造盂兰盆，始得饭吃。"目连见阿娘饥，白世尊，"每月十三十四日可不否？要须待一年之中，七月十五日始得饭吃？"世尊报言，"菲促汝阿娘，当须此日，广造盂兰盆，诸山坐禅戒下日，罗汉得道日，提婆达多罪灭日，阎罗王欢喜日，一切饿鬼总得普同饱满。"目连承佛明教，便向王舍城边塔庙之前，转读大乘经典，广罪盂兰盆善根。阿娘犹此盆中，始得一顿饱饭吃。

但目连母亲，吃了饭以后，便又不见了。目连到处地寻找她，母子总不得相见。目连不得已，又到如来那里去问。如来道："她现在王舍城中变作黑狗。"

> 目连诸处寻觅阿娘不见，悲泣两泪，来向佛前，绕佛三匝却住，一面合掌蹋跪，白言世尊："阿娘吃饭成火，吃水成火。蒙世尊慈悲，救得阿娘火难之苦。从七月十五日得一顿饭吃已来，母子更不相见。为当堕地狱？为复向饿鬼之途？"世尊报言："汝母急不堕地狱饿鬼之途。汝转经功德，造盂兰盆善根，汝母转饿鬼之身，向王舍城中作黑狗身去。汝欲得见阿娘者，心行平等，次第乞食，莫问贫富。行至大富长者家门前，有一黑狗出来捉汝袈裟，衔着作人语，即是汝阿娘也。"目连蒙佛敕，遂即托

钵持盂，寻觅阿娘，不问贫富坊巷，行衣迎合，总不见阿娘。行至一长者家门前，见一黑狗，身从宅里出来，便捉目连袈裟，衔着即作人语。语言："阿娘孝顺入忽是，能向地狱冥路之中，救阿娘来。即日何不救狗身之苦？"目连启言："慈母由儿不孝顺，殃及慈母，堕落三涂，宁作狗身于此，你作饿鬼之途。"阿娘唤言："孝顺儿，受此狗身，音哑报，行住坐卧，得存，饥即于坑中食人不净。渴饮长流，以济虚朝。闻长者念三宝，莫闻娘子诵尊经。宁作狗身受大地不净，口中不闻地狱之名。"目连引得阿娘，住于王舍城中佛塔之前，七日七夜，转诵大乘经典，忏悔念戒，阿娘乘此功德，转却狗身，退却狗皮，挂于树上，还得女人身，全具人扶圆满。目连启言阿娘："人身难得，中国难生。佛法难闻，善心难发。"唤言："阿娘，今得人身，便即修福。"目连将母于娑罗双树下，绕佛三匝，却住。一面白言世尊，与弟子阿娘看业道已来，从头观占，更有何罪。世尊不违目连之语，从三业道观看，更率私之罪。目连见母罪减，心甚欢喜。启言："阿娘归去来！阎浮提世界，不堪停生付死。本来无住处。西方佛国，最为精敢，得龙奉引。"其前忽得天女来迎接。一往仰前刀利天受快乐。最初说偈度俱轮。当时此经时有八万册册八万僧八万优婆塞八万□作礼团绕，欢喜信受，奉行。

这"变文"便终止于佛法的颂扬与歌赞声中。

北平本《大目犍连变文》在如来自去阿鼻地狱救青提夫人事以前，作第一卷。"卷第二"开始于：

"如来领龙神八部，前后围绕，放光动地，救地狱之苦。"

其中文字，诸本各有不同；但差异处也不甚多。惟北平本第三种（成字九十六号）一卷，独大异。兹附录这一残卷的全文于下，以资比勘。

上来所说序分竟，自下第二正宗者。

昔佛在日，摩竭国中有大长者，名拘离陀。其家巨富，财宝无论，于三宝有信重之心，向十善起精崇之志。宫中夫人，号曰靖提，端正虽世上无双，悭贪又欺诳佛法。生育一子，号曰目连，尘劫而深种善因，承事于恒沙诸佛。未见我佛在俗之时，家竭所有七珍，设斋布施于一切。忽于一日，思往他方。家财分作于三亭，二分留与于慈母，内之一分，用充慈父之衣粮，更分资财，荣斋布施于四远。嘱付已毕，拜别而行。母生悭悋之心，不肯设斋布施，到后目连父母寿尽，各取命终。父承善力而生天，母招悭报堕地狱。或值刀山剑树，穿穴五藏而分离；或招炉炭灰河，烧炙碎尘于四体。或在饿鬼受苦，瘦损躯骸，百节火然，形容憔悴。喉咽别细如针鼻，饮咽滴水而不容。腹藏则宽于太山，盛集三江而难满。当尔之时，有何言语？

目连父母并凶亡，轮回六道各分张。母招恶报堕地狱，父承善力上天堂。思衣罗绣千重现，思食珍羞百味香；足蹑庭台七宝地，身倚帏幌白银床。寞问母受多般苦，穿刾烧煑不可量。铁砲砲来身粉碎，铁叉叉得血汪汪。饥餐盂火伤喉胃，渴饮镕铜损肝胀。钱财岂肯随已益，不救三涂地狱殃。

目连葬送父母，安置丘坟，持服三周，追斋十忌。然后舍却荣贵，投佛出家，精勤持诵修行，遂证阿罗汉果，三明自在，六用神进，能游三千大千石壁，不能障得寻。即晏座禅定，观访二亲：父在忉利天宫，受诸快乐；却观慈母、不见去处踪由。道眼他心。草知次第。

目连父母亡没，殡送三周礼毕，遂即投佛出家，得蒙如来赈恤。头上须发自落，身裹袈裟化出、精修证大阿罗，六用神通第一。目连出俗证阿罗，六通自在没人过。身往虚空曈日月，傍游世界遍娑婆。履水如地无摇动，入地如水现腾波。忽下山宫澄禅观，威凌相貌其巍峨。

目连虽割亲爱，舍俗出家，偏向二亲，甚能孝道，寻思往乳哺，未有报答劬劳。先知父在天宫，先知父在天堂，未审母生何界。遂即腾身天上，到于父前，借问娘娘，趣向甚处？

是时目连运神通，须臾郑腾郑到天宫。足下外栏琉璃地，金锡令敲门首钟。父闻从内走出户，下基只接礼虔恭。台头合掌问和尚：本从何来到此中？

目连道，"贫道生自下界，长自阎浮。母是靖提夫人，父名构离长者。贫道少生，名字号曰罗卜。父母并遭衰丧，我自投佛出家。果证罗汉，功就神通，道眼他心，随无障得。见父生于天上，封受自然，未知母在何方，受诸快乐。故来腾身到此。而问因由。愿父莫惜情怀，说母所生之处。"

长者闻言情怆悲，始知和尚是亲儿。互诉寒温相借问，不觉号咷泪双垂。报言我子能出俗，斯知心愿不思议。为僧能消万劫苦，在俗恶业堕阿鼻。汝母生存多悭诳，受之业报亦如斯。常在冥间受苦痛，大难得逢出离期。

尔时其父长者，闻说情怀，蹦跪尊前，回答所以。"我昔在于世上，信佛敬僧，受持五戒八斋，得生天上。汝母在生悭诳，欺妄三尊，不能舍施济贫，现堕阿鼻地狱。夫妻虽然恩爱，各修行业不同。天地路殊，久隔互不相见。虽则日夜思忆，无力救他。愿尊起大慈悲，速往冥间寻问。"目连闻此，哽噎悲哀，自朴浑堆，口称祸苦。当即辞于天界，连往下方，趣入冥间，访觅慈母。

目连闻此哭哀哀，浑捶自朴不可栽。父子相接皆号叫，应见诸天泪湿腮。父虽备设天厨供，圣者不餐唱苦哉。当即返身辞上界，速就冥间救母来。

圣者来于幽迳，行至柰河边，见八九个男子女人，逍遥取性无事。其人遥见尊者，礼拜于谒再三。和尚就近其前，便即问其所以。

善男善女是何人？共行幽迳没灾迍。闲闲夏泰礼贫道，欲说当本修伍因。

诸人见和尚问着，共白情怀，启言和尚。

同姓同名有千嬷，煞鬼交错枉追来，勘点已经三五日，无事得放却归回。早被妻儿送坟冢，独卧荒郊孤土捶。四边为是无亲眷，狼鸦□□□□□。（下阙）

这一卷较巴黎、伦敦及其他诸本，文字均整饬得多，似是经过文人学士的修改的一个本子。可惜残阙太多，不能够得其全般的面目。

七

《丑女缘起》（巴黎国家图书馆藏，P.3248）为佛的故事之一。写的是释迦佛在世之日，度脱丑女一事。

有一善女，生世之时，也曾供养罗汉。虽有布施之缘，"心里便生轻贱。"她身死之后，投生于波斯匿王宫里，才生三日，便丑陋异常。波斯匿王见之，大为惊骇道：

只首思量也大奇，朕今王种起如斯！丑陋世间人总有，未见今朝恶相仪。岢崇跼蹐如龟鳖，浑身又似野猪皮，饶你丹青心里圬，彩色千般画不成。宫人见则皆惊怕，兽头浑是可憎儿！国内计应无比并，长大将身娉阿谁？

大王自觉羞耻，吩咐宫人不得传言于外。便遣送深宫留养，不令相见。这丑女是，"丑陋世间希！"

黑靰皮，双脚跟头皴又辟。鬓如驴尾一般了，看人左右和身转。举步何曾会礼仪，十指纤纤如露柱，一双眼子似木槌。……公主全无窈窕，差事非常不小。上唇半斤有余，鼻孔筒浑小。生来未有喜欢，见说三年一笑。觅他行步风流，却是赵土孜楜。

波斯匿王深为忧虑，恐她长大了，没人肯娶她。她在深宫里，一步也不令外出。日来月往，她年龄渐渐的长大了。夫人也日夜忧愁，恐大王不肯"发遣"她。有一天，夫人乘闲奏人王道："金光丑女年成长，争忍令受不事人！"大王闻奏，良久沉吟不语，夫人又曰："所生三女，虽然娟丑不同，总是大王亲骨肉。十指虽然长与短，个个从头诚咬看。"大王答道："并非不令她嫁人，只是容貌丑差，说来尚尤心里怕，如何嘱嫁向他门。"夫人道："大王若无意发遣，妾也不敢再言。如有心令遣事人，妾今有一计在此。"她便献了一计，说，可私令宰相，寻一薄落儿郎，给以官职，令其成为夫妇。大王允之。急诏一臣，交作良媒。只要事成，"陪些房卧不争论。"大臣受敕，便即私行坊市，巡历诸州。后遇一贫生，肯来娶她。便与他同见大王。大王即令丑女出现。虽然珠翠满头，衣衫锦绣，却看来仍极怕人。那少年一见，为之唬倒在地。宫人扶起，连忙以水洒面，众人劝慰了他许久时候。这少年只好娶了她在家。却无法推得这精怪出门。但因妻貌不扬，不能出外与大臣贵戚往返，心里闷闷不乐。其妻再三盘问,少年乃以实告。

　　娘子被王郎道着丑儿,不兑雨泪羞耻,怨恨此身,种何曰菓,今生减得如斯!公主才闻泪数行,声中哽咽转悲伤。怨恨前生何罪孽,今生丑陋异于寻常!再三自家嗟叹了,无计遂罪妆台。心中。亿佛乞苗加护,懊恼今生儿不强。紧盘云髻罪红妆,岂料我无端正相!置令暗里苦高量,胭脂合子检抛却,钗朵珑璁调一傍。两泪焚香思法会,遥告灵山大法王。于是娥媚不扫,云鬟罢梳遥,灵山便告世尊。珠泪连连怨复差,一种为人面儿差。玉叶木生端正相,金腾结朵野田花。见说牟尼长丈六,八十随形号释迦。唯愿世尊加被我,三十二相与紫紫。

她遥求如来,与以更容变貌的方便。世尊便已遥知金刚丑女焚香发愿。遂于丑女居处,从地踊出。丑女礼拜世尊,极诉其苦闷。

　　自叹前生恶叶因,置令丑陋不如人。毁谤圣贤多造罪,敢昭容儿似烟董。生身父母多嫌弃,姊妹朝朝一似嗔。夫主入来无喜色,亲罗未看见殷勤。时时懊恼流双泪,往往咨嗟怨此身。闻道灵出三界主,所以焚香告世尊。

如来果如所愿,立地将她的容貌改易了。

　　低头礼拜心转志,容颜顿改旧时容,百丑变作千般媚。丑女既得世尊加被,换却旧时丑质,敢得儿若春花。夫主入来不识。公主轻盈世不过,还同越女及娘娥。红花脸似轻轻坼,玉质如棉白雪和。比来丑陋前生种,今日端严遇释迦。夫主入来全不识,却觅前头丑阿婆。妻云道：识我否？夫云：不识。我是你妻。夫主云：虢人！娘子比来是兽头，交我人前满面羞。今日因何端正相？请君与我说来由。妻语夫曰：自居前时，忧我身丑陋，羞见他朝官。妾懊恼再三，遂乃焚香祷祝灵山尊。蒙佛慈悲，便函加佑，换却丑陋之形。躯变作端严之相好。公主目道：我今天生貌不强，深惭日夜寻王郎。遥相释家三界主，不舍慈悲降此方。便礼拜，更添香，不觉形容顿改张。我得今朝端正相，感附灵山大法王。王郎见妻端正，指手喜欢道：数声可曾《走入内里，奏上大王。王郎指手欢喜，走报大王官里。丈人丈母不知，今日浑成差事。少娘子如今变也，不是旧时精魅。欲识公主此是容，一似佛前菩萨子。大王闻说喜盈怀，火急忙然觅女来。夫人队丈离宫内，大王御辇到长街。才见女，喜俳徊，灼灼桃花满面开。大王夫人欢喜晒，囚慈持地送资财。公主因佛端正，事须惭谢大圣。明朝速往祇园，礼拜志恭敬。

因了丑女的突变，大王们便去拜佛致谢，并求问因果：

于是枪旗耀日，皂毒县隐暖，百辽从驾，千官咸命，同赴祇园，谢主公号端正。下御辇，礼金人，更将珍宝献慈尊。我女前生何罪过，一场丑陋卒难陈！颇为如来亲加被，还同枯木再生春。唯愿如来慈念力，为说前生修底因。佛告波斯匿王言：此女前生发言，曾轻慢圣贤。感得此生，形容丑陋。世尊又道：此女前生供养辟支佛，为道面丑，供养因缘，生于国家为女，发恶言之事，感得面儿不强。佛劝诸人布施，直须喜欢。前生为谤辟支迦，感得形容儿不羞。为缘不识阿罗汉，百般笑效苦兮竹吧。将为恶言发便了，他家叶报更差。得见牟尼身忏悔，当时却似一团花。只为前生发恶言,今枨杲报不然虚。诽谤阿罗叹杲叶,致令人自不周旋,两脚出来如露主,一双可膊似鹿椓。才礼世尊三五拜,当时白净软如绵。上来所说丑变……(下阙)

这一卷《丑女缘起》虽残阙一部分,但故事已毕,所阙的并不怎么重要。

还有一卷《有相夫人升天变文》(题拟)见《敦煌零拾》,(《佛曲三种》之一)为上虞罗氏所藏,残阙极多,但其隽美,却远在《丑女变》之上。《有相变文》(陈寅恪先生题作《有相夫人升天曲》)写的是,有相夫人为其夫所宠爱,生活如意,诸事满足。但有一天,忽知自己的生命已尽,没有几天在世可活,便忧愁不已。举宫惶惶,不知所措。她去见她父母,也无计可留。这里写她对于人世间生活的留恋,极为可喜。但后来,她父母命她求救于一女仙。那女仙却指示她以天上的快乐,解脱她对于现实生活的恋念。她回宫后,便若换了一个人,心里脱然无累,毫不以"死"为惧了。这一卷变文,虽是宣传佛道,却令我们得到了一卷最轻倩可爱的抒情诗似的绝妙好辞。我们所最注意的,并不是后半的佛道的宣传,却是前半的有相夫人对于"生"的留恋。读了这,大似读希腊悲剧 Antigone 和 Ajax 二篇①,那二篇写 Antigone 和 Ajax 二人在临死之前,对于"生"的留恋,也是异常的感动人心。

在"变文"里,像这样漂亮的成就是很少有的。为了《敦煌零拾》比较易得,这里便不再引本文了。

八

非佛教故事的变文,今所见的也不少。为什么在僧寮里会讲唱非佛教

---

① Antigone,今译《安提戈涅》,Ajax,今译《埃阿斯》。——编者注

的故事呢？大约当时宣传佛教的东西，已为听众所厌倦。开讲的僧侣们，为了增进听众的欢喜，为了要推陈出新，改变群众的视听，便开始采取民间所喜爱的故事来讲唱。大约，这作风的更变，曾得了很大的成功。像上文所引的僧文淑的故事，他便是一个大胆的把讲唱的范围，从佛教的故事廓大到非佛教的人间的故事的。当时听众的如何热烈的欢迎，如何赞叹表示的满意，我们可于赵璘《因话录》那段记载里想像得之。

但后来也因为僧侣们愈说愈野，离开宗教的劝诱的目的太远，便招来了一般士大夫乃至执政者们的妒视。到了宋代（真宗）变文的讲唱，便在一道禁令之下被根本的扑灭了。然而庙宇里讲唱变文之风虽熄，"变文"却在"瓦子"里以其他的种种方式重苏了；且产生了许多更为歧异的伟大的新文体出来。

今所见的非佛教的变文，可分为两类。一类是讲唱历史的或传说的故事的；一类是讲唱当代的有关西陲的"今闻"的。为什么会杂有当代的，特别是西陲的"今闻"呢？这恐怕是适应于西陲的需要。一部分留在西陲的僧侣们，特别为此目的而写作的吧。

先讲第一类历史的或传说的变文。

在这一类里，《伍子胥变文》（题拟）似最为流行。伦敦不列颠博物院藏有残文一卷（目作《列国传》），巴黎国家图书馆也藏有残文二卷（P. 2794 及 P. 3213）。是我们所见，共有三卷了。但把这三卷拼合起来，仍不能成为完整的一部。为了别字和脱漏的过多，读起来也颇不易。但这部变文的气魄却甚为弘伟。大似《季布骂阵词文》，虽充满了粗野，却自有其不可掩没的精光在着。

伍子胥故事，见于《史记》诸书者，已足令人酸辛。后人却更将苦难的英雄的一生烘染得更为凄楚。元杂剧有《伍员吹箫》，明、邱浚有《举鼎记》，都是写伍员故事的。梁辰鱼的《浣纱记传奇》，也写到伍员事。明刊本《列国志传》写伍员事也极为活跃。（明末本《新列国志》与清刊本

《东周列国志》,已把这段活跃的故事删除了一大部分。)今皮黄戏里,尚有"伍子胥过昭关"(《文昭关》)一本,为最流行的戏之一。

但把伍子胥的故事作为民间文学里的题材者,据今所知的,当以这一卷《伍子胥变文》为祖祢。

《伍子胥变文》以伦敦为最完整;巴黎本二卷,均残阙极甚。P. 2794号一卷,为伦敦本中间的一段,我们可以不必注意。但P. 3213号的一卷,却为伦敦本所无,恰足补在伦敦本的前面。(但还不能衔接)大约,今所有者,约已十得其八。所阙的并不甚多。

楚王无道,强夺其子媳为妻,伍子胥父伍奢谏之,不听,反杀之,并杀其子伍尚。子胥乃亡命在外,欲报父仇。但楚地关禁甚严,子胥不易逃脱。他在逃亡里,遇见浣纱女及渔父,他们都帮助着他。但都牺牲生命来替他隐瞒着。这些,都还是史书里所有的。"变文"里所创造的故事,乃是子胥见姊及子胥二甥的追舅。这一段故事,写得颇为离奇可怪;把伍子胥竟变成一个"术士"了。

> 子胥哭已,更复前行。风尘惨面蓬尘映天,精神暴乱,忽至深川。水泉无底,岸阔无边,登山入谷,绕涧寻源,龙蛇塞路,拔剑荡前,虎狼满道,遂即张弦。饿乃芦中餐草,喝饮岩下流泉。丈夫雠为发愤,将死由如睡眠。川中忽遇一家,遂即叩门乞食。有一妇人出应。远荫弟声,遥知是弟子胥,切语相思,慰问子胥,减口不言。知弟渴乏多时,遂取葫芦盛饭,并将苦苣为斋。子胥贤士,逆知问姊之情,审细思量,解而言曰:"葫芦盛饭者,内苦外甘也。苦苣为斋者,以苦和苦也。义含遣我速去,速去不可久停!"便即辞去。姊问弟曰:"今乃进发,欲投何处?"子胥:"答曰:欲投越国。父兄被杀不可不雠。"阿姊抱得弟头,哽咽声嘶,不敢大哭,叹言:"痛哉,苦哉!自模槐椿,

共弟前身，何罪受此孤凄！"

　　旷大劫来有何罪，如今孤负前耶娘。虽得人身有富贵，父南子北各分张。忽忆父兄行坐哭，令儿寸寸断肝肠。不知弟今何处去？遣我独自受凄惶。我今更无眷恋处，恨不将身自灭亡。子胥别姊称好住，不须啼哭泪千行。父兄枉被刑诛戮，心中写火剧煎汤。丈夫今无天日分，雄心结怨苦仓仓。倘逢天道开通日，誓愿活捉楚平王挖心并恋割，九族总须亡。若其不如此，誓愿不还乡，作此语了，遂即南行。行得二十余里，遂乃眼瞤。画地而卜，占见外甥来趁。用水头上？之，将竹插于腰下，又用木剧倒著，并画地户天门。遂即卧于芦中，咒而言曰："捉我者殃，趁我者亡。急急如律令。"子胥有两个外甥子安、子承，少解阴阳。遂即画地而卜占。见阿舅头上有水，定落河傍，腰间有竹，冢墓城荒，木剧倒著，不进傍徨。若着此卦，定必身亡。不假寻觅，废我还乡。子胥屈节看看，乃见外甥来趁。遂即奔走星夜不停。川中又遇一家，墙壁异常严丽，孤庄独立，四遍无人。不耻八尺之躯，遂即叩门乞食。

子胥卧于芦中，作法自护一事，大似《封神传》里姜尚替武吉禳灾却捕的故事（在《武王伐纣书》里已有这故事）。

　　更奇怪的，"变文"里又添出了一段子胥和其妻相见的事。其妻明知子胥是夫，却不敢相认，子胥也不敢相认她。

　　子胥叩门从乞食，其妻敛容而出应。剧见知是自家夫，即欲敬言相认识。妇人卓立审思量，不敢向前相附近。以礼设拜乃逢迎，怨结啼声而借问：妾家住在荒郊侧，四遍无邻独栖宿。君子从何至此间？面带愁容有饥色。落草獐狂似怯人，屈节攒刑而乞食。妾虽禁闭在深闺，与君影响微相识。子胥报言娘子曰：仆是楚人充远使，涉历山川归故里。在道失路乃迷昏，不觉行由来至此。乡关迢远海西头，遥遥阻隔三江水。适来专辄横相忤，自恻于身实造次。贵人多望错相认，不省从来识娘子。今欲进发往江东，幸愿存情相指示。

其妻遂作药名问曰："妾是仵茄之妇，细辛早仕于梁。就礼未及当归，使妾闲居独活。膏茛姜芥，泽泻无怜，仰叹槟榔，何时远志！近闻楚王无道，遂发材狐之心，诛妾家破芒消，屈身首蓿，葳蕤怯弱，石瞻难当，夫怕逃人，茱萸得脱，潜刑葱草，匿影藜芦。状似被趁野天，遂使狂夫茛菪。妾忆泪沾赤石。结恨青葙。野寝难可决明，日念舌干卷柏。闻君乞声厚朴，不觉踯躅君前。谓言夫聟麦门，遂使苁蓉缓步。看君龙齿，似妾狼牙。桔梗若为，愿陈枳鼓。"子胥答曰："余亦不是仵茄之子，不是避难逃人。听是途之行出，余乃于巴蜀，长在霍乡；父是蜈公，生居贝母，遂使金牙采宝之子，远行刘以奴是余。贱用徐长，卿为贵友。共疫囊阿，彼寒水伤身。二伴芒消，唯余独活。每日悬肠断续，情思飘飘，独步恒山，石膏难渡。彼岩已载，数值柴胡。乃忆款冬，忽逢钟乳。流心半夏，不见郁金。余乃返步当归，芎穷至此。我之羊宝，非是狼牙，桔梗之清，愿知其意。"

妻答："君莫急，路遥长。纵使从来不相识，错相识认有何妨。妾是公孙、钟馼女，匹配君子是贞贤。夫主姓仵身为相，束发千里事君王。自从一去音书绝，忆君愁肠气欲结。远道冥冥断寂寥，儿家不惯长欲别。红颜憔悴不如常，相思泪落曾无歇，年华虚掷守空闺。谁能痓对芳菲节！青楼日夜灭容光，口潆荡子事于梁。懒向庭前步明月，愁归帐里抱鸳鸯。远府雁书将不达，天塞阻隔路遥长。欲识残机情不喜，画眉羞对镜中妆。偏怜鹊语蒲桃榡，念□双栖白玉堂。君作秋胡不相识，接亦无心学采桑。见君当前双板齿，为此识认意相当。鹿饮一飧中不惜，愿君且住莫荒忙。"子胥被认，不免相辞谢。万便软言相帖写，娘子莫谤惜错忏，大有人间相似者。娘子夫主身为相，仆是寒门居草野。倘见夫婿为通传，以理劝谏令归舍。缘事急往江东，不停留复日夜。其妇知胥谋大事，更不惊动。如法供给，以理发遣。子胥被妇认识，更亦不言。丈夫未达于前，遂被妇人相认。岂缘小事，败我大仪，列士抱石而行，遂即柯其齿落。

他们夫妻二人竟各不相认，即别离而去，为了妇人言，"见君当前双板齿，为此认识"，子胥竟将双板齿打落。

这里，子胥妻以药名作隐语，子胥也以药名作隐语答她，乃是民间作品里所惯见的文字游戏。前一节，子胥姊的以菜具作隐语，也是如此。

底下写子胥逃吴，起兵报仇，鞭平王尸，大致和史书无多大的出入。最后写到吴、越的相争，写到子胥的死，写到吴国的灭亡，也和史书不甚相远。伍子胥被吴王赐以宝剑，要他自杀。

子胥得王之剑，报诸臣、百官等："我死之后，割取我头悬安城东门上，我尚看越军来伐吴国者哉。"煞子胥了，越从吴贷粟四百万石。吴王遂与越王粟依数。分付其粟将后，越王蒸粟还吴，乃作书报吴王曰："此粟甚好，王可遣百姓种之！"其粟还吴被蒸，入土并皆不生。百姓失业一年，少乏饥虚。五载，越王即共范蠡平章吴国："安化治人，多取宰彼之言。共卿作何方计，可伐吴军？"范蠡启王曰："吴国贤臣伍子胥，吴王令遣自死。屋无强梁，必尚颓毁，墙无好土，不久即崩。国无忠臣，如何不坏，今有佞臣宰彼，可以货求必得。"王曰："将何物货求?"范蠡启言王曰:"宰彼好之金宝,好之美女,得此物女是开路?更无疑虑。"越王闻范蠡此语,即遣使人丽水取之黄金,荆山求之白玉,东海采之明珠,南国娉之美女。越王取得此物,即著勇猛之人,往向吴国,赠与宰彼。宰彼见此物,美女轻盈,明珠昭灼,黄金焕烂,白玉无瑕。越赠宰彼,宰彼乃欢忻受纳。王见此佞臣受货求之,又问范蠡曰:"吴王煞伍子胥之时,吴国不熟二年,百姓乏少饥虚。经今五载。"越王唤范蠡问曰:"寡人今欲伐吴国,其事如何?"范蠡启言王曰:"王今伐吴,正是其时。"越王即将兵动众四十万人,行至中路,恐兵仕不齐,路逢一怒蜗在道,努鸣,下马抱之。左右问曰:"王缘何事抱此怒蜗?"王答:"我一生爱勇猛之人。此怒蜗在道努鸣,遂下马抱之。"兵众各白平章,"王见怒蜗,由自下马抱之。我等亦须努力,身强力健,王见我等,还如怒蜗相似。"兵士悉皆勇健,怒叫三声。王见兵仕如此,皆赐重赏。行至江口,未过小口,停歇河边。有一人上王一瓠之酒。"王饮不尽,吹在河中。兵事日共寡人同饮。其兵总饮河水。倒闻水中有酒气味,兵吃河水,皆得醉。"王闻此语,大喜。单醪投河,三军告醉。越王将兵北渡河口欲达吴国。其吴王闻越来伐,见百姓饥虚气力衰弱,无人可敌。吴王夜梦见忠臣伍子胥言曰:"越将兵来伐,王可思之。"……"平章:朕梦见忠臣伍子胥言越将兵来……"(下阙)

底下所阙的一部分,当是写吴的灭亡的。吴、夫差终于因为失去了伍子胥,而招致亡国之祸了。

编目者或因见这变文叙述的一部分是吴、越相争之事,故便冠以《列国传》的名目。其实,这变文是全以伍子胥的故事为中心的,故仍以巴黎国家图书馆的目录名伍子胥为当。

《王昭君变文》(《敦煌遗书》作《小说明妃传残卷》)藏于巴黎国家图书馆（P. 2553），亦为民间极流行的故事之一。这故事，在魏、晋六朝间，似即亦流传甚广。《西京杂记》里记载此事。《明妃曲》的作者，在六朝时也不止一人。在元杂剧有马致远的《孤雁汉宫秋》，明人传奇有《青冢记》及《王昭君和戎记》，又有杂剧《昭君出塞》（陈与郊作）。清人小说有《双凤奇缘》。但从《西京杂记》和《明妃曲》变到《汉宫秋》，这其间的连锁，却要在这一部《王昭君变文》（题拟）里得之。

这变文当为二卷，故本文里有："上卷立铺毕，此入下卷"的话。上卷叙的是，明妃到了匈奴之后，蕃王百般求得其欢心。（前半阙得太多，没有写出她来到匈奴之经过。）但明妃总是思念汉地，郁郁不乐。无穷尽的草原，更无城郭，偏处于牙帐之中，不见高楼深宇。黄沙时飞，天日为暗，目无所见，所见惟千群万郡的黄羊野马。那生活是这样的和汉地不同！单于令乐人奏乐以娱明妃。但她听之，却更引起乡愁。上卷的铺叙，终于她的终日以眼泪洗脸的情形中。

下卷叙的是单于见她不乐，又传令非时出猎。但她"一度登山，千回下泪。慈母只今何在，君王不见追去。"遂得病不起，渐加羸瘦。终于不救而死。她死时，叮嘱单于，要报与汉王知。单于把她很隆重的埋了，"坟高数尺号青冢"。

最后一段，写到汉哀帝发使和蕃，遂差汉使杨少征来吊明妃。

明明汉使逢边隅。高高蕃王出帐趋。大汉称尊成命重，高声读敕吊单于。昨咸来表知其向，今叹明妃奄逝殂。故使教臣来吊祭，远道兼问有所须。此间虽则人行义，彼处多应礼不殊。附马赐其千匹彩，公主子仍留十解珠。虽然与朕山河隔，每每怜乡岁月孤。秋末既能安葬了，春间暂请赴京都。单于受吊复含涕，汉使闻言悉以悲。丘山义重恩离舍，江海虽深不可齐。一从归汉别连北，万里长怀霸岸西。闲时净坐观羊马，闷即徐行悦鼓鼙。嗟呼数月连非祸，谁为今冬急解奚？乍可阵头失却马，那堪向老更亡妻。灵仪好日须安历，葬事临时不敢稽。莫怪帐前无扫土，直为滞多旋作泥。

汉使吊讫，当即使乃行至蕃汉界头，遂见明妃之冢。青冢寂辽，多经岁月。使人下马，设乐沙场，宰非单布，酒心重倾，望其青冢，宣哀帝之命。乃述祭词：维年月日，谨以清酌之奠，祭汉公主王昭君之灵：惟灵天降之精，地降之灵，姝越世之无比婢妫，倾国和陟娉。丹青写刑，远稼使匈奴拜首，方代伐信义，号罢征。贤感敢五百里年间：出德迈应，黄河号一清，祚永长传，万古图书，且载著往声。呜呼，嘻噫，在汉室者昭君，亡桀纣者泥妃。骊姿两不团，矜夸兴皆言。为菱捧荷，和国之殊功。金骨埋于万里，嗟呼！别翠之宝帐，长居突厥之穹庐。特也黑山杜气，扰攘凶奴，猎将降丧，计竭穷谋，漂遥有惧于检枕，卫、霍怯于强胡。不稼昭君，紫塞难为运策定单于，欲别攀恋拜路跪。嗟呼！身殁于蕃里，魂兮岂忘京都！空留一冢齐天地，岸瓦青山万载孤。

以这样的祭词作结束，在"变文"里是仅见。

变文里说起"可惜明妃奄从风烛八百余年，坟今上（尚）在。"则这部变文的作者，当是唐代中叶的人物。（肃宗时代左右）从汉元帝（公元前48—前33年）到唐肃宗、代宗（公元756—779年）恰好是八百余年；至迟是不会在懿宗（公元860—873年）之后的。因为在懿宗以后，便要说是九百余年了。

《舜子至孝变文》一卷，藏巴黎国家图书馆（P. 2721），前面残阙一部分，后面完全，并有原题及《百岁诗》。作者不详，写本的年代，是天福十五年己酉。

舜的故事，《史记》里已有之；后又见于刘向的《孝子传》（见《黄氏逸书考》）。变文把这故事廓大了，添上了不少的枝叶，成为民间故事之一。大约原来这故事便是很古老的辛特里封立型的故事之一，原来是从民间出来的东西。

这卷变文叙的是，瞽叟离家出外，归来后，见"后妻向床上卧地不起。瞽叟问言：娘子前后见我不归得，甚能欢能喜。今日见我归家，床上卧不起。为复是邻里相争？为复天行时气？"后妻乃流下眼泪，答曰："自从夫去潦阳，遣妾勾当家事。前家男女不孝，见妾后园摘桃，树下多里（疑当作"埋"）恶刺，刺我两脚成疮，疼痛直连心髓。当时便拟见官。我看夫妻之义。老夫若也不信，脚掌上见有脓水。见妾头黑面白，异生猪狗之心。"瞽叟便唤了舜子来，说道："阿耶暂到潦阳，遣子勾当家事。缘甚于家不孝？阿娘上树摘桃，树下多埋恶刺，刺他两脚成疮？这个是阿谁不是？""舜子心自知之。恐伤母情，舜子与招伏罪过。又恐带累阿娘已身，'是儿千重万过，一任阿耶鞭耻。'"瞽叟闻言，便高声唤了象来，说道："与阿耶三条荆杖来与，打杀前家哥子。"象儿走入阿娘房里，报云："阿耶交儿取杖，打杀前家哥子。"后妻又在火上加油，同瞽叟说道："男女罪过须打，更莫教分疏道理。"瞽叟便拣了一根粗杖，把舜子吊打一顿，流血遍地。因为舜子是孝顺之男，帝释"化一老人，便往下界来至，方便与舜，犹如不打相似。"

这是今所见的残存的《舜子至孝变文》的第一段，也便是舜被大杖毒打而不死的一个故事，也便是他的第一次的磨难。

舜的第二个磨难是，舜即归来书堂里先念《论语》、《孝经》，后读《毛诗》、《礼记》。后妻见之，嗔心便起，又对瞽叟说，舜子大杖打又不死，不知他有甚魔术，怕尧王得知，连累了她。快把离书交来，她当离去。瞽叟道："只要有计除得他，无不听从。"后妻说，既然如此，那是小事。"不经三两日中间后妻设得计成。"她告诉瞽叟说，要舜子去修理后院空仓。他们却在四畔放火,把他烧死。瞽叟道:"娘子虽是女人,说计大能精细。"便依从了她的计,叫舜子上仓。舜子讨了两个笠子,便上了仓舍。刚刚上去,他们便在下放起火来,红炎连天,黑烟迷地。舜子恐大命不存,权把两个笠子为助翼,腾空飞下仓舍。因他是有道君王,感得地神拥护,不损毫毛。

这是第二个磨难了。舜子渡过这个磨难,又归来书堂里,先念《论语》、《孝经》,后读《毛诗》、《礼记》。后娘见之,嗔心便起。又对瞽叟说舜子大杖打又不死,火烧不煞,怕有些魔术。若尧王得知,连她也要遭带累。快把离书交来,她当离去。瞽叟道:"只要有计除得他,无不听从。"后妻说,既然如此,那是小事。"不经三两日中间后妻设得计成。"她告诉瞽叟说,要舜子到厅前枯井里去淘井,等他下井后,取大石填压死。瞽叟道:"娘子虽是女人,设计大能精细。"便依从了她的计,叫舜子下井。舜子心知必遭陷害,便脱衣井边,跪拜入井淘泥。帝释密降银钱五百文入于井中。舜子便把银钱放在罇中,教后母挽出。数度已尽,舜子说道:"上报阿耶娘,井中水满钱尽,遭我出井吧。"但后妻又去谎报瞽叟,用大石把井填塞了。但帝释化一黄龙,引舜通穴,往东家井出。恰值一老母取水,便把他牵挽出来,与他衣服穿着。老母对他说道:"你莫归家,但到你亲娘坟上去,必见阿娘现身。"舜子便依言到了亲阿娘坟上。果然见阿娘现身出来。舜子悲泣不已,阿娘道:"你莫归家。但取西南角历山躬耕,必当贵。"舜依言,与母相别,到了山中。群猪与他耕地开垦,百鸟衔子抛田,天雨浇溉。

这一节故事,更是辛特里娅型的正宗的结构了。见到亲娘的魂,受到她的指示,而得发达亨泰,岂不是每一个正宗的辛特里娅型的故事所必具的情节吗?

却说,那一年,天下不熟,舜却独丰,收得数百石谷。心欲思乡,报父母之恩。走到河边,见几个商人,问他家事。他们说,有一个姚姓家,自遣儿淘井，填塞井口杀了他后，阿耶即两目不见，"母即顽遇，负薪诣市。更一小弟，亦复痴颠，极受贪乏，乞食无门。"舜将米往本州，见后母负薪易米。每次交易，舜却依旧把粜米之钱安着米囊中还她。如是非一。瞽叟怪之，疑是舜子。后妻牵他到市。他与舜对答，识得音声道："此正似我舜子声乎？"舜曰："是也。"即前抱父头，失声大哭。舜子见父下泪，以舌舐之，双目即明，母亦聪惠，弟复能言。市人见之，无不悲叹。瞽叟回家，欲杀却后妻，又为舜苦苦求免。自此一家快活，天下传名。尧帝闻之，妻以二女，后传位于他。

这变文至此而写毕，但不知是抄者或是作者，却在纸末，引《百岁诗》及《历帝记》二书关于舜的记载，作为考证。这两部唐代通俗之书的引用，在我们今日看来，却是颇为有趣的事。

九

第二类的非佛教故事写当代的"今闻"者，今所存的只有《西征记》（《敦煌掇琐》本）一本。孙楷第先生称之为《张义潮变文》（见《大公报·图书副刊》一四五期〔民国二十五年八月二十七日出版〕《敦煌写本张义潮变文跋》）。

这一本变文当是歌颂功德之作，特为张义潮而写作的；这可见和尚们于讲唱变文的时候，也不得不顾虑到环境，或甚至不得不献媚于军府当道。

这是仅有的这样一种作风与题材的变文，特录残卷的全文于下。

（上缺）诸川吐蕃兵马还来劫掠沙州。奸人探得事宜，星夜来报仆射，吐浑王集诸川蕃贼欲来侵凌抄掠，其吐蕃至今尚未齐集。仆射闻吐浑王反乱，即乃点兵□凶门而出，取西南上把疾路进军。才经信宿，即至西同侧近。便拟交锋。其贼不敢拒敌，即乃奔走。仆射遂号令三军:便须追逐。行经一千里已来,直到退浑国内,方始趁趃。仆射即令整理队伍,排比兵戈:展旗帜,动鸣鼍,纵八阵,骋英雄。分兵两道,里合四边。人持白刃,突骑争先。须臾阵合,昏雾涨天。汉军勇猛而乘势,拽戟冲山直进前。蕃戎胆怯奔南北,汉将雄豪百当千。处

忽闻戎犬起狼心,叛逆西同把崄林。星夜排兵奔疾道,此时用命总须擒。雄雄上将谋如雨,蠢愚蕃戎计岂深?十载提戈驱丑虏,三边获狩不能侵。何期今岁兴残害,辄尔依前起逆心。今日总须摽贼首,斯须雾合已霓霓。将军号令儿郎曰:克励无辞百战劳。丈夫名管向枪头取,当敌何须避宝刀。汉家持刃如霜雪,虏骑天宽无处逃。头中锋芒陪垄土,血溅戎尸透战袄。一阵吐浑输欲尽,上将威临煞气高。

决战一阵,蕃军大败。其吐浑王怕急,突围便走。登涉高山,把崄而住。其宰相三人,当时于阵面上生擒。只向马前,按军令而寸斩。生口细小等活捉三百余人。收夺得驼马牛羊二千头匹。然后唱大阵乐而归军幕,敦煌北一千里镇伊州城西有纳职县。其时回鹘及吐浑居住在彼,频来抄劫伊州,俘虏人物,侵夺畜牧,曾无暂安。仆射乃于大中十年六月六日,亲统甲兵,诣彼击逐伐除。不经旬日中间,即至纳职城。贼等不虞汉兵忽到,无准备之心。我军遂列乌云之阵,四面急攻。蕃贼猖狂,星分南北。汉军得势,押背便追。不过五十里之间,煞戮横尸遍野。处

敦煌上将汉诸侯,弃却西戎朝凤楼。圣主委令摧右地,但是匈奴尽总仇。昨闻狯狁侵伊镇,俘劫边氓旦夕忧。元我叱咤扬眉怒,当即行兵出远收。两军相见如龙斗,纳职城西赤血流。我将军意气怀文武,威胁蕃浑胆已浮。犬羊才见唐军胜,星散回兵所在抽。远来今日须诛剪,押背擒罗岂肯休。千人中矢沙场殣,铦

锷副务（七雕反）坠贼头。闪铄红旗晶耀日，不忝田丹纵火牛。汉主神资通造化，称却残凶总不留。

  仆射与犬羊决战一阵，回鹘大败，各自苍黄抛弃鞍马，走投入纳职城，把劳而守。于是中军举华角，连击铮铮，四面□兵，收夺驼马之类一万头匹。我军大胜，匹骑不输。遂即收兵，却望沙州而返。既至本军，遂乃朝朝秣马，日日练兵，以备匈奴，不曾暂暇。先去大中十载，大唐差册立回鹘使御史中丞王端章持节而赴单于。下有押衙陈元弘走至沙州界内，以游弈使佐承珍相见。丞珍忽于旷野之中，迥然逢着一人，猖狂奔走，遂处分左右领至马前，登时盘诘。陈元弘进步向前，称是汉朝使命北入回鹘充册立使，行至雪山南畔，被背叛回鹘劫夺国信，所以各自波逃，信脚而走，得至此间，不是恶人。伏望将军希垂照察。承珍知是汉朝使人，与马驮，至沙州，即引入参见仆射。陈元弘拜跪起居，具述根由，立在帐前。仆射问陈元弘使人：于何处遇贼？本使伏是何人？元弘进步向前，启仆射：元弘本使王端章，奉敕持节北入单于，充册立使。行至雪山南畔，遇逢背逆回鹘一千余骑，当被劫夺国册及诸敕信。元弘等出自京华，素未谙野战，彼众我寡，遂落奸虞。仆射闻言，心生大怒。这贼争敢辄尔猖狂，恣行凶害。向陈元弘道：使人且归公馆，便与根寻。由未出兵之间，十一年八月五日，伊州刺史王和清差走马使至云：有背叛回鹘五百余帐，首领翟都督等将回鹘百姓已到伊州侧。（下缺）

十

  变文的时代，就今所知，当不出于盛唐（玄宗）以前，而在今日所见的变文，其最后的时代，则为梁、贞明七年（公元921年）。

但今所知的敦煌写本，有早至公元406年者，也有晚至公元995年者，（见 L. Giles, Dated Chinese Manuscripts in the Stein Collection, *The Bulletin of the school Oriental Studies*, London Institution, Vol. VII, Parl4.）最晚的变文写本和最晚的其他写本其年代相差还不远（不过七八十年），而最早的变文写本和最早的其他写本，其年代竟相差到三百多年之久。可见变文在这三百多年间，实在是未曾成形。

变文在实际上销声匿迹的时候，是在宋真宗的时代（公元998—1022年），在那时候，一切的异教，除了道、释之外，竟完全的被禁止了。而僧侣们的讲唱变文，也连带的被明令申禁。

但变文的名称虽不存，她的躯体虽已死去，她虽不能再在寺院里被讲唱，但她却幻身为宝卷，为诸宫调，为鼓词，为弹词，为说经，为说参请，为讲史，为小说，在瓦子里讲唱着，在后来通俗文学的发展上遗留下最重要的痕迹。

参考书目

一、A. Stein, *Serindia*.

二、Pilliot,《敦煌钞本目录》（法文本）。

三、罗振玉编：《敦煌零拾》，罗氏铅印本。

四、伯希和、羽田亨合编：《敦煌遗书》第一集，上海出版。

五、刘复编：《敦煌掇琐》，中央研究院出版。

六、陈垣编：《敦煌劫余录》，北平图书馆出版。

七、郑振铎编：《变文及宝卷选》，商务印书馆出版（在印刷中）。

八、向达编：《敦煌丛钞》，见北平图书馆馆刊。

九、郑振铎编：《中国文学史·中世卷》，已绝版。

十、郑振铎：《插图本中国文学史》第二册，北平朴社出版，新版由商务印书馆出版。

十一、巴黎图书馆所藏《敦煌书目》及伦敦博物院所藏敦煌钞本目录的一部分，见北京大学《国学季刊》第一卷第一期及第四期。

第七章　宋金的"杂剧"词

一

宋金的"杂剧"词及"院本",其目录近千种(见周密《武林旧事》及陶宗仪《辍耕录》),向来总以为是戏曲之祖,王国维的《曲录》也全部收入(《曲录》卷一)。但这种杂剧词及院本性质极为复杂,恰和被称为"杂"剧的意义相当,和流行于元代的北剧,所谓"杂剧"者,是毫不相涉的。以今语释之,或可算是"杂耍"同流之物吧。

在"杂剧"词中大约以"大曲"为最多,实际上恐怕最大多数是歌词,而不是什么有戏剧性的东西。在其间可分为:

（1）六幺　（2）瀛府　（3）梁州　（4）伊州　（5）新水
（6）薄媚　（7）大明乐　（8）降黄龙　（9）胡渭州　（10）逍遥乐
（11）石州　（12）大圣乐　（13）中和乐　（14）万年欢　（15）熙州
（16）道人欢　（17）长寿仙　（18）法曲　（19）剑器　（20）延寿乐
（21）贺皇恩　（22）采莲　（23）宝金枝　（24）嘉庆乐　（25）万年欢
（26）庆云乐　（27）相遇乐　（28）泛清波　（29）彩云归

这些都是以曲调为杂剧名目的。此外,最多的,有所谓"爨"的,有所谓"孤酸"、"卦铺儿"等名目,又有所谓"单调"、"搭双手"、"三入舍"、"四国朝"一类的东西。

今将《武林旧事》所载宋官本杂剧段数,全目附载于下:

争曲六幺一本　　扯拦六幺一本　　教声六幺一本
鞭帽六幺一本　　衣笼六幺一本　　厨子六幺一本
孤夺旦六幺一本　王子高六幺一本　崔护六幺一本
骰子六幺一本　　照道六幺一本　　莺莺六幺一本
大宴六幺一本　　驴精六幺一本　　女生外向六幺一本
慕道六幺一本　　三偌慕道六幺一本　双拦哮六幺一本
赶厥夹六幺一本　羹扬六幺一本

上"六幺"凡二十本。按六幺即绿腰。王国维云:"《宋史·乐志》教坊十八曲中,中吕调,南吕调,仙吕调,均有绿腰曲。"

索拜瀛府一本　　厚熟瀛府一本　　哭骰子瀛府一本
醉院君瀛府一本　懊骨头瀛府一本　赌钱望瀛府一本

上"瀛府"凡六本,瀛曲亦为曲名。《宋史·乐志》教坊部,正宫、南吕宫中均有"瀛州曲"。

四僧梁州一本　　三索梁州一本　　诗曲梁州一本
头钱梁州一本　　食店梁州一本　　法事馒头梁州一本
四哮梁州一本

上"梁州"凡七本,王国维云:"梁州亦作'伊州'。"

　　　　领伊州一本　　　铁指甲伊州一本　　　闹五伯伊州一本
　　　　裴少俊伊州一本　　食店伊州一本

上"伊州"凡五本。"伊州"亦为曲名，见《宋史·乐志》。

　　　　桶担新水一本　　　双哖新水一本　　　烧花新水一本

上"新水"凡三本。亦曲名。《宋史·乐志》教坊部双调中"新水调"曲。王国维云："新水或即'新水调'之略也。"

　　　　简帖薄媚一本　　　请客薄媚一本　　　错取薄媚一本
　　　　传神薄媚一本　　　九妆薄媚一本　　　本事现薄媚一本
　　　　打调薄媚一本　　　拜褥薄媚一本　　　郑生遇龙女薄媚一本

上"薄媚"凡九本。《宋史·乐志》教坊部道调宫、南吕宫中，均有"薄媚曲"。

　　　　土地大明乐一本　　打球大明乐一本　　三爷老大明乐一本

上"大明乐"凡三本。《宋史·乐志》教坊部，大石调中有"大明乐"。

　　　　列女降黄龙一本　　双旦降黄龙一本　　柳毗上官降黄龙一本
　　　　入寺降黄龙一本　　偷标降黄龙一本

上"降黄龙"凡五本。按"降黄龙"亦为曲名。王国维云："黄钟宫曲名，宋志无考"。

赶厥胡渭州一本　　单番将胡渭州一本　　银器胡渭州一本
看灯胡渭州一本

上"胡渭州"凡四本，亦为曲名，见《宋史·乐志》教坊部。

打地铺逍遥乐一本　　病郑逍遥乐一本　　瀽涵逍遥乐一本

上"逍遥乐"凡三本，词曲调名。曲入"双调"。王国维云："宋志无考"。

单打石州一本　　和尚那石州一本　　赶厥石州一本

上"石州"凡三本，亦曲名，见《宋史·乐志》教坊部越调中。

塑金刚大圣乐一本　　单打大圣乐一本　　柳毅大圣乐一本

上"大圣乐"凡三本。按《宋史·乐志》道调宫中有"大圣乐"大曲。

霸王中和乐一本　　马头中和乐一本　　大打调中和乐一本
封涉中和乐一本

上"中和乐"凡四本。按《宋史·乐志》黄钟宫中有"中和乐"大曲。

喝贴万年欢一本　　托合万年欢一本

上"万年欢"凡二本。按《宋史·乐志》中吕宫中，有"万年欢"大曲。

  迓鼓儿熙州一本　　骆驼熙州一本　　二郎熙州一本

上"熙州"凡三本。《宋史·乐志》大曲中，无"熙州"之名。王国维引洪迈《容斋随笔》卷十四云："今世所传大曲，皆出于唐，而以州名者五：伊、凉、熙、石、渭也。"是"熙州"亦大曲名。

  大打调道人欢一本　　会子道人欢一本　　双拍道人欢一本
  越娘道人欢一本

上"道人欢"凡四本。按《宋史·乐志》中吕调中有"道人欢"大曲。

  打勘长寿仙一本　　偌卖旦长寿仙一本　　分头子长寿仙一本

上"长寿仙"凡三本。按《宋史·乐志》般涉调中有"长寿仙"大曲。

  棋盘法曲一本　　孤和法曲一本　　藏瓶儿法曲一本
  车儿法曲一本

上"法曲"凡四本。按《宋史·乐志》有法曲部。王国维云："《词源》（卷下）谓大曲片数（即遍数）与法曲相上下，则二者略相似也。"

  病爷老剑器一本　　霸王剑器一本

上"剑器"凡二本。按《宋史·乐志》中吕宫、黄钟宫中均有"剑器"大曲。

  黄杰进延寿乐一本 义养娘延寿乐一本

上"延寿乐"凡二本。按《宋史·乐志》仙吕宫中有"延寿乐"大曲。

  扯篮儿贺皇恩一本 催妆贺皇恩一本

上"贺皇恩"凡二本。按《宋史·乐志》林钟商中有"贺皇恩"大曲。

  唐辅采莲一本 双哮采莲一本 病和采莲一本

上"采莲"凡三本。按《宋史·乐志》双调中有"采莲"大曲。

  诸宫调霸王一本 诸宫调卦册儿一本

上"诸宫调"凡二本。按"诸宫调"为宋以来的一种叙事歌曲，以诸宫调填曲，而间杂以叙事的散文。实为唐代变文以后最重要的韵文、散文合组的重要文体。详见下章。

  相如文君一本 崔智韬艾虎儿一本 王宗道休妻一本
  李勉负心一本

上四本，仅以人名及故事为题，而不著其曲名。疑脱。关汉卿《谢天香杂剧》云："郑六遇妖狐、崔韬逢雌虎大曲内尽是寒儒"。则原有崔韬的大曲，流行于世。又，董解元《西厢记》云："也不是崔韬逢雌虎，也不是郑子遇妖狐"，则演崔韬事者并有诸宫调了。不知此四本是诸宫调抑是大曲？

  四郑舞杨花一本

上"舞杨花"一本。按宋词中有"舞杨花"调名。

  四偌皇州一本

上"皇州"一本。王国维云："原脱'满'字。按'满皇州'为宋词调名。"

  槛偌宝金枝一本

上"宝金枝"凡一本。按《宋史·乐志》仙吕宫中有"宝金枝"大曲。

  浮沤传永成双一本

按"永成双"疑为宋词调名。

  浮沤暮云归一本

上"暮云归"一本。按宋词调中有"暮云归"。

老孤嘉庆乐一本

上"嘉庆乐"凡一本。按《宋史·乐志》小石调中有"嘉庆乐"大曲。

　　两相宜万年芳一本

按"万年芳"疑为宋词调名。

　　进笔庆云乐一本

上"庆云乐"凡一本。按《宋史·乐志》歇拍调中有"庆云乐"大曲。

　　裴航相遇乐一本

上"相遇乐"凡一本。按《宋史·乐志》歇拍调中有"君臣相遇乐"大曲。

　　能知他泛清波一本　　三钓鱼泛清波一本

上"泛清波"凡二本。按《宋史·乐志》林钟商中,有"泛清波"大曲。

　　五柳菊花新一本

上"菊花新"一本。按"菊花新"为宋词调名。

梦巫山彩云归一本　　青阳观碑彩云归一本

上"彩云归"凡二本。按《宋史·乐志》仙吕调中有"彩云归"大曲。

四季夹竹桃花一本

上"夹竹桃"一本。按宋词中有"夹竹桃"调名。

禾打千秋乐一本

上"千秋乐"一本。秋一作春。按《宋史·乐志》黄钟羽中有"千春乐"大曲。

牛五郎罢金征一本

上"罢金征"一本。王国维云："征当作钲。"《宋史·乐志》南吕调中有"罢金钲"大曲。

新水爨一本	三十拍爨一本	天下太平爨一本
百花爨一本	三十六拍爨一本	四子打三教爨一本
孝经借衣爨一本	大孝经孙爨一本	喜朝天爨一本
说月爨一本	风花雪月爨一本	醉青楼爨一本
宴瑶池爨一本	钱手拍爨一本	诗书礼乐爨一本
	（原注云：小字太平歌。）	
醉花阴爨一本	钱爨一本	鹡鸰爨一本

借听爨一本	大彻底错爨一本	黄河赋爨一本
睡爨一本	门儿爨一本	上借门儿爨一本
抹紫粉爨一本	夜半乐爨一本	火发爨一本
借彩爨一本	烧饼爨一本	调燕爨一本
棹孤舟爨一本	木兰花爨一本	月当厅爨一本
醉还醒爨一本	闹夹棒爨一本	扑胡蝶爨一本
闹八妆爨一本	钟馗爨一本	铜博爨一本
恋双双爨一本	恼子爨一本	像生爨一本
金莲子爨一本		

上"爨"凡四十三本。陶宗仪《辍耕录》云："院本……又谓之五花爨弄。或曰：宋徽宗见爨国人来朝，衣装鞋履巾裹傅粉墨，举动如此，使优人效之以为戏。"周密《武林旧事》（卷一）云："杂剧吴师贤已下，做《君圣臣贤爨》，断送《万岁声》。"

按做《君圣臣贤爨》只在天基圣节（正月五日）的宴乐时第四盏间演奏之。似也只是"杂耍"或"大曲"之流的东西。下文当再加以阐释。

思乡早行孤一本	睡孤一本	迓鼓孤一本
论禅孤一本	讳药孤一本	大暮故孤一本
小暮故孤一本	老姑遣妲一本 （姑一作孤）	孤惨一本
双孤惨一本	三孤惨一本	四孤醉留客一本
四孤夜宴一本	四孤好一本	四孤披头一本
四孤擂一本	病孤三乡题一本	

上"孤"凡十七本。按《辍耕录》云："院本五人；一曰装孤。"

《太和正音谱》云："孤，当场装官者。"疑"孤"即男角之总称，若元剧中之"正末"，明戏文中之"生"。凡此诸本，似皆以"孤"为主的杂耍。所谓"睡孤"、"论禅孤"、"讳药孤"，似皆以"孤"装作可笑之事，发滑稽之言者。又"双孤"、"三孤"及"四孤"云云，则似当场有"双孤"乃至"四孤"出场，若今日杂耍场上之"对口相声"或"双簧"一类的东西吧。

  王魁三乡题一本　　强偌三乡题一本

按"三乡题"似为曲调名。

文武问命一本　　两同心卦铺儿一本　　一并金卦铺儿一本
满皇州卦铺儿一本　变猫卦铺儿一本　　白苎卦铺儿一本
（按"满皇州"为　　　　　　　　　　（按"白苎"为宋
宋词调名。）　　　　　　　　　　　　词调名。）
探春卦铺儿一本　庆时丰卦铺儿一本　　三哮卦铺儿一本
（按"探春"为宋　（按"庆时丰"为
词调名。）　　　　金、元曲调名。）

上"卦铺儿"凡八本。

三哮揭榜一本　　三哮上小楼一本　　　三哮文字儿一本
　　　　　　　　（按"上小楼"为
　　　　　　　　金、元曲调名。）
三哮好女儿一本　三哮一檐脚一本　　　褴哮合房一本
（按"好女儿"为

宋词调名。)

褴哮店休妲一本　　褴哮负酸一本　　秀才下酸擂一本
急慢酸一本　　　　眼药酸一本　　　食药酸一本

上"酸"凡五本。《少室山人笔丛》云："元人以秀才为细酸。《倩女离魂》首折，末扮细酸为王文举是也。"盖述秀才们的事以为笑乐者。与上文之"孤"相类。

风流药一本　　　　黄元儿一本　　　论淡一本
医淡一本　　　　　医马一本　　　　调笑驴儿一本
雌虎一本　　　　　解熊一本　　　　鹘打兔变二郎一本
(原注云：崔　　　　　　　　　　　(按"鹘打兔"为
智韬。)　　　　　　　　　　　　　　金、元曲名。)
二郎神变二郎神　　毁庙一本　　　　入庙霸王儿一本
一本(按"二郎
神"为宋词调名。)
单调霸王儿一本　　单调宿一本　　　单背影一本
单顶戴一本　　　　单唐突一本　　　单折洗一本
单兜一本　　　　　单搭手一本　　　双厥送一本
双厥投拜一本　　　双打球一本　　　双顶戴一本
双园子一本　　　　双索帽一本　　　双三教一本
双虞侯一本　　　　双养娘一本　　　双快一本
双捉一本　　　　　双禁师一本　　　双罗罗啄木儿一本
赖房钱啄木儿一本　围城啄木儿一本

按"啄木儿"为金、元曲调名。

大双头莲一本　　小双头莲一本

按"双头莲"为宋词调名。

大双惨一本	小双惨一本	小双字一本
双排军一本	醉排军一本	双卖妲一本
三入舍一本	三出舍一本	三笑月中行一本（按"月中行"为宋词调名。）
三登乐院公狗儿一本（按"三登乐"为宋词调名。）	三教安公子一本（按"安公子"为宋词调名。）	三社争赛一本
三顶戴一本	三偌一赁驴一本	三盲一偌一本
三教闹著棋一本	三借窑货儿一本	三献身一本
三教化一本	三京下书一本	

按《三京下书》亦见《武林旧事》卷一"天基圣节"所演杂剧名目中。

三短鞭一本	打三教庵宇一本	普天乐打三教一本（按"普天乐"为宋词调名。）
满皇州打三教一本	领三教一本	三姐醉还醒一本

(按"满皇州"为　　　　　　　　（按"醉还醒"为
宋词调名。）　　　　　　　　　宋词调名。）

三姐黄莺儿一本　　　卖衣黄莺儿一本

按"黄莺儿"为宋词调名。

大四小将一本　　　四小将一本　　　四国朝一本（按
　　　　　　　　　　　　　　　　　　"四国朝"为金、
　　　　　　　　　　　　　　　　　　元曲调名。）

四脱空一本　　　　四教化一本　　　泥孤一本

以上凡二百八十本。但在《武林旧事》卷一"天基圣节"所演杂剧中，我们又可得到三本未见于上文的杂剧名目。

君圣臣贤爨一本　　　杨饭一本　　　四偌少年游一本

这里所谓"杂剧"，其实只是"杂耍"而已。并非真正的戏曲，若元代所谓"杂剧"者。陶宗仪说得最明白：

> 唐有传奇，宋有戏曲唱诨词说，金有院本、杂剧、诸官调。院本、杂剧，其实一也。国朝，院本杂剧始厘而二之（《辍耕录》卷二十五）。

这是说，金之院本、杂剧，原只是一个东西。但到了元代，却成了截然不同的二物了。盖"杂剧"的名目虽同，而杂剧的本质，却全异了。在金代，杂剧便是所谓"院本"，所谓"五花爨弄"，其内容是极为复杂的。但在元代，这一种东西却别名之为"院本"，而"杂剧"之名却用来专指"戏曲"的一个体裁了（即所谓"北剧"）。

周密所谓"官本杂剧段数"，便是宋代的杂剧（即院本），其性质和金代的杂剧、院本是没有两样的。

陶宗仪《辍耕录》（卷二十五）云：

> 院本则五人。一曰副净，古谓之参军；一曰副末，古谓苍鹘，鹘能击禽鸟，末可打副净，故云；一曰引戏；一曰求泥，一曰装孤。又谓之五花爨弄。

这里是五个脚色。但五个脚色或未必完全出场。仍只是"弄人"的滑稽讲唱之流亚，并不是真正的戏曲。

最早的雏形的"杂剧"，当即为唐代的"参军戏"。赵璘《因话录》（卷一）云：

> 肃宗宴于宫中，女优有弄假官戏。其绿衣秉简者，谓之参军椿。

《乐府杂录》云："开元中，黄幡绰、张野狐弄参军……开元中，有李仙鹤善此戏，明皇特授韶州同正参军，以食其禄。是以陆鸿渐撰词，言韶州参军，盖由此也。"

范摅《云溪友议》（卷九）里也有一则关于参军戏的事：

> 元稹廉问浙东，有俳优周季南、季崇及妻刘采春，自淮甸而来，善弄陆参军，歌声彻云。

这里所谓"歌声彻云",很可注意。大约参军戏里歌唱的成分是很多的。又《因话录》有所谓"女优"弄假官戏,可见参军、苍头二色也可以由"女优"来装扮。

今所知的参军戏,大抵只有参军、苍头二色(详见王国维《宋元戏曲史》第一章)。但到了宋、金的杂剧、院本便变成了五个脚色了。

《宋史·乐志》教坊部叙述"每春秋圣节三大宴"的节目单其第十及第十五均为杂剧。周密《武林旧事》(卷一)也记载"理宗朝禁中寿筵乐次",颇为详尽。凡分"上寿"、"初坐"、"再坐"的三大礼节。"上寿"凡行酒十三盏,"初坐"凡行酒十盏,"再坐"凡行酒二十盏。"杂剧"的演出,只是在行酒一盏间,和笙、笛、觱篥、琵琶、嵇琴等的吹弹占着同样的时间。可见其演唱并不占有多少的时候。在那一张"天基圣节排当乐次"里述及"杂剧"的,有:

初坐第四盏……吴师贤已下,上进小杂剧。

杂剧吴师贤已下做《君圣臣贤爨》,断送《万岁声》。

第五盏……杂剧周朝清已下,做《三京下书》,断送《绕池游》。

再坐第四盏……杂剧何晏喜已下,做《杨饭》断送《四时欢》。

第六盏……杂剧时和已下做《四偌少年游》,断送《贺时丰》。

其下又有"只应人"的全部名单。"杂剧色"是和"箫色"、"筝色"、"琵琶色"、"嵇琴色"、"笙色"、"笛色"等并列的。"杂管"为周德清、陆恩显二人。"杂剧色"则有十五人:

吴师贤　赵恩　王太一　朱旺　(猪儿头)　时和　金宝　俞庆

何晏喜　陆寿　沈定　吴国贤　王寿　赵宁　胡宁　郑喜　这十五人,连第二次上场的周德清共十六人,分为四班,至少每班有四个人。可惜不曾提到脚色的如何分配。但在同书的第四卷,记录"乾淳教坊乐部"一则里,却有了更详尽的叙述。

在那一则里,把"杂剧色"的名单,全开列了出来:

杂剧色

德寿宫

刘景长使臣　王喜保义郎头，名都管使臣。又名公谨，号玩隐老人。茆山重节芽头　盖门贵　盖门庆末　侯谅侯大头次末　张顺　曹辛　宋兴燕子头　李泉现引兼舞三台

衙前

龚士英使臣都管　刘恩深都管　陈嘉祥节级　吴兴佑德寿宫引兼舞三台　吴斌　金彦升管干教头　王青　孙子贵引　潘浪贤引兼末部头　王赐恩引　胡庆全蜡烛头　周泰次　郭名显引　宋定次德寿宫蚌蛤头　刘信副部头　成贵副　陈烟息副大口　王侯喜副　孙子昌副末节级　焦金色　杨名高末　宋昌荣副权喜头

前教坊

伊朝新　王道昌

前钧容直

仵谷丰五味粥　李外喜

和顾

刘庆次刘衮　梁师孟　朱和次贴衙前鳝鱼头　宁贵宁镯　蒋宁次贴衙前利市头　司进丝瓜儿　郝成次衙前小锹　高门兴　高门显羔儿头　高明灯搭儿　刘贵　段世昌段子贵　司政仙鹤儿　张舜朝　赵民欢　龚安节　严父训　宋朝清　宋昌荣二名守衙前　周旺丈八头　下畴　宋吉　伊俊□汪泰　王原全次贴衙前　王景　郑乔　王来宣　张显守阙只应黑俏　焦喜焦梅头

以上共六十六人。每人姓名下所注的有"别名"，有"绰号"，最多仍是指明所演的脚色。像"头"指的便是"戏头"，"引"便是"引戏"，"次"便是"次净"，"副"便是"副末"。所谓"次末"，所谓"末"，当也便是"副末"。至于所谓"侯大头"、"丝瓜儿"、"五味粥"、"灯搭儿"之类便是"绰号"了。

在下文，周氏接着写"杂剧三甲"的"名录"。大约"三甲"便是最

好的几个杂剧班吧。每"甲"里的名色都注了出来,除"甲"首不注明有何任务外,其余的脚色,左右不过是:(一)戏头、(二)引戏、(三)次净、(四)副末等四个脚色而已。而次净在一"甲"里又可多至三人,像刘景长的"一甲"。

"杂剧三甲"

　　刘景长一甲八人

　　　　戏头　李泉现　引戏　吴兴佑

　　　　次净　茚山重、侯谅、周泰　副末　王喜

　　　　装旦　孙子贵

　　盖门庆进香一甲五人

　　　　戏头　孙子贵　引戏　吴兴佑

　　　　次净　侯谅　副末　王喜

　　内中只应一甲五人

　　　　戏头　孙子贵　引戏　潘浪贤

　　　　次净　刘衮　副末　刘信

　　潘浪贤一甲五人

　　　　戏头　孙子贵　引戏　郭名显

　　　　次净　周泰　副末　成贵

所谓"一甲"疑即是"一班"之称谓。每班最多者不过八人,普通的只有五人。大约当是以五人为定数。和陶宗仪的话合起来看,虽脚色名目略有不同,而其组织是很相同的。惟最可注意的是,刘景长一甲里,有"装旦"的一脚色,却是很新鲜的发现。可见"杂剧"里是有"女角"的。又各"甲"人名,相同的很多,可见演唱"杂剧"的最有声望的人才并不怎样多。在上文所提及的王宫宴乐的"只应人"里,"笛色"多至四十八人,杂剧却只有十五六人而已。

"内中上教博士"有王喜、刘景长、曹友闻、朱邦直、孙福、胡永年

（各支银一十两）等六人。大约是"内中"教师的班头。有杂剧的教师则为王喜、侯谅、吴兴福、吴兴佑、刘景长、张顺等人。

二

在杂剧的脚色方面论之，每一组杂剧演唱时，定数当为五人。其中戏头、引戏、次净、副末的四"色"是确定的（陶宗仪《辍耕录》有副净而无次净，似即同一脚色。又无戏头而有求〔求，当作末〕泥，当亦相同。惟多出一"装孤"而已。在《武林旧事》里，却间有"装旦"的一色出现）。

吴自牧《梦粱录》（卷二十）云："散乐传学教坊十三部，唯以杂剧为正色。……其诸部诸色，分服紫、绯、绿三色宽衫，两下各垂黄义襕。杂剧部皆诨裹，余皆幞头帽子。"这些话很可注意。杂剧色的衣服原是紫、绯或绿色的宽衫，但头部却是诨裹，与其他诸色不同。所谓"诨裹"，当是种种滑稽的或拟仿的或像生的装扮的意思。

吴自牧又谓："且谓杂剧中，末泥为长，每一场四人或五人。……末泥色主张，引戏色分付，副净色发乔，副末色打诨。或添一人，名曰装孤。先吹曲破断送，谓之把色。"这把杂剧色的分别说得很明白了。

至于杂剧的演出的情形，《梦粱录》（卷二十）的记载也较为详细：

> 先做寻常熟事一段，名曰艳段。次做正杂剧。通名两段。大抵全以故事，务在滑稽唱念，应对通遍。此本是鉴戒，又隐于谏诤，故从便跣露，谓之无过虫耳。若欲驾前承应，亦无责罚。一时取圣颜笑。凡有谏诤，或谏官陈事，上不从，则此辈妆做故事，隐其情而谏之，于上颜亦无怒也。又有杂扮，或曰杂班，又名经元子，又谓之拔和，即杂剧之后散段也。顷在汴京时，村落

野夫，罕得入城，遂撰此端。多是借装为山东、河北村叟，以资笑端。

在同书（卷三）叙述"宰执亲王南班百官入内上寿赐宴"的一则里，描写杂剧演唱的情形颇详：

> 诸杂剧色皆诨裹，各服本色紫、绯、绿宽衫，义襕镀金带。自殿陛对立，直至乐棚。每遇供舞戏，则排立七手，举左右盾，动足应拍，一齐群舞，谓之按曲子。……第四盏进御酒，宰臣百官各送酒，歌舞并同前。教乐所伶人，以龙笛腰鼓发诨子。参军色执竹竿拂子，奏俳语口号，祝君寿。新剧色打和毕，且谓：奏罢今年新口号，乐声惊裂一天云。参军色再致语，勾合大曲舞……第五盏进御酒……乐部起三台舞。参军色执竿奏数语，勾杂剧入场。一场两段。是时教乐所杂剧色何雁喜、王见喜、金宝、赵道明、王吉等，俱御前人员，谓之无过虫。……第七盏……宰臣酒，慢曲子；百官酒，舞三台。参军色作语，勾杂剧入场。

大致"杂剧"是分为两段的，第一段为艳段，次为正杂剧。艳段为寻常熟事；正杂剧则内容不同。大抵全为故事。这一种雏形的故事的演唱，似还未脱歌舞队的拘束，故杂剧色每兼舞"三台"，次段又做"大曲舞"（即正杂剧）。但观"务在滑稽唱念，应对通遍"之语，似于歌舞之外，又杂有对白（念）。当"变文"流行已久，且已脱胎而成为平话、诸宫调、说经之流的时候，歌舞班之杂入滑稽的道白是很自然的事。我们可以说，宋、金杂剧是连合了古代王家的"弄臣"与歌舞班而为一的。

其内容当然并不纯粹。我们一考察周密《武林旧事》所载的二百八十本"官本杂剧段数"，便可以知道，所谓"杂剧"，还是所谓"杂歌舞戏"

的总称。其中最大多数的杂剧当然是纯正所谓"大曲舞"者是。

大曲舞是用"大曲"的调子，以歌舞表演出一件故事，或滑稽的装扮的。

在那二百八十本的"杂剧"里，用大曲来歌唱者，已有：《六幺》二十本、《瀛府》六本、《梁州》七本、《伊州》五本、《新水》四本、《薄媚》九本、《大明乐》三本、《胡渭州》四本、《石州》三本、《大圣乐》三本、《中和乐》四本、《万年欢》二本、《道人欢》四本、《长寿仙》三本、《剑器》二本、《延寿乐》二本、《贺皇恩》二本、《采莲》三本、《宝金枝》一本、《嘉庆乐》一本、《庆云乐》一本、《君臣相遇乐》一本、《泛清波》一本、《采云归》二本、《千春乐》一本、《罢金钲》一本。计凡九十五本，共用大曲二十六调。按《宋史·乐志》教坊部凡十八调，四十大曲，"杂剧"已用过半。又《降黄龙》（五本）、《熙州》（三本）二调，虽不见于宋史，而灼然可知其亦为大曲。则共用大曲二十八（共一百零三本）。

这二十八大曲的歌词的形式是怎样的呢？

观那一百零三本的名目，其题材当是很复杂的；有的显然知其为叙述故事的，有的则知其为嘲笑、滑稽之作；有的则是粉饰太平的颂扬之作。像《莺莺六幺》，当是以"六幺"的一个大曲来叙述莺莺、张生之故事的；像《郑生遇龙女薄媚》则是以《薄媚》大曲来歌咏郑生遇龙女之故事的。像《哭骸子瀛州》等，则显然是开玩笑的滑稽曲。

可惜在那目录里面的东西，已一本俱不能得到了。但其歌词（即杂剧词），我们却很有幸的能够在曾慥的《乐府雅词》（卷上）（《词学丛书本》）里找到了一个例子：

薄　媚　西子词

董　颖

排遍第八

　　怒潮卷雪，巍岫布云，越襟吴带如斯，有客经游，月伴风随。值盛世观此江山美，合放怀何事却兴悲？不为回头旧谷天涯，为想前君事。越王嫁祸献西施吴即中深机。阖庐死，有遗誓，勾践必诛夷。吴未干戈出境，仓卒越兵，投怒夫差。鼎沸鲸鲵，越遭劲敌。可怜无计脱重围，归路茫然，城郭邱墟，飘泊稽山里，旅魂暗逐战尘飞，天日惨无辉。

排遍第九

　　自笑平生，英气凌云，凛然万里宣威。哪知此际，熊虎涂穷，来伴麋鹿卑栖。既甘臣妾，犹不许，何为计？争若都蟠宝器，尽诛吾妻子，径将死战决雌雄。天意恐怜之。偶闻太宰正擅权，贪赂市恩私。因将宝玩献诚，虽脱霜戈，石室囚系，忧嗟又经时。恨不如巢燕自由归。残月朦胧，寒雨潇潇有血都成泪。备尝崄厄返邦畿，冤愤刻肝脾。

第十攧

　　种陈谋，谓吴兵正炽，越勇难施。破吴策，惟妖姬。有倾城妙丽，名称（一作字）西子岁方笄。算夫差惑此，须致颠危。范蠡微行，珠贝为香饵，苧萝不钓钓深闺，吞饵果殊姿。素肌织弱，不胜罗绮。鸾镜畔，粉面淡匀，梨花一朵琼壶里，嫣然意态娇春。寸眸剪水，斜鬟松翠，人无双，宜名动君王，绣履容易，来登玉陛。

入破第一

　　穿湘裙，摇汉珮，步步香风起。敛双蛾，论时事，兰心巧会君意。殊珍异宝，犹自朝臣未与，妾何人被此隆恩！虽令效死奉严旨。隐约龙姿忻悦，重重甘言说。辞俊雅，质娉婷，天教汝众美兼备。闻吴重色，凭汝和亲，应为靖边陲，将别金门，俄挥粉泪靓妆洗。

第二虚催

飞云驶香车，故国难回睇。芳心渐摇，迤逦吴都繁丽。忠臣子胥，预知道为邦崇，谏言先启，愿勿容其至。周亡褒姒，商倾妲己。吴王却嫌胥逆耳，才经眼，便深恩爱，东风暗绽娇药，彩鸾翻妒伊。得取次于飞共戏，金屋看承，他宫尽废。

第三衮遍

华宴夕，灯摇醉粉，菡萏笼蟾桂。扬翠袖，含风舞，轻妙处，惊鸿态，分明是瑶台琼榭，阆苑蓬壶景，尽移此地。花绕仙步，莺随管吹。宝帐暖，留春百和，馥郁融鸳被。银漏永，楚云浓，三竿日犹褪霞衣。宿醒轻腕嗅宫花，双带系合同心时，波下比目，深怜到底。

第四催拍

耳盈丝竹，眼遥珠翠，迷乐事，宫闱内。争知渐国势陵夷，奸臣献佞，转恣奢淫。天谴岁屡饥，从此万姓离心解体。越遣使阴窥虚实，蚤夜营边备。兵未动，子胥存，虽堪伐，尚畏忠义。斯人既戮，又是严兵卷土赴黄池，观衅种蠡，方云可矣。

第五衮遍

机有神，征鼙一鼓，万马襟喉地。庭喋血，诛留守。怜屈服，敛兵还。危如此，当除祸本，重结人心。争奈竟荒迷。战骨方埋，灵旗又指。势连败，柔荑携泣，不忍相抛弃。身在兮心先死，宵奔兮兵已前围。谋穷计尽，泪鹤啼猿，闻处分外悲。丹穴纵近，谁容再归！

第六歇拍

哀诚屡吐，甬东分赐，垂暮目置荒隅。心知愧，宝锷红委，鸾存凤去，辜负恩怜，情不似虞姬。尚望论功，荣还故里。降令曰：吴之赦汝，越与吴何异！吴正怨越方疑，从公论合去妖□类。蛾眉宛转，竟殒鲛绡。香骨委尘泥，渺渺姑苏，荒芜鹿戏。

第七煞衮

王公子，青春更才美，风流慕连理。耶溪一日，悠悠回首凝思。云鬟鬓，玉珮霞裙，依约露妍姿。送目惊喜，俄迂玉趾。同仙骑洞府归去，帘栊窈窕戏鱼水。正一点犀通，遽别恨何已！媚魄千载，教人属意，况当时金殿里！

自排遍第八至第七煞衮，共十遍；叙的是西施亡吴的故事，而以王生遇西子事为结。这里把有功的西子，使之"蛾眉宛转，竟殒鲛绡"，未免残忍，和清初徐坦庵的《浮西施》的结局有些相同。明梁辰鱼的《浣纱记》却使西施得到更圆满的结果。

大曲在实际上尚不止十遍。唐时大曲已有排遍、入破、彻（《乐府诗集》卷七十九）。而排遍、入破又各有数遍。彻则为入破之末一遍。王灼《碧鸡漫志》（卷三）谓："凡大曲有散序、靸、排遍、攧、正攧、入破、虚催、实催、衮遍、歇拍、煞衮，始成一曲，谓之大遍。"则大曲往往是多至"数十解"的。但宋人却多不用其全。像董颖《薄媚》实际上只用到了：（一）排遍第八、第九，（二）攧，（三）入破第二，（四）第二虚催，（五）第三衮遍，（六）第四催拍，（七）第五衮遍，（八）第六歇拍，（九）第七煞衮。和王灼所说，大致不殊，而废去"散序"、"靸"等不用，"排遍"也只从"第八"起。可见这种叙事歌曲，原可由作者自己的编排，没有固定的"遍"或"解"数的。但在宋词曲里，这种体裁已是最冗长的了，故用来叙述故事，极为相宜。

今所用的尚有曾布《水调歌头》（王明清《玉照新志》卷二）及史浩《采莲》（《鄮峰真隐漫录》卷四十五）等。

王国维《宋元戏曲史》（第四章）云："现存大曲，皆为叙事体，而非代言体。即有故事，要亦为歌舞戏之一种，未足以当戏曲之名也。"这话很对。我们猜想，所谓"杂剧词"大抵都只是这种式样的体裁而已，"未足以当戏曲之名也。"这一百零三本的以大曲组成的"杂剧词"既然如此，其他恐怕也不会相殊很远（详后）。那里面也许杂有"念白"（杂剧词原是唱念，即讲唱并用的），恐怕也仍是叙述体而已。（像变文、鼓子词及诸宫调同样的东西。）

最早的杂剧词，或当为宋《崇文总目》（卷一）所著录的：

> 周优人曲辞二卷。原注云：周吏部侍郎赵上交，翰林学士李昉，谏议大夫刘陶，司勋郎中冯古，纂录燕优人曲辞。

既名为曲辞，当是歌曲。"大曲"之作为优人歌唱之资，恐怕其渊源当在宋之前。

《宋史·乐志》云："真宗不喜郑声。而或为杂剧词，未尝宣布于外。"这位皇帝自作的杂剧词，当是大曲一类的东西吧。

吴自牧《梦粱录》（卷二十）云："向者汴京教坊大使孟角球会做杂剧本子。葛守诚撰四十大曲，丁仙现捷才知音。"这三个都是伶人。孟角球所做的杂剧本子和葛守诚所撰的四十大曲当是同一的东西无疑。

三

在二百八十本的"官本杂剧段数"里，有四本是"法曲"。按张炎《词源》（卷下）谓大曲片数（即遍数）与法曲相上下，则二者的体裁当是很相近的。

其中又有二本是"诸宫调"。按"诸宫调"的性质，纯是代言体的叙事歌曲（讲唱的）。其和大曲不同者仅在：大曲是以同一宫调的曲子数遍歌唱一个故事的，而诸宫调所用的曲子，则不拘拘在于同一宫调中的，她可以使用好几个宫调里的曲子来组成一套叙事歌曲（详见下章）。

其以宋词调来歌唱的，有《逍遥乐》四本、《满皇州》三本、《醉还醒》二本、《黄莺儿》二本、《舞杨花》一本、《暮云归》一本、《菊花新》一本、《夹竹桃》一本、《醉花阴》一本、《夜半乐》一本、《木兰花》一本、《月当厅》一本、《扑蝴蝶》一本、《白苎》一本、《探春》一本、《好女子》一本、《二郎神》一本、《双头莲》二本、《月中行》一本、《三登乐》一本、《安公子》一本、《普天乐》一本，共三十本。又其所有歌调，不见于宋词而见于金、元曲调的，有《啄木儿》三本、《整乾坤》一本、《棹孤舟》一本、《庆时丰》一本、《上小梯》一本、《鹘打兔》一本、《四国朝》一本，共凡九本。此当是当时的俗曲而为杂剧词作者所引用的。其他尚有可知其为当时的俗曲而不见于后来曲调者，像《万年芳》、《三乡题》等尚有不少。又例以《崔智韬艾虎儿》之为大曲，则其他单标故事名目而无曲调名者，尚亦多半为大曲可知。

总之，这二百八十本的杂剧词，其为叙事歌曲者至少在一百五十本以上。其他当也是这一类的歌曲。

用宋词调或俗曲歌唱的，其唱法与大曲当略有不同；似是像欧阳修《采桑子》的咏西湖，凡用十一段《采桑子》来描写西湖景色，而上加一引。又似像赵德璘的咏莺莺故事的《蝶恋花》鼓子词，或像宋人词话里的《刎颈鸳鸯会》（以《醋葫芦》小令咏其故事），都是以十遍或十遍以上的同一词调或曲调来歌咏一个故事的。

"爨"在这二百八十本里占了四十三本；又以"孤"名者凡十七本，"酸"名者凡五本。"爨"即"五花爨弄"，也即"院本"或杂剧词的别名。陶宗仪《辍耕录》叙说"爨"的性质颇详（见上文）。其以"爨"为名者，当系表示其为院本或杂剧词，像今日所见的《金瓶梅词话》、《王仙客无双传奇》之标出"词话"及"传奇"之名目来无异。（陶氏以"爨"始于宋徽宗，则大误。我们上文已把其来历说得很为明白。）

"孤"、"酸"之标出，则似也像元剧《风雨还年末》、《中秋切脍旦》之标出脚色"末"或"旦"出来相同，都只是表明性质或题材的内容的，无甚深意。

又，宋代流行的杂耍，有所谓"三教"的。《东京梦华录》（卷十）云："十二月，即有贫者三教人，为一火，装妇人神鬼，敲锣击鼓，巡门乞钱，俗号为打夜胡。"而在二百八十本的杂剧词里，有所谓《门子打三教爨》、《双三教》、《三教安公子》、《三教闹着棋》、《打三教庵宇》、《普天乐打三教》、《满皇州打三教》、《领三教》等，当即其类。

又有所谓"讶鼓"者。《续墨客挥犀》（卷七）云："王子醇初平熙河，边陲宁静。讲武之暇，因教军士为讶鼓戏。数年间遂盛行于世。"《朱子语类》（卷一百三十九）云："如舞讶鼓，其间男子妇人僧道杂色，无所不有，但都是假的。"在上面杂剧词目录里，也有《讶鼓儿熙州》、《讶鼓孤》。

《武林旧事》（卷二）记舞队，名色甚多，中有《四国朝》、《扑蝴蝶》二种，似即目录中之《四国朝》及《扑蝴蝶爨》二种。

又，周密《齐东野语》（卷十）云："州郡遇圣节赐宴，率命狠妓数十，群舞于庭，作天下太平字，殊为不经。而唐王建《宫词》云：每过舞头分两向，太平万岁字当中。则此事由来久矣。"今目录中有《天下太平爨》及《百花爨》当即其类，所谓"花舞"、"字舞"者是。

从上面的许多话看来，我们可以大胆地断定说，所谓宋代的"杂剧"，乃是歌舞戏一类的东西；其歌辞则被称为"杂剧词"。这种歌舞戏，是以四人或五人组成之的。他们演唱故事，但往往以"滑稽唱念，应对通遍"为尚；也有不演故事而全为嘲戏或像《天下太平爨》之全为颂扬王室之歌舞的。他们的装扮，衣衫和其他只应乐人，若笙色、琵琶色、笛色等人物无多大的区别，其区别惟在头部。他色人皆"幞头帽子"，而他们杂剧部却诨裹，即以不同的裹巾或帽子来拟仿古人。他们的脸部并傅以粉墨。但他们并不在演戏曲。他们所歌舞的虽是故事，他们虽也扮作古人，但他们的歌词却是叙述的，并不是代言的。其所以扮作古人者，极似今日之"化装滩簧"一类的东西，取其悦人而已。其本身全未脱离歌舞戏的阶段，并不曾踏上正式的"戏曲"的道路（虽其"末泥"、"副净"诸色曾为后来戏曲所采用）。他们是否兼用说白，像"诸宫调"那样的讲唱着，今已不可知。但《梦粱录》既说其为"念唱"的，则似兼有念白，至少戏头或参军色，"执竹竿拂子，奏俳语口号，颂君寿"的时候，是有念词的；这念词便是"致语"或勾队词。（像我们今日所见"勾小儿队"致语之类的东西。）

这样的说明，当是很明白的吧。所可憾的是，在那二百八十余本的叙事歌曲里，必有不少的绝妙好辞（董颖的《薄媚》便是很不坏的叙事曲），而我们现在却一本也见不到了！这是很大的一种损失！

四

离开周密的钞录宋代"官本杂剧段数"不到一百年，陶宗仪又钞录了一份更为繁赜的"院本"或新剧名目（见《辍耕录》卷二十）。所著录的院本名目凡七百十三本，较周密所著录的多出四百三十三本。其中相同的名目很少。可见在这不到一百年间，杂剧词亡失得实在太多，太快了。但其名目不甚同，也还有一个缘故，即周密所录为南宋即流行于南方的东西，而陶宗仪所著录的却是北方的东西，从金到元（甚至可上溯到北宋）都有。

那六百九十本的"院本"，可谓洋洋大观，无所不包。虽然现在已是一本不存，但就其名目上，也可以使我们更明白"杂剧"或"院本"的性质。

在宋、金的时代，杂剧和院本便是一个东西。到了元代，院本便专指的是叙事体的歌舞戏了。"杂剧"的名称则给了成为真正的"戏曲"的北剧。故陶宗仪说："国朝院本、杂剧始厘而二之。"

有一个最好的例证在着。《宦门子弟错立身》戏文（见《永乐大典》卷之一万三千九百九十一，今有翻印本）里有一段话：

（末白）你会甚杂剧？

（生唱）〔鬼三台〕我做《朱砂糖浮沤记》、《关大王大刀会》，做《管宁割席》破体儿，《相府院》扮张飞，《三脱桨》扮尉迟敬德，做陈驴儿《风雪包体别》，吃推勘柳成错背，要扮宰相做《伊尹扮汤》，学子弟做罗帅末泥。

（末白）不嫁做新剧的，只嫁个做院本的。

（生唱）〔调笑令〕我这曩体不番离，格样全学贾校尉。趋抢咀脸天生会，偏宜扶土搽灰。打一声哨土响半日，一会儿牙牙小来胡为。

（末白）你会做甚院本？

（生唱）〔圣药王〕更做《四不知》、《双斗医》，更做《风流浪子两相宜》，黄鲁直打得底，马明王村里会佳期，更做《搬运太湖石》。

当时把杂剧和院本当作截然不同之物；虽有的伶人兼擅之，但其性质决不可混合。

在这戏文里，主角延寿马（生）所唱举的院本名目有：（一）四不知、（二）双斗医（二本或是一本）、（三）风流才子两相宜、（四）黄鲁直、（五）马明王、（六）搬运太湖石。"杂剧官本段数"有《两相宜万年芳》一本，疑即延寿马所举的"风流才子两相宜"。又《双斗医》、《马明王》、《太湖石》三本均见于陶氏著录的六百九十本的院本名目中。

　　王国维氏定陶氏著录之"院本"为金代之作。这是不可靠的。不能以六百九十本里间有金人之作，便全部定为金代的东西。最可能的解释是，这六百九十本的院本，其时代是很久的；其中当有北宋的东西，也有金代的东西，而以元代的作品为最多。陶宗仪云："偶得院本名目，用载于此，以资博识者之一览。"他并没有说明那名目是金代的东西。

　　"院本"的解释是怎样的呢？《太和正音谱》云："行院之本也。"元刊《张千替杀妻杂剧》云："你是良人良人宅眷，不是小末小末行院。"王国维氏据此，谓"行院者，大抵金、元人谓倡伎所居，其所演唱之本，即谓之院本云尔。"这话也大错。《张千替杀妻杂剧》明说"小末小末行院"，则是歌舞班而非倡伎可知。我们读了《永乐大典》本《宦门子弟错立身戏文》和明刊本《蓝彩和杂剧》等之后，便知所谓"行院"是什么性质的东西。以今语释之，盖即"游行歌舞班"之谓也。以其"冲州撞府"，到处游行着，故谓之"行院"。行院所用的演唱的本子，便谓之院本（详见著者的《行院考》）。到了元代，行院所演唱的以杂剧、戏文为多，而"院本"之名，则仍沿袭旧习，专用以指宋、金的"歌舞戏"。刘东生《娇红记》说及"院本"的地方凡三：

　　（一）院本上开，下，杂剧上。（《世界文库》本，页五。）

　　（二）院本《黄丸儿》，院本上。（同上本，页二十六。）

　　（三）申纶引院本《师婆旦》上。（同上本，页二十八。）

这可知院本是随意可插入杂剧中的；《黄丸儿》是说医生的院本；《师婆旦》是写女巫的院本。

　　今转抄陶氏所录的院本名目于下，而略加以说明。有许多不可解的，只好不加什么解释了。

和曲院本

月明法曲	郓王法曲	烧香法曲
送使法曲（通行本"使"作"香"）	上坟伊州	烧花新水
熙州骆驼	列良嬴府	病郑逍遥乐
四皓逍遥乐	贺贴万年欢	舁廪降黄电（按"电"应作"龙"）
列女降黄电（按"电"应作"龙"）		

上《和曲院本》凡十三本（但通行本《辍耕录》另有《四酸逍遥乐》一本，合为十四本），和宋官本杂剧重出者有五本（以"·"为号）。王国维云："其所著曲名，皆大曲、法曲，则和曲殊大曲，法曲之总名也。"按和曲或可解作和唱之曲。

上皇院本

壶春堂	太湖石	金明池
恋鳌山	六变妆	万岁山
打花阵	赏花灯	错入内
闷相思	探花街	断上皇
打球会	春从天上来	

上上皇院本凡十四本。王国维云："上皇者谓徽宗也。"则此十四本皆叙宋徽宗事矣。

题目院本

柳絮风	红索冷	墙外道
共粉泪	杨柳枝	蔡消闲
方偷眼	呆太守	画堂前
梦周公	梅花底	三笑图
脱布衫	呆秀才	隔年期
贺方回	王安石	断三行
竞寻芳	双打梨花院	

上《题目院本》凡二十本。王国维解释"题目"二字，最精确。王氏云："按题目，即唐以来合生之别名。高承《事物纪原》（卷九）《合生》条言：《唐书武平一传》：平一上书，比来妖伎胡人，于御座之前，或言妃主清貌，或列王公名质，咏歌舞踏，名曰合生。始自王公，稍及间巷。即合生之原，起于唐中宋时也。今人亦谓之唱题目云云。此云题目，即唱题目之略也。"可知所谓题目院本者皆是以咏歌舞踏来形容人之面貌体质的。

霸王院本

| 悲怨霸王 | 范增霸王 | 草马霸王 |
| 散楚霸王 | 三官霸王 | 补塑霸王 |

上《霸王院本》凡六本。王国维云："疑演项羽之事。"（《宋元戏曲史》）又云："愚意霸王即调名。"（《曲录》）此二说相矛盾。按以"演项

羽事"一说为当。

诸杂大小院本

乔托孤（《曲录》"托"作"记"）	旦判孤	计筭孤
双判孤	百戏孤	哨哧孤
烧枣孤	孝经孤	菜园孤
货郎孤（以上"孤"凡十本。其主演的，当为"装孤"色者）	合房酸	麻皮酸
花酒酸	狗皮酸	还魂酸
别离酸	三缠酸（《曲录》"三"作"王"，疑误）	谒食酸
三楪酸	哭贫酸	插拨酸（以上"酸"本凡十一本。）
酸孤旦（按此本似以酸、孤、旦三色同时出场。）	毛诗旦	老孤遣旦
缠三旦	禾哨旦	哮赏旦
贫富旦（以上		

"旦"本，凡七本。《武林旧事》杂剧色有"装旦"的名目。)

书柜儿	纸襕儿	蔡奴儿
剁手儿	喜牌儿	卦册儿
绣箧儿	粥碗儿	佞娘儿
卦铺儿	师婆儿	教学儿
鸡鸭儿	黄丸儿	棱角儿
田牛儿	小九儿（《曲录》"九"作"丸"）	丑奴儿
病裹王	马明王	闹学堂
闹浴堂	宽布衫	泥布衫
赶汤瓶	纸汤瓶	闹棋亭（《曲录》，"棋"作"旗"，疑误）
夫容亭（《曲录》作芙蓉亭）	坏食店	闹酒店
坏粥店	庄周梦	花酒梦
蝴蝶梦	三出舍	三入舍
瑶池会	八仙会	蟠桃会
洗儿会	藏阄会	打五脏

兰昌宫	广寒宫	闹结亲
倦成亲	强风惜（《曲录》"惜"作"情"）	大论情
三园子	红娘子	太平还乡
衣锦还乡	四论艺	殿前四艺
竞敲门	都子撞门	呆大郎
四酸擂	问前程	十样锦
长庆馆	癞将军	两相同
竞花枝	五变妆	洪福无疆
白牡丹	赤壁鏖兵	穷相思
金坛谒宿	调奴渐（"奴"应从《曲录》作"双"，为是）	官吏不和
闹巡铺	判不由巳	大勘力
同官不睦	闹平康	赶门不上
卖花容	同官贺授	无鬼论
四酸讳偌	闹棚栏	双药盘街
闹文林	四国来朝（当即《四国朝》）	双捉婿
酒色财气	医作媒	风流药院
监法童	渔樵闲话	斗鹌鹑
杜甫游春	殀央简	四酸提猴
满朝欢	月夜闻筝	鼓角将
闹夫容城（《曲	双闹医	张生煮海

录》作"芙蓉城")		
赊徐馒头(《曲录》无"徐"字,疑此字衍)	文房四宝	谢神天
陈桥兵变	双揭榜	朦哑质库(《曲录》"朦"作"曚")
双福神	院公狗儿	告和来
佛印烧猪	酸卖俫	琴剑书箱
花前饮	五鬼听琴	白云庵
迓鼓二郎	坏道场	独脚五郎
卖花声	进奉伊州	错上坎
医五方	打五铺	拷梅香
四道姑	隔帘听	硬竹蔡(《曲录》"竹"作"行")
义养娘	咭师姨	论秋蝉
刘盼盼	墙头马	刺董卓
锯周朴(《曲录》"朴"作"村")	四柏板	大论淡
捽龙舟	击梧桐	浒蓝桥
入桃园	双防送	海常春(《曲录》"常"作"棠")

香药车	四方和	九头顶
斗元宵（《曲录》"斗"作"闹"）	赶村禾（《曲录》"村"作"材"）	眼药孤
两同心	更漏子	阴阳孤
提头巾	三索债	防送哨
偌卖旦	是耶酸	怕水酸
回回梨花院	晋宣成道记	

上诸杂大小院本凡一百八十九本，与宋官本杂剧重出者仅五本耳。

院幺

海棠轩	海棠园	海棠怨
海棠院	鲁李三（《曲录》"三"作"王"）	庆七夕
再相逢	风流婿	王子端卷帘记
紫云迷四季	张与孟杨妃	女状元春桃记
粉墙梨花院	妮女梨花院	庞方温道德经
大江东注	吴彦皋	不抽开
不掀帘	红梨花	玎珰天赐暗姻缘

上《院幺》凡二十一本。"院幺"之名未详。或是均以《六幺》大曲来歌唱的吧。

诸杂院爨

闹夹棒六幺	闹夹棒法曲	望瀛法曲
分拐法曲	送宣道人欢	逍遥乐打马铺
扯彩延寿乐	讳老长寿仙	夜半乐打明星
欢呼万里	山水日月	集贤宾打三鼓
打白雪歌	地水火风	夜深深三磕胞
佳景堪游	十四十五郎（《曲录》无"十四"二字）	喜迁莺剁草鞋
太公家教	琴棋书画	滕王闹阁入妆（《曲录》"入"作"八"）
春夏秋冬	风花雪月	上小楼衮头子
喷水朝僧	打注论语	恨秋风鬼点偌
诗书礼乐	论语谒食	下角瓶大医淡
再游恩地	累受恩深	送羹汤放火子
擂鼓孝经	香茶酒果	船子和尚四不犯
徐演黄河	单兜望梅花	皇都好景
四偌大提猴	双声叠韵	上皇四轴画
三偌一卜	调猿卦铺	俾刀馒头
河转迓鼓	背箱伊州	酒楼伊州
袭衣百家诗	埋头百家诗	偷酒牡丹香
雪诗打樊哙	抹面长寿仙	四偌卖诨
四偌祈雨	松竹龟鹤	王母祝寿
四偌抹紫粉	四偌劈马椿	截红闹浴堂
和燕归梁	苏武和番	羹汤六幺
河汤舅舅（《曲	偌请都子	双女颇饭（《曲

录》"汤"作"阳")		录》"颇"作"赖")
一贯质库儿	私媒质库儿	清朝无事
丰稔太平	一人有庆	四海氏和
金皇圣德	皇家万岁	背鼓千字文
变电千字文(《曲录》"电"作"龙")	摔盒千字文	错打千字文
木驴千字文	埋头千字文	讲来年好
讲圣州序	讲乐章集	讲道德经
神农大说药	食店提猴	人参脑子爨
断朱温爨	变二郎爨	讲百果爨
讲百花爨	讲蒙求爨	讲百禽爨
讲心字爨	变柳七爨	三跳涧爨
打王枢密爨	水酒梅花爨	调猿香字爨
三分食爨	煎布衫爨	赖布衫爨
双揲纸爨	谒金门爨	跳布袋爨
文房四宝爨	开门五花爨	

上诸院爨一百七本。与宋官本杂剧同者仅一本。"爨"即院本之别名，见上文。

冲撞引首

打三十	打谢乐	打八哥
错打了	错取鬼(《曲录》"鬼"作	说狄青

		"儿")
憨郭郎	技头巾	小闹捆
莺哥猫儿	大阳唐	小阳唐
歇贴韵	三般尿	大惊睡
小惊睡	大分界	小分界
双雁儿	唐韵六贴	我来也
情知本分	乔捉蛇	铛锅釜灶
代元保	母子御头	觜笛儿（《曲录》"笛"作"苗"）
山梨柿子	打淡的	一日一个
村城诗	胡椒虽小	蔡伯喈
遮截架解	窄砖儿	三打步
穿百倬	盘榛子	四鱼名
四坐山	撮头带	天下乐
四帕水（《曲录》"帕"作"怕"）	四门儿	说古人
山麻秸	乔道场	黄风荡荡
贪狼观	通一母	串邦了（《曲录》"了"作"子"）
拖下来	哑伴哥	刘千刘义
欢会旗	生死鼓	捣练子
三群头	酒槽儿	净瓶儿
卖官衣	苗青根白	调笑令

斗鼓笛	柳青娘	论句儿
请车儿	身边有艺	调刘滚
霸工草（《曲录》"工"作"王"）	难古典	左必来
香供养	合五百	妳妳嗔
一借一与	已巳巳	舞秦始皇
学像生	支道馒头	打调劫
驴城白守	呆木大	定魂刀
说罚钱	年纪太小	打扇
盘蛇	相眼	告假
捉记	照淡	朦哑
投河	略通	调贼
多笔	金押	扯状
罗打	记水	来楞（《曲录》"来"作"求"）
烧奏	转花枝	计头儿
长娇惓（《曲录》"惓"作"怜"）	歇后语	芦子语
回且语	大支散	

上《冲撞引首》凡一百九十本。所谓"冲撞引首"颇费解。按行院既以"冲州撞府"为生，则"冲撞引首"云者，或可作"院本"的"引首"解。即所谓前半段的杂剧，也即所谓"艳段"吧。

拴搐艳段

襄阳会	驴轴不了	抛绣球（《曲录》无此一本）
鞭敲金镫	门帘儿	天长地久
眼药里（《曲录》无此一本）	衙府则例	金含楞
天下太平（宋官本杂剧《天下太平》爨，当即一本）	归塞北	春夏秋冬
斗百草	叫子盖头	大刘备
石榴花诗	哑叹书	说古棒
唱柱杖	日月山河	胡饼大
觜揾地	屋里藏	骂吕布
张天觉	打论语	十果顽
十般乞	还故里	刘今带
四草虫	四厨子	四妃艳
望长安	长安住	骂江南
风花雪月	错寄书	睡起教柱
打婆皮（《曲录》作"打婆束"）	三文两朴	大对景
小护乡	少年游	打青提
千字文	酒家诗	三拖旦
睡马杓	四生属（《曲录》"属"作"厉"）	乔唱诨
桃李子	麦屯儿	大菜园
乔打圣	杏汤来	谢天地

十只足（《曲录》"足"作"脚"）	请生打纳	建成
缚食	球棒艳	破巢艳
开封艳	鞍子艳	打虎艳
四王艳	蝗虫艳	撅子艳
七捉艳	修行艳	般调艳
枣儿艳	蛮子艳	快乐艳
慈乌艳	眼里乔	访戴
众牛（《曲录》"牛"作"半"）	陈蔡	范蠡
扯休书	鞭塞（《曲录》"塞"作"寨"）	金铃
感吾智	诸宫调	锹扒埽竹
雕出板来	套靴	舌智
俯饭	钗发多	襄阳府
仙哥儿		

上拴搐艳段凡九十二本。"艳段"即"焰段"。陶宗仪云："又，有焰段，亦院本之意，但差简耳。取其如火焰易明而易来也。"吴自牧云："先做寻常熟事一般，名曰艳段。次做正杂剧。"是艳段即正杂剧之"得胜头回"或入话也。

打略拴搐

星象名	果子名	草名
军器名	神道名	灯火名
衣裳名	铁器名	书集名

节令名	斋菜名	县道名
州府名	相朴名	法器名
乐人名	草名	军名
门名	鱼名	菩萨名

以上二十一本，《曲录》删去不载。

赌扑名
  照天红 藩棋名 衮骰子
  琴家弄 闷葫芦 握龟

官职名
  说驾顽 敲待制 上官赴任
  押刺花赤

飞禽名
  青鸬（原无 老雅 厮料
  鸬字，据《曲
  录》补）
  鹰鹞雕鹘

花名
  石竹子 调狗 散水

吃食名
  厨难偌 蘑茹来

佛名
  成佛（《曲录》爷娘佛
  "佛"下有"板"字。）

难字儿

盘驴	害字	刘三
一板子		

酒下拴

数酒	四子三元	

唱尾声

孟姜女	遮盖了	诗头曲尾
虎皮袍		

猜谜

杜大伯	大黄	

和尚家门

秃丑生	窗下僧	坐化
唐三奘		

先生家门

入口鬼	则耍胡孙	大烧饼
清闲真道本		

秀才家门

大口赋	六十八头	拂袖便去
绍运图	十二月	胡说话
风魔赋	寮丁赋（《曲录》"寮"作"疗"）	牵着骆驼看马胡孙

列良家门

说卦象	田命赋（《曲录》"田"作"由"）	混星图
柳簸箕	二十八宿	春从天上来

禾下家门

万民快乐　　咬得响　　　莫延

九斗一石　　　　共牛

大夫家门

　　三十六风　　伤寒赋（《曲录》合死汉
　　　　　　　　无"赋"字）

　　马屁勃　　　安排锹钁　　二百六十骨节

　　撒五谷（《曲　便痈赋
　　录》无此书）

卒子家门

　　计儿线（《曲　甲仗库　　　军闹
　　录》"计"作
　　"针"）

　　阵败

良头家门

　　方头赋　　　水电吟（《曲录》
　　　　　　　　"电"作"龙"）

邦老家门

　　脚言脚语　　则是便是贼

都子家门（《曲录》"子"作"下"）

　　后人收　　　桃李子　　　上一上

孤下家门

　　朕闻上古　　刁待制包（《曲　绢儿来
　　　　　　　　录》"刁"作
　　　　　　　　"刀"）

司吏家门

　　罢笔赋　　　事故榜（《曲录》

"事"作"是")

仵作家门
　　一遍生活
橛徕家门
　　受胎成气

上《打略拴搐》凡一百十本。(《曲录》作八十八种)所谓《打略拴搐》,其意义不可解。但这一百十本的内容却比较的容易明了,即其所分别的各门类,也可使我们推测其性质。大约此种《打略拴》搐》,只是市井戏谑之作,全以舌辩之机警及滑稽见胜,并不包含什么故事(详后)。

诸杂砌

摸石江	梅妃	浴佛
三教	姜武	救驾
赵娥娥	石妇吟	变猫
水毋	玉环	走鹦哥
上料	瞎脚	易基
武则天	告子	拔蛇
鹿皮	新公太(《曲录》"公太"作"太公")	黄巢
恰来	蛇师	没字碑
卧单(《曲录》"单"作"草")	衲袄	封陟(《曲录》"陟"作"碑",疑即《官本杂剧》之《封陟中和乐》。)

| 锯周朴（《曲录》"朴"作"村"） | 史弘笔（《曲录》"笔"作"肇"） | 悬头梁上 |

上《诸杂砌》凡三十本，和《官本杂剧》名目相同者一本。所谓"诸杂砌"，未详其义。王国维云："按《芦浦笔记》谓：街市戏谑，有打砌打调之类。疑杂砌亦滑稽戏之流。然其目则颇多故事则又似与打砌无涉。"他又疑"杂砌"或即"杂扮"之类。按"杂扮"亦即"街市戏谑"之一种，疑即是"切砌、打调之类"。所谓"诸杂砌"，当即指诸种杂扮（详后文）。

以上凡院本七百十三本，（《曲录》作六百九十本，此据元刊本《辍耕录》增二本。《曲录》不计"打略拴搐"里的"星象名"、"果子名"等二十一本，大误。今亦为补入。故增多二十三本。）分为：（一）和曲院本，（二）上皇院本，（三）题目院本，（四）霸王院本，（五）诸杂大小院本，（六）院幺，（七）诸杂院爨，（八）冲撞引首，（九）拴搐艳段，（十）打略拴搐，（十一）诸杂砌的十一类。粗视之，似若错杂凌乱，不可究诘，其实，其类别是犁然明白的。第一部为"院本"；自和曲院本到诸杂院爨的七类俱可归入此部。第二部为"艳段"，即院本的"前段"（相当于小说的"入话"）；冲撞引首及拴搐艳段二类可归之。第三部为"打略"（或杂砌、杂扮）即院本的"后散段"（详后），打略拴搐及诸杂砌二类可归之。其分类的次第是井然不乱的。

在这七百十三本的"院本"里，用大曲、法曲、词曲调的名目为名者仍不少；计大曲凡十六本，法曲凡七本，词曲调凡三十七本，共凡六十本。其中想来还有为失传之词曲调而为我们所未知者在。但较之宋杂剧之过半数以大曲、法曲、词曲调之名目为名，则似情形不同矣。但我们知道，周密所著录的是"官本杂剧段数"，是宫廷中的供奉、只应的杂剧名目，故比较的整饬、雅驯。而陶宗仪所著录的则是"行院"所用的"院本"，故显得凌乱、繁杂，无所不包，充分地表现出，"行院"乃是杂耍班；"院本"名目乃是宋、金、元三代的许多杂玩意儿的俗曲本子的总目录。

于正宗的"杂剧"或院本之外，那名目里面最可注意的是，包括了许许多多的显然不是演唱故事，而只背诵机警的或滑稽的市井所好的事物的名色以为欢笑之资而已。像《酒色财气》、《渔樵问答》、《文房四宝》、《山水日月》、《地水火风》、《琴棋书画》、《松竹龟鹤》、《春夏秋冬》、《风花雪月》、《诗书礼乐》、《香茶酒果》等等的状述，以至于《蓑衣百家诗》、《埋头百家诗》、《背鼓千字文》、《变龙千字文》、《摔盒千字文》、《错打千字文》、《木驴千字文》、《埋头千字文》等等的文字游戏，以至于《讲来年好》、《讲圣州序》、《讲乐章序》、《讲道德经》、《讲蒙求爨》、《讲心字爨》、《订注论语》、《论语谒食》、《擂鼓孝经》、《唐韵六帖》一类的谈经说子，以至于《神农大说药》、《讲百果爨》、《讲百花爨》、《讲百禽爨》等等，博征草木虫鱼之名以炫其舌辩与歌唱的警敏，其情形盖甚与近日之唱诵"宝卷"或说"相声"的情形相类似。

在《打略拴搐》里，尤洋洋大观的集背诵名物、以炫博识的那一类俗曲本子的大全。有所谓星象名、果子名、草名、军器名、神道名、灯火名、衣裳名、铁器名、书籍名、节令名、齑菜名、县道名、州府名、相扑名、法器名、门名、革名、军名、鱼名、菩萨名、乐人名等等；而赌扑名乃多至七种，官职名多至四种，飞禽名也多至四种，其他花名、吃食名、佛名也在二种以上。这样的以无意义的名辞拼合来歌唱的盛行的风气，颇令我们想到明代永乐时刊行的浩瀚无比的《诸佛菩萨名曲经》。像这样的风气，到今日也还在民间的俗曲本子里占着相当的势力。

《打略拴搐》之名称最费解。那一百十本的《打略拴搐》，内容也最为繁杂。但如果细加分析，便可知道：除了背诵名物一类的俗曲子之外，又有所谓"唱尾声"及"猜谜"的；这似都是仿拟当时瓦市里流行的唱调和"商谜"的。但更可注意的是各种"家门"；计有：

（一）和尚家门（四本）（当是以和尚为主角而施其嘲笑或机警的讽刺的）。

（二）先生家门（四本）（这当然是讥嘲道士先生们的曲本了）。

（三）秀才家门（十本）（这是和秀才们开玩笑的）。

（四）列良家门（六本）（所谓"列良"，当指的是占、星、相一流人物）。

（五）禾下家门（五本）（疑指的是农夫们）。

（六）大夫家门（七本）（这当然指的是医生们了；在杂剧或戏文里，和医生们开玩笑的话很不少）。

（七）卒子家门（四本）（以兵士们为对象的）。

（八）良头家门（二本）（"良头"未详）。

（九）邦老家门（二本）（"邦老"即窃盗之别称）。

（一〇）都下家门（三本）（"都下"未详）。

（一一）孤下家门（三本）（"孤"即"装孤"吧。但这三本，所谓"孤"，指的并不是官而是帝王）。

（一二）司吏家门（二本）（写"吏"之生活的）。

（一三）仵作行家门（一本）（写"仵作"生活的）。

（一四）橛徕家门（一本）（"橛徕"未详）。

除"良头"、"都下"、"橛徕"未详外，其余所叙的是官家、司吏、仵作、卒子，是秀才、窃盗、和尚、道士，是医、卜、星、相，是农夫，总之，是社会上形形色色的人物与其生活。

《梦粱录》云："又有杂扮，或曰杂班，又名经元子，又谓之拔和，即杂剧之后散段也。顷在汴京时，村落野夫，罕得入城，遂撰此端。多是借装为山东、河北村叟，以资笑端。"《芦浦笔记》谓：街市戏谑，有打砌打调之类。所谓"打调"，当即是"打略拴搐"的打略，也正是街市戏谑的俗曲本子。"杂砌"云云。便是"诸般打砌之意"。打砌和打调本是性质相同的东西，故编在一处。

"打略"（或打调）的性质，正是"借装为山东、河北村叟，以资笑端"，不过借装的范围却由村叟而更扩大到医、卜、星、相，到和尚、道士，乃至到官家、秀才们身上了。也正合"杂扮"的真正意义。

参考书目

一、周密：《武林旧事》。

二、吴自牧：《梦粱录》。

三、陶宗仪：《辍耕录》。

四、王国维：《宋大曲考》。

五、王国维：《宋元戏曲史》。

六、王国维：《曲录》。

七、郑振铎：《行院考》。

八、曾慥：《乐府雅词》。

第八章　鼓子词与诸宫调

一

宋、金、元杂剧词（或院本）的性质，我们既已明了；惟有一点尚为未解之谜：杂剧词究竟有无念白（除了致语或俳语口号之外），如果有其念白或散文部分究竟占多少的成分。如果每段均有念白，或念白是夹杂在歌舞之间的，则宋、金之杂剧不是什么纯碎的歌舞戏了（其内容当是复杂歧出）；不仅和弄人及歌舞有关，至少也应受到些"变文"的影响。可惜我们除了咏冯燕故事的《水调歌头》，咏西子故事的《薄媚》等三数本之外，得不到别的更完整的例证。因之，我们这一个谜，便不能有解决的希望。（元以后的院本，其受到金、元的戏曲的影响而略变其性质，是很显明的。）

我们今日所知的最早受到"变文"的影响的，除说话人的讲史、小说以外，要算是流行于宋、金、元三代的鼓子词与诸宫调了。鼓子词仅见于宋，是小型的"变文"，是用流行于宋代的词调来歌唱的；当为士大夫受到"变文"影响之后的一种典雅的作品。但"变文"在民间却更流行而成为重要的一种新文体，即所谓诸宫调者是。诸宫调是"变文"以后很浩瀚的有力之作。在歌唱一方面，努力地采用当时流行的新歌曲，而改易了

"变文"的单调的歌唱,是取精用宏、气魄极大的东西。说话人抄袭了"变文"的讲唱的方法而特别的着重于散文(即讲说)一部分。其和"变文"同样的着重于韵文(即歌唱)部分的,除了"宝卷"之外,便是这个新文体诸宫调了。

诸宫调为比较的后起之秀,其歌唱部分的组织,显然受有鼓子词、唱赚、大曲以至"转踏"等等的影响。惟其写作的与发挥歌唱的威力的才能却伟大得多了。

二

"鼓子词"是一种叙事的讲唱文;和"变文"相同,也是韵文、散文相间杂的组织成功的。惟其篇幅比"变文"缩小得多了。当是宴会的时候,供学士大夫们一宵之娱乐的。故文简而事略;每篇大约只有十章的歌唱。赵德璘说:崔莺莺的故事,"惜乎不被之以音律,故不能播之声乐,形之管弦"。是鼓子词乃是以"管弦"伴之歌唱的,和诸宫调之单用"弦索"(即弦乐)伴唱者不同。在《商调蝶恋花》鼓子词的开头,赵氏说道:"调曰商调,曲名《蝶恋花》。句句言情,篇篇见意。奉劳歌伴,先定格调,后听芜词。"其后,每一段歌唱的开始,必先之以"奉劳歌伴,再和前声"。是知鼓子词的讲唱者至少须以三人组成;一人是讲说的,另一人是歌唱的。讲唱者或兼操弦索,或兼吹笛,其他一人则专吹笛或操弦。今先将赵氏的《蝶恋花》鼓子词录载于下:

元微之崔莺莺商调蝶恋花词

夫传奇者,唐元微之所述也。以不载于本集而出于小说,或疑其非是。今观其词,自非大手笔孰能与于此!至今士大夫极谈幽玄，访奇述异，无不举此以为美话。至于娼优女子，皆能调说大略。惜乎不被之以音律，故不能播之声乐，形之管弦。好事君子，极饮肆欢之际，愿欲一听其说。或举其末而忘其本，或纪其略而不终其篇。此吾曹之所共恨者也。今于暇日，详观其文，略其烦亵，分之为十章。每章之下，属之以词。或全撼其文，或止取其意。又别为一曲，载之传前，先叙前篇之义。调曰商调，曲名《蝶恋花》。句句言情，篇篇见意。奉劳歌伴，先定格调，后听芜词。

丽质仙娥生月殿，谪向人间，未免凡情乱。宋玉墙东流美盼，乱花深处曾相见。

密意浓欢方有便，不字浮名旋遣轻分散。最恨多才情太浅，等闲不念离人怨。

传曰：余所善张君，性温茂，美丰仪，写于蒲之普救寺。适有崔氏孀妇将归长安，路出于蒲，亦止兹寺。崔氏妇，郑女也。张出于郑，绪其亲乃异派之从母。是岁，丁文雅不善于军，军人因丧而扰，大掠蒲人。崔氏之家财产甚厚，多奴仆。族寓惶骇，不知所措。先是张与蒲将已党有善，请吏护之，遂不及于难。郑厚张之德甚。因饰馔以命张，中堂谦之。复谓张曰：姨之孤嫠末之，提携幼稚，不幸属师徒太溃，实不保其身。弱子幼女，犹君之所生也。岂可比常恩哉！今俾以仁兄之礼相见，冀所以报恩也。乃命其子曰欢郎，可十余岁，容其温美，次命女曰莺莺，出拜尔兄。尔兄活尔！久之，辞疾。郑怒曰：张兄保尔之命，不然，尔且虏矣！能复远嫌乎？又久之，乃至。常服晬容，不加新饰。垂环浅黛，双脸断红而已。颜色艳异，光辉动人。张惊，为之礼。因坐郑傍。凝睇怨绝，若不胜其体。张问其年几。郑曰：十七岁矣。张生稍以词导之，不对。终席而罢。奉劳歌伴，再和前声。

锦额重帘深几许？绣履弯弯，未省离朱户。强出娇羞都不语，绛绡频掩酥胸素。

黛浅愁红妆淡伫，怨绝情凝，不肯聊回顾。媚脸未匀新泪污，梅英犹带春朝露。

张生自是惑之。愿致其情，无由得也。崔之婢曰红娘。生私为之礼者数四。乘间遂道其衷。翌日，复至，曰：郎之言，所不敢言，亦不敢泄。然而崔之族姻，君所详也。何不因其媒而求娶焉？张曰：予始自孩提时，性不苟合。昨日一席间，几不自持。数日来，行忘止，食忘饭，恐不能逾旦暮。若因媒氏而娶，纳采问名，则三数月间，索我于枯鱼之肆矣！婢曰：崔之贞顺自保，虽所尊不可以非语犯之。然而善属久。往往沉吟章句，怨慕者久之。君试为偷情诗以乱之。不然，无由得也。张大喜。立缀《春词》二首以授之。奉劳歌伴，再和前声。

懊恼娇痴情未惯，不道看看，役得人肠断。万语千言都不管，兰房跬步如天远。

废寝忘餐思想遍，赖有青鸾，不必凭鱼雁。密写香笺伦缱绻，《春词》一纸芳心乱。

是夕，红娘复至，持采笺而授张曰：崔所命也。题其篇云：《明月三五夜》。其词曰：待月西厢下，迎风户半开。拂墙花影动，疑是玉人来。奉劳歌伴，再和前声。

庭院黄昏春雨霁，一缕深心，百种成牵系。青翼蓦然来报喜，鱼笺微谕相容意。

待月西厢人不寐，帘影摇光，朱户犹慵闭。花动拂墙红萼坠，分明疑是情人至。

张亦微谕其旨。是夕，岁二月，旬又四日矣。崔之东墙有杏花一树，攀援可逾。既望之夕，张因梯其树而逾焉。达于西厢。则户半开矣。无几，红娘复来。连曰：至矣！至矣！张生且喜且骇，谓必获济。及女至，则端服俨容，大数张曰：兄之恩。活我家厚矣！由是慈母以弱子幼女见依。奈何因不令之婢，致淫泆之词。始以护人之乱为义，而终掠乱求之。是以乱易乱，其去几何！诚欲寝其词，则保人之奸不义；明之母，则背人之惠不祥。将寄于婢妾，又恐不得发其真诚。是用纪于短章，愿自陈启。犹惧兄之见难，是用鄙靡之词，以求其必至。非礼之动，能不愧心！特愿以礼自持，毋及于乱。言毕，翻然而逝。张自失者久之，复逾而出。由是绝望矣！奉劳歌伴，再和前声。

屈指幽期惟恐误，恰到春宵，明月当之五。红影压墙花密处，花阴便是桃源路。

不谓兰城金石圈，敛袂怡声，恣把多才数。惆怅空回谁共语？只应化作朝云去。

后数夕，张君临轩独寝，忽有人觉之。惊颊而起，则红娘敛衾携枕而至。抚张曰：至矣！至矣！睡何为哉？并枕重衾而去。张生拭目危坐久之，犹疑梦寐。俄而红娘捧崔而至。则娇羞融冶，力不能运支体。曩时之端庄，不复同矣。是夕，旬有八日，斜月晶荧，幽辉半床。张生飘飘然且疑神仙之徒，不谓从人间至也。有顷，寺钟鸣晓，红娘促去。崔氏娇啼宛转，红娘又捧而去。终夕无一言。张生辨色而兴，自疑曰：岂其梦耶？所可明者，妆在臂，香在衣，泪光荧荧然犹莹于茵席而已。奉劳歌伴，再和前声。

数夕孤眠如度岁，将谓今生，会合终无计。正是断肠凝望际，云心捧得嫦娥至。

玉围花柔羞抆泪，端丽妖娆，不与前时比。人去月斜疑梦寐,衣香犹在妆留臂。

是后又十余日,杳不复知。张生赋《会真诗》之十韵未毕,红娘适[至]。因授之以贻崔氏。自是复容之。朝隐而出,暮隐而入。同安于曩所谓西厢者几一月矣。张生将之长安。先以情愉之。崔氏宛无难词,然愁怨之容动人矣!欲行之再夕,不复可见。而张生遂西。奉劳歌伴,再和前声。

一梦行云还暂阻,尽把深诚,缀作新诗句。幸有青鸾堪密付,良宵从此无虚度。

两意相欢朝又暮,争索郎鞭,暂指长安路。最是动人愁怨处,离情盈抱终无语。

不数月,张生复游于蒲舍,于崔氏者又累月。张雅知崔氏善属文。求索再三,终不可见。虽待张之意甚厚,然未尝以词继之。异时,独夜操琴,愁弄凄恻。张窃听之。求之,则不复鼓矣。以是愈感之。张生俄以文调及期,又当西去。临去之夕,崔恭貌怡声,徐谓张曰:"始乱之,今弃之,固其宜矣。愚不敢恨。必也君始之,君终之,君之惠也。则没身之誓,其有终矣!又何必深憾于此行?然而君既不怿,无以奉宁。君尝谓我善鼓琴。今且往矣。既达君此诚。因命拂琴,鼓《霓裳羽衣序》。不数声,哀音怨乱,不复知其是曲也。左右皆欷歔。张亦遽止之。崔投琴拥面,泣下流涟。趣归郑所,遂不复至。奉劳歌伴,再和前声。

碧沼鸳鸯交颈舞,正恁双栖,又遣分飞去。洒翰赠言终不许,援琴请尽奴衷素。

曲未成声先怨慕,忍泪凝情,强作《霓裳》序。弹到离愁凄咽处,弦肠俱断梨花雨。

诘旦,张生遂行。明年,文战不利,遂止于京。因贻书于崔，以广其意。崔氏缄报之词，粗载于此。曰：捧览来问，抚爱过深。儿女之情，悲喜交集。兼惠花胜一合，口脂五寸，致耀首膏唇之饰，虽荷多惠，谁复为容！睹物增怀，但积悲叹耳。伏承便于京中就业，于进修之道，固在便安。但恨鄙陋之人，永以遐弃。命也如此，知复何言！自去秋以来，尝忽忽如有所失。于喧哗之下，或勉为笑语。间宵自处，无不泪零。乃至梦寐之间，亦多叙感咽离忧之思。绸缪缱绻，暂寻常。幽会未终，惊魂已断。虽半衾如暖，而思之甚遥。一昨拜辞，倏如旧岁。长安行乐之地，触绪牵情。何幸不忘幽微，眷念无斁！鄙薄之志，无以奉酬。至于终始之盟，则固不忒。鄙与中表相因，或同宴处。婢仆见诱，遂致私诚。儿女之情，不能自固。君子有援琴之挑，鄙人无投梭之拒。及荐枕席，义盛恩深。愚幼之情，永谓终托。岂期既见君子，不能以礼定情。致有自献之羞，不复明侍巾栉。没身永恨，含叹何言！倘若仁人用心，俯遂幽劣，虽死之日，犹生之年。如或达士略情，舍小从大，以先配为丑行，谓要盟之可欺，则当骨化形销，丹忱不泯，因风委露，犹托清尘。存没之诚，言尽于此！临纸鸣咽，情不能申！千万珍重！奉劳歌伴，再和前声。

别后想思心目乱，不谓芳音，忽寄南来雁。却写花笺和泪卷，细书方寸教伊看。

独寐良宵无计遣，梦里依稀，暂若寻常见。幽会未终云已断，半衾如暖人犹远。

玉环一枚，是儿婴年所弄，寄先君子下体之佩。玉取其坚洁不渝，环取其终始不绝。兼欲彩丝一绚，文竹茶合碾子一枚。此数物不足见珍。意者欲君子如玉之洁，鄙志如环不解，泪痕在竹，愁绪萦丝。因物达诚，永以为好耳。心迩身遐，拜会无期。

幽愤所钟，千里神合。千万珍重，春风多厉，强饭为佳。慎言自保，毋以鄙为深念也。奉劳歌伴，再和前声。

尺素重重封锦字，未尽幽闺，别后心中事。佩玉彩丝文竹器，愿君一见知深意。

环玉长圆丝万系，竹上烂斑，总是相思泪。物会见郎人永弃，心驰魂去心千里。

张之友闻之，莫不耸异。而张之志固绝之矣。岁余，崔已委身于人，张亦有所娶。适经其所居。乃因其夫言于崔，以外兄见。夫已诺之，而崔终不为出。张怨念之诚动于颜色。崔知之，潜赋一诗寄张曰：自从消瘦灭容光，万转千回懒下床。不为旁人羞不起，为郎憔悴却羞郎。竟不之见。复数日，张君将行，崔又赋一诗以谢绝之。词曰：弃置今何道！当时且自亲。还将旧来意，怜取眼前人。奉劳歌伴，再和前声。

梦觉高唐云雨散，十二巫峰，隔断相思眼。不为旁人移步懒，为郎憔悴羞见郎。

青翼不来孤凤怨，路失桃源，再会终无便。旧恨新愁无计遣，情深何似情俱浅。

逍遥子曰：乐天谓微之能道人意中语。仆于是益知乐天之言为当也。何者？夫崔之才华婉美，词彩艳丽，则于所载缄书诗章尽之矣。如其都愉淫冶之态，则不可得而见。及观其文飘飘然仿佛出于人目前。虽丹青摹写其形状，未知能如是工且至否。仆尝采撷其意，撰成《鼓子词》十一章，示余友何东白先生。先生曰：文则美矣！意犹有不尽者。胡不复为一章于其后，具道张之与崔，既不能以理定其情，又不能合之于义。始相遇也，如是之笃；终相失也，如是之遽。必及于此则完矣。余应之曰：先生真为文者也。言必欲有终始箴戒而后已。大抵鄙靡之词，止歌其事之可歌，不必如是之备。若夫聚散离合，亦人之常情，古今所共惜也。又况崔之始相得而终至相失，岂得已哉！如崔已他适，而张诡计以求见。崔知张之意，而潜赋诗而谢之，其情盖有未能忘者矣！乐天曰：天长地久有时尽，此恨绵绵无尽期！岂独在彼者耶？予因命此意，复成一曲，缀于传末云：

镜破人离何处问？路隔银河，岁会知犹近。只道新来消瘦损，玉容不见空传信。

弃掷前欢俱未忍，岂料盟言，陡顿无凭准。地久天长终有尽，绵绵不似无穷恨。

这篇《元微之崔莺莺商调蝶恋花词》，见于赵氏的《侯鲭录》（卷五）。赵氏名令畤，字德麟，燕王德昭玄孙；为安定郡王，所与游处，多元佑胜流，苏轼尤深识其才美。德麟以为张生即元微之自况，所传莺莺事，盖即微之自己所经历的。（详见《侯鲭录》卷五《辨传奇莺莺事》）故径题曰："元微之、崔莺莺《商调蝶恋花词》。"全篇连首尾二曲，凡十二章。散文部分即截取《莺莺传》文为之。

像这样的"鼓子词"，在宋人著作里是仅见。但可知在当时是极流行的。《清平山堂话本》里有《刎颈鸳鸯会》（《警世通言》选入，题作《蒋淑贞刎颈鸳鸯会》）一本，其格局正同。虽入"话本"之选，殆也是一篇鼓子词吧。其韵文部分以十篇《醋葫芦》小令组成之，其散文部分则为流利的白话文的记事（当是用作讲念的）。和赵德麟之引用《莺莺传》原文，似没有什么两样。而其每入歌唱处，亦必曰："奉劳歌伴"，也正和《蝶恋花》相同。

我们玄想，这样小型的叙事讲唱文（鼓子词），以当时流行的词调来歌出，以管弦来配奏的，在当时，必定和说话人之讲说"小说"（短篇的话本，大都每次都可讲毕），是同样受到听众之热烈欢迎的。

三

尚有所谓"转踏"者,也是叙事歌曲的一流,其性质正和鼓子词不殊。不过其散文部分却又转变而成为"诗句"了。如此的以"诗"和"词调"相间成文,却也颇足注意。

这也是咏歌故事的,连续的以同一的词调若干首组成之。

为什么这种"转踏"会把散文部分变成了"诗"句呢?

原来"转踏"本是歌舞相兼的,随歌随舞,并不容有说白的间杂,故势不得不易"散文"而为另一种的韵文。也为了是歌舞的东西,故上面必冠以"致语",最后必有"放队"。然其以"诗""词"相间而组成,犹未尽失"变文"的遗意。

"转踏"又谓之"传踏",亦谓之"缠达"(《梦粱录》卷二十)。

其和鼓子词不同者,即每篇不仅叙述一事,而是连续的叙述性质相同的若干事的(每一曲叙一事)。今日所见的无名氏《调笑转踏》,郑彦能《调笑集句》,晁无咎《调笑》(均见曾慥《乐府雅词》卷上)均是如此的。又有无名氏的《九张机》,也是"转踏"之一,却纯然是抒情小歌曲而并无故事的了。

但亦有合若干首歌曲而仅咏一个故事,像鼓子词一样的。《碧鸡漫志》(卷三)谓:石曼卿作《拂霓裳转踏》,述开元、天宝遗事(今佚)。可见"转踏"的格律是固定的,而其题材却是千变万殊的。今将《乐府雅词》的四篇,并抄录于下:

调笑集句

盖闻行乐须及良辰,钟情正在吾辈。飞觞夺白,目断五山之暮云；缀玉联珠，韵胜池塘之春草。集古人之妙句，助今日之余欢。

珠流璧合暗连文，月入千江体不分。此曲只应天上有，歌声岂合世间闻！

巫　山

巫山高高十二峰，云想衣裳花想容。欲往从之不惮远，丹峰碧障深重重。楼阁玲珑五云起，美人娟娟隔秋水。江天一望楚天长，满怀明月人千里。

千里楚江水，明月楼高愁独倚。井梧宫殿生秋意，望断巫山十二。雪肌花貌参差是，朱阁五云仙子。

桃　源

渔舟容易入春山，别有天地非人间。玉颜亭亭花下立，鬓乱钗横特地寒。留君不住君须去，不知此地归何处？春来遍是桃花水，流水落花空相误。

相误桃源路，万里苍苍烟水暮。留君不住君须去，秋月春风闲度。桃花零乱如红雨，人面不知何处！

洛　浦

艳阳灼灼河洛神，态浓意远淑且真。入眼平生未曾有，缓步佯羞行玉尘。凌波不过横塘路，风吹仙袂飘飘降。来如春梦不多时，夭非花艳轻非雾。

非雾花无语，还似朝云何处去。凌波不过横塘路，燕燕莺莺飞舞。风吹仙袂飘飘降，拟倩游丝惹住。

明　妃

明妃初出汉宫时，青春绣服正相宜。无端又被东风误，故着寻常淡薄衣。上马即知无返日，寒山一带伤心碧。人生憔悴生理难，好在毡城莫相忆。

相忆无消息，日断遥天云自白。寒山一带伤心碧，风土萧疏胡国。长安不见浮云隔，纵使君来争得！

班　女

九重春色醉仙桃，春娇满眼睡红绡。同辇随君侍君侧，云鬟花颜金步摇。一霎秋风惊画扇，庭院苍苔红叶遍。蕊珠宫里旧承恩，回首何时复来见！

来见蕊宫殿，记得随班迎凤辇。余花落尽苍苔院，斜掩金铺一片。千金买笑无方便，和泪盈盈娇眼。

文　君

锦城丝管月纷纷，金钗半醉坐添春。相如正应居客右，当轩下马入锦茵。斜倚绿窗鸳鉴女，琴弹秋思明心素。心有灵犀一点通，感君绸缪逐君去。

君去逐鸳侣，斜倚绿窗鸳鉴女。琴弹秋思明心素，一寸还成千缕。锦城春色知何评？那似远山眉妩！

吴　娘

素枝琼树一枝春，丹青难写是精神。偷啼自揾残妆粉，不忍重看旧写真。佩玉鸣鸾罢歌舞，锦瑟华年谁与度？暮雨潇潇郎不归，含情欲说独无处。

无处难轻诉，锦瑟华年谁与度？黄昏更下潇潇雨，况是青春将暮。花虽无语莺能语，来道：曾逢郎否？

琵　琶

十三学得琵琶成，翡翠帘开云母屏。暮雨朝来颜色故，夜半月高弦索鸣。江水江花岂终极，上下花间声转急。此恨绵绵无绝期，江州司马青衫湿。

衫湿情何极！上下花间声转急。满船明月芦花白，秋水长天一色。芳年未老时难得，目断远空凝碧。

放　队

玉炉夜起沉香烟，唤起佳人舞绣筵。去似朝云无处觅，游童陌上拾花钿。

除了"致语"和"放队"外，这篇"转踏"凡八章，每章各咏一事：（一）巫山，（二）桃源，（三）洛浦，（四）明妃，（五）班女，（六）文君，（七）吴娘，（八）琵琶。其题材的性质是相同的，故便合组成一篇了。"集古人之妙句，助今日之余欢"，明言这是"当筵则歌"

的东西。

调笑转踏

郑彦能

良辰易失，信四者之难并。佳客相逢，实一时之盛事。用陈妙曲，上助清欢。女伴相将，调笑入队。

秦楼有女字罗敷，二十未满十五余。金环约腕携笼去，攀枝折叶城南隅。使君春思如飞絮，五马徘徊芳草路。东风吹鬓不可亲，日晚蚕饥欲归去。

归去携笼女，南陌柔桑三月暮。使君春思如飞絮，五马徘徊频驻。蚕饥日晚空留颜，笑指秦楼归去。

石城女子名莫愁，家住石城西渡头。拾翠每寻芳草路，采莲时过绿苹洲。五陵豪客青楼上，醉倒金壶待清唱。风高江阔白浪飞，急摧艇子操双桨。

双桨小舟荡，唤取莫愁迎叠浪。五陵豪客青楼上，不道风高江广。千金难买倾城样，那听绕梁清唱。

绣户朱帘翠幕张，主人置酒宴华堂。相如年少多才调，消得文君暗断肠。断肠初认琴心挑，幺弦暗写相思调。从来万曲不关心，此度伤心何草草！

草草最年少，绣户银屏人窈窕。瑶琴暗写相思调，一曲关心多少。临卭客合成都道。共恨相逢不早。

缓缓流水武陵溪，洞里春长日月迟。红英满地无人扫，此度刘郎去移迷。行行渐入清流浅，香风引到神仙馆。琼浆一饮觉身轻，玉砌云房瑞烟暖。

烟暖武陵晚，洞里春长花烂漫。红英满地溪流浅，渐听云中鸡犬。刘郎迷路香风远，误到蓬莱仙馆。

少年锦带佩吴钩，铁马迎风寒草愁。凭仗匣中三尺剑，扫平骄虏取封侯。红颜少妇桃花脸，笑倚银屏施宝靥。明眸妙齿起相迎，青楼独占阳春艳。

春艳桃花脸，笑倚银屏施宝靥。良人少有平戎胆，归路光生弓剑。青楼春永香帏掩，独把韶华都占。

翠盖银鞍冯子都，寻芳调笑酒家徒。吴姬十五夭桃色，巧笑春风当酒垆。玉壶丝络临朱户，结就罗裙表情素。红裙不惜裂香罗，区区私爱徒相慕。

相慕酒家女，巧笑明眸年十五。当垆春永寻芳去，门外落花飞絮。银鞍白马金吾子，多谢结裙情素。

楼上青帘映绿杨，江波千里对微茫。潮平越贾催船发，酒熟吴姬唤客尝。吴姬绰约开金盏，的的娇波流美盼。秋风一曲采菱歌，行云不度人肠断。

肠断浙江岸，楼上青帘新酒软。吴姬绰约开金盏，的的娇波流盼。采菱歌罢行云散，望断侬家心眼。

花阴转午漏频移，宝鸭飘帘绣幕垂。眉山敛黛云堆髻，醉倚春风不自持。偷眼刘郎年最少，云情雨态知多少！花前月下恼人肠，不独钱塘有苏小。

苏小最娇妙，几度樽前曾调笑。云情雨态知多少？悔恨相逢不早。刘郎襟韵正年少，风月今宵偏好。

金翘斜弹淡梳妆，绰约天葩自在芳。几番欲奏阳关曲，泪湿春风眼尾长。落花飞絮青门道，浓愁不散连芳草。孤鸾乘鹤上蓬莱，应笑行云空梦悄。

梦悄翠屏晓，帐里薰炉残蜡照。赏心乐事能多少？忍听阳关声调。明朝门外长安道，怅望王孙芳草。

绰约妍姿号太真,肌肤冰雪怯轻尘。霞衣乍奔红摇影,按出霓裳曲最新。舞钗斜弹乌云发,一点春心幽恨切。蓬莱虽说浪风轻,翻恨明皇此时节。

时节白银阙,洞里春情百和爇。兰心底事多悲切?消尽一团冰雪。明皇恩爱云山绝,谁道蓬莱安悦!

江上新晴暮霭飞,碧芦江蓼夕阳微。富贵不牵渔父目,尘劳难染钓人衣。白鸟孤飞烟柳杪,采莲越女清歌妙。腕呈金钏棹鸣榔,惊起鸳鸯归调笑。

调笑楚江渺,粉面修眉花斗好。擎荷折柳争相调,惊起鸳鸯多少。渔歌齐唱催残照,一叶归舟轻小。

千里潮平小渡边,帘歌白纻絮飞天。苏苏不怕梅风远,空遣春心著意怜。燕钗玉股横青发,怨托琵琶恨难说。拟将幽恨诉新愁,新愁未尽丝声切。

声切恨难说,千里潮平春浪阔。梅风不解相思结,忍送落花飞雪。多才一去芳音绝,更对珠帘新月。

放 队

新词宛转递相传,振袖倾鬟风露前。月落乌啼云雨散,游童陌上拾花钿。

这一篇比较《调笑集句》长,除了"致语"和"放队"二段,还有十二章。其题材的性质和《调笑集句》是完全相同的,叙的也是女子的故事。

观其"致语":"良辰易央,信四者之难并,佳客相逢,实一时之盛"云云,则也是宴会时的歌曲。大约像"转踏"一类的歌舞,比较的是小规模的，所以士大夫们家里都可以供养得起；平常的宾朋宴会都能够使用得着。观"女伴相将，《调笑》入队"，则舞踏者似都是女子。

郑彦能名仅。

晁无咎的《调笑》，其题材也无殊于前二者，皆是很艳丽的恋爱的故事。"上佐清欢，深惭薄伎"，这是替歌舞者说的。全篇只有七章，却没有"放队"，不知何故。也许因其习见而去之；也许是脱落掉。

这里所选的三篇《转踏》都是用"调笑"这个曲调的。"转踏"似是惯用《调笑》这一曲的。

调　笑

盖闻民俗殊方，声音异好。洞庭九奏，谓踊跃于鱼龙，《子夜四时》，亦欣愉于儿女。欲识风谣之变，请观《调笑》之传。上佐清欢，深惭薄伎。

西　子

西子江头自浣纱，见人不语入荷花。天然玉貌非朱粉，消得人看隘若耶。游冶谁家少年伴？三三五五垂杨岸。紫骝飞入乱红深，见此踟蹰但肠断。

肠断越江岸，越女江头纱自浣。天然玉貌铅红浅，自弄芙蓉日晚。紫骝嘶去犹回盼，笑入荷花不见。

宋　玉

楚人宋玉多微词，出游白马黄金羁。殷勤扣户主人女，上客日高无乃饥?琴弹秋思明心素,女为客歌无语。冠缨定挂翡翠钗,心乱谁知岁将暮!

将暮乱心素,上客风流名重楚。临街下马当窗户,饭煮雕胡留住。瑶琴促轸传深语,万曲梁尘不顾。

大　堤

妾家朱户在横塘,青云作髻月为珰。常伴大堤诸女士,谁令花艳独惊郎。踏堤共唱《襄阳乐》,轲峨大舴帆初落。宜城酒熟持劝郎,郎今欲渡风波恶。

波恶倚江阁,大舴轲峨帆夜落。横塘朱户多行乐,大堤花容绰约。宜城春酒郎同酌,醉倒银缸罗幕。

解　佩

当年二女出江滨,容止光辉非世人。明珰戏解赠行客,意比骖鸾天汉津。恍如梦觉空江暮,云雨无踪佩何处?君非玉斧望归来,流水桃花定相误。

相误空凝伫,郑子江头逢二女。霞衣曳玉非尘土,笑解明珰轻付。月从云堕劳相慕,自有骖鸾仙侣。

回　纹

宝家少妇美朱颜,藁砧何在山复山!多才况是天机巧,象床玉手乱红间。织成锦字纵横说,万语千言皆怨列。一丝一缕几萦回,似妾思君肠寸结。

寸结肝肠切，织锦机边音韵咽。玉琴尘暗薰炉歇，望尽床头秋月。刀裁锦断诗可灭，恨似连环难绝。

唐　儿

头玉硗硗翠刷眉，杜郎生得好男儿。惟有东家娇女识，骨重神寒天妙姿。银鸾照衫马丝尾，折花正值门前戏。侬笑书空意为谁？分明唐字深心记。

心记好心事，玉刻容颜眉刷翠。杜郎生得真男子，况是东家妖丽。眉尖春恨难凭寄，笑作空中唐字。

春　草

刘郎初见小樊时，花面丫头年未笄。千金欲置名春草，图得身行步步随。郎去苏台云水国，青青满地成轻掷。闻君车马向江南，为传春草遥相忆。

相忆顿轻掷，春草佳名惭赠璧。长州茂苑吴王国，自有芊绵碧色。根生土长铜驼陌，纵欲随君争得！

这里很可注意的是，唱词与诗句的叙述和情调是完全相同的；唱词只是诗句的重述而已。其间辞句且多重复者。又唱词的头二字，必和诗句的末二字是相同的。如晁氏《调笑》的最末一章，诗句之末为"为传春草遥相忆"，而唱词的第一句则为"相忆顿轻掷"，"相忆"二字必要重复一次。

《乐府雅词》又载有《九张机》二篇，也在"转踏"中，但并不叙述故事，而是抒情的。其第二篇并缺"勾队词"及"放队词"。恐怕这种"勾队""放队"的辞语是可以互相袭用的。又《九张机》二篇，均只有唱词而没有"诗"。（仅第一篇开首有一诗，又，末多二唱词。）不知是原来如此的还是被删去了的。也许原来这种歌舞的抒情曲或故事曲，其格律比较松懈，作者可以自由抒写。或故事曲非有"诗"不可，而抒情曲则可以不用吧。但似以被删去的话为更可靠。

《九张机》的二篇，均无作者姓名。

九 张 机

无名氏

《醉留客》者，乐府之旧名，《九张机》者，才子之新调。凭戛玉之清歌，写掷梭之春怨。章章寄恨，句句言情。恭对华筵，敢陈口号。

一掷梭心一缕丝，连连织就九张机；从来巧思知多少？苦恨春风久不归！

一张机，织梭光景去如飞，兰房夜永愁无寐，呕呕轧轧织成春恨，留着待郎归。

两张机，月明人静漏声稀，千丝万缕相萦系，织成一段回纹锦字，将去寄呈伊。

三张机，中心有朵耍花儿，娇红嫩绿春明媚，君须早折一枝浓艳，莫待过芳菲。

四张机，鸳鸯织就欲双飞，可怜未老头先白，春波碧草晓寒深处，相对洛红衣。

五张机，芳心密与巧心期，合欢树上枝连理，双头花下两同心处，一对化生儿。

六张机，雕花铺锦半离披，兰房别有留春计，炉添小篆日长一线，相对绣工迟。

七张机，春蚕吐尽一生丝，莫教容易裁罗绮，无端剪破仙鸾彩凤，分作两般衣。

八张机，纤纤玉手住无时，蜀江濯尽春波媚，香遗囊麝花房绣被，归去意迟迟。

九张机，一心长在百花枝，而花共作红堆被，都将春色藏头里面，不怕睡多时。

轻丝象床，玉手出新奇。千花万草光凝碧，裁缝衣著，春天歌舞，飞蝶语黄鹂。

春衣素丝，染就已堪悲。尘世昏污无颜色，应同秋扇，从兹永弃，无复奉君时。

歌声飞落画梁尘，舞罢香风卷绣茵。更欲缕成机上恨，尊前忽有断肠人。敛袂而归，相将好去。

同　前

无名氏

一张机，采桑陌上试春衣，风晴日暖慵无力，桃花枝上啼莺言语，不肯放人归。

两张机，行人立马意迟迟，深心未忍轻分付，回头一笑花间归去，只恐被花知。

三张机，吴蚕已老燕雏飞，东风宴罢长洲苑，轻绡催趁馆娃宫女，要换舞时衣。

四张机，咿哑声里暗颦眉，回梭织朵垂莲子，盘花易绾愁心难整，脉脉乱如丝。

五张机，横纹织就沈郎诗，中心一句无人会，不言愁恨不言憔悴，只慭寄相思。

六张机,行行都是耍花儿,花间更有双蝴蝶,停梭一晌闲窗影里,独自看多时。

七张机,鸳鸯织就又迟疑,只恐被人轻裁剪,分飞两处一场离恨,何计再相随。

八张机,回纹知是阿谁诗,织成一片凄凉意,行行读遍厌厌无语,不忍更寻思。

九张机,双花双叶又双枝,薄情自古多离别,从头到底将心萦系,穿过一条丝。

四

又有所谓"曲破"者,在宋代也流行一时。她也是一种舞曲,和"转踏"有些相同。《宋史·乐志》:"太宗洞晓音律,制曲破二十九。"其辞惜不传。王国维云:"此在唐五代已有之,至宋时又藉以演故事。"其性质,实是"转踏"一类的东西。我们从"曲破"的歌舞的情形,似可约略的证明出"转踏"的歌舞的方法。惟"曲破"规模较大,已为王家乐队里的东西,"转踏"则比较的小规模,似没有那么隆重的局面。

王国维氏在史浩的《鄮峰真隐漫录》(卷四十六)里,找到了《剑舞》的一则。这是最可珍异的材料!虽然全篇有念白,有动作的指示,却独缺乐部所唱的曲子,不知何故。但全部"曲破"的歌舞的规则,我们却可以完全看到了:

剑　　舞

二舞者对厅立茵上(下略),乐部唱剑器曲破,作舞一段了，二舞者同唱霜天晓角。

"莹莹巨阙，左右凝霜雪；且向玉阶掀舞，终当有用时节。唱彻，人尽说，宝此刚不折，内使奸雄落胆；外须遣豺狼灭。"

乐部唱曲子，作舞剑器曲破一段。舞罢二人分立两边，别二人汉装者出，对坐，桌上设酒桌？竹竿子念。

"伏以断蛇大泽，逐鹿中原，佩赤帝之真符，接苍姬之正统，皇威既振，天命有归，量势虽盛于重瞳，度德难胜于隆准。鸿门设会，亚父输谅，徒矜起舞之雄姿，厥有解纷之壮士。想当时之贾勇激烈飞扬，宜后世之效颦，回翔宛转。双莺奏技，四座腾欢。"

乐部唱曲子，舞剑器曲破一段，一人左立者上茵舞，有欲刺右汉装者之势，又有一人舞进前，翼蔽之。舞罢，两舞者并退，汉装者亦退。复有两人唐装者出，对坐，桌上设笔砚纸，舞者一人换妇人装，立茵上，竹竿子念。

"伏以雪鬟耸苍璧，雾縠罩香肌，袖翻紫电以连轩，手握青蛇而的铄花影下游龙自跃，饰茵上跄凤来仪，逸态横生，瑰姿谲起，领此入神之技，诚为骇目之观，巴女心惊燕姬色沮。岂唯张长史草书大进，抑亦杜工部丽句新成称妙，一时流芳万古，宜呈雅态以洽浓欢。"

唱赚是具有伟大的体制的崭新的创作。它创出了几种动人的新声，它更革了迟笨繁重的唐、宋大曲的音调。我们文学史里知道在同一宫调里，任意选取了若干支曲子，来组成一个套数，第一次乃是由于"唱赚"者的创作。这个影响极大。由单调的以二段曲子组成的词，由单调的以八支或十支以上的同样的曲调组成的大曲，反复歌唱，声貌全同，岂不会令听者觉得厌倦么？一个崭新的新声便在这个疲乏的空气中产生出来。唱赚产生于何时，据宋人纪载，约略可知。耐得翁《都城纪胜》说：

唱赚在京师，只有缠令缠达。有引子尾声为缠令。引子后只以两腔递且循环间用者为缠达。中兴后，张五牛大夫，因听动鼓板中，又有四太平令或赚鼓板（即今拍板大筛扬处是也），遂撰为赚。赚者，误赚之义也。令人正堪美听，不觉已至尾声。是不宜为片序也。今又有覆赚；又且变花前月下之情及铁骑之类。凡赚最难，以其兼慢曲、曲破、大曲、嘌唱、耍令、番曲，叫声诸家腔谱也。

吴自牧《梦粱录》所叙唱赚的情形，与《都城纪胜》全同，惟载"今杭城老成能唱赚者如窦四官人、离七官人、周竹窗、东西两陈九郎、包都事、香沈二郎、雕花杨一郎、招六郎、沈妈妈等"姓名。周密《武林旧事》也载唱赚者姓氏，自濮三郎、扇李二郎以下，凡二十二人。唱赚在南宋是成为一门专业的。

唱赚有缠令缠达二体之分。缠令之体，有引子，有尾声，正同上列的那种形式。惟上列赚词当为南宋后半期之作。（《武林旧事卷》同三及《梦粱录》卷十九，所载各社名，均有"遏云社唱赚"云云，而《事林广记》载此赚词，其前恰为《遏云要诀》、《遏云致语》，则此赚词自当与遏云社有关系。）初期的赚词，究竟有没有这样的复杂，却是一个疑问。看了："赚者误赚之意也。令人正堪美听，不觉已至尾声"的云云，我们总要觉得初期的赚词，大约不会是很长的，或者只要"有引子，有尾声"便已足够了罢。

乐部唱曲子，舞剑器曲破一段，非龙蛇蜿蜒曼舞之势两人唐装者起，二舞者一男一女对舞，给剑器曲破彻竹竿子念。

"项伯有功扶帝业，大娘驰誉满文场，合兹二妙甚奇特，欲使嘉宾醻一觞。霍如羿射九日落,矫如群帝骖龙翔,来如雷霆收?震怒,罢如江海含晴光。歌无既终,相将好去。"

念了二舞者出队。

今日"剑舞"已失传,但在日本,犹得见之。尝获睹日本人的剑舞;是四人组成之的。二人持剑作击刺状,一人吹"尺八",一人歌诵词语。其来源似当较宋代的剑舞为犹古。唱曲子的"乐部",在日本的剑舞里是没有的。

五

另一种叙事歌曲,所谓"唱赚"的,似较"鼓子词"、"转踏"尤得市井的欢迎。

"唱赚"的词文(赚词),亡失已久,王国维氏始于《事林广记》中发见之。其前且有唱赚规则。现在录之如下:

〔遏云要诀〕。"夫唱赚一家,古谓之道赚,腔必真,字必正,欲有墩亢掣拽之殊,字有唇喉齿舌之异,抑分轻清重浊之声,必别合口半合口之字,更忌马嚚鞻子,俗语乡谈。如对圣案,但唱乐道山居水居清雅之词,切不可以风情花柳艳冶之曲;如此,则为渎圣。社条不赛,筵会吉席,上寿庆贺,不在此限。假如未唱之初,执拍当胸,不可高过鼻,须假鼓板村掇,三拍起引子,唱头一句。又三拍至两片结尾,三拍煞,入序尾三拍巾斗煞,入赚头一字当一拍,第一片三拍,后仿此。出赚三拍,出声巾斗又三拍煞,尾声总十二拍;第一句三拍,第二句五拍,第三句三拍煞,此一定不逾之法。"

〔遏云致语〕(筵会用)

〔鹧鸪天〕遇酒当歌酒满斝，一觞一咏乐天真，三杯五盏陶情性，对月临风自赏心。环列处，总佳宾，歌声嘹亮遏行云，春风满座知音者，一曲教君侧耳听。

〔圆社市语〕　〔中吕官〕　〔圆里圆〕

〔紫苏丸〕相逢闲暇时，有闲的打唤瞒儿，呵喝啰声嗽道㾾厮，俺喺欢喜，才下脚，须和美，试问伊家有甚夹气，又管甚官场侧背，算人间落花流水。

〔缕缕金〕把金银锭打旋起，花星照临我，怎躲避？近日间游戏，因到花市帘儿下，瞥见一个表儿圆，咱每便著意。

〔好女儿〕生得宝妆跷，身分美，绣带儿缠脚，更好肩背，画眉儿入札春山翠，带着粉钳儿，更绾个朝天髻。

〔大夫娘〕忙入步，又迟疑，又怕五角儿冲撞我没跷蹄。网儿尽是札，圆底都松例，要抛声忒壮果难为，真个费脚力。

〔好孩儿〕供送饮三杯先入气，道今霄打歇处。把人拍惜，怎知他水胍透不由得你。咱们只要表儿圆时，复儿一合儿美。

〔赚〕春游禁陌，流莺往来穿梭戏，紫燕归巢，叶底桃花绽蕊。赏芳菲，蹴秋千高而不远，似踏火不沾地，见小池风摆，荷叶戏水。素秋天气，正玩月斜插花枝。赏登高偌料沙羔美。最好当场落帽，陶潜菊绕篱。仲冬时，那孩儿忌酒怕风，帐幕中缠脚忒稔腻。讲论处下梢团圆到底，怎不则剧。

〔越恁好〕勘脚并打二步步随定伊，何曾见走衮。你于我，我与你，场场有踢，没些拗背。两个对垒，天生不枉作一对脚头，果然厮稠密密。

〔鹘打兔〕从今复一来一往，休要放脱些儿。又管甚搅闲底拽，闲定白打赚厮，有千般解数，真个难比。

〔骨自有〕

〔尾声〕五花丛里英雄辈，倚玉偎香不暂离，做得个风流第一。

这是歌咏蹴球之事的；圆社即"蹴球"之社。其前有"致语"，是为"筵会用"，而不是为圆社用的。我们现在不知道赚词里有没有散文的成分在内。但覆赚是很复杂的，叙述"花前月下之情及铁骑之类"，变而成为长篇的叙事歌曲了。或正是诸宫调的雏形吧。

六

"诸宫调"是宋代"讲唱文"里最伟大的一种文体，不仅以篇幅的浩翰著，且也以精密、严饬的结构著。她不是像"转踏"、"唱赚"那样的小规模的东西，她必需有最大的修养、最大的耐力去写作的。她是"变文"的嫡系子孙，却比"变文"更为进步——至少在歌唱一方面，她是宋代许多讲唱的文体里的登峰造极的著作；她有了极崇高的成就；她有了最伟大的作品遗留下来——虽然不过寥寥的三部。她在宋、金、元三代的民间，有了极大的势力。有专门的班子到各地讲唱"诸宫调"；讲唱的时间，不止一天两天，也许要连续到半月至三两月，然而听众并不觉得疲倦。

《刘智远诸宫调》最后有"曾想此本新编传，好伏侍您聪明英贤"的话；董解元《西厢记诸宫调》的开头有"比前觅乐府不中听，在诸宫调里却著数"云云，又有"穷缀作，腌对付，怕曲儿捻到风流处，教普天下颠不刺的流儿每许"的话；王伯成《天宝遗事诸宫调》的引里，也有"俺将这美声名传万古，巧才能播四方，叹行中自此编绝唱，教普天下知音尽心赏"的话。这都可看出其为实际的讲唱的本子。在元人石君宝[①]《诸宫调

---

① 据《栋亭十二种》本及暖红室刊本《录鬼簿》，石君宝和他的同时人戴善甫各著有《诸宫调风月紫云亭》一本（戴氏所著，名《宫调风月紫云亭》，无"诸"字）。今姑将此剧归石君宝。

风月紫云亭》一剧里,对于讲唱诸宫调的班子,有很重要的描写:

〔点绛唇〕怎想俺这月馆风亭,竹溪花径,变得这般嘿光景!我每日撇嵌为生,俺娘向诸宫调里寻争竟。

〔混江龙〕他那里问言多伤幸,孥得些家宅神长是不安宁。我勾栏里把戏得四五回铁骑,到家来却有六七场刀兵。我唱的是《三国志》,先饶十大曲;俺娘便《五代史》,添续八阳经。尔觑波,比及撺断那唱叫,先索打拍那精神。起末得便热闹,团措得更滑熟。并无那唇甜句美,一划地希崄艰难,衡扑得些掂人髓,敲人脑,剥人皮,钉腿得回头硬。娘呵,我看不的尔这般粗枝大叶,听不的尔那里野调山声。……

〔醉中天〕我唱道那双渐临川令,他便恼袋不嫌听,搔起那冯员外,便望空里助采声,把个苏妈妈便是上古贤人般敬,我正唱到不肯上贩茶船的少卿,向那岸边相刁蹬,俺这虔婆道,兀得不好拷末娘七代先灵。……

〔赏花时〕也难奈何俺那六臂那吒般狠柳青,我唱的那七国里庞涓也没这短命,则是个八怪洞里爱钱精。我若还更九番家厮并,他比的十恶罪尚尤轻。

这里叙的是一位以唱"诸宫调"为职业的女子韩楚兰,和一位少年灵春马的恋爱的故事。那个时候,使用"诸宫调"这个新文体所歌唱的题材是很广泛的,已有所谓《三国志》、《五代史》、《双渐苏卿》、《七国志》等等的诸宫调了。其中除了《双渐苏卿诸宫调》以外,都是所谓"铁骑儿";在《董西厢》的开头,作者曾有过一段话道:

〔风吹荷叶〕打拍不知个高下,谁曾惯对人唱他说他,好弱高低且按捺，话儿不是扑刀捍棒，长枪大马。

〔尾〕曲儿甜，腔儿雅，裁剪就雪月风花，唱一本儿倚翠偷期话。

他也特别的提出他的"话儿，不是扑刀杆捧，长枪大马"，可见"扑刀捍棒，长枪大马"的诸宫调，在当时是特别的流行的，在《张协状元》戏文的开端，代替了通常的"家门始末"、"副末开场"等等的规律的，却是由"末"色登场，先来唱一则《张协诸宫调》以为引子，这可见"诸宫调"的势力在南戏里也是很大的。

在《诸宫调风月紫云亭》剧里又有一段话道：

〔耍孩儿·四煞〕楚兰明道是做场养老小，俺娘则是个敲郎君置过活。他这几年间衡赞下胡伦课。这条冲州撞府的红尘路，是俺娘剪径截商的白草坡。两只手衡劳模，恁逢着的瓦解，俺到处是鸣珂。

则他们也是"冲州撞府"的去"做场"，不专在一个地方卖艺的了。《武林旧事》（卷十），载官本杂剧段数二百八十本，其中有诸宫调二本；则诸宫调在南宋的时代已和大曲、法曲诸"杂剧词"同为"官本"，即御前供奉之具的了。（《缀耕录》所载的"院本"名目里，也有"诸宫调"一本。）

诸宫调之兴，在南宋之前。宋孟元老的《东京梦华录》（卷五），载"崇、观以来在京瓦肆伎艺"，中有"孔三传《耍秀才诸宫调》"之语。又耐得翁《都城纪胜》记载临安杂事，亦有"诸宫调本京师孔三传编撰传奇灵怪八曲说唱"之语。在《碧鸡漫志》及《梦粱录》里，也并有类似的记载：

熙丰元祐间，兖州张山人以诙谐独步京师，时出一两解。泽州孔三传者，首创诸宫调古传，士大夫皆能诵之（王灼《碧鸡漫志》卷二）。

说唱诸宫调。昨汴京有孔三传，编成传奇灵怪，入曲说唱。今杭城有女流熊保保及后辈女童，皆效此说唱，亦精于上鼓板无二也（《梦粱录》卷二十）。

是诸宫调之创始，当在熙丰、元祐间（公元1068年至1093年之间），而创作诸宫调者，则为泽州孔三传其人。孔三传的生平，惜不可知。所可知者，他当为汴京瓦肆中鬻技之一人，——既能在诸艺杂呈，万流辐辏之"京都瓦肆中"占一席地，与小唱、小说、般杂剧、悬丝傀儡、说三分、卖《五代史》诸专家争雄长，则其"新词"必当有甚足动人之处。且既使"士大夫"皆能诵之，则其文辞必也甚为精莹可喜可知。又周密《武林遗事》（卷六）所载"诸色伎艺人"中，有：

诸宫调传奇
高郎妇　黄淑卿　王双莲　袁太道（秘笈本，"太"作"本"。）

是说唱诸宫调的艺人在南宋末年却不为少。可惜这些艺人的著作，今皆只字不存，不能为我们所取证。像宋代说话人之"话本"在今尚陆续被发见的好运，恐怕他们是不会有的。

然创作诸宫调的孔三传的著作以及产生诸宫调的"宋都"，与乎继续维持着故都的风气而仍在说唱着诸宫调的临安府的"诸宫调"之本子，今虽绝不可得见，但诸宫调的影响却流播得很远。经了北宋末年的大乱，一部分的说唱诸宫调的艺人，虽随了贵族士人们迁徙到中国南部去，而其他一部分却仍留居于北部；或迁徙西陲的边疆上去。他们在异族所统治的地方，仍在说唱着，仍在散播他们的影响。这影响便发生结果于今存的两大部诸宫调：《董西厢》与《刘知远》的身上；这使诸宫调的本来面目，至今尚能为我们所知。这使诸宫调的弘伟的体制至今更为我们所认识。且即在那个异族统治着的地方，又发生出别一个极伟大的影响出来。

在元代的前半叶，弹唱"诸宫调"的风气，似也未曾过去。王伯成的《天宝遗事诸宫调》当亦为供当时实际弹唱之资的一部著作罢。

我们知道诸宫调的祖祢是"变文"，但其母系却是唐、宋词与"大曲"等。他是承袭了"变文"的体制而引入了宋、金流行的"歌曲"的唱调的。姑截取"诸宫调"中的一二段以为例：

生辞夫人及聪，皆曰好行。夫人登车，生与莺别。
〔大石调·蓦山溪〕离筵已散，再留恋应无计。烦恼的是莺莺，受苦的是清河、君瑞。头西下控着马，东向驭坐车儿。辞了法聪别了夫人，把樽俎收拾起。临上马还把征鞍倚，低语使红娘更告一盏以为别礼。莺莺、君瑞彼此不胜愁。厮觑者总无言，未饮心先醉。
〔尾〕满酌离杯长出口儿气，比及道得个我儿将息，一盏酒里白冷冷的滴馘半盏来泪。
夫人道：教郎上路，日色晚矣。莺啼哭，又赋诗一首赠郎。
诗曰：弃置今何道，当时且自亲。还将旧来意，怜取眼前人。
（《董西厢》卷下）

天道二更已后，潜身私入庄中来别三娘。
〔仙吕调·胜葫芦〕月下刘郎走一似烟，口儿里尚埋冤，只为牛驴寻不见。担惊忍怕，捻足潜踪，迤逦过桃园。辞了俺三娘入太原，文了面再团圆。抬脚不知深共浅，只被夫妻恩重，跳离陌案，脚一似线儿牵。

〔尾〕恰才撞到牛栏圈，侍朵闪应难朵闪，被一人抱住刘知远。

惊杀潜龙！抱者是谁？回首视之，乃妻三娘也。儿夫来何太晚，兼兄嫂持棒专待尔来。知远具说因依。今夜与妻故来相别，不敢明白见你。（《刘知远诸宫调第二》）

她的散文部分是最流畅、最漂亮的口语文，和"变文"之往往以骈偶文堆砌而成者大为不同。其韵文的部分，则弃去了"变文"的三言七言的成法，而别从唐、宋大曲，从赚词，从唐、宋词调，从宋、金、元三代流行的曲调里，任意着采取着可用的资材和悦耳的新声。诸宫调的作者们，挥使音乐的能力都是很大的。所以，许多不同的歌曲，一到了他们的手上，便都成了融然的一片，极谐和，极贴伏，极愉快，好像顽铁们进了洪炉一样，经过了极高度的热力融化了一下，便被炼成绕指柔的纯钢了。

集合同一宫调的曲调若干支，组合成一个歌唱的单位，有引有尾（但也有无尾声的），那便是所谓套数。

诸宫调是充分的应用到套数的。我们如研究一下诸宫调所使用的数套，便可看出他们所用的套数，其性质是极为复杂的，其组成法是有好几种不同的；由那里，可以充分的看出诸宫调作者们融冶力的弘伟，收容量的巨大。差不多自唐、宋词调以下，凡宋教坊大曲，宋流行大曲，以至宋唱赚等等的不同的套数的组织，无不被网罗以尽。我们在那里，开始看见那些不同的式套数的被混合，被割裂，被自由的任意的使用着。我们可以说，像诸宫调作家们那么具有果敢无前的驱遣前人的遗产以为自己的便利之勇气者，在中国文学史上似还不曾见到第二群过！

综观诸宫调所用的套数，其方式大别之有下列的三种：

（甲）组织二个同样的只曲以成者；

（乙）组织二个或二个以上同样的只曲，并附以尾声而成者；

（丙）组织数个不同样的只曲并附以尾声者。

试以《董西厢》为例。全书中，其组织套数之方式，可归在甲类者共有五十三套（内有《吴音子》二曲，是支曲非套数），姑举二例：

〔高平调·俅木兰花〕从自斋时，等到日转过，没个人俅问。酪子里忍饿，侵晨等到合昏个，不曾汤个水米，便不饿损卑末○果是咱饥变做渴，咽喉干燥肚儿里如火。开门见法本来参贺：怎那门亲事议论的如何？

〔双调·惜奴娇〕绝早侵晨，早与他忙梳裹，不寻思虚脾个真。你试寻思秀才家，平生饿无那，空倚着门儿咽唾。○去了红娘会圣肯书帏里坐？坐不定一地里笃么。觑着日头儿暂时闲斋时过杀刹，你不成红娘邓我！

可归在乙类者共有九十四套。兹举一例：

〔仙吕调·赏花时〕酒入愁肠闷转多，百计千方没奈何！都为那人呵！知他你姐姐知我此情么？眼底闲愁没处着，多谢红娘见察。我与你试评度，这一门亲事，全在你成合。〔尾〕些儿礼物莫嫌薄，待成亲后再有别酬贺。奴哥托付你方便之个！

可归在丙类者较少，共有四十六套，兹举一例：

〔中吕调·棹孤舟缠令〕不以功名为念，五经三史何曾想！

为莺娘,近来妆就个腌浮浪。也啰!老夫人做事抢搜相,做个老人家说谎。白甚铺谋退群贼,到今日方知是柱。

啰!一陌儿来直恁地难偎傍,死冤家,无分同罗幌,也啰!待不思量,又早隔着窗儿望。赢得眼狂心痒痒,百千般闷和愁,尽总撮在眉尖上。也啰!

〔双声叠韵〕烛荧煌,夜未央,转转添惆怅。枕又闲,衾又凉,睡不着,如翻掌。谩叹息,谩恓快,谩道不想怎不想,空赢得肚皮儿在劳攘。○泪汪汪,昨夜甚短,今夜甚长,挨几时东方亮!情似痴,心似狂,还烦恼如何向?待漾下又瞻仰,道忘了是口强,难割舍我儿模样!

〔迎仙客〕宜淡玉,称梅妆,一个脸儿堪供养。做为挣,百事抢,只少天衣,便是捻塑来的观音像。○除梦里曾到他行。烧尽兽炉百和香,鼠窥灯偎着矮床。一个孽相的娥儿、绕定那灯儿来往。

〔尾〕淅零零的夜雨儿击破窗,窗儿破处风吹着忒飘飘的响,不许愁人不断肠!

七

诸宫调是说唱的东西,和"变文",及宋代的"鼓子词"、"话本"等的说唱的情形是同样的。毛奇龄说:①

金章宗朝董解元不知何人,实作《西厢挡弹调》,则有白有

---

① 见《西河词话》(《毛西河全集》本)。

曲，专以一人挡弹，并念唱之。

这情形大有似于今日的说唱"弹词"。就石君宝的《诸宫调风月紫云亭》一剧所写的说唱诸宫调的情形看来，也更有类于今日流行于北方落子馆里的大鼓书的歌唱似的。元人戏文《张协状元》的开端，有一段由"末"说唱的诸宫调：

> （末白）〔水调歌头〕韶华催白发，光景改朱容。人生浮世。浑如萍梗逐东西。陌上争红斗紫，窗外莺啼燕语，花落满庭空。世态只如此，何用苦匆匆。但咱们虽宦裔总皆通，弹丝品竹，那堪咏月与嘲风。苦会插科使砌，何吝搽灰抹土；歌笑满堂中，一似长江千尺浪，别是一家风。（再白）暂息喧哗，略停笑语，试看别样门庭，教场格范，绯绿可同声。酬酢词源浑砌听，谈论四座皆惊。浑不比乍生后学，谩自逞虚名。《状元张叶传》前回曾演，汝辈搬成。这番书会，要夺魁名。占断东瓯盛事，诸宫调唱，出来因厮罗响。贤门雅静，仔细说教听。（唱）"凤时春"张叶诗书遍历，困故乡功名未遂。欲占春闱登科举，暂别爹娘独自离乡里。（白）看的世上万般俱下品，思量惟有读书高。若论张叶，家住四川成都府，兀谁不识此人！兀谁不敬重此人！真个此人朝经暮史，昼览夜习，口不绝吟，手不停披。正是：炼药炉中无宿火，读书窗下有残灯。忽一日堂前启覆爹妈：今年大比之年，你儿欲待上朝应举，觅些盘费之资，前路支用。爹妈不听这句话，万事俱休，才听此一句话，扑地两行泪下。孩儿道：十载学成文武艺，今年货与帝王家。欲改换门闾，报答双亲，何须下泪。（唱）〔小重山〕前时一梦断人肠，教我暗思量。平日不曾为官旅，忧患怎生当。（白）孩儿覆爹妈，自古道一更思，

二更想，三更是梦。大凡情性不拘，梦幻非实。大底死生由命，宝贵在天。何苦忧虑！爹娘见儿苦苦要去，不免与他数两金银以作盘缠，再三叮嘱孩儿道：未晚先投宿，鸡鸣始过关。逢桥须下马，有渡莫争先。孩儿领爹娘慈旨，目即离去。（唱）〔浪淘沙〕迤里离乡关，回首望家，白云直下，把泪偷弹。极目荒郊无旅店，只听得流水潺潺。（白）话休絮烦。那一日正行之次，自觉心儿里闷。在家春不知耕，秋不知收，真个娇奶奶也。每日诗书为伴侣，笔砚作生涯。在路平地尚可，那堪顿着一座高山，名做五矶山。怎见得山高？巍巍侵碧汉，望望入青天。鸿鹄飞不过，猿狖怕扳缘。积积层层，奈人行鸟道，齁齁齝齝，为藤柱须尖。人皆平地上，我独出云登。虽然本赴瑶池宴，也教人道散神仙。野猿啼子，远闻咽咽呜呜，落叶辞柯，近睹得扑扑籁籁，前无旅店，后无人家。（唱）〔犯思园〕刮地朔风柳絮飘，山高无旅店，景萧条。跬何处过今宵？思量只恁地路迢遥。（白）道犹未了，只见怪风浙浙，芦叶飘飘，野鸟惊呼，山猿争叫。只见一个猛兽，金睛闪烁，尤如两颗铜铃，锦体斑烂，好若半园霞绮，一副牙如排利刃，十八爪密布钢钩，跳出林浪之中，直奔草径之上。唬得张叶三魂不附体，七魄渐离身，仆然倒地。霎时间只听得鞋履响，脚步鸣。张叶抬头一看，不是猛兽，是个人。如何打扮？虎皮磕脑虎皮袍，两眼光辉志气号。使留下金珠饶你命，你还不肯不相饶。（末介唱）〔绕池游〕张叶拜启，念是读书辈，往长安拟欲应举。此少里足，路途里，欲得支费，望周全，不须劫去。（白）强人不管它说，怒从心上起，恶向胆边生。左手攥住张叶头稍，右手扯住一把光霍霍冷搜搜鼠尾样刀，番过刀背去张叶左肋上劈，右肋上打。打得它大痛无声。夺去查果金珠。那时张叶性分如何？慈鸦共喜鹊同枝，吉凶事全然未保。似恁唱说诸宫调,何如把此话文敷演后行脚色。力齐鼓儿,饶个撺掇末泥色,饶个踏场。

这已很明白的指示诸宫调的说唱的情形。但到了元代的末叶,诸宫调是否仍在说唱却是一个疑问。《录鬼簿》(卷下)有一段记载:

胡正臣,杭州人,与志甫、存甫及诸公交游。《董解元西厢记》,自"吾皇德化"至于终篇,悉能歌之。

既夸说胡正臣的能歌董解元《西厢记》终篇,则可见当时能歌之者的不多。当公元1330年,即《录鬼簿》编著的那一年,诸宫调在实际上的说唱的运命,或已经停止了罢。

明代有无说唱诸宫调的风气,记载上不可考知。惟焦循《剧说》(卷二)曾引张元长《笔谈》的一段很可怪的话:

董解元《西厢记》曾见之卢兵部许。一人援弦,数十人合座,分诸色目而递歌之,谓之磨唱。卢氏盛歌舞。然一见后无继者。赵长白云:"一人自唱",非也。

据张氏的所见,则董解元《西厢记》乃是一人援弦而多人递歌之的了:易言之,诸宫调的说唱乃非一人的事业,而为数十人的合力的了。但他这话极不可靠。在明代,诸宫调既已无人能解,则卢兵部偶发豪兴,"自我作古",创作出什么"一人援弦,数十人,分诸色目而递歌之"的式样来,那也是很有可能的事。惟诸宫调的本来的说唱面目则全非如此耳。在一种文体,久已失传了之后,具有热忱复古的人们,如果真要企图恢复"古状"的话,往往会闹出这样的笑话来的。

八

在诸宫调的结构里,最有趣的一点是,作者于紧要关头,每喜故作惊人的笔调,像这一类的惊人的叙述,《西厢记诸宫调》里最为常见:

〔尾〕二歌(哥)不合尽说与,开口道不彀十句,把张君瑞送得来腌受气。被几句杂说闲言,送一段风流烦恼。道甚的来?道甚的来?

这是店小二指教张君瑞到蒲东普救寺去游玩的一节事;这样的一引,全部崔、张故事,皆引出来了,故须如此的慎重其事的叙说着。

〔大石调·伊州衮〕张生见了,五魂俏无主。道不曾见恁好女!普天之下,更选两个应无。胆狂心醉,使作得不顾危亡便胡做。一向痴迷,不道其闲是谁住处。忒昏沈,忒粗鲁,没掂三,没思虑,可来慕古。少年做事,大抵多失心粗。手撩衣袂,大踏步走至根前欲推户。脑背后个人来,你试寻思怎照顾?
〔尾〕凛凛地身材七尺五,一只手把秀才揣住,吃搭搭地拖将柳阴里去。
真所谓贪趁眼前人,不防身后患。揣住张生的,是谁?是谁?

这是写张生见了莺莺,便欲随莺莺入门,不料为一人从背后拖住了。这人是谁呢?这正是一个紧要的关头,不能不写得如此骨突的。又在张生百无聊赖的,与长老在啜茶闲话时:

〔尾〕倾心地正说到投机处,听哑的门开。瞬目觑是个女孩儿,深深地道万福。

这又是一个很突然的情景的转变。在正与老僧闲话的时候,忽然的听见哑的门开,看有一个女孩儿走了进来。底下便有无穷的事可以接着叙来的了。

又在后半部,叙郑恒正迫着莺莺嫁他的时候,他说了许多的话,但忽然的又生了一个大变动,全出于意想之外:

〔尾〕言未讫,帘前忽听得人应喏已,道郑衙内且休胡说,兀的门外张郎来也。
郑恒手足无所措,珙已至帘前。

总要在山穷水尽的当儿,方才用几句话一转,便又柳暗花明似的现出别一个天地来。这当然是作者有意的卖弄他的伎俩之处。但张珙虽回,莺莺却已是许了郑恒。莺莺心里异常的难过,她特地去见张生。

〔渠神令〕……许了姑舅做亲,择下吉日良时。谁知今日见伊,尚兀子鳏居独自,又没个妇儿妻子!心上有如刀刺,假如活得又何为,枉惹万人嗤!
莺解裙带掷于梁
〔尾〕譬如往日害相惠,争如今夜悬自尽,也胜他时憔悴死!珙曰:生不同偕,死当一处。

他便也把皂绦儿搭在梁间,预备双双自吊。在这个危急存亡的当儿,有谁来解救呢？作者便迫法聪和尚说出"偕逃"之策来，用以变更了这个不能不情死的局面。

这些都是作者故弄惊人的手腕之处。像这样惊人的关节，《西厢记诸宫调》里，几乎到处皆然。在莺莺与张生唱和着诗时，张生正欲大踏步走到莺莺跟前，却被一人高声喝道："怎敢戏弄人家宅眷！"这来的是谁？来的是谁？在莺莺被围普救寺，正欲跳阶自杀，却见着有一人拍手大笑。众人皆觑笑者是谁？是谁？在张生绝望，自杀，已把皂绦系在梁间时，又有一人从后把他拖住，这人是谁？是谁？……

像这样的笔调是举之不尽的。《刘知远诸宫调》也是这样的：每在一个紧要的关目，即在每一个节目的终了处，便都有一种令人听了不知究竟而又不能不听下去的待续的口调：在《知远走慕家庄沙佗村入舍第一》之末，正叙着知远自丈人丈母死后，被李洪义、洪信二人欺压不堪。有一天洪义叫了知远去。说是，"你身上穿着罗绮，不种田，不使牛，庄家里怎放得住你。"说着，便"手持定荒桑棒，展臂一手揸定刘知远衣服"。以下的事怎样呢？这便要"且听下回分解"了。

在《知远探三娘与洪义厮打第十一》之末：正叙着知远被李洪义、洪信诸人围住了厮打，不得脱身时，忽然来了两个"杀人魔君"，举起扁担，闯入围中来，帮助知远。这场厮杀的结果如何呢？这又要听后文的铺叙的了。

不仅在大关目处是如此，即在本文的中间，也往往故意要弄这些惊人的笔法。在李翁正欲将三娘嫁给知远，说是只怕洪信兄弟生脾鳌时，恰来了一人向前诉说，道是："大哥二哥来到也。"在李洪义等在暗地里，欲害知远时，见一个大汉越墙而过，他便一棒拦腰打去，其人倒卧，方欲再下毒手时，不料其人说了一话，却把洪义唬走了三魂。原来打倒的却不是知远！在李三娘进房取物时，知远在窗外见她把头发披开在砧子上，举斧斫下。唬杀了刘郎，要救也来不及！在知远娶了岳司公女正在欢宴时，忽有两个庄汉，从沙陀李家庄来，说是要找知远说话！……像这些都颇可使我们注意。我们要明白，"欲知后事如何，且听下回分解"的散场的交待，果然是使诸宫调的作者们喜用这种要等"下文交待"的笔法的重要原因，但并不是唯一的原因。为了要说唱的增加姿态，为了要讲述的加重语势，这种的故意惊人的文笔，也有时时使用的必要。听众于此或特感兴趣罢。诸宫调为了是实际上的说唱的东西。故往往要尽量的采用着这种笔调，以避免单调的平铺直叙的说唱。在实际的讲坛上平铺直叙是最易令听众厌疲的。诸宫调作者们于此或有特殊的经验罢。

九

前期的诸宫调，孔三传诸人之所作者，今已不可得见。今所见的《刘知远诸宫调》、《西厢记诸宫调》等作，如上所述，已渗透入不少南宋的唱赚的成分在内，显然都是后期之作。兹先就现存的几种，加以叙述。次更将诸种载籍中所著录的或所提到的各诸宫调名目，一一加以讨论。

《西厢记诸宫调》，董解元作。明时传本至罕，故时人往往与王实甫《西厢记杂剧》相混。《徐文长评本北西厢记》卷首题记云：

> 斋本乃从董解元之原稿，无一字差讹。余购得两册，都偷窃。今此本绝少。惜哉！本谓崔张剧是王实甫撰，而《辍耕录》乃曰董解元。陶宗仪元人也。宜信之。然董又有别本《西厢》，乃弹唱词也，非打本。岂陶亦从以弹唱为打本也耶？不然，董何有二本？附记以俟知者。

是徐文长曾经见过《董西厢》的。不过他误解了陶宗仪的话，故有此疑。陶氏的原文是：

> 金章宗时董解元所编《西厢记》，世代未远，尚罕有人能解之者；况今杂剧中曲调之冗乎？（《辍耕录》，《杂剧曲名》一条。）

他的意思，只是慨叹于《董西厢》世代未远，已鲜人能解，并没有说董解元所编的《西厢记》是杂剧。到了明万历以后，《西厢记诸宫调》方才盛行于世。今所见的，至少有下列的几种版本：

一、黄嘉惠刻本　　　　　万历间　　　二卷
二、屠赤永刻本　　　　　万历间　　　二卷
三、汤玉茗评本　　　　　万历间　　　二卷（？）
四、闵齐伋刊朱墨本　　　天启崇祯间　四卷
五、闵遇五刊《西厢六幻》本　崇祯间　二卷
六、暖红室刊本（即据闵齐伋本翻刻）　四卷

此外，尚有今时坊间之铅印本一二种，妄施改削，不足据。

董解元的生世不可考。关汉卿所著杂剧有《董解元醉走柳丝亭》一本（今佚）说的便是他的事罢。陶宗仪说他是金章宗（公元1190年至1208年）时人。钟嗣成的《录鬼簿》列他于"前辈已死名公，有乐府行于世者"之首，并于下注明："金章宗时人，以其创始，故列诸首。"涵虚子的《太和正音谱》也说他"仕于金，始制北曲"。毛西河《词话》则谓他为金章宗学士。大约董氏的生年，在金章宗时代的左右，是无可致疑的。但他是否仕金，是否曾为"学士"，则是我们所不能知道的。他大约总是一位像孔三传、袁本道似的人物，以制作并说唱诸宫调为生涯的。《太和正音谱》说他"仕于金"，恐怕是由《录鬼簿》"金章宗时人"数字，附会而来的。而毛西河的"为金章宗学士"云云，则更是曲解"解元"二字与附会"仕于金"三字而生出来的解释了。"解元"二字，在金元之间用

得很滥，并不像明人之必以中举首者为"解元"。故《西厢记》剧里，屡称张生为张解元；关汉卿也被人称为"关解元"。彼时之称人为"解元"，盖为对读书人之通称或尊称，犹今之称人为"先生"或宋时之称说书者为某"书生"、某"进士"、某"贡士"①未必被称者的来历，便真实的是"解元"、"进士"等等。②

《西厢记诸宫调》的文辞，凡见之者没有一个不极口的赞赏。明胡应麟《少室山房笔丛》说：

> 《西厢记》虽出唐人《莺莺传》，实本金董解元。董曲今尚行世，精工巧丽，备极才情，而字字本色，言言古意，当是古今传奇鼻祖。金元一代文献尽此矣。

《黄嘉惠》本引云，"解元史失其名，时论其品，如朱汗碧蹄，神采骏逸。"

清焦循《易余龠录》则更以董曲与王实甫《西厢》相比较，而尽量的抑王扬董：

> 王实甫《西厢记》，全蓝本于董解元。谈者未见董书，遂极口称道实甫耳。如《长亭送别》一折，董解元云："莫道男儿心如铁，君不见满川红叶，尽是离人眼中血。"实甫则云："晓来

---

① 见《武林旧事》（卷六）《诸色伎艺人》条下"演史"一目里。在同一目里，并有"张解元"一名，可见宋时已有"解元"之称。
② 况周颐的《惠风词话》（卷三）云："金董解元《西厢记》，诸弹词传奇也。时论其品，如朱汗碧蹄，神采骏逸。董有《哨遍》词云：'太皞司春，春工著意……韵华早晴中归去。'此词连情发藻，妥帖易施，体格于乐章为近。……董为北曲初祖，而其所为词，于屯田有沉瀣之合。曲由词出，渊源斯在。董词仅见《花草粹编》，它书概未之载，《粹编》之所以可贵，以其多载昔贤不经见之作也"。不知"太皞司春"的一支《哨遍》，正在董氏《西厢记诸宫调》的开卷。况氏目未睹《董西厢》，故有这一大片议论。

谁染霜林醉,总是离人泪。"泪与霜林,不及血字之贯矣。又董云:"且休上马,苦无多泪与君垂。此际情绪你争知!"王云:"阁泪汪汪不敢垂,恐怕人知。"……两相参玩,王之逊董远矣。若董之写景语,有云:"阪塞鸿哑哑的飞过暮云重。"有云:"回头孤城,依约青山拥"……前人比王实甫为词曲中思王、太白。实甫何可当,当用以拟董解元。

吴兰修在他的校本《西厢记》剧①的卷首。说道:"此记即王实甫所本。有青出于蓝之叹。然其佳者,实甫莫能过之。汉卿以下无论矣。余尤爱其'愁何似?似一川烟草黄梅雨'二语。乃南唐人绝妙好词。王元美《曲藻》竟不之及。何也?"邵咏②在将董本与其王本对读之后也说道:"觉元本字字参活,天然妙相。惜其妍媸互见,不及实甫竟体芳兰耳。"他们虽没有焦循那么没口的歌颂,却也给董西厢以很同情的批评。大约读过董作的人,至少也总要是为其妍新俊逸的辞采所沉醉的。

但董作的伟大,并不在区区的文辞的漂亮,其布局的弘伟,抒写的豪放,差不多都可以说是"已臻化境"。这是一部"盛水不漏"的完美的叙事歌曲,需要异常伟大的天才与苦作以完成之的。我们只要看他:把不到二千余字的会真记,把不到十页的《蝶恋花鼓子词》,放大到那末弘伟的一部"诸宫调",便可想像得到,董氏的著作力的富健,诚是古今来所少有的。我们的文学史里,很少伟大的叙事诗。唐五代的诸变文,是绝代的创作,宋金间的各诸宫调,也是足以一雪我们不会写伟大的"史诗"或"叙事诗"之耻的。诸宫调今传者绝少。《刘知远诸宫调》仅传残帙,《天宝遗事诸宫调》,今始集其余骸;则诸宫调之完整的一部书,仅此《西

---

① 吴氏桐花阁校本《西厢记》有清道光间刊本。
② 邵咏的话也见于桐华阁校本《西厢记》的卷首。

厢记诸宫调》耳。对于这样的一部绝代的伟著，我们是抱着"赞叹"以上的情怀以叙述着的。

　　崔、张的故事，发端于唐元稹的《会真记》；赵德麟的《商调蝶恋花鼓子词》，亦叙崔、张事，但对于微之所述，无所阐发，其散文部分，且全袭微之《会真记》本文。真实的一部使崔、张的故事大改旧观的却是这部《西厢记诸宫调》。自从有了此作，崔、张的故事，便永远脱离了《会真记》，而攀附上董解元的此编的了。董作是崔、张故事的改弦重张的张本，却也便是崔、张故事的最后的定本。以后王实甫、李日华、陆天池诸人的所作，小小的所在虽间有更张，大关键却是无法变更的。

十

　　我最初读到的《刘知远传》，乃是向觉明先生的手抄本，特地为了我而抄寄的。他还在卷首，题了一页的"题记"：

> 　　述刘知远事戏文残文一册，现存四十二页，藏俄京研究院亚洲博物馆。1907年至1908年，俄国柯智洛夫探险队考察蒙古、青海，发掘张掖、黑水故城，获西夏文甚伙。古文湮沉，至是复显。此刘知远事戏文，残本四十二页，即黑水故城所得诸古书之一也。柯氏所得有时次者，有乾祐二十年（南宋光宗绍熙元年西元后1190年）刊《观弥勒上生兜率天经》、《金刚般若波罗密经大方广佛华严普贤行愿品》，二十一年刊骨勒茂材之《蕃汉合时掌中珠》。又有平阳姬氏刊历代美女图版画：大都为12世纪左右之物。此刘知远事戏文当亦与之同时也。

以上是向先生文中的一段。他推测《刘知远传》当为12世纪左右之物，这是对的,后来我在赵萐云先生处,见到原书的影片,大有宋刻的规模。指为宋版云云,当不会是相差很远的。何况乾祐二十年恰是金章宗的明昌元年。相传做《西厢记诸宫调》的董解元是金章宗时人,则《刘知远传》的出于同一时代,大是一个可注意的消息。或竟是金版流入西夏的罢。

再者,就风格而言,也大是董解元同时的出产。其所用的曲调,更与董解元所用者绝多相同;其中有许多是元剧及元散曲所已成为"广陵散"了的,例如:

醉落托　　绣带儿

恋香衾　　整花冠

双声叠韵　　解红

枕屏儿　　踏阵马

等等皆是。这大约是很强的一个证据,除了版刻的式样以外,证明它并不是元代或其后的著作。

但向先生称它做"刘知远事戏文"却是错了。就它的体裁上看来,绝对不是戏文,而是《西厢记诸宫调》的一个同类。有了《刘知远诸宫调》的发见,《西厢记诸宫调》便是"我道不寡"的了。

在元石君宝的《诸宫调风月紫云亭》剧里有道:

我唱的是《三国志》先饶十大曲;俺娘便《五代史》续添八阳经。

又在董解元的《西厢记诸宫调》的开头特地说明他自己的那部诸宫调:

话儿不是扑刀捍棒,长枪大马。

大约这部《刘知远传》便是"五代史诸宫调"里的一个别枝,便是"扑刀捍棒"云云的话儿的一类作品罢。

《刘知远诸宫调》的原本，大约是有十二则，今仅残存：知远走慕家庄沙陀村入舍第一、知远别三娘太原投事第二、知远充军三娘剪发生少主第三（仅残存二页）、知远投三娘与洪义厮打第十一、君臣弟兄子母夫妇团圆第十二等五则；在这五则中也尚有少许的残缺，那却无关紧要。但最可怪的是，为什么不缺佚了首尾，却只缺失了第四到第十的七则。照常例，一部书的亡佚，如不全部失去，则便往往是亡失其前半或后半，很少是保存了首尾而反缺失了中间的一大部分，如《刘知远诸宫调》般的。故我们颇怀疑，大概从俄京学士院摄来的底片，本不是完全的罢。为了图省事，只是摄取了前半部与后半部，以为示例，这也是在意想中的事。我们颇想直接的再从俄京摄一个全份来。或者，原书是完全不缺的罢！但也有可能，原书竟是缺失其中部。我们看：宋版《大唐三藏取经记》①原是分着第一、第二、第三的三卷的，今乃存第一的后半，第三的全部，而亡失其第二的全部。这可见，中部亡佚的事，并不是没有其例。

《刘知远诸宫调》全部故事如何进展，为了开头的几页，并没有像《西厢记诸宫调》或王伯成《天宝遗事诸宫调》那样的具有"引"或"发端"，故我们无从晓得。《刘知远诸宫调》的开头，只是写首道：

〔商调·回戈乐〕闷向闲窗检文典，曾披揽，把一十七代看，自古及今，都总有罹乱。共工当日征于不周，蚩尤播尘寰，汤伐杰，周武动兵，取了纣河山。〇并合吴越，七雄交战，即渐兴楚汉。到底高祖洪福果齐天，整整四百年间社稷。中腰有奸篡王莽立，昆阳一阵，光武尽除剪。〇末后三分，举戈铤，不暂停闲。最伤感，两晋陈隋，长是有狼烟。大唐二十一朝帝主，僖宗

---

① 上虞罗氏印《吉金盦丛书本。》

听谗言，朝失政。后兴五代，饥馑嗷艰难。

〔尾〕自从一个黄巢反，荒荒地五十余年，交天下黎民受涂炭。如何见得《五代史》雁乱相持？古贤有诗云：

自从大驾去奔西，贵落深坑贱出泥。邑封尽封元亮牧，郡君却作庶人妻。

扶犁黑手番成笏，食肉朱唇强吃荠。只有一般凭不得，南山依旧与云齐。

底下接着便开始叙述刘知远故事的本文了：

〔正宫·应天长缠令〕自从雁乱士马举，都不似梁、晋交马多战赌。豪家变得贫贱，穷汉却番作荣富。幸是宰相为黎庶，百姓便做了台辅。话中只说应州路，一兄一弟，艰难将自老母。哥哥唤做刘知远，兄弟知崇，同共相逐。知远成人过的家，知崇八九岁正痴愚。

〔甘草子〕在乡故在乡故，上辈为官，父亲多雄武。名目号光挺，因失阵身亡殁。盖为新来坏了家缘，离故里，往南中趁熟，身上单寒，没了盘费，直是凄楚。

〔尾〕两朝天子，子争时不遇。知崇是隐迹河东圣明主，知远是未发迹潜龙汉高祖。

《五代史》，汉高祖者，姓刘讳知远，即位更名曰高。其先沙陀人也。父曰光挺，失阵而卒。后散家产，与弟知崇，逐母趁熟于太原之地。有阳盘六堡村慕容大郎，娶母为后嫁，又生二子，乃彦超、彦进。后长立弟兄不睦。知远独离庄舍，投托于他所。奈别无盘费。

以下接着便叙：知远缺少盘费，途中受饥饿。一日，见一村庄，便走了进去，到牛七翁所开的酒馆里坐地。牛七翁给了他一顿饭吃。这时，忽走进一条恶汉，一方人只叫他做活太岁的，无端将七翁百般辱骂。此汉乃沙陀，小李村住，姓李，名洪义。七翁战战兢兢的侍候着他，一声也不致响。知远旁观大怒，痛责洪义一顿。洪义岂肯服善，二人便扑打起来。知远力大，打得洪义满身是血。满酒务中人皆喝彩。洪义垂头丧气而去。但从此与知远结下海般深仇。这夜，知远宿于牛七翁庄舍。天明，辞七翁登途。走了一回，时当三月，"落花飞，柳絮舞，慵莺困蝶。"到了一个庄院，"榆槐相接，树影下，权时气歇。"不觉睡着。庄中有一老翁，携筇至于树下，忽地心惊，望见槐影之间紫雾红光，有金龙在戏珠，再仔细一看，却见是一人卧于树下，鼻息如雷。老翁叹曰："此人异日必贵！"移时，知远睡觉，老翁因询乡贯姓名，欲与结识。知远便诉说自己身世，泪下如雨。老翁说，"如不相弃，可到老汉庄中佣力，相守一年半岁。"知远便从引至庄上，请王学究写文契了毕。不料到了老翁家中，见了大哥，却原来是昨日酒务中相打的李洪义。洪义见了知远，提了棒向前便打。亏得老翁李三传，把他扯住了。洪义不说昨日之事，只说是不喜此人。老翁引知远宿于西房。当夜李三传女，号曰三娘的，好烧夜香，明月之下，见一金蛇，长约数寸，盘旋入于西房。三娘赶到房中，灯下看见土床上卧着个少年人，闭目熟睡。"红光紫雾罩其身，蛇通鼻窍来共往。"三娘时下好喜。她想昔有相士算她合为国母，莫非应在此人身上。等知远醒来，便拔下金钗，将一股与了知远，约为姻眷。第二天，三娘对父私言夜来所见。李翁甚喜，便央媒将三娘嫁与知远为妻。洪义及其弟洪信意欲阻止，李翁不听。成婚时，满村中人皆来贺喜，并皆喜悦，只有洪信、洪义及其妻们怒气冲冲。知远入舍不及百日，不料丈人丈母并亡。依礼挂孝，殡埋持服。弟兄不仁，加之两个姒娌唆送，致令洪义、洪信更为鳌燥。二人便使机关，待损知远。他们"开口叫做刘穷鬼，唤知远阶前侍立"。说他身上穿着罗绮；却不锄田，不使牛，不耕地，"庄家里怎生放得你"！说时，洪义手持定荒桑棒，展臂，一手揪定知远衣服。

　　第一则止于此处，第二则接着说，李洪义剥了知远身上衣服，与布衫布袴穿着了，使交桃园去。知远不知是计。洪义却在黑处先等。约过二鼓，陌然地见他跳过颓垣，欲奔草房去。洪义喜道，"这汉合死，今得报仇。"他便追了去，从后举棒，拦腰打去。七尺身躯，仆地倒下。洪义心狠，更欲打得他身亡。听得那人言语，便唬去了三魂。连忙将那人扶起，在朦胧月色之下认来，原来不是那穷神，却是李洪信。洪义且惊且哭。洪信忍痛说道："小弟恐兄落穷神之手，故来觑你。"这时，才见知远相从数人，带酒而来。被洪义扯住，"新近亡却丈人丈母，怎敢饮酒！"众村人说道，"是俺与他收泪。"二人终是不休。至天明，用绳索绑定，欲要送官。被做媒的李三翁见了，他说，"若您弟兄送他，我却官中共您理会。"兼着旁人劝免。以此洪义方休。后经数日弟兄定计，交知远草房内睡，怕今夜乳牛生犊。三娘也不知道。知远在草房中长叹，恋着三娘，欲去不忍。到夜深，知远睡熟，洪义却在草房外放起火来。究竟帝王有福，天上没云没雾，平白地下起雨来，把火熄了。知远惊觉，方知洪义所为，也不敢申诉。至次日，知远"引牛驴，拽拖车，三教庙左右做生活"。暂于庙中困歇熟睡。忽然霹雳喧轰，急雨如注，牛驴惊跳；拽断麻绳，走得不知所在。知远醒来，寻至天晚不见，不敢归庄。意欲私走太原投军，又念三娘情重，不能弃舍。于明月之下，去住无门，时时叹息。二更以后，知远潜身私入庄中，来别三娘。恰到牛栏圈，被一人抱住。知远惊得一跳。抱者是谁？回头视之，乃妻三娘也。她说，"儿夫来何太晚！兄嫂持棒，专待尔来。"知远具说因依，并言欲到太原投军，"特来与妻相别"。三娘闻语，心若刀割。说是，已怀身三个月，若太原闻了名，早早来取她。她是决不改嫁，也不肯自寻短见，任兄嫂怎样魔难，也是要守着他的。说时悲涕不已。她说："刘郎略等，取些小盘费去。"去移时，不至。知远自来看她,见她手携斫桑斧,"把头发披开砧子上,斧举处唬杀刘郎。"三娘性命如何?却是用斧截青丝一缕,并紫皂花绫团袄一领,开门付与刘郎。她相送到墙下。"二仪初分天地,也有聚散别离底,想料也不似这夫妻今宵难舍难弃!"二人泪点多如雨点。正在这时,洪义、洪信兄弟二人持棒前来,欲驱辱知远。知远大怒道,"我去也,我去也!异日得志,终不舍汝辈!"弟兄笑道:"你发迹后,俺句鼻内呷三斗三升酽醋。"两个姒娌也道:"俺吃三斗三升盐!"四口儿扯了三娘回去,刘知远独上太原。次日到并州试了武艺,团练岳司公见知远顶上有红光结成斗龙形势。暗叹曰:"此人异日富贵,不可言尽。"便赐酒一瓶钱三贯,且令营中歇息。又叫人做媒,将女嫁他。知远闻言泪下,说起已有前妻李三娘。但做媒者动以利害。知远不得已而许之,把定物收了。

第二则止于此,第三则叙的是,"知远充军,三娘剪发生少主"事。却说知远收了定,满营军健,都皆喜悦。不久,知远和岳公小姐便成了婚。第二天正在设宴贺喜之时,门吏报覆,有两个大汉,庄家打扮,说是沙陀村李家庄来的,要寻刘知远。知远吓了一跳,以为是洪义、洪信二舅。出营门来觑。来者非是二舅,乃李四叔及庄客沙三。李四叔是李三传房弟,知远丈人行也。知远问他们为何前来。沙三道:"您妻子交来打昕消息的。你却这里又做女婿!"知远道,营中军法,不得已而为之。"四叔,你也休见罪,凡百事息言,莫传与洪信、洪义。"原书第三则止于此,以下皆缺。故我们没有法子知道,以下所叙的事是什么,仅就其题目所指示,知其下半所叙的乃为"三娘剪发生少主"的事而已。这一般事,在《五代史平话》及元传奇《白兔记》里,①都写得很详细,很可以根据此二书而得到些影像。惟《白兔记》有"汲水挨磨,磨房中产下婴儿,当

---

① 《白兔记》今日流行之本,有明万历间富春堂刊本,有明末汲古阁刊本,二本文辞绝不相同,惟节目则大略相似。汲古阁本文辞朴质,当是元人旧本。

时痛苦咬儿脐"（用《富春堂》本《白兔记》第一折中语）诸情节，而《刘知远诸宫调》则似无咬断儿脐一事。据《刘知远诸宫调》的后半部，关于三娘事，似只有"最苦剪头发短，无冬夏教我几曾饱暖"及推磨，汲水诸事。

从第三则下半节以后，直到第十则原书皆缺失，不知内容为何。但如依据了《五代史平话》及《白兔记》二书，则其中情节也约略的可以知道。

《五代史平话》在"刘知远去太原投军"的一个节目与"知远见三娘子"的一个节目之间，共有下列的十几个节目：

《刘知远去太原投军》

《知远与石敬塘结为兄弟》

《石敬塘为河东节使》

《刘知远跟石敬塘往河东》

《刘知远劝石敬塘据河东》

《敬塘称帝授知远为平章》

《刘知远为北京留守》

《军卒报刘承义娘子消息》

《刘知远自到孟石村探妻》

《知远妆做打草人》

《刘知远见李敬业》

《知远见三娘子》

这些事都是着重在刘知远的本身的；《白兔记》的所叙，则其中一部分，并着重在李三娘一方面。兹据《汲古阁》刊《六十种曲》本《白兔记》列其自知远"投军"以下至"私会"止的节目如下：

投军	强逼	巡更	拷问	挨磨	分娩
岳赘	送子	求乳	见儿	寇反	讨贼

凯回　　受封　　汲水　　诉猎　　私会

凡"挨磨"等等，旁有。为记者皆专叙三娘的节目。

以我们的想像推测之，《刘知远诸宫调》之所叙，当未必与《五代史平话》及《白兔记》完全相同；在那已失的七则里，叙述知远的故事或当较多于叙述三娘的罢。在原书的第十二则里，写着：三娘对她的哥哥说道："自从刘郎相别了，庄上十二三年，最苦剪头发短，无冬夏教我几曾饱暖。咱是的亲爹生长，似奴婢一般摧残。及至凌打，您也恁怯恒懊煎。记得恁打考千千遍，任苦告不肯担免。恁时却不看姊妹弟兄面！"如此，则三娘的事，只是"煎发"、"挨饿"、"似奴婢一般摧残、凌打"等等而已，但在同"则"里，又从刘知远口中说出三娘被凌虐的情形来："因吾打得浑身破折，到得明头露脚，交担水负柴薪，终日捣碓推磨"云云。如此，则当时已有挨磨等等以后的所有的传说了。惟"咬脐"一事似尚未发生。但三娘汲水遇子的事，则在《刘知远诸宫调》里也已有之。在其第十一则里，有着这样的记载：

知远说罢，三娘寻思道：是见来。昨日打水处，见个小秃厮儿，身上一领布衫似打渔网那底，更还两个月深秋奈何！

又有"昨日个向庄里臂鹰走犬，引着诸仆吏打猎为戏"诸语，是"汲水"、"诉猎"两个节目，在本书里自必有之。惟当时三娘见到"刘衙内"时，未知便是其子，且也并无"白兔"为引介之物耳。

至于知远的故事，则原书仅叙其做到"九州安抚使"，并未更详其中的情节，故我们也不能十分的明白。

第十一则叙"知远探三娘，与洪义厮打"事，盖即《白兔记》所叙的"相会"的一幕，也即《五代史平话》"知远见三娘子"及以后数节中所叙的故事。惟其描叙的婉曲深挚，则远非《平话》与《白兔记》所可与之拮抗。在这个所在，我们充分可以看出，《刘知远诸宫调》的作者，确是一位不同凡俗的有伟大的天才及极丰富的想像力与描写力的作家。然而这位无名的大作家及其伟大的作品却埋在我们的西陲的黄沙之中，将及千载而无人知！伟大的作品未必便是必传的作品罢。而许多庸腐的诗、古文辞却传诵到今！

第十一则的头三页，已经缺失，第四页开始，叙的是，刘知远仍改妆为穷汉模样，与李三娘见面，三娘诉说：自己怎样的为了不肯改嫁，把头发剪去，又脱下绮罗，换却布衣，为了"穷刘大"，"泪痕染得布衣红，尽是相思眼内血。"又问知远，"我儿别后在和亡？"知远笑嘻嘻的说道："你儿见在，到如今许大身材，眉〔清〕目秀，腮红耳大，你昨天不是见到他了么？"三娘想起，"昨天在水处见个小秃厮，身上一领布衫似打渔网般的破烂，大约便是的罢"。便道："这孩子这般褴褛，这两幅布裙比较新，且与他托肩换袖。"知远笑道："不用布裙三两幅，恁儿身穿锦绣衣。小秃厮儿也不是你儿。你昨日不曾见个刘衙内问你因甚著麻衣，青丝发剪得眉齐。你把行纵去迹说明白，他垂双泪，骑马便归么？那面貌还不是像我的一般？如今恰是十三岁了。"三娘怒道："衙内怎生是你儿？想你穷神，怎做九州安抚使？"知远恐他妻不信，便于怀中取出一物给她看，那便是九州安抚使的金印。三娘见了，喜不自胜，知远真个发迹了也！三娘便把这金印藏在怀中。知远向其再三告取，三娘终不与。知远道："收则收着，不要失落了，在三日内，将金冠霞帔，依法取你来。"（元刘唐卿有《李三娘麻地捧印》剧，叙的是此事罢。）正在夫妻相会，未忍离别之际，李洪义执了荒桑棒，当下惊散鸳鸯。洪义道："你害饥，交三叔取饭，却觅不着，两个在这里！"送的是破罐里盛着残饭。知远大怒，将这残饭泼在洪义面上。洪义怒叫，洪信及二妇人皆至。四个一齐围定刘知远，骂："穷神怎敢如此无知！好饭好食，充你驴肚！"知远不惧，一条扁担，使得熟会，独自个当敌四下里，只把三娘吓得呆了。但知远虽是英雄，毕竟寡不敌众。

亏得有两个英雄，来助他一臂之力，一个是郭彦威，一个是史洪肇。

第十一则叙至郭、史助力为止，第十二则里，叙的便是"君臣弟兄子母夫妇团圆"的事。却说郭、史二人两条扁担，向前救护知远，洪义、洪信弟兄虽勇，毕竟敌不过他们，四口儿便簇定三娘，向庄奔走而去。三娘到庄，定是吃残害。知远入府至衙，与夫人岳氏从头说起三娘之事。第二天，商量着要接取三娘。临衙时，却听见阶前叫屈之声，叫屈的乃是洪信、洪义。知远问论谁。洪义说，"小人久住沙陀种田为活。十三年前，招女婿名知远，性气乖讹。为了责备他些儿，便投军到太原去，把妹子三娘抛弃。生下孩子，曾送与他。他却又娶了岳司公女。昨日他又到庄上，说是在经略衙中办事。一言不合，便相厮打，又有郭彦威、史洪肇二人相助，打得洪义、洪信重伤，两个媳妇，若不走脱，也险些儿命丧黄泉。伏望经略向衙中搜刷刘大。"洪信、洪义正在叨叨地诉说刘大的事，刘知远频频冷笑，叫左右备刀，并怒喝洪信弟兄，"你觑吾身！"两人凝眸，认得经略却正是女婿刘郎。当下二人浑如小鬼见天王。刀斧手正待下手，知远喝住，教取得三娘及姈子再断罪。传令下去，五百个兵披凯甲，导领一辆凤香车，要去迎按三娘。方欲出门，忽门吏荒忙来报，有一个急脚，言有机密事奉告。急脚报的是，有五百个强人，把小李村围住，搜括财宝，临行掳了三娘而去。知远吓得三魂七魄浑无主，急教郭彦威、史洪肇统兵去捉那些强人并救回夫人。不料史洪肇出战，却为贼人所捉；郭彦威力战不屈。正在势急，知远统军亲来接应。二贼人见了，即弃手中兵器，说，军中自有尊长，欲求相见。原来出来的是，刘知远母亲，二人乃慕容彦超、慕容彦进兄弟，他们因刘知远贵了，故来相投。于是夫妻母子兄弟一时相会。知远教人到小李村取李三翁两个姈子入并州大衙。岳夫人亲捧金冠霞帔，与三娘，三娘不受，说是村庄中人带不得金冠，且又发短齐眉。岳夫人再三相让。三娘见其真意，便祷天说，若梳发得长，便受金冠，否则，便只合做偏室之人。言绝，三梳，随手青丝拂地。众人皆称奇。合府皆喜。李三翁道,"你夫妻团聚,老汉死也快活。"正饮间,人报道,两个舅舅妗子害饥也。知远命取将四人来。他们四人在阶前泪滴如雨,苦苦哀告。知远说道,"要是你们吃尽三斗三升盐,呷尽那一斗三升醋,便也不打不骂,不诛戮。"洪信告说,"是当日戏言,贵人怎以为念。"知远大怒,命推去斩首。四人又哀告三娘。三娘不理。衙内并岳夫人诸官,尽皆劝谏经略。知远方才怒解,解了绑绳,命登筵席。洪义自悔万千,欲当众用手剜去双目。众人救了。皆大欢喜!正在这时,门外有一个后生,年方三十,登门求见,自言与经略有亲。知远一见大喜,原来是他同胞亲弟知崇。他母亲也甚为欣悦。这正是:

弟兄夫妇团圆日,龙虎君臣济会时。

后来知远更为显达,称朕道寡,坐升金殿。
《刘知远诸宫调》全书便终结于此。作者在最后说道:

曾想此本新编传,好伏侍您聪明美贤,有头尾结束刘知远。

这部诸宫调的风俗,极浑朴,极劲遒,有元杂剧的本色,却较他们更为近于自然,近于口语。单就一部伟大的杰作论之,已是我们文学史上罕见的巨著;只有一部同类的《西厢记诸宫调》才可与之拮抗罢。其他一切拟仿的,无灵魂的什么诗,什么文,当其前是要立即粉碎了的。何况在古语言学等等方面更有不可磨灭的重要在着呢。

十一

《天宝遗事诸宫调》,元王伯成著。伯成,涿州人,生平未详。《钟嗣成录鬼簿》载其杂剧二本：

《李太白贬夜郎》（今存，见《元刊杂剧三十种》。）

《张骞泛浮槎》（佚）

王国维《曲录》据无名氏《九宫大成谱》，又增《兴刘灭项》一本。钟嗣成谓伯成有"《天宝遗事诸宫调》行于世"。贾仲名补《录鬼簿凌波仙曲》，也极称其《天宝遗事》的美妙：

> 伯成涿鹿俊丰标，公末文词善解嘲。《天宝遗事诸宫调》，世间无，天下少。《贬夜郎》关目风骚。马致远忘年友，张仁卿莫逆交。超群类一代英豪。①

"马致远忘年友，张仁卿莫逆交"二语，是他处所绝未见者；伯成的生平，可知者惟此而已。②致远的卒年约在公元1300年以前，伯成当亦为那一时代的人物。钟嗣成的《录鬼簿》成于公元1330年，已称"伯成"为"前辈名公"，则其时代当亦必在1300年以前也。

然《天宝遗事》自明以后，便不甚传于世。乾隆间所刊《九宫大成谱》卷二十八，录《天宝遗事踏阵马》一套，其后附注云：

> 首阕《踏阵马》，《北词广正谱》及《曲谱大成》，皆收此曲。但第七句皆脱一字，今考原本改正。

又在同书卷五十三所录《天宝遗事一枝花》套，卷七十四所录《天宝遗事醉花阴》套，皆有很重要的考证。难道乾隆间《大成谱》的编者们，尚能

---

① 见明蓝格抄本《录鬼簿》。（天一阁旧藏。今藏宁波某氏。）
② 《雨村曲话》(《函海》本，《重订曲苑》本)卷上，谓："王伯成号丹邱先生"。其语无据，故不著。

见到《天宝遗事》的原本么?然此原本今绝不可得见。长沙杨恩寿作《词余丛话》,在其中有一段很可笑的话:

> 明曲《天宝遗事》相传为汪太涵手笔。当时传播艺林,以余观之,不及洪防思远甚。《窥浴》一出,洪作细赋风光,柔情如绘,汪则索然也。

(《词余丛话》卷二)①

此诚不知而作者。恩寿不仅不知《天宝遗事》为何人所作,并亦不知《天宝遗事》为何时代的作品,可谓疏谬之至!然亦可见知《天宝遗事》者之鲜。

《天宝遗事》原本今既不可见,幸明嘉靖时郭勋所编的《雍熙乐府》,选录《天宝遗事》套曲极多;明初涵虚子的《太和正音谱》,清初李玉的《北词广正谱》以及乾隆时周祥钰诸人所编之《九宫大成南北词宫谱》等书,并也选载《天宝遗事》的遗文不少。数年前我曾从这几部书里辑录出一部《天宝遗事》来;但这一部辑本,其篇幅与原本较之,大约相差定是甚远的,且也没有道白。友人任二北先生也有辑录此书之意,成书与否,惜不能知道。《天宝遗事》的全部结构,在其《遗事引》里大约可以看出。《遗事引》今存者凡三套:

(一)哨遍　　　"天宝年间遗事"　　　见《雍熙乐府》卷七
(二)八声甘州　"开元至尊"　　　　　见《雍熙乐府》卷四
(三)八声甘州　"中华大唐"　　　　　见《雍熙乐府》卷四

这三套所述大略相同,惟第一套《哨遍》为最详。兹录其前半有关《遗事》的情节的曲文如下:

---

① 《词余丛话》有《坦园丛稿》本,有《重订曲苑》本。

哨　　遍　遗事引

　　天宝年间遗事,向锦囊玉罅新开创。风流酝藉李三郎,殢真妃日夜昭阳恣色荒。惜花怜月宠恩云,霄鼓逐天杖。绣领华清宫殿,尤回翠辇,洛出兰汤。半酣绿酒海棠娇,一笑红尘荔枝香。宜醉宜醒,堪笑堪嗔,称梳称妆。〔幺篇〕银烛荧煌,看不尽上马娇模样。私语向七夕间,天边织女牛郎,自还想。潜随叶靖,半夜乘空,游月窟来天上。切记得广寒宫曲,羽衣缥渺仙佩玎珰。笑携玉筋击梧桐,巧称彤盘按霓裳。不提防祸隐萧墙。〔墙头花〕无端乳鹿入禁苑,平欺诓,愤得个禄山野物,纵横恣来往。避龙情子母似恩情,登凤榻夫妻般过当。〔幺篇〕如穿人口,国丑事难遮当。将禄山别迁为苏州长。便兴心买马军,合下手合朋聚党。〔幺篇〕恩多决怨深,慈悲反受殃。想唐朝触祸机,败国事皆因偃月堂。张九龄材野为农,李林甫朝廷拜相。〔耍孩儿〕渔阳灯火三千丈,统大势长驱虎狼。响珊珊铁甲开金戈,明晃晃斧钺刀枪,鞭彪剪剪摇旗影。衡水粼粼射甲光。凭骁健,马雄如獬豸,人劣似金刚。〔四煞〕潼关一鼓过元平荡,哥舒翰应难堵当。生逼得车驾幸西蜀。马嵬坡签抑君王。一声闻外将军令,万马蹄边妃子亡。扶归路愁观罗袜,痛哭香囊。

这里所说的只是几个大节目。在每一个节目之下,《遗事》都有很详细的描状;譬如,"哭杨妃"的一个节目,有明皇的哭,有高力士的哭,又有安禄山的哭;在"忆杨妃"的节目之下,有明皇的忆,也有禄山的忆。在当时的写作的时候,作者是凭着浩瀚的才情而恣其点染的。故白仁甫的《梧桐雨》、《游月宫》,关汉卿的《哭香囊》,都不过是一本的杂剧,而伯成的《遗事》则独成为一部弘伟的"诸宫调"。在这部弘伟的"诸宫调"里，所受到的前人的影响一定是很不少的。例如，《哭香囊》的一节，当然是会受有关氏的杂剧的影响的。

依据了上面的节略，我们便可以将现在所辑得的《天宝遗事》的遗文，排列成一个较有系统的东西。

（一）夜行船　明皇宠杨妃"一片云天上来"（《雍熙乐府》卷十二）

（二）醉花阴　杨妃出浴"腻水流清涨新绿"（同书卷一）（又此套亦载《九曲大谱》卷七十四：自《梁州第七》以下与《雍熙》所载大异。）

（三）祆神急　杨妃澡浴"髻收金索"（《雍熙》卷四）

（四）一枝花　杨妃剪足"脱凤头宫样鞋"（同书卷十）

（五）翠裙腰　太真闹酒"香闺捧出风流况"（同书卷四）

（六）抛毯乐　杨妃病酒"雨云新扰"（同书卷一）

（七）一枝花　杨妃梳妆"苏合香兰芷膏"（同书卷十）

（又见《九宫大成谱》卷五十三；《大成谱》注曰："《雍熙乐府》原本，丁《梁州第七》第三句下，误接黄钟调《杨妃出浴》套，《醉花阴》之又一体及《神仗儿》、《神仗煞》等曲，反将此套《梁州第七》之第三目以下及三煞、二煞、煞尾，接入《杨妃出浴》，《醉花阴》套内，盖因同用一韵，以致错误如此。"）

以上七则，正是《遗事引》里所谓"浴出兰汤，半酣绿酒海棠娇。一笑红尘荔枝香。宜醉宜醒，堪笑堪嗔，称梳称妆"的一段；只是"一笑红尘荔枝香"的一则情事，其遗文已无从考见。

（八）一枝花　玄宗扪乳"掌中白玉珪"（《雍熙乐府》卷十）

（九）哨遍　杨妃胜腰"千古风流旖旎"（同书卷七）

（十）瑞鹤仙　杨妃胜钩会"小杯橙酿浅"（同书卷四）

（十一）一枝花　杨妃捧砚"金瓶点素痕"（同书卷十）

以上五则，虽其事未见《遗事引》提起，似亦当在第一部分之中。又下面的一则，似亦当为《遗事》的"引子"之一，未及附前，也姑列于此。

（十二）摧拍子　杨妃"明皇且休催花柳"（《雍熙乐府》卷十五）底下的两则所写的便是《遗事引》里所说的"银烛荧煌，看不尽上马娇模样，私语七夕间，天边织女牛郎，自还想"的数语。

（十三）六么序　杨妃上马娇"烹龙炮凤"（《雍熙乐府》卷四）

（十四）一枝花　长生殿庆七夕"细珠丝穿绣针"（同书卷十）《遗事引》里所谓"潜随叶靖，半夜乘空，游月窟来天上"的一段情节，伯成却尽了才力来仔细描状：

（十五）点绛唇　十美人赏月"为照芳妍，有如皎练"（《雍熙乐府》卷四）

这一套，大约是先叙宫中美人们赏月事，用以烘染明皇的游月宫的事的。

（十六）六幺令　明皇游月宫"冰轮光展"（《雍熙乐府》卷五）

（十七）玉翼蝉煞　游月宫"似仙阙，若帝居"（同书卷十五）

（十八）点绛唇　明皇游月宫"玉艳光中素衣丛里"（同书卷四）

（十九）青杏儿　明皇喜月宫"一片玉无瑕"（同书卷四）

（二十）点绛唇　明皇哀告叶靖"人世尘清"（同书卷四）

这些着力描写的所在，大约与白仁甫的《唐明皇游月宫》杂剧（今佚）总有些关系罢。以下便是"笑携玉筋击梧桐，巧称雕盘按霓裳"的一段极盛的状况，一节极倚腻的风光的故事的叙写了：

（二十一）胜葫芦　明皇击梧桐"朝罢君王宣玉容"（《雍熙乐府》卷四）

（二十二）一枝花　杨妃翠荷叶"拢发云满梳"（同书卷十）正在这个时候，一个祸根便埋伏下了。"无端野鹿入禁苑，平欺诳，惯得个禄山野物，纵横恣来往。避龙情子母似恩情，登凤榻夫妻般过当。"这一段事在底下二套里写着：

（二十三）墙头花　禄山偷杨妃"玄宗无道"（同书卷七）

（二十四）醉花阴　禄山戏杨妃"羡煞寻花上阳路"（《雍熙乐府》卷一）

像这样的比较隐秘、比较秽亵的事，清人洪昇的《长生殿》便很巧妙、很正当的把它舍弃去了不写。

（二十五）踏阵马　禄山别杨妃"天上少世间无"（《九宫大成谱》卷二十八）

（二十六）胜葫芦　贬禄山渔阳"则为我烂醉佳人锦瑟傍"（《雍熙乐府》卷四）

这二段便是"如穿人口，国丑事难遮当，将禄山别迁为苏州长"的事了。

（二十七）一枝花　禄山谋反"苍烟拥剑门"（《雍熙乐府》卷十）

（二十八）赏花时　禄山叛"扰扰毡车惨雾生"（同书卷五）

（二十九）耍三台　破潼关"殢风流的明皇驾"（《九宫谱》卷二十七）

以上便是"渔阳灯火三千丈，统大势长驱虎狼"云云的禄山起兵与过潼关的一段事了。潼关一破，势如破竹，不得不"生逼得车驾幸西蜀"。接着便是"马嵬坡签抑君王。一声阃外将军令，万马蹄边妃子亡"的惨酷绝伦的事发生了。关于幸蜀事，《天宝遗事》的遗文惜无存者；而关于杨妃的亡与明皇的忆则正是伯成千钧之力之所集中者；当是《遗事》里最哀艳、最着重的文字。这一节故事的遗文，今见存最多；这不能不说是一件幸事。

（三十）醉花阴　杨妃上马嵬坡"愁据雕鞍翠眉锁"（《雍熙乐府》卷一）

（三十一）醉花阴　明皇告代杨妃死"有句衷言细详察"（同书卷一）

（三十二）愿成双　杨妃乞罪"一壁厢死犹热，血未干"（同书卷一）

（三十三）集贤宾　杨妃诉恨"飞花落絮无定止"（同书卷十四）

（三十四）村里迓古　明皇哀告陈玄礼"六军不进"（同书卷四）

（三十五）胜葫芦　践杨妃"是去君王不奈何"（同书卷五）

（三十六）袄神急　埋杨妃"雾昏秦岭日"（同书卷四）

（三十七）集贤宾　祭杨妃"人咸道太真妃"（同书卷十四）

杨妃死后，明皇哭之、忆之。高力士也哭之、忆之。这噩耗传到了安禄山那里，禄山也哭之、忆之。关于哭杨妃的事，伯成又是以千钧之力来去描写的。原来的排列如何，今不可知，姑以哭、忆事为一类列下。

（三十八）粉蝶儿　哭杨妃"玉骨香肌"（《雍熙乐府》卷七）

（三十九）新水令　忆杨妃"翠鸾无语到南柯"（同书卷十一）

（四十）粉蝶儿　力士泣杨妃"若不是将令行疾"（同书卷七）

（四十一）粉蝶儿　禄山泣杨妃"虽则我肌体丰肥"（同书卷七）

（四十二）行香子　禄山忆杨妃"被一纸皇宣"（同书卷十二）

（四十三）新水令　禄山忆杨妃"舞腰宽褪毳貂衣"（同书卷十一）

（四十四）夜行舡　明皇哀诏"不觉天颜珠泪籁"（同书卷十二）

（四十五）一枝花　陈玄礼骇赦"锦宫除祸机"（同书卷十）

（四十六）端正好　玄宗幸蜀"正团圆成孤另"（同书卷三）

（四十七）八声甘州　明皇望长安"中秋夜阑"（同书卷四）从《粉蝶儿》套《哭杨妃》到《八声甘州》套《望长安》的十则，都只是写一个"哭"字，一个"忆"字。更有：

（四十八）新水令　禄山梦杨妃"驾着五云轩"（《雍熙乐府》卷十一）一套，似也可以附在这个所在。

（四十九）一枝花　杨妃绣鞋"倾城忒可憎"（《雍熙乐府》卷十）

（五十）赏花时　哭香囊"据刺绣描写巧伎俩"（同书卷四）以上的二则，便是《遗事引》里所谓的"愁观罗袜，痛哭香囊"的二语了。可惜这里只有关于杨妃绣鞋的一则，却没有关于罗袜的。最后尚有一则：

（五十一）赏花时　明皇梦杨妃"天宝年间事一空"（《雍熙乐府》卷五）

从"天宝年间事一空，人说环儿似玉容"起，直说到"贪欢未能，惊回清梦，玉阶前疏雨响梧桐"，似为一个结束或一个"引言"。但说是附于"疏雨响梧桐"的一则故事之后的一个结束，大约是不会很错的。伯成的"疏雨梧桐"的节目，或甚得白仁甫的那一部《梧桐雨》的杂剧的暗示的罢；正如《哭香囊》的一个节目之得力于关汉卿的《唐明皇哭香囊》一剧一样。但很可惜的，"疏雨响梧桐"的遗文，我们却已无从得见了。

洪昇的《长生殿》，其下卷几全叙杨妃死后的事，特别着重于"临印道士鸿都客，能以精诚致魂魄"云云的一段虚无缥渺的天上的故事。白氏的《梧桐雨》剧，则截然的终止于"秋雨梧桐叶落时"的一梦，恰正获得最高超的悲剧的气分，远胜于《长生殿》之拖泥带水。伯成的《天宝遗事》，是否也终止于"秋雨梧桐"，今不可知，但赏花时"天宝年间事一空"套若果为一个总的结束，则其"尾声"当然会是"秋雨梧桐"的一梦的。这部弘伟的《天宝遗事诸宫调》若果真终止于此，则其识力，当更过于董解元；其风格的完美，其情调的隽逸，也当更较《西厢记诸宫调》为远胜。

《天宝遗事诸宫调》的遗文，除过于零星者不计外，凡得上列的五十四套（连《遗事引》三套）。可说是，已尽了可能的搜辑的工力了。大部分都被保存在《雍熙乐府》里。这部空前的浩瀚的"曲集"，其中所收罗着的重要的材料不知凡几。《天宝遗事》五十余套，便是重要的材料的一种。在较《雍熙乐府》的刊行为早的《盛世新声》及约略同时的《词林摘艳》二书里，《天宝遗事》的曲子连一套也不曾收着。这真有点可怪！《太和正音谱》，及《北词广正谱》所收的《遗事》的曲子，却又是极为零星的。《九宫大成谱》又开始注意到《遗事》，但所录《遗事》的曲文，出于《雍熙乐府》外者仅二套耳。故辑录遗事的遗文，终当以《雍熙》为渊薮。

五十四套的曲文，当然不能尽《遗事》的全部。就《西厢记诸宫调》

有一百九十三套，《刘知远诸宫调》残存三之一的篇幅，而也有八十套的事实看来，《天宝遗事》大约总也会有二百套左右的吧。今辑得的五十四套，只当得全文的四之一吧。最明显的遗漏是："晓日荔枝香"、"霓裳舞"、"夜雨梧桐"等等重要的情节。伯成以那末许多套的曲子，来写明皇的游月宫，来写安禄山的离京，来写杨贵妃的死，来写明皇等的哭与忆，便知所遗者一定是不在少数。

假如有一天，像发现《刘知远诸宫调》似的，也发现了《天宝遗事诸宫调》的原本，那岂仅仅是一件惊人的快事而已！要是《九宫大成谱》的编者们不说谎，果真犹及见到《天宝遗事》的原书，则在今日（离他们不到二百年）而若得到此弘伟的名著，恐怕也不是什么太突然的事吧。

"天宝遗事"很早的便成为谈资；《长恨歌》以外，宋人已有《太真外传》（乐史著，有《顾氏文房小说》本）及《梅妃传》（无作者姓名，亦见于《顾氏文房小说》）诸作，颇尽描状的姿态。《辍耕录》所载"院本名目"中，也有《击梧桐》一本。元人杂剧，关于此故事者更多：于关、白二氏诸作外，更有庚天锡的：《杨太真霓裳怨》一本（今佚，《录鬼簿》著录），《杨太真华清宫》一本（同上）。又有岳伯川的《罗光远梦断杨贵妃》一本（今佚，《录鬼簿》著录）。而王伯成则为总集诸作的大成者。其魄力的弘伟，诚足以压倒一切。像那么浩瀚的一部"天宝遗事"，在他之前，还不曾有人敢动过笔呢。在他之后，明人之作诚多，若《惊鸿》，若《彩毫》，皆是其中表表者，然若置之这部伟大的诸宫调之前，则惟有自惭其丑耳。

十二

在董解元《西厢记诸宫调》的开卷，曾有一般话道：

〔太平赚〕……比前览乐府不中听，在诸宫调里却着数。一个个旖旎流风济楚,不比其余。

〔柘枝令〕也不是崔韬逢雌虎,也不是郑子遇妖狐,也不是井底引银瓶,也不是双女夺夫。也不是离魂倩女,也不是谒浆崔护,也不是双渐豫章城,也不是柳毅传书。

在这里,我们可得到不少的诸宫调的名目:

(一)崔韬逢雌虎诸宫调

(二)郑子遇妖狐诸宫调

(三)井底引银瓶诸宫调

(四)双女夺夫诸宫调

(五)倩女离魂诸宫调

(六)崔护谒浆诸宫调

(七)双渐赶苏卿诸宫调

(八)柳毅传书诸宫调

这些,全部是与"西厢"同科的"倚翠偷期话",而非"扑刀捍棒,长枪大马"之流。

又,在石君宝的《诸宫调风有紫云亭》剧里,由韩楚兰的口中,①也可以搜到下列几种的诸宫调的名目:

(一)三国志诸宫调

(二)五代史诸宫调

(三)双渐赶苏卿诸宫调

(四)七国志诸宫调

其中除了第三种《双渐赶苏卿诸宫调》已见于董解元所述者外,其他几种,都完全是"铁骑儿"或"长枪大刀"一类的著作。

---

① 剧文引见前。

周密《武林旧事》（卷十）所载的诸宫调二本：

（一）诸宫调霸王

（二）诸宫调卦铺儿

其性质不很明了，但其为最早期的诸宫调则可断言。

始创诸宫调的孔三传，所作唯何，今不可知。耐得翁《都城纪胜》云"孔三传编撰传奇灵怪入曲说唱"。则其所编撰，当必不止一二种。孟元老《东京梦华录》有"孔三传《耍秀才诸宫调》语，与"毛详，霍伯丑商迷，吴八儿合生"并举，则"耍秀才"如果不是人名，便当是诸宫调名了。

王伯成《天宝遗事诸宫调引》，有云：

〔三煞〕好似火块般曲调新，锦片似关目强，如沙金璞玉逢良匠。愁临阻盏频搔首，曲到关情也断肠。虽脂妆，不比送君南浦，待月西厢。（《雍熙乐府》七引卷）

"待月西厢"指的当然是《西厢记诸宫调》了；"送君南浦"的情节，见于《琵琶记》，难道赵贞女蔡二朗事，也曾见之于诸宫调么？

《永乐大典》所载《张协状元戏文》，其开头便是弹唱一段诸宫调，说是："这番书会，要夺魁名，占断东瓯盛事。诸宫调唱，出来因厮罗响。贤门雅静，仔细说教听。"当时或者竟有全部《张协状元诸宫调》也说不定。

《辍耕录》所著录的"院本名目"《拴搐艳段》一部里有"诸宫调"一本，然不详其名。关于诸宫调的著录，殆已尽于此矣。

十三

诸宫调的影响，在后来是极伟大的；一方面"变文"的讲唱的体裁，改变了一个方向，那便是不袭用"梵呗"的旧音，而改用了当时流行的歌曲来作弹唱的本身。这个影响在"变文"的本身上，几乎也便倒流似的受到了。我们看"变文"的嫡系的儿子"宝卷"，在袭用了"变文"的全般体格之外，还加上了金字经、挂金索等等的当时流行的歌曲，①这不能不说是诸宫调所给予的恩物或暗示。本该是以单调的梵呗组成的《诸佛名经》等等，今所见的永乐间刊本，却全是用浩瀚的歌曲组织成功的。这大约也是受有诸宫调的暗示的可能。在南戏方面，诸宫调也颇有所给予。②

但诸宫调的更为伟大的影响，却存在元代杂剧里。元人杂剧与宋代"杂剧词"并非一物。这在我的上文里，已屡次的说到。就文体演进的自然的趋势看来，从宋的大曲或宋的"杂剧词"而演进到元的"杂剧"，这其间必得要经过宋、金诸宫调的一个阶段；要想蹿过"诸宫调"的一个阶段几乎是不可能的。或者可以说，如果没有"诸宫调"的一个文体的产生，为元人一代光荣的"杂剧"，究竟能否出现，却还是一个不可知之数呢。

元人杂剧，在体制上所受到的诸宫调的影响，是极为显著的。我们都知道，诸宫调是由一个人弹唱到底的，有如今日流行的弹词鼓词。凡是这类的有曲有白的讲唱的叙事诗，从最原始的变文起，到最近尚在流行的弹词鼓词止，几乎没有一种不是"专以一人""念唱"的。这既已在上文说得很明白。这一点，在元人杂剧里便也维持着。元剧的以正末或正旦独唱到底的体裁是最可怪的，与任何国的戏曲的格调都不相同，与任何种的文体也俱不同类。但却独与"诸宫调"的体例极为符合。如果元剧的旦或末独唱到底的体例是有所承袭的话，则最可能的祖祢，自为与之有直接的渊源关系的"诸宫调"。戏曲的元素最重要者为对话，而元剧则对话仅于道白见之，曲词则大多数为抒情的一人独唱的。虽亦有与道白相对答的，

---

① 今日所见的宝卷，以作者所藏的元、明间抄本的《目连救母出离地狱升天宝卷》为最古，其中曾杂用《金字经》、《挂金索》二调。

② 参看王国维的《宋元戏曲史》第十四章。

却绝无二人对唱之例。这种有对白而无对唱的戏曲，诚然是前无古人后无来者的。宋、元的戏文，其体例便与之截然不同。但这体例，这格式，决不会从天上落下来的。诸宫调的那个重要的文体，恰好足以供给我们明白元剧所以会有如此的格例之故。更有趣的是：在宋、金的时候讲唱诸宫调者，原有男人，有女人。元人杂剧之有旦本（即以正旦为主角，独唱到底者）有末本（即以正末为主角，独唱到底者）也当与此有些重要的关系罢。否则，在旦末并重的情节的诸剧里，为何旦末始终没有并唱的呢。

仅有一点，元人杂剧与诸宫调是不同的；即前者的唱词是代言体或以第一身的口吻出之的，后者的唱词却是第三身的叙述与描状。但即在这一点上，元剧也还不曾"数典忘祖"。在好些地方，能够用第三身的叙状的时候，元剧的作者便往往的要借用第三身的口吻出之。这种格局，不仅在表演舞台上不能或不便表演的情状时用之，即舞台上尽可表演的，也还要用到它。最明显的例子，像描状两个武士狠斗的情形，元剧作者们总要借用像探子的那一流人物的报告。（此例，元剧中最多，像尚仲贤的《尉迟恭单鞭夺槊》、《汉高祖濯足气英布》等等皆是。）又无名氏的《货郎担》一剧（见《元曲选》），其第四节正旦所唱的《九转货郎儿》一套，更是正式的叙事歌曲与"诸宫调"的格调无甚歧异的了。

在歌曲的本身剧，诸宫调所给予元剧的影响尤为重大。《录鬼簿》在董解元的名字之下，注云：

以其创始，故列诸首云。

其意，大概是说，董解元为北曲的"创始"者，故列他于"前辈名公有乐章传于世者"之首。《太和正音谱》也说："董解元，仕于金，始制北曲。"其实，董解元虽未必是惟一的一位北曲的创"始"者，他和其他的"诸宫调"的诸位作者们，对于北曲的创作却是最为努力，最为有功的。如果在北曲创作的过程里，没有那些位诸宫调的作者们出现，其情形一定是很不相同的。

诸宫调的套数，结构颇繁，而承袭之于北宋时代的唱赚的成法者尤多，这在上文也已说明过。唱赚的曲调组成法，有缠令缠达二种。缠令最流行于诸宫调里。缠达较少，像《西厢记诸宫调》卷三所载的一套《六么实催》，《刘知远诸宫调》第一则所载的《安公子缠令》大约都是的罢。像这两种的套数的组成法，今见于诸宫调里者，究竟是否与唱赚的成法完全相同，已不可知。然若与元剧的套数较之，则元剧套数的组成法之出于诸宫调却是彰彰在人耳目间。诸宫调的套数，短者最多；于缠令缠达外，其余各套，殆皆以一曲一尾组成之，像：

〔中吕调·牧羊关〕……〔尾〕
——见《刘知远诸宫调》第二

这似乎在北曲里较少见到。然其实，诸宫调在这个所在，其所用之曲调，殆皆为同调二曲之合成，有如"词"的必以二段构成，或如南北曲的换头、前腔或幺篇。故上面的一套也可以这样的写法：

〔中吕调·牧羊关〕……〔幺〕……〔尾〕

以这样简单的曲调组成的套数，在元人里也不是没有，像：

〔般涉调·哨遍〕……〔急曲子〕……〔尾声〕
——《北词广正谱》九帙引朱庭玉《唤起琐窗》套

至于"缠令"则大都较长，至少连尾声总有三支曲调，加上幺篇也至少有四支至五支曲调。像《西厢记诸宫调》卷四的《侍香金帝缠令》：

〔黄钟宫·侍香金帝缠令〕……〔双声叠韵〕……〔刮地风〕……〔整金冠令〕……〔赛儿令〕……〔柳叶儿〕……〔神仗儿〕……〔四门子〕……〔尾〕

则简直可以与元剧里最长的套数相拮抗的了：

〔越调·斗鹌鹑〕……〔紫花儿序〕……〔小桃红〕……〔东原乐〕……〔雪里梅〕……〔紫花儿序〕……〔络丝娘〕……〔酒旗儿〕……〔调笑令〕……〔鬼三台〕……〔圣药王〕……〔眉儿弯〕……〔耍三台〕……〔收尾〕

——杨梓《豫让吞炭》剧

这数套，其曲调之数都是在十支以上的。若杨显之的《潇湘夜雨》剧内：

〔黄钟宫·醉花阴〕……〔喜迁莺〕……〔出队子〕……〔幺〕……〔山坡羊〕……〔刮地风〕……〔四门子〕……〔古水仙子〕……〔尾声〕

关汉卿《切脍旦》剧内：

〔双调·新水令〕……〔沈醉东风〕……〔雁儿落〕……〔得胜令〕……〔锦上花〕……〔幺〕……〔清江引〕等套，其曲调皆在十支以内，其格律是更近于诸宫调内所用的各套数的了。

至于缠达的一体，也曾经由诸宫调而传达于元剧的套数里。直接的像那么除一引一尾外，中间"只以两腔递且循环间用"者，元剧里原是不多；然在正宫里的许多套数的组织里，我们还很明显的看出这个影响来。试举关汉卿的《谢天香》剧为例：

〔正宫·端正好〕……〔滚绣球〕……〔倘秀才〕……〔滚绣球〕……〔倘秀才〕……〔穷河西〕……〔滚绣球〕……〔倘秀才〕……〔呆骨朵〕……〔倘秀才〕……〔醉太平〕……〔三煞〕……〔煞尾〕

其以《滚绣球》、《倘秀才》二调"递且循环间用"正是缠达的方式。不仅汉卿此剧这样。凡《正宫端正好套》，用到《滚绣球》及《倘秀才》几莫不都是如此的"递且循环间用"的，惟其中并用"穷河西"、《醉太平》等等他曲，则与缠达有不尽同者，此盖因中间已经过诸宫调的一个阶段之故。

大抵连结若干支曲调而成为一部套数，其风虽始于大曲（或杂剧词）及唱赚，而发挥光大之，使之成为一种重要的文体者则为诸宫调无疑。元剧离开北宋的大曲及唱赚太远。其所受的影响，自当得之于诸宫调而非得之大曲及唱赚。

最后，更有一点，也是诸宫调给予元杂剧的不可磨灭的痕迹；那便是，组织几个不同宫调的套数，而用来讲唱（就元杂剧方面说来，便是搬演）一件故事。在大曲或唱赚里，所用的曲调惟限于一个《宫调》里的；他们不能使用两个宫调或以上的曲子来连续唱述什么。但诸宫调的作者们却更有弘伟的气魄，知道连结了多数的不同宫调的套数，供给他们自由的运用。这乃是诸宫调所特创的一个叙唱的方法。这个方式，在元杂剧里便全般的采用着。元剧至少有四折，该用四个不同宫调的套数；但像王实甫的《西厢记杂剧》、吴昌龄的《西游记杂剧》、刘东生的《娇红记杂剧》等,其卷数在二卷以上者,则其所需要的不同宫调的套数,往往是在八个乃至二十几个以上的。这全是诸宫调的作者们给他们以模式的。

以上所述,系就元剧受到诸宫调影响的各个单独之点而立论,其实,那些影响原是整个的,不可分离的,不可割裂的。元杂剧是承受了宋、金诸宫调的全般的体裁的,不仅在支支节节的几点而已;只除了元杂剧是迈开足步在舞台上搬演,而诸宫调却是坐(或立)而弹唱的一点的不同。我们简直的可以说,如果没有宋、金的诸宫调,世间便也不会出现着元杂剧的一种特殊的文体的。这大约不会是过度的夸大的话罢。钟嗣成、涵虚子叙述北杂剧,都以董解元为创始者,这是很有见地的。不过以董解元的一人,来代替了自孔三传以下的许多伟大的天才们,未免有些不公平耳。

参考书目

一、耐得翁:《都城纪胜》。

二、吴自牧:《梦粱录》。

三、王国维:《宋元戏曲史》。

四、郑振铎:《插图本中国文学史》,北平朴社出版,新版由商务印书馆出版。

五、郑振铎:《宋金元诸宫调考》,本章关于诸宫调一部分,多节用本文。